Maria Höfle

Dein ist die Schuld

Ein Kufstein-Krimi

PIPER

Mehr über unsere Autoren und Bücher:
www.piper.de

Dieses Buch ist ein Roman. Handlungen und Personen sind frei erfunden. Ähnlichkeiten mit lebenden oder toten Personen sind nicht gewollt und rein zufällig.

ISBN 978-3-492-50188-0
Redaktion: Julia Feldbaum Covergestaltung:
Favoritbüro, München Covermotiv:
Shutterstock.com
Printed in Germany

Für Lea

Kapitel 1

»Welche Leiche beunruhigt Sie mehr? Die am Kreuz oder die darunter?«

Laut hallten die Worte durch die Stille in der eiskalten Schule, und Dorothea ahnte, dass der Kollege von der Mordkommission nun endlich eingetroffen war. Unter den Mief von vergilbten Büchern mischte sich ein Hauch von Hugo Boss, und Dorothea schnaubte leise. Es musste Chefinspektor Konstantin Schmitt sein. Sie wandte sich nicht um.

Überall wäre Dorothea an diesem Januarmorgen lieber gewesen als in dem Foyer eines katholischen Gymnasiums. Sie fröstelte in ihrer Uniform und lauschte Schmitts Schritten, die sich hinter ihr wieder entfernten. Dann betrachtete sie weiter das riesige Kruzifix, das in der Eingangshalle des *Sebastianums* thronte.

Die Leiche am Kreuz. Ein flaues Gefühl breitete sich in Dorothea aus. Wie ein böses Omen stand das Eichenkreuz in der Halle und versetzte sie zurück in ihre persönliche Hölle. Sie musterte den aufwendig geschnitzten Sohn Gottes, dann blickte sie auf den zerschmetterten Körper auf dem Marmorboden. Gegen den Leichnam Christi wirkte die Tote äußerst bescheiden. Demütig wie eine Büßerin lag sie unter dem Kruzifix. Das rote Kleid des Mädchens leuchtete wie das der Maria Magdalena, der Sünderin, der Prostituierten. Dorothea seufzte.

Keine Schulglocke schrillte an diesem Samstagmorgen, keine Pater, Schüler oder Lehrer hasteten zu den Klassen, dennoch kam Dorothea alles vor wie ein furchtbares Déjà-vu. Das Eichenkreuz, die ausgetretenen Marmorstiegen, die verschnörkelten Säulen. Wie damals im Stiftsgymnasium. Sie fragte sich, ob sich katholische Privatschulen glichen wie ein Gefängnis dem anderen, eine psychiatrische Anstalt der anderen.

Seit sie vor einer Stunde das Schulgebäude betreten hatte, versuchte Dorothea, diese Erinnerungen zu vertreiben, doch sie kehrten immer wieder zurück. *Moby Dick.* Sie hörte die Rufe ihrer Mitschüler, spürte die Papierkügelchen auf der Haut, schmeckte das Salz ihrer Tränen auf den Lippen. Ihr Gelübde kam ihr in den Sinn. Das Versprechen, das sie nun nach vierzehn Jahren gebrochen hatte.

Entschlossen versuchte sie, die Gedanken zur Seite zu schieben, merkte, dass sie ihre Schultern eingezogen hatte, und richtete sich auf. Noch einmal sah sie sich in der Halle um. Das Foyer des Elitegymnasiums glich dem Kreuzgang eines Klosters: Über drei Stockwerke erhoben sich altehrwürdige Säulengänge, die zu den Klassen führten. Ein muffiger Geruch nach altem Holz und gewienerten Böden stand in dem Saal. Hoch oben wölbte sich eine Kassettendecke, durch eine kreisrunde Öffnung fielen die Strahlen der Wintersonne auf das tote Mädchen.

Rechts stand unter einem der Rundbögen eine Heiligenstatue, eine Messingtafel am Sockel trug die Aufschrift *Katholisches Gymnasium St. Sebastian*, die Uhrzeiten für Morgenandachten und Bußfeiern waren auf einer Anschlagtafel zu lesen. Jeden Freitagmorgen um 7:15 Uhr gab es die Möglichkeit zur Beichte. Dorothea fragte sich, ob einer der Schüler sie jemals nutzte.

Ein Gipsmodell zeigte Kufstein und die Festung, dahinter hingen die rot-weiße Flagge Tirols und ein Bild des Tiroler Adlers. Nur wenig wies darauf hin, dass sich an Wochentagen tatsächlich Schüler in dem alten Gemäuer aufhielten, doch links in der Ecke waren Plakatwände aufgestellt, auf denen Projekte der Abschlussklassen präsentiert wurden. Dorothea hatte sie aufmerksam angeschaut. Jugendliche mit leeren Augen.

»*Stoppt sexuellen Missbrauch von Minderjährigen!* – ein Projekt von Elena Goldschmied«, las sie laut. Verstümmelte Schamlippen, verprügelte Kinder. Jacqueline Winter befasste sich mit der Beschneidung von Mädchen, Simon Faber mit dem Thema Mobbing.

Mobbing. Als die Erinnerung plötzlich wieder wie eine Welle über Dorothea zusammenschlug, begann sich die Halle zu drehen. Sie hatte den widerlichen Geschmack des Schwamms auf ihrer Zunge, erstickte erneut fast an der Kreide, krampfte ihre Finger um das Notizbuch und holte tief Luft.

Für einen Moment schien es ihr, als hätte sie sich wieder unter Kontrolle, doch als sie die Aufschrift *Zum Turnsaal* sah, brach ihr der kalte Schweiß aus. Es war, als wäre sie erst gestern vor den Augen der versammelten Klasse wie ein nasser Sack vom Gerätekasten gefallen. Noch immer klangen ihr die Worte der Lehrerin im Ohr: *Eine Klasse überspringen kann unsere Dorothea, aber den Kasten schafft sie nicht.*

Mein Gottesgeschenk, meine kleine Göttin des Friedens, meine Spätgeborene. Dorothea, Irina, Cordula. Ihre Eltern hatten einen Pakt gehabt. Und da es ein Mädchen geworden war, hatte ihr Vater den Namen bestimmen dürfen. Und der besonnene Richter hatte sorgfältig ausgewählt für das lang ersehnte Kind, das er mit seiner Gattin nach so vielen Jahren der Unfruchtbarkeit doch noch bekommen hatte.

Dorothea. Irina. Cordula. Keusch. *Dick. Dick. Moby Dick.*

Sie schloss die Augen und hörte erneut die höhnischen Salven ihrer Mitschüler. Beständig, unerbittlich, täglich wiederkehrend wie das morgendliche Paternoster am Stiftsgymnasium. *Rettet unsere Wale!* Acht Jahre Hölle. Dorothea hatte die Qualen in die hintersten Winkel ihres Gehirns verbannt, zusammen mit ihrem Gelübde. Dem Versprechen an sich selbst, nie mehr eine Schule zu betreten.

Hinter ihr näherten sich Schmitts Schritte.

»Nun, was sagen Sie? Welcher Fall ist nun wichtiger? Der Tod unseres Heilands oder der eines jungen Mädchens in einem roten Minikleid?«

Dorothea öffnete die Lider und sah auf die tote Schülerin. Sie betrachtete das hübsche Gesicht, die langen dunklen Haare der Toten. Die weißen Stiefel, das rote Kleid, der helle Mantel, selbst die kleinen Ohrstecker und die hauchdünne Kette wirkten schlicht. Doch in der Stunde, die Dorothea bereits frierend in der Kälte verbracht hatte, war genug Zeit gewesen, die Leiche zu studieren und die Details zu bemerken. Das sauber eingenähte Innenfutter. Die Art, wie sich das Licht in den Steinen des Ohrschmucks brach. Die Beschaffenheit der Schuhe. Sie vermutete, dass die Kleidung der toten Schülerin aus der aktuellen Winterkollektion eines Modedesigners stammte, die Stiefel aus echtem italienischen Leder und die Schmuckstücke aus Diamanten gefertigt waren.

Obwohl sie noch nicht lange in Kufstein lebte, war Dorothea das offene Geheimnis bekannt: Das *Sebastianum* war eine private Bildungsanstalt für katholische Söhne und Töchter. Und für jene, die zu schlechte Manieren für andere Schulen, aber genug Geld für diese hier hatten.

»Beantworten Sie nun meine Frage?«

Langsam wandte sie sich zu Schmitt um.

Er grinste und deutete auf die Statue. »Oder interessieren Sie sich einfach mehr für nackte Päpste als für mich?«

Dorothea spürte, wie das Blut in ihre Wangen stieg, doch sie war nicht gewillt, sich von Schmitt in die Enge treiben zu lassen.

»Märtyrer.«

Sie starrte auf die Skulptur des Heiligen, der mit Pfeilstichen übersät an einen Baum gebunden war.

»Wie bitte?«

»Er war kein Papst. Das ist das Bildnis des heiligen Sebastian – ein römischer Soldat, der der Legende nach zum Märtyrer wurde.«

Für einen Moment stutzte Schmitt, dann blickte er auf seine Kollegin herab und musterte sie eingehend.

Dorothea erwiderte seinen Blick. Sie sah sein kantiges Gesicht, die dunklen Haare, den sportlichen Oberkörper im modischen Wintermantel. Ein Mann wie auf einem Werbeplakat. Plötzlich spannte die makellose Uniform an ihrer Brust und den Schenkeln. Neben dem hochgewachsenen Kollegen fühlte sie sich noch kleiner, korpulenter, gedrungener. Ihr dicker Zopf hing auf einmal tonnenschwer bis zu ihren Hüften.

»Von Blondinen lasse ich mich natürlich immer gern belehren. Vor allem, wenn sie so schöne blaue Augen haben.« Er zwinkerte Dorothea zu und streckte die Hand aus. »Chefinspektor Schmitt, Abteilung Leib und Leben. Unfall? Selbstmord? Mord? Die Mordkommission ist stets zu Ihren Diensten.«

Dorothea ignorierte seine Hand und nahm die Finger nicht von ihrem Notizbuch. »Inspektorin Keusch. Stadtpolizei Kufstein.«

Sein Lächeln verschwand.

Sie hatte ihn bereits einmal getroffen, in ihrem Abschlussjahr an der Polizeischule. In einem Waldstück war die Leiche eines erstochenen Mannes gefunden worden, die Mordkommission hatte Polizeischüler rekrutiert, um den Hain nach der Mordwaffe zu durchkämmen. Chefinspektor Schmitt war derjenige gewesen, der wie ein Pfau an der langen Reihe der Polizeischüler vorbeistolziert war, hochmütig seine Anweisungen gegeben und eine Fahne Aftershave hinter sich hergezogen hatte. Er hatte die Neulinge kaum eines Blickes gewürdigt, es überraschte Dorothea nicht, dass er sich nicht an sie erinnerte.

Wieder schnaubte sie. Konstantin Schmitt, Sohn des legendären Polizeichefs Ernst Schmitt. Mitglied der Abteilung Leib und Leben in Tirol. Eine Position, die ihm sein Vater höchstpersönlich verschafft hatte.

Aber egal, wie er zu der Position gekommen war, jetzt gehörte er zur Mordkommission. *Mordkommission.* Lautlos formten ihre Lippen die magischen Worte, denn in der Abteilung Leib und Leben war derzeit eine Stelle frei. Eine Stelle, die Dorothea wollte. Mehr wollte als alles andere, wonach sie sich jemals gesehnt hatte. Eine Stelle, die sie vielleicht auch bekommen würde. Falls, ja, falls ihr Fuhrmann eine gute Empfehlung schrieb.

Sie dachte an den Tag, der alles verändert und ihr ihren einzigen sicheren Hafen genommen hatte. Ein stechender Schmerz durchzuckte sie. Noch immer wusste niemand genau, was damals wirklich passiert war. Wer ihren Vater getötet hatte. Aber sie würde es herausfinden. Irgendwann.

»Nun, Inspektorin Keusch, was wissen wir über die Tote?«

Dorothea hob den Kopf und streckte das Kinn vor. »Der Hausmeister hat sie gefunden, als er seine morgendliche Runde durch die Schule machte.« Sie blickte empor zu der Brüstung über dem zerschmetterten Körper. »Auf der zweiten Ebene haben wir die Handtasche der Toten gefunden. Ihr Name ist Elena Goldschmied. Sie ist siebzehn Jahre alt und war Schülerin hier.«

»Selbstmord?«

Dorothea ahnte, warum Schmitt an Selbstmord dachte. Die Brüstung war hoch, niemand konnte das Gleichgewicht verlieren und versehentlich über das Geländer stürzen. Schon gar nicht eine so kleine, zierliche Person wie Elena Goldschmied. Auch ein einfacher Stoß kam nicht infrage. Dennoch spürte Dorothea den Zweifel in ihrer Magengrube, als sie zu der höchsten Galerie in der dritten Etage spähte.

Schmitts Blick bohrte sich in sie, dann sah er zu der toten Jugendlichen, und plötzlich verengten sich seine Augen. An Dorothea vorbei trat er einen Schritt näher zu der Leiche, dann ging er in die Knie.

Nach wenigen Augenblicken wandte er sich wieder zu ihr um. »Meine Kollegen und ich übernehmen ab jetzt. Aber ich hoffe, dass wir uns bald wiedersehen, Frau Inspektorin.«

Dorothea schluckte. Leider hoffte sie das auch.

Kapitel 2

»Chefinspektor Josef Fuhrmann.«

Dorothea las die Buchstaben an der Bürotür und atmete noch einmal tief durch. Dann bürstete sie einen imaginären Faden von ihrer Uniform und klopfte an.

»Herein.«

Schon an dem einzelnen Wort konnte sie hören, dass Fuhrmann genervt war. Ihr Magen verkrampfte sich. Als sie eintrat, saß der Chefinspektor in einem sauber gebügelten Hemd hinter seinem Schreibtisch und überprüfte einen Bericht, ohne den Blick zu heben.

Hinter den halb geschlossenen Lamellenvorhängen des Fensters sah Dorothea dicke Schneeflocken im Schein der Straßenlaternen tanzen. Obwohl es erst kurz nach siebzehn Uhr war, hatte sich die Dunkelheit bereits über die Stadt gelegt. Sie straffte die Schultern und schloss leise die Tür.

»Du wolltest mich sprechen.«

Beim Klang ihrer Stimme schaute ihr Vorgesetzter überrascht auf. Fuhrmann wirkte angespannt, seine Wurstfinger strichen über den Schnauzer, dann glitt seine Zunge über die langen Zähne. Unwillkürlich musste Dorothea sich ein Grinsen verbeißen. Es war ihr schon öfter aufgefallen, aber heute war Fuhrmanns Ähnlichkeit mit einer Ratte besonders verblüffend.

»Setz dich.«

Sie zögerte einen Moment, ließ sich dann aber auf dem Besucherstuhl vor dem Schreibtisch nieder. Der Stuhl war unbequem und zeigte deutlich, dass Fuhrmann es nicht schätzte, wenn man seine Zeit zu lange beanspruchte – was ihn allerdings nicht daran hinderte, seinen Untergebenen selbst ewig dauernde Vorträge zu halten.

Während er weiterlas, starrte Dorothea auf die Wand mit dem Bord, auf dem kein einziges Buch stand. Aufgereiht waren dagegen Pokale und verblasste Fotos in Holzrahmen. Eine Männerrunde im Kegelklub. Ein Viererteam beim Kartenspielen. Auf einem dritten Bild saß der Chefinspektor mit einigen Kollegen um einen Kneipentisch. Alle hoben fröhlich ihre Bierkrüge und prosteten in die Kamera.

Minutenlang betrachtete Dorothea die Gesichter, bis Fuhrmann sich endlich in seinem Drehstuhl nach vorn beugte und nach der Klammermaschine griff. Eine Dunstglocke von frischem Achselschweiß stieg in ihre Nase. Erst als er die Blätter zur Seite gelegt hatte, wandte er sich an Dorothea.

»Hast du das Protokoll über den Diensteinsatz heute Morgen schon geschrieben? Die Tote im katholischen Gymnasium?«

Sie nickte, hielt einen Moment inne, befeuchtete mit der Zunge ihre Lippen und wagte dann den Vorstoß: »Ich habe recherchiert. In derselben Schule gab es vor Kurzem einen Fall von Vandalismus.«

Fuhrmann sah sie verständnislos an, dann glätteten sich seine Züge. »Ich erinnere mich. Die Nazi-Schmierereien.«

Vor Dorotheas geistigem Auge tauchten die Bilder auf. Sie hatte lediglich Fotos der Zerstörung gesehen, dennoch konnte sie sich die Wand vorstellen, als hätte sie selbst davorgestanden. Fünf Swastikas in den dunklen Kellergängen des *Sebastianums*. Aufgesprüht mit roter Acrylfarbe. Ein ausgebrannter Bastelraum. Und diese Aufschrift.

»Wir sollten den Bericht darüber mitschicken«, sagte sie.

Fuhrmann starrte sie unverwandt an. Dann zogen sich seine Augenbrauen zusammen. »Was war das noch mal, was sie an die Mauer gesprüht haben?«

»A.C.A.B.«

Mit Zeigefinger und Daumen knetete Fuhrmann seine Nase. »Ach ja. Aber jetzt ist mir schon wieder entfallen, was das heißt.«

Dorothea seufzte. »All Cops Are Bastards.« Übelkeit stieg in ihr auf. Rechtsradikalismus und Parolen gegen die Polizei – ausgerechnet in einem Gymnasium. Ein Albtraum.

»Zuerst die Hakenkreuze und jetzt eine tote Schülerin. Kein gutes Jahr für St. Sebastian.« Fuhrmann schien ungerührt. Als Dorothea den Mund öffnete, hob er abwehrend die Hand. »Schick mir das heutige Protokoll vom Ersteinsatz, und ich leite es weiter. Um alles Übrige wird sich die Abteilung Leib und Leben kümmern.«

Die Abteilung Leib und Leben. Wie schon am Morgen hallten die Worte in Dorotheas Ohr nach. Doch Fuhrmann schien nicht daran interessiert, über die Mordkommission zu sprechen. Schon wollte sie sich erheben, als der Chefinspektor hüstelte. Also doch. Dorothea hatte geahnt, dass der Bericht nicht der einzige Grund war, aus dem ihr Vorgesetzter sie in sein Büro gebeten hatte. Sie ließ sich wieder auf dem Stuhl nieder, ihr Puls begann zu rasen. Das Empfehlungsschreiben. Sie hatte auf dieses Gespräch gewartet, die Szene mehrfach in ihrem Kopf durchgespielt; auf dem Weg zur Arbeit, in der Dusche, sogar im Schlaf. Bedächtig legte sie ihre bebenden Finger auf die Schenkel, hielt den Rücken gerade. Sie versuchte, ruhig zu atmen, doch die dumpfe Luft legte sich kratzend über ihren Gaumen. Hinter sich hörte sie die Uhr über der Tür ticken.

»Es geht um deine Bewerbung bei der Mordkommission.« Fuhrmann griff nach einer Flügelmappe, und Dorothea konnte ihren Blick nicht von den blonden Härchen auf seinen Fingern lösen.

»Ja?« Plötzlich war ihr Mund staubtrocken.

»Darf ich ganz offen, sozusagen als Freund zu dir sprechen?«

Dorothea konnte sich nicht vorstellen, in welchem Universum Fuhrmann und sie jemals Freunde gewesen wären. Dennoch nickte sie.

»Ich weiß, dass es dein großer Wunsch ist, zur Mordkommission zu gehen.« Er senkte seinen Blick und rückte einen Stapel Akten zurecht. »Aber ich glaube nicht, dass das eine gute Idee ist.«

Die Worte trafen Dorothea wie ein Faustschlag. Einen surrealen Moment lang fragte sie sich, ob sie sich verhört hatte. Sie hatte mit weisen Ratschlägen, Belehrungen gerechnet, aber nicht mit einer Absage. Fuhrmann hatte ihr oft bestätigt, dass er sie für eine gute Polizistin hielt.

»Warum nicht?« Sie schluckte, und der Wunsch nach einem Glas Wasser wuchs ins Unermessliche.

»Nun, zum Ersten: Du bist viel zu jung dafür.«

Erneut zwang sie sich, tief durchzuatmen. Dann beugte sie sich nach vorn. »Ich habe mir das Team der Mordkommission angesehen. Konstantin Schmitt ist nur wenige Jahre älter als ich.«

Fuhrmann lehnte sich zurück und spielte mit dem Ehering an seiner rechten Hand. »Das ist etwas anderes. Konstantins Vater war Polizeichef.«

Dorothea hörte den bitteren Unterton. Es war allgemein bekannt, dass Fuhrmann sich vor Jahrzehnten selbst einige Male bei der Abteilung Leib und Leben beworben hatte. Sie fragte sich, ob der alte Schmitt sein Mitbewerber gewesen war.

Fuhrmann verschränkte seine Finger und sprach schnell weiter: »Außerdem sind das Männer.«

Dorotheas Zunge klebte am Gaumen, das Blut rauschte laut in ihren Ohren. »Wie bitte?«

»Nun, bei der Mordkommission hat man jeden Tag mit Leichen zu tun, da braucht man starke Nerven.«

Obwohl ihr zum Weinen zumute war, hätte sie beinahe laut gelacht. Die Mordkommission beschäftigte sich mit toten Menschen. Wer hätte das gedacht? Wie hatte es Fuhrmann nur zum Chefinspektor gebracht? Blinde Wut stieg in ihr auf. Doch sie zwang sich, freundlich zu bleiben.

»Du glaubst nicht, dass ich starke Nerven habe?«

»Schon, aber für eine Frau ist das ja was anderes.« Er streckte seine Hand aus und verschob vorsichtig das gerahmte Foto, das vor ihm stand.

Dorothea kannte dieses Bild, er selbst hatte es ihr kurz nach ihrem Dienstantritt gezeigt. Fuhrmann war darauf zu sehen, der vor einem Vereinszelt den Arm um die mollige Taille seiner Ehefrau legte. Ihre Schürze trug die Aufschrift *FC Kufstein*, in der Hand hielt sie einen Tortenheber mit einem Stück Kirschkuchen. Neben den beiden waren fünf Buben wie Orgelpfeifen aufgereiht. Schlagartig wurde ihr klar, dass der Schnappschuss Fuhrmanns Frauenbild widerspiegelte.

Der Chefinspektor blickte sie fürsorglich an. »Du möchtest ja sicher mal eine Familie haben. Und die Dienstzeiten bei der Mordkommission sind nicht sehr familienfreundlich.«

Dorotheas Halsschlagader pulsierte. Warum sagte er nicht gleich, dass Frauen hinter den Herd gehörten? Sie lächelte schmal. »Die Dienstzeiten hier sind auch nicht sehr familienfreundlich.«

»Aber die psychische Belastung ist deutlich geringer.« Er schenkte ihr ein joviales Lächeln.

Das war es also, was Fuhrmann dachte. Frauen durften ein bisschen Polizistin spielen, bis sie sich ihrer wahren Berufung widmeten. Aber Frauen bei der Mordkommission – nein. Gott sei Dank dachten nicht alle so wie er, aber gerade von ihm brauchte sie ein Empfehlungsschreiben. Sie presste die Lippen zusammen, erwiderte seinen Blick, blieb aber stumm. Dennoch schien er ihren Widerwillen zu spüren.

»Außerdem kann ich dich hier nicht entbehren. Wir sind so schon unterbesetzt.«

Was für ein Vorwand. Am liebsten wäre sie aufgestanden und hätte ihn angeschrien. Jede einzelne Polizeidienststelle in Tirol war chronisch unterbesetzt. Wenn sie nicht sofort an die frische Luft käme, würde sie ersticken. Wie viele Frauen hatten vor ihr in diesem Büro schon dieselben Worte gehört, wie viele hatte er mit demselben herablassenden Lächeln abgespeist? Sie knetete ihre Finger und zwang sich, ruhig zu bleiben.

»Sag mir bitte klar, was das für meine Bewerbung bedeutet.«

Fuhrmann kratzte seinen Nacken. »Ich bin der Auffassung, dass jetzt nicht der richtige Zeitpunkt ist. Du solltest sesshaft werden. Du bist eine junge Frau, und deine biologische Uhr tickt.

Such dir einen netten Mann. Am besten hier in Kufstein. In einigen Jahren kannst du dann immer noch darüber nachdenken.«

Ihre Kehle schmerzte. »Du gibst mir also kein Empfehlungsschreiben?«

Er sah sie nicht an, als er antwortete: »Nun, ich werde natürlich erwähnen, dass du deinen Job sehr gut machst, aber aufgrund des Personalmangels muss ich dich leider hierbehalten.«

Kapitel 3

Dorothea war gerade dabei, sich ihre Timberlands zuzuschnüren, als die Türglocke läutete. Sonntagnachmittag. Wer konnte das sein? Sie sah durch das Fenster auf das letzte Tageslicht, das sich am grauen Winterhimmel noch zeigte. Wenn sie nicht gleich aufbrach, würde es zu spät für einen Spaziergang sein. Ihr Blick glitt zur Gegensprechanlage. Erst nach dem fünften Läuten drückte sie auf die Taste.

»Wer ist da?« Nur leises Rauschen kam über den Lautsprecher.

»Konstantin Schmitt. Kann ich raufkommen?«

Was wollte der Chefinspektor von ihr? Acht Tage waren vergangen, seit das tote Mädchen in der Aula gefunden worden war. Ihr Bericht über den Ersteinsatz war ausführlich und klar gewesen. Sie stöhnte. Vielleicht konnte Schmitt nicht lesen. Genervt drückte sie auf den Türöffner.

Als sie die Wohnungstür aufzog, schlugen ihr aus dem Treppenhaus Kälte und der Geruch von nassen Schuhen entgegen. Sie hörte, wie der Chefinspektor tief unter ihr jeweils zwei Stufen auf einmal nahm. Durch das Messinggeländer sah sie, dass er sich über die Haare strich und Schneeflocken von seinem Wintermantel streifte. Auf dem letzten Absatz blieb er stehen und blickte zu ihr herauf.

»Interessantes Outfit.«

Trotz der Kälte im Treppenhaus wurde Dorothea heiß. Sie starrte auf ihren gefütterten Parka, der einst dunkelgrün gewesen war. Sie mochte ihn, weil er angenehm wärmte, konnte aber nicht leugnen, dass er wie ein Sack fast bis zu ihren Knien fiel. Während sie ihre ausgebeulte Hose betrachtete, erklomm Schmitt die letzten Stufen und wies auf die Ohrstöpsel um ihren Hals.

»Rolling Stones, Pink Floyd, Prince?«

Dorothea zog die Tür hinter sich zu. »Ich höre mir Audiobücher an, wenn ich spazieren gehe.« Sie drehte den Schlüssel im Schloss. »Ich wollte gerade aufbrechen.«

Er musterte sie, dann trat er einen Schritt nach vorn. »Darf ich trotzdem kurz reinkommen?«

Dorotheas Magen verkrampfte sich. Ihre Wohnung war ihr Heiligtum, ihr geheimes Reich. Außer ihrer Freundin Vera war noch niemand bei ihr gewesen.

»Woher kennen Sie meine Adresse?«

»Ich habe die Personalabteilung angerufen.« Er grinste. »Ich kann sehr überzeugend sein.«

Analphabet *und* unerträglich selbstgefällig. Dorothea erwog, Schmitt nicht zu beachten, schlicht an ihm vorbei die Treppe hinunterzusteigen.

Schmitt schien ihren Unwillen zu spüren. »Bitte. Es ist wichtig.«

Nachdem er seinen Schal an die Garderobe gehängt hatte, als wäre er hier zu Hause, zog er einen großen weißen Umschlag aus der Innentasche seines Mantels. Dann trat er ins Wohnzimmer, drehte sich einmal um seine Achse und stieß einen Pfiff aus.

»Unglaubliche Wohnung. Dachgeschoss. Riesig. Und trotzdem gemütlich. Sind das antike Möbel?« Ohne auf ihre Antwort zu warten, ging er zum Fenster. »Und der Ausblick. Direkt auf die Festung.«

Dorothea wunderte sich über seine Begeisterung. Sie blickte hinüber zu den drei Türmen und den beiden mittelalterlichen Burgen, die auf dem hohen Felsen mitten in Kufstein thronten. Schmitts Worte erinnerten sie daran, dass sie selbst das Wahrzeichen der Stadt noch nie von innen gesehen hatte. Seine Stimme riss sie aus den Gedanken.

»Ich war letzten Sommer auf einer Hochzeit dort. Ausgesprochen erlesenes Ambiente.« Er sah sie an und zwinkerte. »Und sehr romantisch.«

Erst jetzt bemerkte sie, dass in seinen grauen Augen winzige goldbraune Pünktchen flackerten. Mittlerweile hatte sie den Parka ausgezogen, aber nun wurde ihr auch unter der Strickjacke heiß. Sie musste ihren Blick abwenden und sich räuspern, bevor sie etwas sagen konnte.

»Leider habe ich auch einen direkten Blick auf den Bahnhof dort unten. Aber immerhin macht das die Wohnung für mich erschwinglich.«

Beide starrten auf einen Güterzug, der langsam auf den Schienen heranrollte.

Schließlich begann Dorothea wieder zu sprechen: »Worum geht es?«

Schmitt hielt sich an der Lehne des Biedermeierstuhls fest und sah sie direkt an. »Wollen Sie mir nicht etwas zu trinken anbieten?«

Dorothea seufzte. »Was hätten Sie denn gern?«

»Bier, Wein, Schnaps, was immer Sie haben.« Unaufgefordert setzte er sich an den Tisch.

»Wie bitte?«

»Das war natürlich ein Scherz. Aber ein Kaffee wäre nicht schlecht.«

Widerwillig ging Dorothea in die Küche und holte den Behälter mit löslichem Kaffee aus dem Schrank, den sie nur gekauft hatte, falls ihre Mutter mal zu Besuch käme. Das Glas war immer noch verschlossen. »Feinster Kaffeegenuss. Entkoffeiniert«, las sie auf dem Etikett und fragte sich, ob sie Schmitt lieber eine Tasse Tee anbieten sollte. Dann aber schob sie ihre Zweifel beiseite. Vorsichtig drehte sie den Deckel auf, entfernte die Schutzhülle und gab schließlich einen Teelöffel der braunen Körner in eine große Tasse. Durch die Durchreiche beobachtete sie, dass Schmitt wieder aufstand und die Bilder an der Wand betrachtete. Vor einer Kraterlandschaft blieb er stehen.

»Was sind das für Vulkane?«, fragte er laut. »Wo ist das?«

Sie griff nach dem Teekessel und ließ Wasser hineinlaufen. »Das ist der Bromo. Auf Java. Indonesien.«

»Und die rote Felslandschaft?«

Dorothea schloss die Augen. »In Utah. USA.«

»Sammeln Sie Elefanten?«

Offenbar war er bei ihrer Glasvitrine angekommen. »Ja.«

»Warum ist der hier so bunt?«

Sie beobachtete, wie er die geschnitzte Figur aus der Vitrine nahm. Mit eiligen Schritten ging sie rüber ins Wohnzimmer, nahm ihm das Tier aus der Hand und stellte es wieder neben die anderen.

»Weil die Menschen in der Pink City die Elefanten für ihre Straßenfeste so bemalen.«

Er runzelte die Stirn. »Pink City?«

»Jaipur. Das ist in Rajasthan, Indien.«

»Und da waren Sie überall schon?«

Dorothea nickte müde.

»Und der rote Elefant? Ist der aus der Red City?« Er lachte über seinen eigenen Witz, während Dorothea die Tür der Glasvitrine vorsichtig zudrückte.

»Nein, der ist aus der Mongolei.«

Ohne ihn aus den Augen zu lassen, kehrte sie in die Küche zurück und beobachtete, wie er an ihren Bücherregalen entlangschritt. Den Umschlag hielt er mit beiden Händen fest.

»Ausgrabungsstätten in aller Welt. Interessieren Sie sich für Archäologie?«

Dorothea stellte den Kessel auf den Herd und sah zu, wie die Ringe der Kochplatte rot wurden. Dann nahm sie eine weitere Tasse aus dem Schrank und gab einen Beutel hinein.

»Ich habe Archäologie studiert, bevor ich zur Polizei gegangen bin.«

Hinter sich hörte sie, dass Schmitt an die Durchreiche trat.

»Warum haben Sie das Studium abgebrochen?«

Dorothea wartete, bis der Kessel zu pfeifen begann, und goss das Wasser in die beiden Becher. Erst dann wandte sie sich zu Schmitt um.

»Abgebrochen? Ich habe meine Doktorarbeit eingereicht und

mich dann zur Aufnahmeprüfung für die Polizeischule angemeldet.«

Er grinste, als sie ihm den Kaffee in die Hand drückte. »Oh, entschuldigen Sie, Frau Doktor Archäologin.«

Nebenan im Wohnzimmer stellte sie ihre Teetasse auf den Jugendstiltisch in der Erkernische und setzte sich. Schmitt nahm ihr gegenüber Platz. Behutsam legte er den Umschlag auf die Tischplatte, dann nahm er einen Schluck und betrachtete das Bild auf seiner goldenen Tasse. »Klimt?«

Sie nickte.

»Und Ihre?«

Dorothea nahm den Teebeutel aus ihrer Tasse und drückte ihn vorsichtig aus. Sie legte ihn auf die Untertasse und antwortete schließlich: »Rubens.« Als sie Milch in ihren schwarzen Tee goss, fing sie Schmitts erstaunten Blick auf.

»Sie sind Archäologin, reisen gern und interessieren sich für Kunst. Sind Sie sich sicher, dass Sie Polizeiinspektorin sind?«

»Warum sind Sie hier?«

Er rührte in seinem Kaffee und begann, kleine Tropfen auszuschöpfen und sie langsam wieder zurück in den Becher zu gießen. »Ich habe gehört, dass Sie sich für die freie Stelle in unserer Abteilung beworben haben.«

Dorothea nickte nur.

»Und? Wie stehen Ihre Chancen?«

»Das wissen Sie besser als ich. Mein Chef gibt mir jedenfalls kein Empfehlungsschreiben. Sind Sie gekommen, um mir den Job anzubieten?« Dorothea war bestürzt über den wütenden Ton in ihrer Stimme.

Schmitt hob abrupt den Kopf. »Nein, leider habe ich auf die Personalpolitik keinen Einfluss. Im heiligen Land Tirol liegt das wohl in Gottes und in schwarzer Hand.«

»Und der Allmächtige hat Ihnen schon so früh eine Stelle bei der Mordkommission beschafft?«

»Sie sind gut informiert.« Er lächelte verlegen und senkte den Blick. »Es stimmt, mein Vater hat mir zu der Position verholfen.

Aber Oberkommissar Ernst Schmitt ist mittlerweile in Pension.« Er rührte weiter im Kaffee.

»Es geht also nicht um meine Bewerbung. Warum sind Sie dann hier?«

Endlich legte er den Löffel auf die Untertasse. Dorothea vernahm das Klicken von Metall auf Porzellan, und ein Schauer lief ihr über den Rücken.

»Der Staatsanwalt hat den Tod von Elena Goldschmied als Selbstmord deklariert.«

Sie schwieg. Deshalb also hatten die Zeitungen nicht über den Tod der Schülerin berichtet. Dorothea ahnte, dass Schmitt die Überraschung in ihren Augen gesehen hatte. Er schaute zum Fenster, und sie folgte seinem Blick. Draußen verschwand das letzte Tageslicht im Kaisertal.

Erst als die Wintersonne ganz untergegangen war, sprach Schmitt weiter: »Ich bin mir nicht sicher, ob es Selbstmord war.« Er nahm den Umschlag und schob ihn über den Tisch. »Das sind Kopien der Akte. Ich möchte gern, dass Sie den Fall untersuchen.«

»Für die Mordkommission?«

»Nein, für mich.«

Gegen ihren Willen war Dorothea beeindruckt. Sie atmete den Duft seines Aftershaves ein und betrachtete das modische Hemd. Konstantin Schmitt wirkte nicht wie jemand, der genauer hinsah, den Dingen auf den Grund ging. Doch nun fragte sie sich, ob sie zu schnell geurteilt hatte. Sie lauschte dem Knacken in den Deckenbalken und suchte nach einer Erwiderung.

»Warum gerade ich?«, fragte sie schließlich.

»Weil Sie nicht einmal gefragt haben.«

»Was habe ich nicht gefragt?«

»Warum ich glaube, dass es kein Selbstmord war.«

Dorothea fixierte den Umschlag, nahm ihn aber nicht in die Hand. »Ich würde Ihnen gern helfen, aber ich kann nicht.« Sie erhob sich.

»Können Sie nicht, oder wollen Sie nicht?«

Sie sah ihn an und betonte ihre Worte wie für ein kleines Kind.

»Ich darf mir gerade jetzt keinen Fehler erlauben. Mein Vorgesetzter …«

»Er muss ja nichts davon wissen.«

Dorothea nahm Schmitts noch volle Tasse und trug sie zur Spüle. »Chefinspektor Fuhrmann kennt jeden in Kufstein. Wenn er herausfindet, dass ich auf eigene Faust in einem Mordfall ermittle, ist die Hölle los.« *Und ich kann meine Bewerbung vergessen*, fügte sie in Gedanken hinzu. Während sie den lauwarmen Kaffee in die Spüle schüttete, hörte sie den Stuhl über das Parkett schaben.

»Sie glauben also auch, dass es kein Selbstmord war.«

Dorothea sah zu, wie die Flüssigkeit allmählich im Ausguss verschwand. Schließlich antwortete sie leise: »Ja.«

Einen Moment lang hielt sie inne, dann ging sie wieder ins Wohnzimmer.

»Warum untersuchen Sie den Fall nicht selbst?«

Er fuhr sich mit den Fingern durch die akkurat geschnittenen Haare. »Das ist von Innsbruck aus schwierig. Offiziell ist der Fall ja abgeschlossen. Ich habe bereits einen neuen Fall zugewiesen bekommen. Deshalb hoffte ich, dass Sie vielleicht …«

Dorotheas Finger bebten, als sie die Teetasse vom Tisch hob. »Es tut mir leid, aber ich kann Ihnen nicht helfen.«

»Möchten Sie wirklich einen Mörder laufen lassen?«

»Nein, natürlich nicht! Aber ich kann meine Karriere dafür nicht aufs Spiel setzen.«

»Sie meinen die Karriere, bei der Sie Mörder fassen wollen?«

Kapitel 4

»Ein Tisch für zwei?«

Dorothea nickte und rieb sich die Finger. Sie spürte, wie die letzten Schneeflocken auf ihrem Gesicht schmolzen, und zog langsam den Parka aus. Mittlerweile war es draußen dunkel und eiskalt, die Luft in dem indischen Restaurant jedoch durchflutete warm ihre Glieder, der Klang von indischer Musik und das gedämpfte Klirren von Töpfen und Pfannen umhüllten sie. Tief atmete Dorothea das Aroma von Curry, Kardamom und Kurkuma ein, und ein wohliges Gefühl breitete sich ihr aus. Dann sah sie sich im *Bombay* um, aber Vera war nirgends zu sehen. Dorothea merkte, wie Nervosität in ihr aufstieg.

Der Kellner mit weißem Turban lächelte freundlich und deutete auf den Tisch mit dem Schild *Reserviert.* Dorothea wählte den Holzstuhl mit Blick zur Tür und versuchte, ihre Vorahnung zu unterdrücken. Wenn Vera zu spät kam, handelte es sich meist nicht nur um Minuten.

Um sich abzulenken, betrachtete sie eingehend die Landkarte an der Wand. Delhi, Kalkutta, Mumbai. Sie las die Namen der Städte, und die Erinnerungen kamen zurück. Die verwinkelten Gassen der Slums, der Geschmack von reifen Mangos, der feuchte Geruch des Monsuns. Einzelne Bilder tauchten in ihrem Geist auf. Der kleine nackte Junge, der auf dreckigen Lumpen auf dem Gehsteig schlief. Die Krähe, die daneben seinen toten Welpen zerhackte. Der Tempel der heiligen Ratten. Tausende graue Tiere, Tausende schwarze Augen, Tausende lange Schwänze. Noch immer spürte sie auf ihrer Haut die Krallen der Ratte, die über ihre Füße gelaufen war. Bei dem Gedanken daran schüttelte sie sich vor Ekel.

»Möchten Sie vielleicht schon etwas trinken?«

Dorothea zögerte. »Nein, danke. Meine Begleitung müsste jeden Moment kommen.«

Sie nahm ihr Mobiltelefon aus der Tasche, doch dann öffnete sich die Tür. Erleichtert hob Dorothea den Kopf, aber es war nur ein junges Pärchen, das den Raum betrat. Wieder betrachtete sie das Display. Kein Anruf. Keine Nachricht. Ihre Finger tasteten nach den zwei Eintrittskarten in ihrer Strickjacke, das Glanzpapier fühlte sich kühl an. Ihr Blick fiel auf den leeren Stuhl an der anderen Tischseite, und sie fragte sich genervt, was nun schon wieder vorgefallen war. Von Zeit zu Zeit kam es vor, dass Vera in einem ihrer seelischen Tiefs versank. Dann kam sie zu spät, rief nicht an, vergaß Verabredungen. Dorothea kämpfte gegen die Wut, die langsam nach ihr griff, nahm die Serviette und strich sie glatt. Danach schaute sie auf die Uhr. Schon zwanzig Minuten über der Zeit.

Ausgerechnet heute, dachte sie und ärgerte sich über sich selbst. Sie hätte es wissen müssen.

Der Kellner näherte sich dezent. »Wollen Sie nun bestellen?«

Sie lächelte verlegen. »Ich warte noch. Aber ich hätte gern eine Tasse Schwarztee. Mit Milch, bitte.«

Nena. Festung Kufstein. Einlass 20:00 Uhr. Dorothea legte die Tickets auf das Tischtuch. Ihre Vorfreude schlug immer mehr in Frustration um, gegen die sie nicht ankam. Sie nahm einen Schluck aus dem Teeglas, doch das Gebräu schmeckte seltsam und bitter. Angespannt lauschte sie dem Klingeln des Windspiels über der Tür. Als ihre Freundin nach einer halben Stunde noch immer nicht da war, griff Dorothea nach dem Mobiltelefon.

»Lieber Anrufer. Der gewünschte Gesprächspartner ist vorübergehend nicht …«

Die Worte jagten heißes Blut in ihre Adern. Sie suchte ihre Geldbörse und winkte dem Kellner.

Noch bevor sie aufblickte, roch Dorothea das herbe Parfüm und hörte das Klappern der hohen Absätze. Gemächlich hob sie den Kopf. Wie üblich glich Vera einer alternden Rockdiva. Rotschwarz gefärbte Haare fielen über die schmalen Schultern, große Glitzerohrringe klimperten an ihren Ohrläppchen, die Fingernägel leuchteten flammend rot. Unter dem offenen Mantel steckten die langen Beine in einem kurzen Rock und Stiefeln mit hohen Absätzen, das Top ließ den Ansatz schon etwas erschlaffter Brüste und ein verblasstes Tattoo erkennen. Von Weitem wirkte das Gesicht jugendlich, aber aus der Nähe konnten die dicke Make-up-Schicht, der grüne Lidschatten und knallroter Lippenstift die Spuren von Alter, jahrelangem Kettenrauchen und Müdigkeit nicht verbergen.

»Inspektorin Nagler. Wie schön, dass Sie mich schon so früh mit Ihrer Anwesenheit beglücken.« Vergeblich versuchte Dorothea, den Zorn in ihrer Stimme zu unterdrücken.

»Tut mir echt leid.« Veras Stimme klang rau, sie war außer Atem. »Philipp hat mir das Auto erst um fünf gebracht. Dann musste ich den Kleinen noch zu meiner Mutter verfrachten.«

»Lass mich raten.« Dorothea seufzte genervt. »Du hast wieder einmal vergessen, dein Handy aufzuladen.«

Beschämt nickte ihre Freundin, dann sprach sie hastig weiter: »Und dann war noch Stau. Wegen dem Konzert.«

Dorotheas Ärger verflog langsam. »Welches Konzert?« Sie wandte sich ab, um ihr Lächeln zu verbergen.

»Weißt du das gar nicht?« Vera zog ihren Mantel aus und hängte ihn über die Stuhllehne. »Nena. Auf der Festung. Bin ein absoluter Fan.« Endlich setzte sie sich und atmete hörbar aus. »Aber im Moment bin ich wieder mal ziemlich knapp bei Kasse. Und Philipp und Patrick brauchen was zum Anziehen.« Vera fischte einen Spiegel aus ihrer Handtasche und prüfte ihr Make-up.

»Warum kann Philipp eigentlich nicht auf seinen kleinen Bruder aufpassen?«

Ohne ihre Augen von dem Spiegel zu nehmen, antwortete Vera: »Ein Achtzehnjähriger? Am Sonntagabend?« Sie fuhr sich durch die Haare. »Keine Chance. Ich habe Glück, dass ich mein eigenes Auto haben darf.«

»Und Andi?« Dorothea dachte an den gebräunten Hünen, den ihr Vera vor vier Monaten als ihren neuen Freund vorgestellt hatte.

»Andi? Welcher Andi?«

Veras Stimme triefte vor Sarkasmus, und Dorothea wusste, dass sie in ein Fettnäpfchen getreten war. Mit einem Knall schnappte die Puderdose zu.

»Ach, du meinst den Idioten, der mich mit seiner Arbeitskollegin betrogen hat?«

Als der Kellner die gegrillten Hähnchenstücke in leuchtend roter Tandoori-Soße und das Lamm-Curry servierte, schloss Vera schließlich ihre Erzählung ab. »Und nun bin ich wieder mit den Jungs allein.« Während sie Reis auf ihren Teller häufte, musterte sie Dorothea. »Du siehst aber auch nicht besonders glücklich aus.«

Dorothea nahm die Schale, die Vera ihr hinhielt, schwieg aber.

»Fuhrmann?«

Ohne ihren Blick zu heben, nickte Dorothea.

»Macht nichts, Kleines, du schaffst das auch allein.« Ihre Freundin klang zuversichtlich.

Dorothea war gerührt. Veras immerwährendes Vertrauen in ihre Fähigkeiten stärkte sie, aber die Enttäuschung saß tief.

»Vera, wie hältst *du* es nur mit so einem Chef wie Fuhrmann aus?«

Gleichgültig zuckte Vera die Schultern. »Man gewöhnt sich an alles.« Sie spießte eines der Fleischstücke auf und schob es in den Mund. Nachdenklich kaute sie und fuhr mit vollem Mund fort: »Er ist kein schlechter Mensch. Schanzt mir immer einige Überstunden zu, weil er weiß, dass ich das Geld dringend brauche.«

Dorothea gab einen Löffel von dem Curry auf den Teller und sah zu, wie sich die safrangelbe Soße mit dem Reis vermischte. »Wie lange arbeitest du schon für ihn?«

»Seit zweiundzwanzig Jahren.«

Sie dachte an Fuhrmanns Rattengesicht, an seine Meinung über Frauen. »Ist es dir nie in den Sinn gekommen, dich versetzen zu lassen?«

Messer und Gabel blieben in der Luft hängen. »Ach, Schätzchen, als Mutter sieht man die Welt ein wenig anders. Und wenn man alleinerziehend ist, sowieso.« Plötzlich sah sie unendlich müde aus.

»Möchten Sie noch eine Nachspeise?« Freundlich räumte der Kellner die Teller ab. Dorothea warf einen prüfenden Blick auf ihre Armbanduhr.

»Hast du heute noch was anderes vor?« Veras Stimme klang enttäuscht, doch Dorothea lächelte sie an.

»Nur mit dir deinen Geburtstag zu feiern.« Noch einmal sah Dorothea auf ihre Uhr. »Aber wir haben noch Zeit fürs Dessert.«

Während sie ihre frittierten Milchbällchen löffelte, begann Dorothea zögernd, im Plauderton zu sprechen: »Hast du von der toten Schülerin im Gymnasium gehört?«

Vera spielte mit ihrem Feuerzeug, und Dorothea konnte sehen, dass sie bereits nach einer Zigarette lechzte. »Machst du Witze? Seit Tagen gibt es kein anderes Gesprächsthema mehr in Kufstein.« Ihre Augen verengten sich. »Warum fragst du?«

Dorothea biss sich auf die Lippe. Ihre Kollegin war eine sehr gute Beobachterin und hatte einen untrüglichen Instinkt für die Wahrheit. Sie erinnerte sich an die Nacht, in der sie Vera kennengelernt hatte, und schüttelte langsam den Kopf. »Kein besonderer Grund.«

»Dorothea?«

Sie wusste, dass Vera äußerst hartnäckig sein konnte, holte tief Luft, atmete wieder aus und murmelte leise: »Man hat mich um einen Gefallen gebeten.«

Auch Veras Gehör war offensichtlich vorzüglich. »Gefallen? Was für einen Gefallen? Und wer ist ›man‹?«

Dorothea zögerte einige Sekunden, ehe sie antwortete: »Konstantin Schmitt. Er ist ein Mitglied der Mordkommission.«

»Ich weiß, wer Konstantin Schmitt ist.«

Der hasserfüllte Ton in Veras Stimme ließ Dorothea aufblicken. »Woher kennst du ihn?«

Veras Hand ballte sich um das Feuerzeug, die Knöchel wurden weiß. »Tut hier nichts zur Sache. Was will er von dir?«

Noch immer erstaunt über die heftige Reaktion starrte Dorothea ihre Kollegin an. Ohne ihren Blick von Veras Augen zu nehmen, antwortete sie vorsichtig: »Schmitt glaubt, dass es kein Selbstmord war.«

»Nein!«

»Wie bitte?«

»Meine Antwort ist Nein.«

Dorothea hatte das seltsame Gefühl, in einem dunklen Raum gegen eine Mauer zu laufen. »Du weißt ja nicht mal, was ich sagen wollte.«

»Das weiß ich sehr wohl. Er will, dass du herumspionierst. Auf eigene Faust. Nein!«

Es dauerte ein paar Sekunden, bis das Gehörte in Dorotheas Verstand vorgedrungen war. Dann begannen ihre Gedanken zu rasen. Was war zwischen Schmitt und Vera vorgefallen? Dorothea musterte Veras zusammengepresste Lippen, aber ihre Freundin wich dem Blick aus.

»Und was ist mit dem Mädchen? Was ist mit ihren Eltern?«

»Das ist seine Verantwortung, nicht deine.« Veras Stimme klang hart.

»Vielleicht würde es mir aber helfen.« Dorothea blickte auf ihren Teller. Es war ihr peinlich, ihren eigennützigen Gedanken auszusprechen. »Bei meiner Beförderung.«

Vera nickte. »Da hast du recht.« Der gefährliche Unterton in ihrer Stimme jagte Dorothea einen Schauer über den Rücken. »Es kann dich nämlich deinen Job kosten. Damit ist das Problem der Beförderung dann eindeutig gelöst.«

Dorothea nahm einen kleinen Bissen, doch die Nachspeise schmeckte plötzlich nach Pappe.

»Dorothea.« Veras Stimme wurde weich. »Ich weiß, warum du zur Mordkommission willst. Ich sehe es in deinem Gesicht, jedes Mal, wenn du das Foto deines Vaters anschaust.«

Dorothea schob das Dessert von sich. Auf einmal fühlte sie sich, als sei ihr Kopf mit Watte gefüllt.

»In all meinen Jahren habe ich noch keine so gute Polizistin gesehen wie dich. Und ich weiß auch, dass das in Tirol leider oftmals nicht das Kriterium für eine Karriere ist.« Sie seufzte. »Aber glaub mir, meine Kleine, du wirst es irgendwann trotzdem zur Mordkommission schaffen.«

Ohne aufzusehen, tupfte Dorothea ihre Lippen ab, faltete die Serviette und strich sie einige Male glatt.

»Dorothea, bitte schau mich an. Willst du wirklich deine Zukunft aufs Spiel setzen? Hat Schmitt dich mit seinem Charme um den Finger gewickelt?« Vera schnaubte laut. »Darin ist er ja Meister.« Sie streckte ihre Hand aus und legte sie auf Dorotheas Arm. »Aber ich bitte dich, sei vernünftig!«

Irgendetwas in Dorothea zerriss wie ein Gummiband. Sie entzog Vera ihren Arm. »Na, wenn das unsere Männerexpertin Nagler sagt, dann wird es wohl so sein.«

Veras Augen verengten sich. »Wie war das?«

»Du musst es ja wissen.«

»Was willst du damit sagen?«

»Nur, dass deine Vergangenheit mit Männern nicht unbedingt für dein Urteilsvermögen spricht.«

Die Nasenflügel ihrer Freundin begannen zu beben. »Hör zu, meine Liebe, nur weil du dich anziehst wie eine Nonne und auch wie eine lebst, heißt das nicht, dass es alle anderen auch so machen müssen. Es spricht nichts dagegen, auch mal Spaß im Leben zu haben. Und wenn man dabei hinfällt, dann ist das eben so. Hinfallen. Aufstehen. Krone richten. Weitergehen. Das ist mein Motto.« Sie schnaubte verächtlich. »Nicht so wie du. Sich ewig zu verkriechen wie eine Schildkröte, nur weil ein Mann dich vor Jahren verletzt hat.« Als sie abrupt aufstand, fiel der Stuhl mit einem Poltern um. »Aber ich muss mir das nicht bieten lassen.« Sie kramte in ihrer Handtasche und legte schließlich einen zerknitterten Geldschein auf den Tisch.

Der verletzte Ausdruck in Veras Augen traf Dorothea. »Vera, es ist dein Geburtstagsessen. Ich habe dich eingeladen. Und hier ist noch ein Geschenk für dich.« Sie spürte die Reue wie einen Stich in ihrer Brust.

»Nein danke, ich brauche keine Almosen von Nonnen. Wie du weißt, bringen meine Freier ja genug ein. Ich schlage vor, du spendest es deinen Freundinnen im Kloster.

Kapitel 5

Er stand auf dem Glockenturm und winkte ihr von Ferne zu. Dorothea konnte seine Worte nicht verstehen, aber sie sah, dass er lachte. Sie spürte die Strahlen der Nachmittagssonne auf ihrer Haut, den Geschmack von Schokoladeneis auf ihrer Zunge. Ausgelassen winkte sie zurück und ging langsam auf ihn zu.

Doch plötzlich war ein riesiger Schatten hinter ihm. Sie öffnete ihren Mund, um zu rufen, konnte aber keinen Laut hervorbringen. In Panik begann sie zu rennen, aber schon nach zwei Schritten bekam sie keine Luft mehr.

Wie gelähmt stand sie da und sah zu, wie er stürzte. Minutenlang fiel er, und sie hörte ihn schreien. In einem fremden, hohen Ton, wie ein Tier, das geschlachtet wurde. Verzweifelt versuchte sie, ihre Arme auszubreiten, aber sie waren viel zu kurz.

Erst als sie ihre Hände betrachtete, merkte sie, dass sie die eines Kleinkindes waren. Das Gewicht der Schultasche auf ihrem Rücken zog sie nach unten. Obwohl sie am ganzen Körper schwitzte, war ihr eiskalt.

Als sie den dumpfen Aufprall hörte, wusste sie, dass er tot war. Sie rief seinen Namen, und beim Näherkommen sah sie, dass er nicht mehr seinen Anzug, sondern ein rotes Kleid trug. Dorothea kniete sich auf den harten Steinboden und nahm sein Haupt in ihre Hände, aber als sie in das schmerzverzerrte Gesicht sah, merkte sie, dass die leblosen Augen Elena Goldschmied gehörten und nicht ihrem Vater.

Mit einem Ruck wachte Dorothea auf. Ihr Körper fühlte sich kalt und steif an, die Zunge lag pelzig in ihrem Mund. Es war stockdunkel, und für einen Moment wusste sie nicht, wo sie sich befand. Unter ihren Fingerkuppen ertastete sie das Leder ihres Sofas, und auf dem Couchtisch zeichneten sich die Umrisse eines Bordeaux-Glases ab.

Mühsam gelang es ihr, sich zu erheben, dann aber stolperte sie über das Buch, das ihr aus der Hand gefallen war, und sie stieß sich im nächsten Moment den Fuß an der Kante ihres Bücherregals. Der Schmerz durchzuckte ihren Körper.

Als sich ihre Augen endlich an die Dunkelheit gewöhnt hatten, tappte sie zum Fenster, aber die Festung war in dichtem Nebel verschwunden, der Mond ließ den Anblick gespenstisch wirken. Vor ihrem Haus zitterten die Äste des Kirschbaums im Nachtwind, irgendwo schlug ein Fensterladen gegen eine Mauer.

Fröstelnd schaltete sie das Licht an und ging in die Küche. Dort standen die Zeiger der Uhr auf 1:47. Ein dumpfes Gefühl in ihrer Magengrube sagte ihr, dass irgendetwas sie quälte. Sie trank einen Schluck Wasser, und die Erinnerung traf sie mitten ins Herz. Das *Bombay*. Der Streit mit Vera. Dorothea hatte einen gemütlichen Abend geplant gehabt. Indisches Essen. Ein Konzert. Wie hatte das Geburtstagsessen nur so entgleiten können?

Veras Vorwurf nagte an ihr. Konstantin Schmitt. Hatte der Chefinspektor Dorothea mit seinem Charme umgarnt? Unsinn. *Warum hast du so trotzig reagiert? Schreib Vera eine Nachricht.*

Dorothea sträubte sich, wusste, dass ihre Freundin nicht reagieren würde. Vera war ehrlich, loyal. Aber wenn man sie verletzte, verschloss sie sich wie eine Auster, und es dauerte Tage, bis man sie aus der Reserve lockte. Besonders das Thema Männer war Veras wunder Punkt. *Veras oder deiner?*

Dorothea seufzte. Verkroch sie sich wirklich wie eine Schildkröte? Während sie den Kessel befüllte, konnte sie Veras Stimme in ihrem Kopf hören. *»Du wirst nie über den Idioten hinwegkommen, wenn du nicht endlich dieses altmodische Ding wegwirfst.«* Sie betrachtete die weißen Punkte auf dem roten Emaillekessel und dachte an Julius. An den verschneiten Sonntagabend im Advent, an dem sie den Teekessel zusammen auf dem Christkindlmarkt in Innsbruck gekauft hatten. Als Symbol. Für ihre erste gemeinsame Wohnung in Wien. Nach vier Jahren Wochenendbeziehung. Es war das, was sie sich gewünscht hatte. *Er* war das, was sie sich gewünscht hatte.

Zum ersten Mal seit dem Tod ihres Vaters war Dorothea die weihnachtliche Stimmung magisch und zauberhaft vorgekommen. Die bunt dekorierten Markstände, die hell beleuchtete Maria-Theresien-Straße, die besinnlichen Lieder, der Duft von gebrannten Mandeln, der süße Punsch auf ihrer Zunge, Julius' Arm, der liebevoll um ihre Schultern lag, das Glücksgefühl, das sie leicht machte wie eine Feder.

Acht Tage später hatte er sie verlassen.

Sie nahm einen Teebeutel aus der Box und schob den Gedanken an Julius beiseite. Als sie durch die Durchreiche ins Wohnzimmer sah, fiel ihr Blick auf den Umschlag. Noch immer lag er unberührt auf dem Tisch. Einen Moment lang erwog sie, die Akten im Kachelofen zu verbrennen, dann ging sie hinüber. Als sie die Patchworkdecke auf dem Sofa ausgebreitet hatte, öffnete sie das Kuvert, und eine Visitenkarte fiel in ihren Schoß. *Konstantin Schmitt. Chefinspektor. Abteilung Leib und Leben.* Eine E-Mail-Adresse, ein Festnetzanschluss. Sie wollte das Kärtchen wieder in den Umschlag legen, sah dann aber die Handschrift auf der Rückseite: *Ich wusste, dass ich mich auf Sie verlassen kann. Wenn Sie Fragen haben, rufen Sie mich an. Zu jeder Tages- und Nachtzeit.*

Neben der Handynummer grinste ihr ein Smiley zwinkernd zu.

»Ja?« Er klang verschlafen.

»Sie ist mit dem Kopf aufgeschlagen.«

»Wer spricht da?«

»Ihre Arme und Handgelenke waren nicht gebrochen.«

Plötzlich schien er hellwach zu sein. »Keusch? Sind Sie das?«

Eine helle Stimme ertönte aus dem Hintergrund. »Konstantin, wer ist dran?«

»Jenny, geh wieder ins Bett, ich komme gleich.« Seine Worte klangen gedämpft, als würde er die Hand vor das Mikrofon halten. Dann war seine Stimme wieder nah. »Keusch, wissen Sie, wie spät es ist?«

»Im Bericht der Gerichtsmedizinerin deutet nichts darauf hin, dass es kein Selbstmord war. Sie ist eindeutig aus dem zweiten Stock auf die Erde gestürzt, es sind aber keine Brüche an ihren Handgelenken oder Armen vorhanden. Das weist darauf hin, dass sie nicht versucht hat, sich festzuhalten oder den Sturz mit den Armen abzufangen.«

»Können wir das Gespräch morgen früh fortsetzen?«

Wieder ertönte die Frauenstimme. »Konstantin? Wo bleibst du denn?«

Dorotheas Augen glitten über die Seiten des Berichts. »Ihr Vater ist Anwalt, die Mutter Lehrerin am *Sebastianum*. Sie war siebzehn, eine Vorzugsschülerin und schwanger. In ihrer Handtasche war ihre Geldbörse, ihr Mobiltelefon, der Schulschlüssel, den sie von ihrer Mutter genommen hatte. Die Schulärztin hat ausgesagt, dass sie verzweifelt war.« Dorothea nahm ihre Tasse, doch das Porzellan war kalt. »Kein Alkohol, keine Drogen. Alles deutet darauf hin, dass sie Selbstmord begangen hat.«

Er seufzte. »Ich weiß, ich kenne die Akte.«

Die Frau im Hintergrund klang nun verärgert. »Konstantin? Mit wem sprichst du denn?«

Dorothea hörte, wie der Chefinspektor tief Luft holte.

»Ich kenne die Akte, schließlich bin ich ein Mitglied der Abteilung Leib und Leben. Und wie Sie sich sicher erinnern können, war ich bei den Ermittlungen persönlich anwesend. Trotzdem möchte ich, dass Sie über den Tod des Mädchens noch weitere Erkundigungen einziehen.«

Dorothea betrachtete den milchigen Film, der auf dem kalten Tee in ihrer Tasse trieb. »Warum haben Sie nicht darum gebeten, in dem Fall noch weiter ermitteln zu können?«

»Das habe ich. Keine Chance – keine konkreten Anhaltspunkte, so hieß es offiziell.« Seine Stimme wurde nachdenklich. »Aber es war äußerst seltsam. Die Anweisung, die Ermittlungen abzubrechen, kam von höchster Stelle. Das Problem ist, dass es eben tatsächlich nichts Konkretes gibt. Mein Instinkt sagt mir jedoch, dass an der Sache mehr dran ist. Deshalb bin ich von Innsbruck zu Ihnen in die Provinz gekommen. Obwohl ich sagen muss, dass sich der Besuch für mich durchaus gelohnt hat.«

Sie konnte sein Lächeln hören, und ein Kribbeln, das sie nicht einordnen konnte, dehnte sich in ihr aus. Sie seufzte. Die Seiten der Akte knisterten in ihren Fingern, und sie dachte an die drei Galeriegänge. Wenn das Mädchen wirklich gesprungen war: Warum dann nicht vom höchsten? Niemand, der sich umbringen wollte, würde so handeln.

»Warum gerade ich?«

»Das habe ich schon beantwortet.«

»Nein. Sie konnten nicht wissen, was ich sage.«

Einen Moment lang herrschte Stille in der Leitung.

»Weil gemunkelt wird, dass Sie ein fotografisches Gedächtnis haben. Weil Sie anscheinend ein weiblicher Sherlock Holmes sind. Und weil ich selbst gesehen habe, wie Sie am Tatort gearbeitet haben. Wenn es nach mir ginge, würden Sie morgen bei der Mordkommission anfangen.«

Kapitel 6

Ohne ihre Uniform fühlte Dorothea sich ungeschützt und nackt. Schlotternd zog sie den Schal enger um den Hals und ihre Wollmütze tief in die Stirn. In der eisigen Morgenluft zog der Geruch von Asche aus unzähligen Kaminen, und der Schnee knirschte unter ihren Sohlen, als sie zum fünften Mal den Schulpark des *Sebastianums* durchschritt. Die Äste der kahlen Buchen und Linden zitterten. Neptun erhob sich mit seinem Dreizack aus einem verschneiten Brunnen und Schiller, Vergil und Ovid sahen starr auf Dorothea herab. Auch an einer Büste von Goethe kam Dorothea vorbei. Bei jeder neuen Umrundung schien der Dichter noch größere Bedenken gegen Dorotheas Vorhaben zu äußern.

»Ermittlungen ohne offizielle Anweisung. Was denkst du dir dabei?«

Dorothea schluckte, als sie zu dem Denkmal aufsah. »Ich werde mich ein bisschen umhören. So schnell falle ich in Zivil niemandem auf.«

Ihr Argument ließ das Universalgenie unbewegt. *»Das ist dein Plan? In einer Stadt wie Kufstein? Das wird dich deinen Job kosten.«*

Sie zuckte zusammen, ging dennoch weiter.

»Katholisches Gymnasium«, las sie. Die in Marmor gemeißelten Buchstaben genügten, um Dorothea wieder erschaudern zu lassen. In ihrer Erinnerung sah sie den steinernen Torbogen und die schweren Flügeltüren ihrer eigenen Schule, spürte die Wucht der Schneebälle in ihrem Rücken. *Dick, Dick, Moby Dick.* Sie betrachtete den Eingang des *Sebastianums* und ein Gedanke streifte sie. So musste Dante sich wohl vor dem Tor der Unterwelt gefühlt haben: *Lasset, die ihr eintretet, alle Hoffnung fahren.*

»Großer Gott, wir loben dich …«

Als Dorothea die Holztür aufgezogen hatte, empfingen sie gedämpfte Orgelklänge und Hunderte Stimmen. Einen Moment lang blieb sie verwundert stehen, dann durchquerte sie bedächtig die Halle. Nichts deutete darauf hin, dass neun Tage zuvor ein zerschellter Körper auf dem Steinboden gelegen hatte. Ein Schauer durchlief sie, als sie das Eichenkreuz betrachtete, dann drehte sie sich um und steuerte auf das Schild *Zur Kapelle* zu.

Der Dunst von Weihrauch, Kerzenwachs und Staub schlug ihr entgegen, als sie die schmiedeeiserne Klinke der Tür hinunterdrückte und über die ausgetretene Steinschwelle trat. Wie immer, wenn sie eine Kirche betrat, fühlte sich Dorothea um Jahrzehnte, Jahrhunderte zurückversetzt. Langsam sah sie sich in der Kapelle um.

In den vorderen Reihen reichten die Schüler der ersten Klassen kaum über die Kirchenbänke, in den letzten dagegen überragten langhaarige Teenager ihre Lehrer. Als Dorotheas Blick über die Köpfe glitt, schien es ihr, als würde eine Gestalt weit vorn sich zu ihr umdrehen und sie neugierig anstarren, doch nach dem Bruchteil einer Sekunde war das Gesicht wieder in der Masse verschwunden.

Die Morgenstrahlen der Wintersonne erleuchteten das überdimensionale Foto der toten Elena Goldschmied, das vor dem Altar stand. Es war umringt von brennenden Teelichtern und weißen Lilien. Dorothea spürte einen Stich in der Brust, als sie an den leblosen Körper dachte. Sie wandte sich ab und ließ den Blick über goldene Erzengel, flackernde Kerzen und prunkvolle Lüster gleiten. Sie betrachtete Pontius Pilatus, der Jesus zum Tode verurteilte, die Frauen, die den Leichnam ins Grab legten.

Auf einer Marmortafel las sie die Namen aller Schüler des *Sebastianums*, die im Ersten und Zweiten Weltkrieg gefallen waren. *Franz Zwercher: *1925 †1943, Friedrich Zwercher: *1925 †1944*. Dorothea dachte an die Mutter der Zwillinge, an die Holzkisten, in denen man ihr die Söhne vermutlich zurückgeschickt hatte. Eine lateinische Inschrift stand unter der langen Liste von Gefallenen. *Honesta mors turpi vita potior* – ein ehrenvoller Tod ist einem schändlichen Leben vorzuziehen. Beim Anblick der patriotischen Worte stieg Übelkeit in Dorothea auf.

Weit vorn am Ende des Seitenschiffes entdeckte sie den Teufel, der versuchte, Jesus in der Wüste in Versuchung zu führen. Schon glitten ihre Blicke weiter, doch plötzlich stockte ihr Atem. Unter dem Ölgemälde auf dem weiß bestickten Altartuch stand ein Strauß dunkelroter Rosen in voller Blüte, langstielig und prächtig. Sekundenlang blieb sie in den Anblick versunken, bis das Gebet sie aufhorchen ließ.

»Dein Schöpfer hat dich ins Leben hineingerufen, der Herr über Leben und Tod hat dich nun aus dem Leben herausgerufen.«

Die Stimme des Geistlichen klang höhnisch in ihren Ohren. Aus der Ferne wirkte der Priester in seiner Robe wie eine Bulldogge, nur die Brille verlieh dem Antlitz eine intellektuelle Note. Ein von Falten zerfurchtes Gesicht, ein Kranz von spärlichen weißen Haaren, ein fast kahler Schädel. Es war Hochwürden Gottfried Weiß selbst, der Direktor von St. Sebastian, der die heilige Messe zelebrierte.

Endlich breitete er die Arme zum Abschiedssegen aus. »Gehet hin in Frieden.«

Die Orgel setzte ein, die Kirchenbänke knirschten und knarrten, als Hunderte von Schülern sich gleichzeitig aufmachten, den düsteren Ort endlich zu verlassen. Niemand schien Notiz von Dorothea zu nehmen, und sie atmete erleichtert aus. Unauffällig reihte sie sich in den Strom der Jugendlichen ein und beobachtete die unzähligen Grüppchen, die an ihr vorbeizogen. Sie versuchte, die Gespräche zu belauschen, doch die meisten der Teenager verließen die Kapelle mit gesenkten Köpfen. Ein Satz jedoch ließ Dorothea schließlich aufhorchen.

»Ob unsere dicke Gothic-Mellie wohl in Zukunft ohne ihre Ellie überlebt?« Die beiden Mädchen glitten durch die Masse, leise tuschelnd. Mit langen, perfekt geglätteten Haaren, schlanken Beinen und engen Oberteilen wirkten sie auf Dorothea wie Barbie-Klone.

Eine der beiden drehte sich sensationslüstern um, und Dorothea ahnte, über wen die beiden spotteten. In einigen Metern Entfernung schlurfte ein molliges Mädchen. Es trug ausgewaschene schwarze Jeans und ein überdimensionales schwarzes T-Shirt, das über ihre breiten Hüften hing. Bis zu den gebeugten Schultern reichten blau-schwarz gefärbte Haare, das Gesicht war mit Pusteln übersät. Sie hatte die Arme um den Oberkörper geschlungen, schien einfach nur verschwinden zu wollen.

Beim Anblick der Schülerin stieg Mitleid in Dorothea auf. Doch als die Jugendliche den Kopf hob, traf der Ausdruck in ihrem Gesicht Dorothea wie ein Schlag. Tiefe Schatten unter den Augen zeugten von schlaflosen Nächten, aber die Augen des Mädchens waren voller Angst und Panik, wirkten wie die eines gehetzten Tieres.

Dorothea folgte ihr und spürte plötzlich den Druck einer Hand auf ihrer Schulter.

»Dorothea? Was machst du denn hier?«

Dorothea erstarrte vor Schreck, doch der Klang der Stimme weckte ein wohliges Gefühl in ihr. Sie blieb stehen und drehte sich langsam um. »Herr Kieter?«

Als sie in das vertraute Gesicht sah, verspürte sie das Verlangen, sich Michael Kieter in die Arme zu werfen. Stattdessen drückte sie die Hand, die sich ihr entgegenstreckte.

»Nicht so förmlich. Für dich Michael. Du bist ja jetzt nicht mehr meine Schülerin. Vor wie vielen Jahren hast du maturiert?«

»Vor vierzehn.«

Es schien ihr wie eine halbe Ewigkeit. Was wäre wohl aus ihr geworden, wenn er damals nicht gewesen wäre?

»Was machst du jetzt, Dorothea? Und vor allem, warum bist du hier an der Schule?«

»Das ist etwas kompliziert. Und du?«

Ihr wurde klar, wie sehr sie seine sanfte Stimme, seinen schlaksigen Körper, sein schmales Gesicht und die dunklen Haare vermisst hatte. Selbst die linkischen Bewegungen seiner langen Arme erschienen ihr vertraut.

»Ich unterrichte hier. Schon seit einigen Jahren.«

»Ich dachte immer, dass du auf ewig im Stiftsgymnasium bleiben würdest.«

Deutsch und Geschichte. Ihre Lieblingsstunden. Sie schmunzelte. Wie schon damals fand sie es erstaunlich, dass er wie Dustin Hoffman in *Rain Man* aussah.

»Nun, das Leben ist voller Überraschungen.« Kleine Falten zeigten sich auf seiner Stirn. »Was machst du beruflich?«

»Ich bin Inspektorin bei der Kufsteiner Polizei.«

»Wirklich? Interessante Berufswahl. Und weshalb treffe ich dich hier bei dieser Messe an?«

Dorothea wartete, bis sich die Tür knarrend hinter den letzten Schülern schloss und sie allein in der Kirche zurückblieben. »Es gibt noch ein paar offene Fragen bezüglich des Todes von Elena Goldschmied.«

»Ich dachte, die Ermittlungen sind abgeschlossen.«

»Ja, fast. Kanntest du Elena gut?«

»Nun, wie gut ein Lehrer eben seine Schüler kennt. Ich unterrichte Deutsch in der Abschlussklasse.«

»Wusstest du, dass sie schwanger war?«

»Nein.« Die Silbe klang ehrlich, doch ein seltsam bitterer Ton schwang in seiner Stimme mit. Schnell sprach er weiter: »Nun, wir versuchen natürlich immer, den Schülern im Unterricht die Möglichkeit zu geben, offen über das eigene Leben zu reden, aber nur wenige tun das. Elena war in gewisser Weise eine Einzelkämpferin. Sie versuchte wohl, mit ihren Problemen selbst fertig zu werden.« Sein Blick glitt nach vorn in Richtung Seitenaltar.

»War sie beliebt? Hatte sie viele Freunde?«

Er blinzelte und fuhr sich mit der Hand über die Nase. »Darüber weiß ich nicht viel. In meinem Unterricht war sie sehr engagiert, sozial und hilfsbereit anderen gegenüber. Ich denke, auch als Klassensprecherin hat sie sich für die Anliegen ihrer Mitschüler eingesetzt.«

»Hatte sie einen Freund?«

»Ich glaube nicht.«

»Gab es Missgunst, Feindschaften?«

»Von Problemen mit Mitschülern weiß ich nichts. Als Klassensprecherin hatte sie öfter kleine Unstimmigkeiten mit dem Direktor. Allerdings nichts außerhalb des gewöhnlichen Rahmens.« Er hielt inne. »Worum geht es hier? Weshalb all diese Fragen nach Streit und Feinden?«

Dorothea zögerte.

»Komm schon, Dorothea, mir kannst du die Wahrheit sagen.«

»Es gibt Vermutungen, dass es sich bei Elenas Tod nicht um Selbstmord handelt.«

»Wer vermutet das? Die Polizei? Ich dachte, ihr Tod wurde offiziell als Selbstmord erklärt.«

Mit einem Mal wurde die Eichentür neben ihnen mit einem Ruck aufgezogen. Die Frau, die die Kirche betrat, war hochgewachsen, sportlich und braun gebrannt. Rotblonde Locken lagen um den schmalen Kopf, und in ihrem Gesicht leuchteten klare grüne Augen. Sie wirkte in Dorotheas Augen wie eine schottische Königin.

»Michael? Wo bleibst du denn? Wir warten auf dich.«

Kieter zuckte zusammen. »Oh, das hätte ich beinahe vergessen. Tut mir leid, meine Liebe.« Er warf der Frau einen entschuldigenden Blick zu, ehe er sich wieder an Dorothea wandte. »Hier kommt der Grund, warum ich mich nach Kufstein habe versetzen lassen. Das ist meine Frau.«

Kapitel 7

»Der Herr Direktor telefoniert gerade.«

Den Vorraum zur Direktion stand offen, Dorothea hatte gehofft, den Pfarrer nach der Messe hier anzutreffen. Doch der Zugang zum Büro von Gottfried Weiß wurde von seiner Sekretärin bewacht wie der Eingang zur Unterwelt von Zerberus. Ihr Gesicht war von vielen Falten gezeichnet, und die grauen Haare lagen in einem strengen Pagenschnitt hinter den Ohren. Ihr kalter Tonfall stellte klar, dass sie keinen Widerspruch duldete.

Geschäftig drehte sie sich im Drehstuhl und nahm einen der zahlreichen Ordner aus dem Aktenschrank hinter ihr. Sie fühlte sich wieder wie eine Schülerin, als sie der grauen Eminenz über die hohe Ablage hinweg antwortete.

»Ich werde warten.«

Erzürnt darüber, die ungebetene Störung noch nicht los zu sein, hob die Sekretärin ihren Kopf. »Wie Sie wollen. Aber um 10:40 Uhr hat Hochwürden wieder Unterricht. Er wird also nicht viel Zeit für Sie haben.«

Dorothea nahm die Aussage mit einem Nicken zur Kenntnis und setzte sich auf einen der harten Holzstühle. Grimmig drehte die Sekretärin den Kopf und begann, wieder auf die Tastatur einzuhacken.

Als sich die Tür schließlich öffnete, war Dorothea überrascht. Der Priester hatte sich umgezogen; ohne die Robe wirkte Gottfried Weiß viel kleiner und weniger erhaben.

Als Dorothea aufstand, ertönte die missbilligende Stimme der Sekretärin. »Das junge Fräulein hat auf Sie gewartet. Sie ist von der Polizei.«

»Oh, natürlich. Bitte kommen Sie herein.« Er klang gelassen, die Augen hinter den Brillengläsern aber verengten sich argwöhnisch.

Das Büro war so, wie Dorothea sich die Räume im Vatikan vorstellte. Weinrote Vorhänge vor den hohen Fenstern, fest zugezogen. Zahlreiche Ölgemälde von Kardinälen in roten Roben an den Wänden, in der Mitte der Papst. Ein Konferenztisch umringt von Stühlen in rotem Samt. Wie schon zuvor in der Kirche roch es auch hier nach Staub.

Direktor Weiß setzte sich an den Schreibtisch, der im Zentrum des Zimmers stand. Er deutete auf einen gepolsterten Sessel vor sich. »Was kann ich für Sie tun?«

»Ich habe noch ein paar Routinefragen zum Tod von Elena Goldschmied.«

»Ist die Untersuchung noch nicht abgeschlossen?« Er runzelte die Stirn.

»Nun, wir brauchen noch ein paar Details für unseren Bericht.«

Seine Augen fixierten Dorothea. »Ich schätze die Aufopferung der Polizei und bin natürlich immer gern bereit, meine weltlichen Kollegen zu unterstützen.«

Dorothea schluckte, um die Selbstdarstellung des Direktors als geistlicher Ordnungshüter zu verdauen. »Waren Sie überrascht über den Selbstmord von Elena Goldschmied?«

»Nun, Gottes Wege sind unergründlich. Es ist sehr bedauerlich zu sehen, dass ein so junges Mädchen Hand an sich selbst gelegt hat.«

»Wussten Sie, dass Elena schwanger war?«

»Nun, leider scheint sie den Pfad der Tugend verlassen zu haben. Er strich seine Krawatte glatt. »Deshalb wählte sie wohl den Freitod. Dabei lehrt uns Jesus Vergebung. Die Pharisäer wollen die Sünderin aus dem Haus jagen.« Er wandte sich zur Seite, blickte auf das Kruzifix an der Wand. »Dann sagte er zu ihr: Deine Sünden sind dir vergeben.«

»Lukas 7,48«, fügte Dorothea leise hinzu.

Der Pfarrer drehte überrascht seinen Kopf und betrachtete Dorothea eingehend.

»Sie glauben also, dass Elena Selbstmord beging, weil sie schwanger war?«, fragte sie.

»Nur Gott weiß, warum unserer Glaubensgemeinschaft diese schwere Prüfung auferlegt wurde. Ich kannte Elena kaum.« Er schob seine Brille nach oben. »Vierhunderteinunddreißig Zöglinge besuchen meine Schule, es ist unmöglich, die privaten Umstände jedes einzelnen Schäfchens zu kennen.«

»Immerhin war sie Klassensprecherin. Es muss ja einige Treffen zwischen Ihnen gegeben haben.« Dorothea entging nicht, dass er kurz zusammenzuckte.

»Das trifft zu. Allerdings ging es dabei immer nur um schulpolitische Fragen. Elenas Privatleben kam nie zur Sprache.«

»War sie sehr engagiert als Klassensprecherin?«

Die Hand des Priesters ballte sich auf der Armlehne nun zu einer Faust. »Das kann man durchaus sagen.«

»Gab es irgendwelche Unstimmigkeiten zwischen Ihnen und Elena Goldschmied?«

»Unstimmigkeiten? Wer erzählt so etwas?« Er presste die Lippen aufeinander.

»Wie gesagt, nur eine Routinefrage.«

»Es gab keinerlei Unstimmigkeiten zwischen mir und Elena Goldschmied.« Er klang pikiert. »Wir hatten ein sehr gutes Verhältnis. Nur manchmal dachte sie, dass sie als Kind der Schule besondere Rechte habe.«

Ein bitterer Unterton ließ Dorothea aufhorchen. »Als Kind der Schule?«

»Elenas Mutter unterrichtet schon lange am *Sebastianum*.« Seine Züge entspannten sich, er lächelte.

»Von welchen Rechten sprechen Sie?«

»Elena hat versucht, als Schulsprecherin Forderungen zu stellen, Dinge zu erreichen, die nicht umsetzbar waren.«

»Um welche Forderungen handelte es sich?«

»Ich erinnere mich an kein konkretes Beispiel. Es war eher ein allgemeiner Eindruck.«

Dorothea glaubte, in seinen Augen Wut zu erkennen, sie war sich sicher, dass Hochwürden sich genau erinnern konnte, welche Ansprüche Elena gestellt hatte. Aber er zog es offensichtlich vor, sich nicht dazu zu äußern. Sie beschloss, einen anderen Kurs einzuschlagen. »Wer waren ihre Freunde?«

»Sie möchten Elenas Freunde noch einmal befragen?« Er gab sich keine Mühe, seine Entrüstung zu verbergen.

»Um unseren Bericht noch zu vervollständigen.«

Der Direktor stützte seine Hände auf den Schreibtisch, schob seinen Sessel zurück und erhob sich. »Ich schätze Ihre Bemühungen sehr. Als Direktor und auch als Seelsorger dieser Schule muss ich Sie jedoch bitten, jegliche weiteren Befragungen zu unterlassen. In diesem Haus sollen mit Gottes Hilfe wieder Ruhe und Frieden einkehren.« Demonstrativ sah er auf seine Armbanduhr. »Ich würde mich gern noch weiter mit Ihnen unterhalten. Leider muss ich aber jetzt zum Unterricht.«

Widerwillig erhob sich Dorothea.

Als sie wieder im Vorraum bei der Sekretärin stand, deklamierte sie leise: »Johannes 8,7: Wer von euch ohne Sünde ist, werfe als Erster einen Stein ...«

Kapitel 8

Die Villa der Familie Goldschmied lag in der teuersten Gegend der Stadt. Auf ihrem Weg dorthin sah Dorothea ausgedehnte Gärten und Swimmingpools unter einer unberührten Schneedecke. Das hier war das Beverly Hills von Kufstein.

Dorothea bestaunte das Landhaus, während sie die Klingel neben dem Schild mit der Aufschrift *Goldschmied* drückte, doch schon nach dem zweiten Läuten gab sie es auf. Niemand schien zu Hause zu sein. Insgeheim war sie froh, die Eltern der Toten nicht angetroffen zu haben.

Noch einmal sah sie zu, wie ihr Atem in der starren Winterluft gefror, dann wandte sie sich um und stieg vorsichtig die Marmorstufen der breiten Treppe hinunter. Der Schnee knirschte unter ihren groben Sohlen, von Ferne hörte sie das Mittagskonzert der Heldenorgel in Kufstein. Sie lächelte. In ihren ersten Wochen in der Stadt hatte das tägliche Orgelspiel Dorothea befremdet, nun aber gab es ihr ein Gefühl der Geborgenheit. Trotz der Kälte wurde ihr mit jedem Schritt nach unten wärmer, und Erleichterung breitete sich aus.

Ihr Magen knurrte, und Dorothea fiel ein, dass sie noch nichts gegessen hatte. Noch während sie darüber nachdachte, worauf sie Lust hatte, nahm sie ein metallisches Klirren wahr. Seufzend hielt sie inne. Momente später hörte sie, wie sich hinter ihr auf dem Treppenabsatz in der Haustür ein Schlüssel im Schloss drehte.

»Wer ist da?«

Nicht umdrehen. Hartnäckig versuchte Dorotheas innere Stimme, sie zum Weitergehen zu bewegen. Alles in ihr schrie danach, nicht stehen zu bleiben, nicht nach oben zu gehen, keinen verzweifelten Eltern Einzelheiten über das Leben ihres toten Kindes zu entlocken. Doch Dorothea wusste, dass es keinen Aufschub geben durfte. Neun Tage waren bereits seit dem Tod des jungen Mädchens verstrichen. Wenn sie herausfinden wollte, wer Elena Goldschmied getötet hatte, durfte sie keine Zeit verlieren.

Sie wandte sich um und sah hinauf zu der Frau im Türrahmen, doch noch ehe sie etwas sagen konnte, vernahm sie plötzlich ein leises Knirschen hinter sich. Es schien ihr, als ob sich jemand dem Haus näherte. Lauschend blieb Dorothea neben der eingeschneiten Hecke stehen, und das Geräusch verstummte. Vorsichtig sah sie sich um. Die umliegenden Villen waren begrenzt von Thujen und hohen Mauern, nirgends war jemand zu sehen, auch in der feinen Schneeschicht vor dem riesigen Garagentor entdeckte sie nur ihre eigenen Fußabdrücke. Dennoch wurde Dorothea das Gefühl nicht los, dass einige Meter von ihr entfernt jemand hinter der Hecke lauerte. Sie hörte ein Keuchen, wie das eines gehetzten Tieres.

»Wer ist da?« Leise drang die Stimme wieder von oben an Dorotheas Ohr. Noch einmal suchten Dorotheas Blicke die Umgebung ab, dann begann sie bedächtig, die kalten Marmorstufen wieder zu erklimmen. Einige Sekunden später blickte sie in ein eingefallenes Gesicht.

»Frau Goldschmied?«

Fast unmerklich nickte die magere Frau. »Ja, bitte?« Ihre Stimme klang brüchig.

Als Dorothea in das verzweifelte Gesicht der Lehrerin sah, traf die Erinnerung sie wie ein Schlag. Denselben trostlosen Blick hatte ihre eigene Mutter gehabt, als Dorothea an jenem Tag nach Hause gekommen war. Mitfühlend betrachtete Dorothea ihr Gegenüber. Aus der Akte wusste sie, dass die Mutter der Toten einundfünfzig Jahre alt war. Noch vor Kurzem musste sie wohl eine recht attraktive Frau gewesen sein, doch die Verzweiflung über den Tod ihres einzigen Kindes hatte jegliche Grazie zerstört und sie um Jahre altern lassen. Ihr Körper wirkte abgemagert und schwach, das Gesicht war hohlwangig und die Haut von tiefen

Falten zerfurcht. Die Augen waren stumpf und leer, die dunklen Haare hingen strähnig über die Schultern.

Elenas Mutter trug eine ausgewaschene Jogginghose und eine Kapuzenjacke. Die Hose reichte nur bis zu ihren Knöcheln, die Jacke nicht einmal bis zu den Handgelenken. Barfuß stand die Frau auf dem kalten Fliesenboden. Verwirrt betrachtete Dorothea das seltsame Outfit, bis ihr schlagartig klar wurde, dass Katharina Goldschmied die Kleider ihrer toten Tochter trug.

»Inspektorin Dorothea Keusch. Darf ich Ihnen ein paar Fragen stellen?«

Die Mutter der Toten sagte nichts, ihre Miene blieb leer. Dann aber trat sie einen Schritt zurück und gab Dorothea, die ihren Dienstausweis vorzeigte, den Weg frei. »Bitte kommen Sie herein.«

Dorothea betrat die Eingangshalle, nahm ihren Parka ab und hängte ihn auf einen der Garderobenhaken. Als ihr Blick auf ihre nassen Stiefel fiel, zögerte sie kurz, dann zog sie sie aus und stellte sie säuberlich nebeneinander.

Die alte Villa war renoviert worden, traditionelle und neue Elemente flossen in dem Landhaus ineinander. Das Haus roch nach Leder und Holz, Dorothea bekam das seltsame Gefühl, in einem Magazin für stilvolles Wohnen gefangen zu sein. Eine Treppe aus blaugrauen Fliesen mit schmiedeeiserner Balustrade führte in den oberen Stock, an der Wand hing ein mächtiger Spiegel. Obwohl es einen breiten Garderobenschrank gab, lag ein schwarzer Kaschmirmantel achtlos über der Kommode, schwarze Lederstiefel standen am Boden.

Auch der Blick der Lehrerin fiel auf die Stiefel, sie zog die Ärmel ihrer Sweatjacke nach unten und versuchte, die Baumwollhose glatt zu streichen. »Entschuldigen Sie die Unordnung. Und meine Kleidung. Ich wusste nicht, dass Sie kommen, Frau Inspektorin.«

»Ich bitte Sie, Frau Goldschmied. Machen Sie sich darüber keine Gedanken.« Dorothea versuchte, ihrer Stimme einen beruhigenden Klang zu geben. Als sie sich weiter umsah, fiel ihr ein Bild von Egon Schiele an der Wand auf.

Auch Katharina Goldschmied betrachtete die grob skizzierte Frau, die ihre Brüste lustvoll zur Schau stellte. »Mein Mann ist in seiner Kanzlei.«

Dorothea wusste nicht, ob der Anblick der nackten Frau Katharina Goldschmied zu dieser Aussage bewegt hatte, aber ihr Tonfall verriet Bitterkeit und Wut. Dorothea fragte sich, wie viele Stunden die Mutter der Toten schon allein in diesem Haus war.

Als Dorothea den Wohnraum betrat, bereute sie, dass sie ihre Winterjacke abgelegt hatte. Die Temperatur im Haus war ähnlich niedrig wie im Freien. Fröstelnd wickelte sie sich in ihre Strickjacke. Der riesige Raum vereinte Wohnzimmer und Küche, eine Fensterfront ersetzte eine gesamte Wand. An sonnigen Tagen durchflutete das Licht sicher das Zimmer, doch nun lag es im Halbdunkel. Alle Jalousien waren heruntergelassen. Als die Lehrerin das Licht einschaltete, warfen Spots von der Decke seltsam grelles Licht auf eine dunkelbraune Ledersitzgruppe, einen Couchtisch und den antiken Parkettboden. Dorothea erspähte ein warm anmutendes Sofa, doch Katharina Goldschmied deutete auf die andere Hälfte des Zimmers. »Bitte setzen Sie sich.«

Vor Kälte zitternd nahm Dorothea an dem massiven Holztisch gegenüber von Katharina Goldschmied Platz. Ein Kamin aus Backsteinen war vorhanden, doch kein Feuer erwärmte den Raum. Der Steinboden unter Dorotheas Socken fühlte sich kühl an, die Designerstühle wirkten glatt und kalt. Die Hausherrin aber schien dies nicht zu bemerken. Ehe Dorothea eine Frage stellen konnte, begann die Mutter des Opfers, leise zu sprechen: »Wurzeln und Flügel.«

»Wie bitte?« Dorothea blickte in das gebrochene Gesicht der Lehrerin. Stumpf starrte die auf die harte Oberfläche des Tisches. Dorothea wartete geduldig. Schweigend musterte sie die rustikale weiße Küchenzeile, die Arbeitsplatte aus poliertem Granit und die elegante Bar mit den erlesenen Barhockern. Ein überdimensionaler Kühlschrank summte leise. Ein Abbild perfekten Wohnraums, alles schien zu sagen: Hier wohnt eine glückliche Familie. Zahlreiche Bilder in dunklen Holzrahmen unterstrichen diesen Eindruck.

Eine junge Katharina Goldschmied lachte dort freudestrahlend in einem blütenweißen Kleid ihrem stämmigen Bräutigam zu, den sie um wenige Zentimeter überragte. Auf einem anderen Foto lachte ein pausbäckiges Baby vergnügt in die Kamera, während es versuchte, seine Füßchen in den Mund zu stecken. Auf einem Regal stand eine Sammlung von Souvenirs. Dorothea erkannte die Tower Bridge, den Eiffelturm, das Kolosseum, das Brandenburger Tor und das Empire State Building. Eine Aufnahme der kleinen Familie inmitten der Miniaturen zeigte Vater, Mutter und Tochter vor dem Hintergrund des Hollywood-Schriftzugs. Herr Goldschmied war bereits einige Kilo schwerer und wies Spuren einer angehenden Glatze auf. Elena dagegen lächelte nun als hübscher Teenager kokett im kurzen Sommerkleid in die Kamera.

Beim Anblick der fröhlichen Elena spürte Dorothea einen Stich in der Brust, Verzweiflung breitete sich in ihr aus.

»Zwei Dinge soll man seinen Kindern mitgeben. Wurzeln und Flügel.« Katharina Goldschmieds Körper bebte, während sie redete. »Ich dachte, dass ich alles richtig gemacht hätte. Elena war so selbstbewusst, wusste immer genau, was sie wollte, brauchte keine Hilfe. Ich hatte keine Ahnung.« Ihre Stimme erstarb, als sie die schmalen Hände vor das Gesicht schlug. »Sie hat mir nicht erzählt, dass sie schwanger ist. Ich musste es von Ihren Kollegen erfahren.« Mühsam brachen die Worte aus ihr hervor. »Walter hat sich immer über mich lustig gemacht. Er sagte, ich sei hysterisch. An dem Abend war er auf einem Seminar in Innsbruck, und ich war allein zu Hause. Als Elena in der Nacht nicht heimkam, wusste ich, dass etwas nicht stimmte.«

Die Fassade zerbrach, und Katharina Goldschmied begann, laut zu schluchzen. Verzweifelt legte sie ihre Hand über den Mund und versuchte, ihre Fassung wiederzuerlangen. Dorothea dachte an ihre eigene Mutter. Niemals hatte sie sich ihr als Teenager anvertraut, ihr erzählt, was wirklich in ihr vorging. Plötzlich übermannten sie Schuldgefühle. Sie nahm sich vor, ihre Mutter am Abend anzurufen und sie gleich am nächsten Morgen zu besuchen. Die Kälte im Raum kam Dorothea nun unerträglich vor.

Jede Faser ihres Körpers verlangte danach, aufzustehen und zu gehen, doch etwas in ihr hielt sie zurück. Wieder ermahnte sie sich, dass sie keine Zeit mehr verstreichen lassen durfte, wenn sie noch Informationen über Elenas Leben … und Sterben bekommen wollte.

»Ich bin jedes Gespräch durchgegangen, jeden ihrer Blicke, jede Bewegung«, flüsterte Elenas Mutter gequält. »Wenn ich doch nur gemerkt hätte, wie es ihr geht… Aber ich war zu sehr mit mir selbst beschäftigt. Mit meiner Arbeit, meiner Ehe. Sie hat es nicht selbst getan. Es war mein Egoismus. Meine Schuld. Ich habe sie getötet.«

Kapitel 9

Plötzlich hallte der schrille Ton der Türglocke durch das Landhaus. Dann herrschte einen Moment lang Totenstille.

»Erwarten Sie jemanden, Frau Goldschmied?«

»Nein.«

Noch einmal erklang der durchdringende Laut. »Soll ich die Tür öffnen?«, fragte Dorothea.

Kaum wahrnehmbar nickte Katharina Goldschmied. Dorothea erhob sich, durchquerte das Wohnzimmer und öffnete im Foyer die Eingangstür.

Beim Anblick von Ulrike Kieters kurzen rotblonden Haaren hielt Dorothea den Atem an. Ein modischer bunter Mantel, moderne Stiefel und die passende Handtasche, das Gesicht perfekt gebräunt. Insgeheim fragte sich Dorothea, warum ihr ehemaliger Lehrer sich gerade in diese Frau verliebt hatte.

»Frau Keusch, wie schön, Sie so bald wiederzusehen.« Die sanfte Stimme unterbrach Dorotheas Grübeln.

Als die beiden das Wohnzimmer betraten, wischte Katharina Goldschmied sich gerade die Tränen aus dem Gesicht und richtete sich ein wenig auf. Dann hob sie überrascht den Kopf. »Ulrike.«

»Ich wollte mich erkundigen, wie es dir geht.« Ulrike Kieter klang sanft. »Aber ich sehe, dass du Gesellschaft hast. Ich komme später wieder.«

»Bitte bleib.« Katharina Goldschmied erhob sich. »Frau Inspektorin, das ist Ulrike Kieter, unsere Schulärztin. Sie ist im Moment meine größte Stütze.«

Ulrike Kieter nickte Dorothea erneut zu, dann schlang sie die

Arme um ihren Oberkörper. »Katharina, hast du die Heizung abgestellt?«

Die Mutter der Toten nickte. »Ich muss immer daran denken, wie Elena dort lag, in der eiskalten Halle. Wie sehr sie gefroren haben muss.«

Dorothea hielt kurz den Atem an und bemerkte, dass auch Ulrike Kieter zusammenzuckte. Doch die Ärztin fing sich schnell wieder.

»Wo kann ich die Heizung wieder einschalten?« Ohne auf eine Antwort zu warten, schichtete sie einige Holzscheite in den Kamin, dann schob sie ein Zeitungsblatt nach und zündete ein Streichholz an.

Dorothea sah, wie die Flamme zitterte. Erst als das trockene Holz knisterte, richtete sich Ulrike Kieter wieder auf. »Katharina, hast du heute schon was gegessen?«

»Wozu?« Sie klang resigniert und müde, aber schon etwas gefasster.

Frau Kieter trat an die Spüle und füllte Wasser in einen silbernen Teekessel. Als das Wasser zu brodeln begann, öffnete sie den Küchenschrank, nahm einige Scheiben Brot heraus und begann, diese zu belegen. »Darf ich Ihnen auch etwas anbieten, Frau Inspektorin?«

»Nein, danke.« Dorotheas Hunger war verflogen, ein flaues Gefühl hatte sich stattdessen in ihrem Magen ausgebreitet.

»Sie wollten mir einige Fragen stellen?« Katharina Goldschmieds Stimme war nun fest, ihr Tonfall ruhiger.

Dorothea warf einen Seitenblick auf die Besucherin, die nun ebenfalls am Tisch saß. »Es geht nur um ein paar Routinefragen. Das muss nicht heute sein.«

»Es ist in Ordnung. Ulrike weiß Bescheid.«

»Ich wollte gerade gehen« Die Ärztin erhob sich rasch. »Ich rufe dich später an, Katharina. Auf Wiedersehen, Frau Inspektorin.«

Dorothea wartete, bis die Haustür ins Schloss fiel, dann begann sie, bedachtsam zu sprechen: »Gab es irgendjemanden, vor dem Elena Angst hatte?«

»Ich denke nicht.« Die Mutter runzelte verwirrt ihre Stirn, sie klang unsicher.

»Vielleicht Feindschaften, Neid, Streit?«

Nun schüttelte Katharina Goldschmied energisch den Kopf. »So war meine Elena nicht. Sie war bei allen beliebt.« Plötzlich schien ihr etwas einzufallen. »Vor ein paar Wochen gab es einen Vorfall. Elena hatte Streit mit einem Jungen aus ihrer Klasse. Mit Roman.«

»Worum ging es dabei?«, fragte Dorothea.

»Ich weiß es nicht. Sie meinte nur, Roman sei ein Idiot. Aber als ich fragte, warum, hat sie das Thema gewechselt. Ich kann mich nur daran erinnern, weil Elena solche Kraftausdrücke normalerweise nicht benutzte.« Sie überlegte. »Vielleicht weiß Melanie mehr darüber.«

»Melanie?« Dorothea wiederholte den Namen, eine Szene aus der Kirche tauchte vor ihr auf. Die zwei blonden *Barbies,* ihre spöttischen Gesichter, das mollige Mädchen in schwarzer Kleidung. *Ob wohl Gothic-Mellie ohne ihre Ellie überlebt?*

»Melanie Fleischer. Sie war Elenas beste Freundin. Die beiden sind wie Tag und Nacht. Meine Elena war aufgeschlossen, gesellig, Melanie ist eher schüchtern. Elena war meist Klassenbeste, Melanie musste immer hart darum kämpfen, in die nächste Klasse versetzt zu werden. Trotzdem sind die Mädchen schon seit dem Kindergarten befreundet.«

Gothic-Mellie. Der Spitzname hallte in Dorotheas Kopf wider, und sie dachte an die Panik in den Augen der Jugendlichen. Sollte sie danach fragen? Sie entschied sich dagegen. »Elena hatte also Streit mit Roman. Kennen Sie ihn?«, hakte sie stattdessen weiter nach.

»Nicht sehr gut. Er war eigentlich ein netter Junge. Aber seit einiger Zeit hat er sich verändert.«

»Was meinen Sie damit?«

»Es ist schwer zu beschreiben. Die Art, wie er sich kleidet. Springerstiefel, Piercings, er hat seine Haare abrasiert.« Dorothea verstand. Offensichtlich wollte Katharina Goldschmied das Wort nicht aussprechen.

»Sie meinen, er hat sich der rechten Szene verschrieben?«, fragte Dorothea vorsichtig.

»Ich fürchte, ja.«

Dorothea versuchte, sich ihre Überraschung nicht anmerken zu lassen. Da waren die rechtsradikalen Parolen, die jemand an die Kellerwände des *Sebastianums* geschmiert hatte. Hatte Katharina Goldschmied diese Verbindung nicht hergestellt? Oder wollte sie es nicht? War ihr der Gedanke, dass ein Schüler hinter dem Vandalismus steckte, unangenehm?

»Elena war Klassensprecherin.« Sachte wechselte Dorothea das Thema.

Die Lehrerin nickte stolz, die Erinnerung daran gab ihr ganz offensichtlich Kraft. »Ja, sie war sehr engagiert. Ihr Vater war stolz auf sie.«

»Gab es irgendwelche Probleme mit Lehrern?«

Zum ersten Mal schien der Hauch eines Lächelns über das gequälte Gesicht zu huschen. »Wenn ja, dann hätte sie mir nichts davon erzählt. Meine Tochter wollte nicht als das privilegierte Lehrerkind auftreten.« Einen Augenblick saß sie ruhig da. »Mein Mann meinte immer, dass man seine Kämpfe allein austragen müsse.«

»Wie war Elenas Verhältnis zu ihrem Vater?«

»Sehr gut. Wenn er mal zu Hause war.« Zorn schwang in ihrem Ton mit. »Er ist sehr beschäftigt. Er hat seine eigene Anwaltskanzlei…« Hastig versuchte sie, ihrer Stimme einen milderen Klang zu geben. »… und ist Mitglied im Gemeinderat.«

»Gab es in letzter Zeit Spannungen zwischen den beiden?«

»Ab und zu gab es kleine Reibereien, aber nichts Ernstes. Eine Zeit lang haben sie sich angeschwiegen. Ich nahm an, dass sie einen Streit hatten. Aber beide wollten mir nicht sagen, worum es ging.«

Dorothea holte tief Luft. Sie dachte an die Bilder, die sie in der Aula gesehen hatte. Kinder mit dunklen Ringen unter den Augen, Jugendliche, die stumpf vor sich hinstarrten. »Elena hat ein Projekt über den sexuellen Missbrauch von Kindern gemacht.«

»Ja, dieses Thema hat sie sehr beschäftigt. Aber was hat das mit ihrem Tod zu tun?«

Dorothea schwieg einige Momente. Es kostete sie Mühe weiterzusprechen. »Oft setzen sich Betroffene mit diesem Thema auseinander. Gab es irgendwelche Anzeichen dafür, dass Elena missbraucht wurde?«

»Missbraucht? Was meinen Sie damit?« Katharina Goldschmied schüttelte heftig den Kopf. »Nein. Wer sollte so etwas tun?«

»Meist ist der Täter im engsten Familienkreis zu finden.«

Die Augen der Mutter verengten sich, dann wurden sie weit. Schockiert starrte sie Dorothea an. Es dauerte einige Sekunden, bevor sie ihre Stimme wiederfand. »Sie glauben, dass mein Mann Elena missbraucht hat?«

Dorothea wurde flau im Bauch. »Nein, Frau Goldschmied, das habe ich nicht gesagt.« Betont langsam und eindringlich antwortete sie auf die Frage: »Die Polizei versucht nur, alle Möglichkeiten auszuschließen.«

Katharina Goldschmied schüttelte den Kopf. »Das ist unmöglich. Ich kenne Walter. Wir sind seit neunzehn Jahren verheiratet.«

Dorothea erschrak. Die Stimme der Lehrerin klang fest, aber in ihrem Gesicht lag die Spur eines schrecklichen Zweifels.

Kapitel 10

»Rechtsanwaltskanzlei Dr. Goldschmied. Lisa Vogler am Apparat.«

Die Tür des Büros stand einen Spaltbreit offen, sodass Dorothea die Worte gut verstehen konnte. Sie hörte, wie die Sprecherin kurz innehielt und lauschte. »Tut mir sehr leid, Dr. Goldschmied ist heute leider nicht mehr im Haus.«

Dorothea sah auf ihre Armbanduhr. Halb fünf. Mit der Klinke zur Eingangstür in der Hand blieb sie einen Moment im Gang stehen. Durch das Fenster sah sie hinunter in den verschneiten Hof, der schon fast ganz im Schatten lag. Dann betrat sie die Anwaltskanzlei. Kaum hatte sie einen Fuß in das Zimmer gesetzt, streckte die Vorzimmerdame ihren Zeigefinger aus und bat sie mit lautlosen Lippenbewegungen, einen Moment zu warten.

Anders als das spartanische Sekretariat der Schule präsentierte sich das Vorzimmer des Anwalts ehrwürdig und gediegen. Der Schreibtisch und zwei Büroschränke waren aus edel glänzendem Mahagoniholz, den Boden bedeckte ein alter Parkettboden, in einer Ecke vor dem Fenster stand ein Ficus mit sattgrünen Blättern.

Die Heizungswärme des Büros durchflutete ihren ausgekühlten Körper unter dem dicken Parka. Fast unmerklich summte ein Laserprinter, Sekunden später druckte er einige Bögen aus.

Dorothea widmete sich einem großen Gemälde an der Wand. In einem aufwendigen Goldrahmen führte Pater Haspinger die Anhänger von Andreas Hofer am Bergisel mit erhobenem Kreuz und Degen gegen die französischen und bayrischen Truppen. Inmitten einer Armee von Landsknechten, die mit Flinten, Sensen und Heustechern bewaffnet waren, schritt der Mönch voran.

Triumphierend setzte der Pater seinen Fuß auf das Brusttuch eines niedergemetzelten Soldaten, seine Gebetskordel und die braune Kapuzinerrobe flatterten dabei im Wind.

Dorothea schnaubte verächtlich. Ein Bild, das keineswegs zu den Grundsätzen dieses Bettelordens und dem Credo des heiligen Franziskus passte. Dann erinnerte sie sich mit leichtem Schaudern daran, dass Haspinger sich auch der von den Bayern eingeführten Pockenimpfung widersetzt hatte. Der Kapuzinerpater war der Meinung, dass dadurch den Tiroler Seelen »bayrisches Denken« eingeimpft werden könnte.

Unangenehm berührt durch den Gedanken an so viel Volksverblendung und Fundamentalismus wandte sie sich ab. Neben einigen dicken Büchern stand eine Bronzestatue der Göttin Justitia. Dorothea liebte griechische Statuen. Sie trat näher an das Regal heran und betrachtete die Skulptur der leicht bekleideten Jungfrau, deren Augen mit einer Binde bedeckt waren. Jeden Moment drohten die Falten der Tunika von den wohlgeformten, halb nackten Brüsten der Frau zu rutschen. Justitia aber hielt tapfer mit der linken Hand eine Waage hoch, mit der rechten umklammerte sie ein Schwert. Sie erwiderte Dorotheas Lächeln, die Inschrift auf dem Sockel schien eine Botschaft an sie zu sein. *In dubio pro reo.* Im Zweifel für den Angeklagten.

»Wie ich schon sagte, Dr. Goldschmied ist heute leider nicht mehr anzutreffen.« Die säuselnde Stimme der Sekretärin unterbrach Dorothea in ihren Überlegungen. Das Murmeln am anderen Ende des Telefons wurde wieder lauter, die Anruferin verfiel in einen weiteren wütenden Monolog. Dorothea blieb vor dem Bücherbord stehen, musterte aus dem Augenwinkel jedoch weiter die Vorzimmerdame. Ihr Auftreten erinnerte sie an eine blutjunge Stewardess. Hübsches Gesicht, blendend weiße Zähne, perfekt aufgetragener Mascara, sauber gezogener Lidstrich, dünn gezupfte Augenbrauen.

»Vielen Dank für Ihren Anruf, Frau Rot.« Sie legte den Hörer auf und schloss genervt ihre Lider. »Blöde Ziege«, flüsterte sie, rollte ihre Augen, erst dann hob sie den Blick und wandte sich mit einem freundlichen Lächeln an Dorothea. »Wie kann ich Ihnen helfen?«

Der Tonfall war professionell, geradezu freundlich, dennoch blieben die Mundwinkel leicht verzogen und der Blick spöttisch, als die Vorzimmerdame Dorotheas alten Winterparka musterte.

»Ich hätte Dr. Goldschmied gern persönlich gesprochen.«

Bedauernd schüttelte die brünette Schönheit ihr Köpfchen. »Leider ist er heute nicht mehr in der Kanzlei.«

Dorothea trat an den Schreibtisch, beugte sich nach vorn und legte ihre Hand auf die Tischplatte. »Können Sie mir vielleicht sagen, wo er ist?« Sie ließ ihre Worte ruhig und vertrauensvoll klingen. »Es ist sehr wichtig.«

Einen Moment lang zögerte die Sekretärin, dann nickte sie. »Er wollte nach Hause gehen.«

Dorothea war verwirrt, doch sie ließ sich ihre Zweifel nicht anmerken. »Nach Hause? Um diese Zeit?«

»Er muss sich um seine Frau kümmern.« Die junge Angestellte beugte sich nach vorn. »Wissen Sie, seine Tochter hat sich vor zehn Tagen umgebracht.« Sie flüsterte verschwörerisch: »Sie war siebzehn Jahre alt.« Ein bedeutungsvoller Blick folgte. »Und sie war schwanger. Niemand weiß, von wem.«

Dorothea war verblüfft. Elena hatte ihr Geheimnis gut gehütet, nach ihrem Tod aber hatte sich die Nachricht über die Schwangerschaft wie ein Lauffeuer verbreitet. Obwohl sie darauf gehofft hatte, dass ihr die Sekretärin weiterhalf, war Dorothea unangenehm berührt von so viel Klatsch und Indiskretion. Wie lange war das Mädchen schon Walter Goldschmieds Sekretärin? Und wie lange würde sie es wohl bleiben? Sie schob den Gedanken beiseite. »Das muss ein furchtbarer Schlag für die Eltern gewesen sein.«

»Ja. Ihr einziges Kind. Frau Goldschmied ist am Boden zerstört. Wenn sie mich fragen, war sie immer schon etwas hysterisch – und jetzt das. Dr. Goldschmied ist aber schon nach drei Tagen wieder ins Büro gekommen.«

»Und nun habe ich ihn gerade verpasst?«

»Nein, er ist schon gegen Mittag gegangen.«

Dorothea musste sich konzentrieren, um ihre Überraschung nicht zu zeigen. Sie konnte mit Bestimmtheit sagen, dass der Anwalt zu Mittag nicht zu Hause gewesen war. Es war möglich, dass er nach ihrem Gespräch mit Katharina Goldschmied heimgekommen war, doch sie bezweifelte es. Verwirrt versuchte sie, ihre Gedanken zu ordnen. Warum hatte Walter Goldschmied gelogen? Wo war er? Mit Schaudern dachte Dorothea an die verzweifelte Mutter, die sie allein in dem eiskalten Haus angetroffen hatte. Sie wandte sich an die Sekretärin. »Wann kann ich Dr. Goldschmied morgen antreffen?«

»Da muss ich in seinem Terminkalender nachsehen.« Geschäftig begann sie, in die Tastatur zu hämmern. »Morgen ist Dr. Goldschmied vormittags außer Haus, aber am Nachmittag ist er im Büro und hat nicht viele Termine. Rufen Sie einfach an, vielleicht kann er Sie kurzfristig einschieben.«

»Vielen Dank.« Dorothea wandte sich zum Gehen. Einer plötzlichen Eingebung folgend, drehte sie sich gemächlich noch einmal um. »Nun, so ein Anwalt ist sehr beschäftigt. Gerichtstermine, Verhandlungen, Seminare.« In ihrer besten Small-Talk-Stimme ließ sie die Bemerkung fallen.

Das hübsche Köpfchen nickte seufzend. »Ja, das stimmt. Gerichtstermine und Verhandlungen gibt es ständig.« Ihre Miene hellte sich auf. »Aber zu Seminaren geht Dr. Goldschmied schon lange nicht mehr. Die langweilen ihn immer zu Tode.«

Kapitel 11

Als Dorothea am nächsten Morgen vor ihrem Elternhaus in Innsbruck den Motor ihres alten VW-Polo abstellte, herrschte die Art von Winterfrost, die unerbittlich in alle Glieder kroch. Die Heizung kühlte aus, die Kühlung setzte ein, und es roch nach verbranntem Gummi, doch Dorothea blieb sitzen. Die Scheiben beschlugen, unter dem grauen Morgenhimmel konnte sie das Haus nur noch wie durch einen Schleier von Nebel sehen. Doch selbst als sie ihre Lider schloss, stand das bedrückende Bild vor ihren Augen.

Die Fensterscheiben, die schmutzig und verschmiert waren, die Farbe, die von den Fensterrahmen abblätterte, die zerbrochenen Pflastersteine, die Dachrinne, die seit Jahren vor sich hin rostete. Eine Welle von Schuldgefühlen brach über sie herein. Jedes Mal, wenn sie das Haus sah, nahm sie sich vor, einen Handwerker anzurufen, einen Pinsel oder wenigstens einen Putzeimer in die Hand zu nehmen. Doch seit Jahren hatte sie nichts dergleichen getan.

Einen Moment lang spielte Dorothea mit dem Gedanken, wieder zu fahren. Ihre Hand fuhr bereits zum Zündschlüssel, dann aber gab sie sich einen Ruck und stieg aus dem Auto. Über die eisglatte Einfahrt ging sie auf die Haustür zu und bemerkte überrascht, dass die Fensterläden geschlossen waren.

Sie läutete, aber alles blieb still. Gedankenverloren betrachtete sie das Spinnennetz, das unter dem Vordach vom Türrahmen zur Mauer lief. In dem dichten Geflecht hing noch eine Spinne, die Beine in seltsam gekrümmter Position von dem zentimetergroßen Körper gestreckt. Das Tier hatte den ersten Frost im Herbst nicht überlebt. Dorothea seufzte. Jedes Mal, wenn sie hier war, nahm sie sich vor, die tote Spinne zu entfernen, doch nun, nach drei Monaten war der winzige Kadaver immer noch da. Sie steckte den Schlüssel ins Schloss und öffnete mit einem Ruck die Haustür. Der Geruch von Staub, verbranntem Essen, feuchtem Schimmel, altmodischem Parfüm und ungewaschener Haut schlug ihr entgegen. Im Vorraum standen Säcke mit alten Zeitungen. Bei dem Anblick des vergilbten Papiers bekam sie das Gefühl, von einer schweren Last tief nach unten gezogen zu werden.

Vorsichtig betrat sie den Vorraum, eine Diele knarrte. Sie wollte ihren Parka aufhängen, doch die Garderobe war voll mit Mänteln und Jacken, die nach Mottenkugeln rochen.

»Mama?«

Ihre Stimme verhallte ungehört in dem kalten Haus. Langsam betrat sie die Küche. In der Spüle stapelten sich eine Pfanne mit eingetrockneten Eiern und angebissenem Schwarzbrot, halb ausgetrunkene Tassen mit dunklen Rändern, schwarz verfärbte Silberlöffel und vertrocknete Teebeutel.

»Mama?«

Schleppende Schritte in dem Zimmer über ihr. Endlich.

»Wer ist da?« Die Stimme klang verschlafen und misstrauisch.

»Mama, ich bin's.«

Ihre Mutter stand auf der obersten Stufe der ausgetretenen Holztreppe, ihre kurzen grauen Haare waren ungekämmt, ein langes Nachthemd hing ihr bis zu den mageren Knien.

»Hast du vergessen, dass ich dich gestern Abend angerufen habe? Wir wollten heute zusammen frühstücken.«

»Nein, ich war mir nur nicht sicher, ob du kommst.« Ihre Mutter schüttelte müde den Kopf. »Die letzten drei Male, als du versprochen hast zu kommen, hast du im letzten Moment wieder abgesagt.«

Mit fadenscheinigen Ausreden. Eine neue Welle von Schuldgefühlen überrollte Dorothea. Betreten senkte sie ihren Blick. Auch heute hatte sie ihr Vorhaben bereut, hatte erwogen, nicht zu kommen, aber ihre Gewissensbisse waren zu groß gewesen.

»Warum bist du hier? Ist irgendetwas passiert?« Ihre Mutter klang panisch.

Dorothea dachte an das tote Mädchen in der Schulaula. An Konstantin Schmitt. An die Auseinandersetzung mit Vera. Daran, dass sie von ihrem toten Vater geträumt hatte. An den leeren Gesichtsausdruck von Katharina Goldschmied. An das Versprechen, ihre eigene Mutter zu besuchen. Doch sie konnte ihr nicht erzählen, warum sie angerufen hatte, warum sie tatsächlich gekommen war, ohne von dem Fall und ihren Ermittlungen im Alleingang zu berichten. Es würde einen ganzen Rattenschwanz an Fragen und Tadeln nach sich ziehen. Verlegen schüttelte sie den Kopf. »Nein, es ist nichts passiert.« Schnell sprach sie weiter: »Mama, ich glaube, du musst dir was anziehen. Es ist ziemlich kalt.«

Der Treppenabsatz ächzte, als ihre Mutter gebeugt zurück in ihr Schlafzimmer ging. Dorothea machte einen kleinen Schritt nach vorn, doch sie erschauderte bei dem Gedanken, die knarrende Stiege hinaufzugehen. Im Licht der dämmrigen Schlafzimmerlampe konnte sie von unten das zerwühlte Bett und einen Haufen ungewaschener Wäsche sehen. Wieder schloss sie kurz die Lider.

Vor ihrem inneren Auge tauchte das verstaubte Arbeitszimmer im ersten Stock auf. Alte Weltkarten, Papyrusrollen, römische Schreibtafeln, mittelalterliche Skalpelle. Regale voll mit Büchern über fremde Länder und exotische Tiere. Wehmütig dachte Dorothea an ihre Kindheit zurück. Stundenlang hatte ihr Vater ihr die bunten Bilder in den Bänden gezeigt und Geschichten dazu erzählt. Seit seinem Tod hatte ihre Mutter nichts verändert, doch Dorothea betrat den Raum nur noch ungern. Sogar ihr eigenes Zimmer im ersten Stock löste Unbehagen in ihr aus. Es war noch immer so, wie sie es vor dreizehn Jahren verlassen hatte. Voll von Erinnerungen an ihre dunkle Schulzeit. Nach ihrem Schulabschluss hatte sie nie mehr wirklich darin gewohnt. Wie so oft streifte sie der Gedanke, dass der obere Stock des alten Hauses einem Mausoleum glich.

»Ich warte hier unten.« Energisch sprach Dorothea die Worte, als wollte sie sich selbst davon überzeugen, dass sie das Richtige tat. Durch die halb offene Tür des Schlafzimmers sah sie, wie ihre Mutter versuchte, sich mit zitternden Fingern ihren Schlüpfer anzuziehen. Dorothea fiel ein, wie steif und unbeweglich die Hände ihrer Mutter am Morgen waren. »Brauchst du Hilfe beim Anziehen?« Sie konnte selbst hören, wie halbherzig ihre Stimme klang.

»Nein, danke, Liebes. Ich schaffe das allein.«

Dorothea drehte sich um und ging ins Wohnzimmer. Überall waren Bücher, Magazine, alte Zeitschriften verstreut. In Stapeln lagen sie auf dem Teppich, dem Parkettboden, dem Couchtisch, dem Piano, dem Samt der vier grünen Armsessel. Sie ging zu einem Fenster und öffnete die Läden. Im Licht der schwachen Wintersonne stiegen dicke Staubwolken auf. Schließlich begann sie, die Bücher und Zeitschriften einzusammeln.

»Was machst du denn da, Dorothea?«

Der strenge Ton ließ sie zusammenzucken. Als sie sich umdrehte, stand ihre Mutter im Türrahmen. Über der alten karierten Hose trug sie eine gestreifte Bluse und eine zerschlissene Strickjacke, die Knopfleiste war schief geknöpft.

»Du zerstörst mein System.«

»Welches System?« Dorothea seufzte, als sie den Vorwurf hörte.

»Nun, ich habe die Quellen geordnet. Du weißt, ich möchte noch ein Buch schreiben.«

Dorothea biss sich auf die Lippe. Seit Jahren sprach ihre Mutter davon, ein neues Buch zu schreiben. »Steht das Thema schon fest?«

»Nein, ich bin erst dabei, das Material zu sichten. Du hast alles durcheinandergebracht. Jetzt muss ich wieder von vorn anfangen.«

Schweigend wandte Dorothea sich um und ging in die Küche. Dort räumte sie die schmutzigen Teller in den Geschirrspüler und machte sich daran, die verkrusteten Töpfe abzuwaschen. Sie ahnte, dass ihre Mutter die Bücher und Zeitschriften im Wohnzimmer wieder auf den Sesseln und dem Boden verstreute.

Als sie fast fertig war, nahm Dorothea den alten Wasserkocher in die Hand und füllte Wasser auf die verkalkten Heizstäbe. Noch ehe sie den Küchenschrank über dem Waschbecken ganz öffnen konnte, fielen Dutzende Teebeutel ins Spülwasser. Dorothea verspürte den Drang zu schreien, stattdessen atmete sie einige Male tief durch und warf die nassen Säckchen in den Abfalleimer.

»Mama, du brauchst eine Putzfrau.«

Noch immer schien ihre Mutter damit beschäftigt, die Bücher neu zu verteilen. »Nein, ich war gestern nur zu müde, um den Abwasch noch zu erledigen.«

»Gestern? Einige der Töpfe stehen sicher seit über einer Woche hier.« Dorothea murmelte den Satz vor sich hin. Dann aber sagte sie laut: »Es würde deinen Alltag so sehr erleichtern.«

»Weißt du, wie viel das kostet? Nein, Dorothea, das kann ich mir nicht leisten.«

Dorothea wusste, dass ihre Mutter eine sehr gute Pension bekam. »Ich werde sie bezahlen. Dann könntest du auch ab und zu mit jemandem plaudern.«

»Nein, ausgeschlossen. Ich will keine fremde Person in meinem Haus. Sieh dir nur an, was allein du schon für eine Unordnung in meine Forschung gebracht hast.«

Ohne weiter zu widersprechen, gab Dorothea frische Teebeutel in zwei Porzellantassen und goss heißes Wasser darauf. Sie machte sich nicht die Mühe, im Kühlschrank nach frischer Milch zu suchen, sondern setzte sich an den Küchentisch und sog das starke Aroma der dunklen Flüssigkeit ein. Sie betrachtete das zierliche Rosenmuster des Service und wartete, bis ihre Mutter kam und sich auf einem der Stühle niederließ. Schweigend saßen sie vor ihren Tassen. Schließlich unterbrach ihre Mutter die Stille.

»Erzähl mir doch, wie es dir geht, Liebes.«

»Ganz gut, Mama.« Dorothea zog ihren Teebeutel aus der Tasse und drückte ihn mit einem silbernen Löffel aus. »Aber mein Chef will mir die Beförderung nicht ermöglichen«, fügte sie leise hinzu. Kaum waren die Worte über ihre Lippen, hätte sie sie am liebsten wieder zurückgenommen. Doch es war zu spät.

»Ach, Dorothea, warum musstest du nur zur Polizei gehen?«

Dorotheas Magen zog sich zusammen, als sie die verhasste Frage hörte. Schon tausend Mal hatte sie diese Konversation mit ihrer Mutter geführt und wusste genau, wie sie endete. »Mama, bitte.«

»Du kannst es jederzeit wieder lassen. Bewirb dich an der Uni. Du wärst eine tolle Professorin.«

»Ich will nicht an die Uni.«

»Dein Vater würde sich im Grab umdrehen, wenn er wüsste, dass du Polizistin bist.«

»Papa war Richter. Er hatte nichts gegen Polizisten.«

»Ja, genau, Richter. Er hatte jeden Tag mit Straftätern zu tun. Diebstähle, Raubüberfälle, Morde. Und man sieht ja, wozu das geführt hat.« Nach all den Jahren zitterten die knochigen Hände noch immer vor Trauer und Wut. »Er hat nicht mal deinen vierzehnten Geburtstag erlebt. Ist dir nie in den Sinn gekommen, dass du als Polizistin auch dein Leben aufs Spiel setzt?«

Dorothea betrachtete die abgenutzten Küchenschränke. »Mama, ich bin Inspektorin in Kufstein. Ich schreibe vor allem Protokolle und sichere den Schulweg für Volksschüler.«

Doch ihre Mutter schien ihren Einwand nicht zu hören. »Eigentlich sollte ich deinem Chef dankbar sein, weil er dich nicht zur Mordkommission lässt.«

Missmutig nippte Dorothea an ihrem Tee und sagte nichts mehr. Um sich abzulenken, rief sie sich ihren Plan für den Tag in Erinnerung. Sie musste Walter Goldschmieds Sekretärin anrufen, um einen Termin bei dem Anwalt zu bekommen. Am Nachmittag würde sie zudem Melanie Fleischer besuchen und herausfinden, was Elenas beste Freundin über ihren Tod wusste.

»Gibt es sonst irgendetwas Neues zu berichten, Liebes?« Die Frage riss Dorothea aus ihren Gedanken.

Ein bedeutungsvoller Blick, ein hoffnungsvoller Unterton, aber Dorothea beschloss, beides zu ignorieren. »Alles beim Alten.« Sie verspürte keine Lust, mit ihrer Mutter auch noch über ihr fehlendes Liebesleben zu sprechen. Dann aber bemerkte sie den verletzten Blick ihrer Mutter. Wieder kamen ihr die tote Schülerin und die gebrochene Gestalt in dem kalten Haus in den Sinn. »Mama, hast du jemals Papas Pyjama getragen, als er starb?«

Ihre Mutter lächelte wehmütig. »Jede Nacht, Dorothea.«

»Ich habe dich nie damit gesehen.«

»Ach, Liebes, ich wollte dir das Leben nicht noch schwerer machen.«

Kapitel 12

»Won't you die tonight for love – baby join me in death.«

Fast unverständlich tönte die dunkle Rockmusik durch die geschlossene Tür. Einen Moment lang lauschte Dorothea den Metal-Klängen, dann klopfte sie entschlossen an den schaurigen Grabstein, der auf dem Plakat an der Tür abgebildet war.

Eine wütende Stimme ertönte. »Lass mich in Ruhe, ich will dich nicht sehen, Mum.«

Dorothea atmete tief durch. »Melanie, ich bin Inspektorin Dorothea Keusch. Deine Mutter hat mich reingelassen. Kann ich kurz mit dir reden?«

Die Musik verstummte, und einen Augenblick lang herrschte Stille hinter der Tür.

»Einen Moment.« Panisch und schrill, dann das scharrende Geräusch einer Schublade. »Die Tür ist offen, kommen Sie rein.«

Als sie die Zimmertür öffnete, hatte Dorothea den Eindruck, eine Gruft zu betreten. Die Wände und Fenster des düsteren Raumes waren mit schwarzen Tüchern verhängt, kein Strahl der winterlichen Nachmittagssonne drang durch das Gewebe. Es roch modrig, nach Räucherstäbchen, Wachs und ungewaschenen T-Shirts. Auf einer Kommode kauerte eine Krähe zwischen zwei Totenköpfen, daneben standen brennende Kerzen. Auf einem Plakat an der Wand zeigte ein Werwolf seine spitzen Zähne, ein weiteres trug die Aufschrift »No Future«. Während Dorothea sich umblickte, beschlich sie ein Gefühl von morbider Hoffnungslosigkeit, Leid und Leere. Entschlossen versuchte sie, diese depressive Stimmung abzuschütteln, und wandte sich an Melanie. Mit angezogenen Knien saß die Schülerin auf der Couch. Ihre Arme umklammerten die Beine, ihre breiten Oberschenkel drückte sie fest zusammen. Die Hände versteckte sie in den Ärmeln eines ausgewaschenen schwarzen Sweatshirts. Anders als tags zuvor in der Kirche waren die hässlichen Pusteln unter einer dicken Schicht heller Schminke verborgen, die Lippen schimmerten dunkelviolett. Nur die langen schwarzen Haare des Mädchens wirkten immer noch ungewaschen. Ein silberner Ring durchschnitt Melanies Unterlippe, in der Nase des Mädchens bemerkte Dorothea ein zweites Piercing.

»Darf ich mich setzen?«

»Hab der Polizei schon alles gesagt.« Melanie klang trotzig, aber in ihren Augen sah Dorothea wieder dieselbe Mischung aus Angst und Panik, die ihr schon in der Kirche aufgefallen war.

Sie ließ sich auf einem riesigen Samtpolster nieder, das mit unzähligen kleinen Schädeln bedruckt war. Immer tiefer versank sie darin und hatte Sorge, nie wieder aus dieser Position aufstehen zu können. Verärgert verscheuchte Dorothea den Gedanken. *Nimm dich zusammen. Wie kannst du das Mädchen aus der Reserve locken?*

»Dein Zimmer und dein Outfit sind ein wenig schaurig, aber sehr interessant«, sagte sie vorsichtig.

Als Melanie sich nicht bewegte, befürchtete Dorothea, sofort wieder auf Widerstand zu stoßen, doch das Mädchen hob den Kopf. »Danke. Leider ist es in der Schule nicht erlaubt, Piercings und starke Schminke zu tragen.«

Dorothea war froh, einen Anknüpfungspunkt gefunden zu haben. Sie vermied es, sofort auf das Thema Schule einzugehen und damit das Vertrauen wieder zu zerstören. »Wie nennt man diesen Stil? Gothic?«

»Es ist nicht wirklich ein einziger Stil. Ich mag vor allem die Farbe Schwarz.«

»Und die vielen Symbole?« Dorothea deutete auf ein Skelett an der Wand.

»Die kommen aus dem Death Rock. Aber es geht eigentlich um die Botschaft.«

»Welche Botschaft?«

»Auch die dunkle Seite des Lebens zu sehen. Sie anzunehmen. Schönheit auch in den Dingen zu sehen, die hässlich, seltsam, abnormal und eklig erscheinen.«

Dorothea hielt den Atem an. Die Vorstellung, dass sich das junge Mädchen aus der harten Realität in eine kleine okkulte Traumwelt zurückgezogen hatte, traf sie wie ein Schlag. Für einen kurzen Moment hatte sie das Gefühl, den Boden unter den Füßen zu verlieren. Dann aber nickte sie. »Ich verstehe.«

»Das glaube ich nicht«, antwortete Melanie.

»Melanie, du warst Elenas beste Freundin. Stimmt das?« Sanft lenkte Dorothea das Gespräch auf das, weswegen sie hier war.

Sofort senkte Melanie den Blick wieder. Sie zögerte sehr lange, ehe sie antwortete: »Denke schon.«

»Hatte Elena Feinde?«

»Nope. Alle mochten Ellie.« Eine Spur von Neid lag in den Worten.

»Ellie?«

»Ihre Freunde nannten sie Ellie. Sie fand das viel cooler.«

»Wie stand es mit Roman aus eurer Klasse? Hatten die beiden Streit?«

Einen Augenblick lang verharrte das Mädchen regungslos, dann begann sie, an ihren Nägeln zu kauen. Dabei rutschte der linke Ärmel des Sweatshirts nach oben und entblößte die Narben unzähliger Schnitte. Einige davon waren leuchtend rot und noch kaum verheilt. Ehe Dorothea genauer hinsehen konnte, versteckte Melanie jedoch ihre Handgelenke wieder. »Nein. Elena hatte nichts mit Roman zu tun.« Ihr Blick glitt zur Kommode. Dorothea dachte an das scharrende Geräusch einer Schublade, das sie gehört hatte, bevor sie ins Zimmer gekommen war. Was verbarg das Mädchen vor ihr? Sie sagte nichts und wartete. Aus Erfahrung wusste sie, dass Schweigen Jugendlichen meist mehr Antworten entlockte als Fragen.

»Ellie lebte in einer ganz anderen Welt als Roman«, sagte Melanie nach einer Weile.

»Was meinst du damit?«

»Roman gehört nicht zu den coolen Kids in der Klasse.« Melanie verstummte, presste ein Kissen vor ihre Brust und schlang die Arme noch enger um die Knie.

Dorothea harrte aus, hoffte, dass Melanies Redestrom nicht versiegt war. Nach einigen Minuten gab sie sich geschlagen. »Wusstest du, dass Elena schwanger war?«

»Nein.«

Es war die Wahrheit. Dorothea war sich sicher.

»Hast du eine Ahnung, wer der Vater des Kindes sein könnte?«

»Nein. Sie hatte keinen Freund. Ich weiß nicht, warum. Alle Jungs wollten Ellie. Sie hatte Tausende Verehrer.«

Dorothea hörte die Verbitterung in Melanies Stimme und erinnerte sich an ihren eigenen Abschlussball. An ihr blaues Kleid, ihre Frisur. Wie stolz war sie gewesen. Doch kein einziger Junge hatte sie an dem ganzen Abend auch nur angesehen. Sie schloss die Augen, um die quälende Erinnerung zu vertreiben.

»Melanie, hat Elena jemals angedeutet, dass irgendjemand sich ihr genähert hat, ich meine körperlich, gegen ihren Willen?«

Melanie starrte sie an. »Sie meinen eine Vergewaltigung?« In ihrem Kopf schienen Drähte heiß zu laufen. »Nein!« Sie dehnte das Wort wie ein Gummiband. »Niemals!«

»Wem hat sie sich sonst noch anvertraut?«

»Ich glaube niemandem.«

»Kurz vor ihrem Tod war Elena bei eurer Schulärztin. Hat sie dir das erzählt?«

Melanie legte die Hand an ihre Kehle und Dorothea sah, dass sich unter ihren Armen Schweißflecken gebildet hatten. Als die Jugendliche schließlich antwortete, waren ihre Augen weit offen, und ihre Worte klangen gepresst. »Ja, das hat sie. Ellie meinte, dass sie ein sehr wichtiges Gespräch mit Frau Kieter führen müsse.«

Kapitel 13

Minutenlang herrschte Stille in dem abgedunkelten Raum. Nur die grelle Sirene eines Rettungswagens war von Ferne zu hören. Dorothea atmete den Geruch von frischem Schweiß ein. Die Kerzen, Räucherstäbchen, Krähen und Totenschädel kamen ihr mit einem Mal unwirklich vor. Der schaurige Raum, der Eindruck, in einer okkulten Totengruft zu sitzen, wirkte wie ein pompöses Bühnenbild, wie eine aufwendige Maskerade.

Dorothea verspürte den Wunsch, Melanie mit ihren Gedanken allein zu lassen, ihr den Raum und die Zeit zu geben, wie ein verletztes Tier ihre Wunden zu lecken. Doch sie wusste, dass sie den Moment nutzen musste.

»Glaubst du, dass Elena vergewaltigt worden ist?«, stellte Dorothea die Frage erneut.

Das Mädchen senkte den Blick und schüttelte widerwillig den Kopf. »Nein, das sagte ich doch bereits. Ich kann mir nicht vorstellen, wer so etwas tun würde.« Ihr Kinn zitterte, und sie klang nicht überzeugt.

»Elena hat sich in ihrem Schulprojekt mit dem Thema sexueller Missbrauch auseinandergesetzt.«

»Ja«, Melanie kaute an einem Nagel, »sie war wie besessen von dem Projekt. Sie sagte, dass sie da auf etwas wirklich Krasses gestoßen sei.«

»Was meinte sie damit?«

»Ich weiß es nicht.« Melanie zuckte mit den Schultern. »Ellie wollte es mir nicht sagen. Sie meinte, sie müsse sich erst sicher sein.« Ihre Stimme bekam einen genervten Ton. »Manchmal konnte sie eine ziemliche Geheimnistuerin sein.«

Dorothea überlegte. Sollte sie Melanie ihren Verdacht preisgeben? Sie gab sich einen Ruck. »Wie war Elenas Verhältnis zu ihren Eltern?«

»Ganz okay.« Melanies Züge entspannten sich. »Aber vor Kurzem hatte sie einen Riesenstreit mit ihrem Vater.«

»Weißt du, worum es ging?«

»Nicht wirklich. Ellie meinte nur, seine Doppelmoral kotze sie an.«

Das war nicht sehr hilfreich. Dorothea hätte schwören können, dass neunzig Prozent aller Jugendlichen diesen Vorwurf schon einmal an ihre Eltern gerichtet hatten. Sie musste mit Walter Goldschmied reden. Als sie angerufen hatte, hatte die Sekretärin ihr bestätigt, dass der Anwalt im Büro war. Er sei aber sehr beschäftigt, habe keine Zeit für ein Gespräch. Selbst am Telefon hatte Dorothea gehört, dass das eine Lüge war. Walter Goldschmied wollte nicht mit ihr reden.

Ihre Gedanken kehrten wieder zu Melanie zurück. Sie beschloss, die Unterhaltung in eine andere Richtung zu lenken. »Gab es Probleme mit Lehrern? Immerhin war sie ja Klassensprecherin.«

Melanie riss die Augen auf, ihre Pupillen weiteten sich. »Sie meinen, Sie haben noch nichts von Hinkebein gehört?«

»Wer ist denn Hinkebein?«

»Unser Biologielehrer. Herr Hinkel.« Melanie blickte zu einer Pinnwand, an der ein Stundenplan hing.

Dorothea betrachtete ihn genau: Biologie war mit einem abscheulichen Monster-Sticker versehen. »Hatte Elena Probleme mit ihm?«

»Nicht nur sie. Die ganze Klasse.« Melanie setzte sich nun aufrecht hin, ihre Hände begannen wild zu gestikulieren, sie vergaß jede Zurückhaltung. »Er benotet unfair, kommt absichtlich zu Klassenarbeiten zu spät, damit wir weniger Zeit haben. Er beschimpft uns und macht sich über Schüler lustig. Er ist ein Sadist, der uns Schüler hasst. Wir versuchen seit Jahren, den Arsch loszuwerden, aber egal, was er tut, der Direktor schützt ihn.«

»Gab es vor Elenas Tod irgendein besonderes Ereignis?«

Statt zu antworten, nahm Melanie ihr Mobiltelefon zur Hand und tippte einige Male darauf. Dann reichte sie es Dorothea. »Das war vor der letzten Klassenarbeit.«

Dorothea betrachtete das Display, konnte jedoch nichts erkennen, da das Bild fast schwarz war. Es schien eine Filmaufnahme zu sein, denn irgendetwas bewegte sich, und im Hintergrund war das nervöse Rascheln von Blättern und das Scharren von Stühlen zu hören. Sie wollte das Gerät bereits zurückgeben, als sie den Knall einer Tür und eine polternde Stimme hörte.

»Melanie, schieb deinen fetten Hintern in die erste Bank.«

»Wie bitte?«

»Du hast mich schon verstanden. Roman, du bewegst dein Pickelgesicht hinüber zum Fenster, und unsere Pamela Anderson setzt sich in die letzte Bank. Serena, ja, dich meine ich. Ich will nicht, dass ihr Loser von anderen abschreibt. Obwohl ihr wahrscheinlich auch dafür zu dumm seid.« Höhnisches Lachen war zu hören.

»Herr Professor Hinkel…« Eine aufgebrachte Stimme erklang aus dem Hintergrund. »Sie haben kein Recht, so mit uns zu reden. Lehrer wie Sie sollten nicht im Schuldienst sein. Ich werde mich beim Direktor über Sie beschweren. Und diesmal wird er Sie nicht schützen.«

»Elena Goldschmied. Unsere Miss Gutmensch. Ihr kleinen Klugscheißer seid einfach unglaublich. Die Welt wäre eindeutig besser dran ohne Exemplare wie dich.«

Kapitel 14

Es war bereits kurz vor zwanzig Uhr, doch Walter Goldschmied hatte sein Büro immer noch nicht verlassen. Nach mehr als zwei Stunden in der Kälte fragte sich Dorothea, ob es ein guter Plan gewesen war, ihm auf der Straße auflauern zu wollen. Langsam trat sie in dem dunklen Hauseingang von einem auf das andere Bein und versuchte, sich warm zu halten. Die vereinzelten Schneeflocken erreichten nur den Gehsteig vor ihr, die Kälte kroch stetig vom kalten Asphalt aus über ihre groben Schnürschuhe unter ihre Hose. Wie schon unzählige Male zuvor betrachtete Dorothea den Aschenbecher in der Ecke. Der Gestank Hunderter Zigarettenstummel stieg von dem metallenen Behälter auf. Während sie versuchte, den Geruch nicht einzuatmen, las sie noch einmal die Schilder an der Klingel: »Dr. Ruth Keller, Gynäkologin; Dr. Peter Hauser, Notar; Dr. Richard Zimbart.«

Geistesabwesend fragte sie sich, ob es die Bewohner des Hauses oder ihre Klienten waren, die so viel rauchten. Der dumpfe Klang einer Turmuhr unterbrach ihre Gedanken. Leise zählte sie mit, obwohl sie wusste, dass es acht Schläge sein mussten. Seufzend begann sie wieder, von einem auf den anderen Fuß zu treten.

Endlich sah Dorothea im Licht der Straßenlaterne, wie eine gedrungene Gestalt aus dem Bürogebäude trat. Der Mann war auffallend klein, sein schwarzer Mantel stand offen, darunter trug er einen eleganten Anzug. Das weiße Hemd spannte am Bauch, der viel zu enge Kragen schnitt in das Doppelkinn. Das aufgeblähte Gesicht erinnerte Dorothea an das eines gut gemästeten Hausschweins. Einzelne Schneeflocken legten sich auf die kurz rasierten grauen Haare. Vorsichtig blickte der Mann den Gehsteig entlang, dann eilte er in Richtung Tiefgarage. Dorothea löste sich aus dem Schatten des Hauseingangs und ging ihm nach.

»Herr Dr. Goldschmied?«

Abrupt blieb der Anwalt stehen. Er hielt einen Moment inne, dann wandte er seinen Kopf gehetzt in alle Richtungen und suchte die Kreuzung ab. Als er Dorothea entdeckte, zog er den Kragen seines Mantels nach oben. »Wer will das wissen?«

»Inspektorin Keusch, mein Name.« Dorothea hatte ihre Identifikationskarte griffbereit. »Kann ich kurz mit Ihnen reden?«

Trotz der Dunkelheit sah sie, wie sich seine Augen verengten, dann wandte er sich um und setzte seinen Weg fort.

»Ich bin in Eile. Lassen Sie sich von meiner Sekretärin einen Termin geben.«

Dorothea folgte ihm gelassen. »Das habe ich schon versucht. Aber nachdem ich Sie vorgestern verpasst habe, behauptete Ihre Sekretärin nun, dass Sie auf Wochen ausgebucht seien.«

Seine Schritte wurden noch schneller. »Ich bin sehr beschäftigt.« Mit der Hand streifte er im Gehen die Schneeflocken von seinen Schultern.

Endlich war Dorothea auf gleicher Höhe mit ihm. »Ich möchte Ihnen nur ein paar Fragen stellen.«

»Vereinbaren Sie einen Termin mit meiner Sekretärin«, wiederholte er scharf. Hastig ging er weiter, aber Dorothea blieb an seiner Seite.

»Herr Goldschmied, es geht um Ihre Tochter.«

Er zögerte. Schließlich blieb er stehen und sah sie an. »Elena ist tot. Ihre Fragen machen sie auch nicht mehr lebendig.«

»Das stimmt. Aber es hilft Ihnen vielleicht, Elenas Tod besser zu verstehen.«

Er prustete herablassend.

»Verhielt sich Ihre Tochter in letzter Zeit anders als sonst?«

»Ich glaube nicht. Aber ich war in den letzten Monaten sehr viel unterwegs.«

»Hat sie Ihnen gegenüber Probleme erwähnt, Unstimmigkeiten?«

»Nein, nie. Hören Sie, Sie verschwenden Ihre Zeit. Ich habe all diese Fragen schon beantwortet.«

Unbeirrt fuhr Dorothea fort: »Wie steht es mit Feinden?«

Der Anwalt fixierte einen verschneiten Kastanienbaum. »Feinde?« Das Wort schien eine Erinnerung wachzurufen. »Sie hat mich mal gefragt, wie ich es bei einem Prozess schaffe, meine Gegner zu schlagen.«

Aus dem Augenwinkel sah Dorothea plötzlich, wie ein Golf vorbeifuhr. Es schien ihr, als ob die Gestalt auf dem Fahrersitz sie beobachtete. Doch als sie ihren Kopf drehte, beschleunigte der Wagen. Im Finsteren konnte sie weder den Fahrer noch das Nummernschild erkennen. Sie wandte sich wieder Walter Goldschmied zu. »Was meinte Elena mit ›Gegner‹?«

Immer noch betrachtete er den Baum. »Ich nahm an, dass es um die Klassensprecherwahl ging. Und um Barbara Luxner. Seit jeher sind die beiden Erzrivalinnen.« Er schien zu überlegen. »Nun, nicht wirklich Rivalinnen. Es war wohl eher ein milder Konkurrenzkampf. Wer hat bessere Noten, wer sieht besser aus, wer hat mehr Verehrer, wer ist in der Klasse beliebter? Solch ein Mädchenkram eben.«

»Wie steht es mit Melanie?«

»Melanie?« Goldschmieds Stimme offenbarte echte Überraschung. »Die beiden sind seit dem Kindergarten befreundet. Hingen immer zusammen wie Pech und Schwefel. Aber ich habe Melanie schon lange nicht mehr gesehen. Seit sie diesen neuen Look hat, war sie fast nie mehr bei uns zu Hause.«

»Wie war Ihr Verhältnis zu Ihrer Tochter?«

»Sehr gut.«

Dorothea beschloss, den Stier bei den Hörnern zu packen. »Hatten Sie in letzter Zeit Streit mit Elena?«

Der Anwalt wich einen winzigen Schritt zurück. »Nein. Ist das jetzt alles?« Er rieb sich die Stirn.

Dorothea atmete tief durch. »Elena hat ein Projekt über sexuellen Missbrauch von Jugendlichen gemacht.« Sie beobachtete den Anwalt genau. »Und sie war schwanger.«

Walter Goldschmied erstarrte. »Sie glauben, dass Elena vergewaltigt wurde? Und dass sie sich deshalb in den Tod gestürzt hat?«

»Dr. Goldschmied, wo waren Sie in der Nacht, als Ihre Tochter starb?«

Sekundenlang stand Walter Goldschmied wie angewurzelt da, dann kam er drohend auf Dorothea zu. Jegliche Farbe war aus seinem Gesicht gewichen, Wut verzerrte seine Züge. »Sie fragen meine Sekretärin über mich aus. Danach lauern Sie mir vor meinem Büro auf. Sie wickeln mich mit Ihren Fragen über Elena ein … Damit ich ›ihren Tod besser verstehe‹. Und nun behaupten Sie, dass ich meine eigene Tochter vergewaltigt habe?« Mühsam schnappte nach Luft. »Das ist unerhört.«

Er trat so nah an Dorothea heran, dass sein Gesicht nur noch einige Zentimeter von ihrem entfernt war. Sie roch die Mischung aus Rasierwasser und Schweiß, die von seinen Poren aufstieg. Obwohl Dorothea befürchtete, dass er auf sie losgehen würde, hielt sie seinem Blick stand. Schließlich wich er zurück.

»Ich werde die Polizei wegen Belästigung verklagen. Und ich werde mich über Sie beschweren.« Sein ausgestreckter Zeigefinger schien sie durchbohren zu wollen. »Wenn ich mit Ihnen fertig bin, wird Inspektorin Keusch nicht mehr existieren!«

Kapitel 15

Als Dorothea am nächsten Morgen die schwere Flügeltür zur Turnhalle des *Sebastianums* öffnete, stieg ihr der Geruch von Kunststoff, frischem Holz und Farbe entgegen. Die Sporthalle war renoviert und blitzte wie neu. Ihre Schuhe quietschten auf dem hellen Boden, der von unzähligen bunten Markierungen durchzogen war.

Der Saal war leicht beheizt, vom Gang zog Dorothea einen kalten Windstoß mit sich. Riesige Fenster zeigten den grauen Winterhimmel, der schon am Morgen mit Schneewolken verhangen war. Ringsum zierten Sprossenwände die Halle, von der Decke schwangen Ringe, in einer Ecke waren acht Kletterstangen angebracht, gegenüber baumelten Seile.

Alle Geräte wirkten ungebraucht, sauber und einladend, trotzdem stieg bei dem Anblick Abscheu in Dorothea auf, sie bemerkte einen bitteren Geschmack auf ihrer Zunge. Die Erinnerung an unzählige qualvolle Sportstunden überkam sie. Beschämt dachte sie daran, wie sie verzweifelt versucht hatte, ein Seil hinaufzuklettern. Das Klatschen von Holz auf Linoleum und der schrille Ton einer Trillerpfeife riss sie aus ihren Gedanken.

»Die Bank vor den Bock. Stellt sie da hinüber!«

Eine Sportlehrerin trat aus einer Gerätekammer, mit kerzengeradem Rücken stellte sie sich auf und gab mit ihrer Trillerpfeife und ausgestreckten Armen Anweisungen. Zwei Mädchen beeilten sich, eine schwere Holzbank in die Richtung zu tragen, in die der ausgestreckte Zeigefinger wies. Dabei wurden sie fast von zwei weiteren Schülerinnen überrannt, die einen hohen Kasten aus einer Gerätekammer zogen.

Dorothea musterte die Jugendlichen. Alle vier trugen kurze T-Shirts und Leggings, in denen man ihre schlanken Beine bewundern konnte. Dorothea dachte an ihre ausgebeulte Jogginghose und ihren pummeligen Hintern von damals. Sie verscheuchte den Gedanken und sah sich weiter in der Sporthalle um, doch das blonde Mädchen, das sie suchte, war nicht zu sehen. Einen Moment lang fragte sie sich, ob sie sich getäuscht hatte. Noch einmal rief sie sich den Plan ins Gedächtnis, den sie in Melanies Zimmer an der Wand gesehen hatte. Das Bild stand klar vor ihrem inneren Auge. Sie hatte sich nicht geirrt: *Mittwoch, 1. Stunde: Sport.*

Noch ehe Dorothea weiter über das Problem nachdenken konnte, hörte sie wieder den grellen Pfeifton.

»Los geht's«, bellte die schroffe Stimme, »zehn Runden zum Aufwärmen. Marsch, Marsch, Marsch!«

Mittlerweile waren noch mehr Schülerinnen gekommen, und Dorothea sah, wie sich die Gruppe sammelte und dann in Bewegung setzte. Ein Gefühl der Erleichterung breitete sich in ihr aus. Diese Hölle hatte sie hinter sich gebracht. Schwimmen. Laufen. Liegestütze. Nur mit viel Glück hatte sie den Aufnahmetest für die Polizeischule und das harte Training bewältigt. *Ich wette, Chefinspektor Schmitt betreibt jeden Tag Sport.* So wie er aussieht. Wie aus dem Nichts tauchte die Überlegung auf. *Warum machst du dir Gedanken über Schmitts Köperbau?* Das Zetern bewahrte sie davor, sich selbst eine Antwort geben zu müssen.

»Wer sind Sie? Was wollen Sie hier?«

Die Sportlehrerin hatte Dorothea entdeckt und kam nun mit großen Schritten auf sie zu. Unwillkürlich fragte sich Dorothea, ob sie zu den Personen gehörte, die niemals irgendetwas langsam tun konnten. Sie holte tief Luft. Als die Pädagogin vor ihr stand, überragte die Sportlehrerin Dorothea um eine Kopflänge, ihre Figur war extrem schlank und wie aus Muskelmasse gegossen. Das längliche Gesicht war von tiefen Falten durchzogen, dabei erinnerten die langen, vorstehenden Zähne Dorothea an ein Pferd. Äußerst kurz geschnittene Haare lagen wie Stacheln um das Haupt, was der Frau ein fast männliches Aussehen verlieh. Um ihren Hals hingen an einer langen Schnur die Trillerpfeife und eine Stoppuhr. Sie trug kurze Laufhosen und ein eng anliegendes Tank-Top.

»Wer sind Sie?« In der rauen Stimme lag nicht nur Ungeduld, sondern auch Unmut und Ärger. »Was machen Sie in meinem Turnsaal?«

Dorothea räusperte sich. »Inspektorin Keusch. Ich würde gerne mit Barbara Luxner reden.«

In dem von Sonne und Schweiß gegerbten Gesicht zogen sich die Augenbrauen kurz zusammen.

»Barbara? Warum wollen Sie mit ihr reden? Hat sie schon wieder was ausgefressen?« Ohne Dorotheas Antwort abzuwarten, sprach sie weiter: »Sitzt wahrscheinlich mit Jacqueline in der Umkleidekabine herum und trödelt. Wenn die beiden ausnahmsweise mal keine Entschuldigung von der Schulärztin haben, dann verbringen sie die ersten zehn Minuten der Stunde in der Umkleidekabine, weitere zehn damit, scheinbar zur Toilette zu gehen, und die restliche Zeit brauchen sie, um sich so wenig wie möglich zu bewegen.« Verächtlich schnaubte die Lehrerin durch die Nase. Ohne sich noch weiter um Dorothea zu kümmern, drehte sie sich um und stieß einen schrillen Pfiff aus.

Froh darüber, den Turnsaal verlassen zu können, trat Dorothea wieder auf den Gang hinaus und zog die schwere Flügeltür hinter sich zu. Ihre Blicke suchten den Gang ab, bis sie schließlich ein Schild mit der Aufschrift *Umkleide Mädchen* entdeckte. Leise ging sie darauf zu, nahm die Klinke in die Hand und drückte die Holztür behutsam einen Spaltbreit auf. Der üble Gestank von feucht geschwitzter Kleidung traf Dorothea wie ein Schlag. Sie seufzte und hielt sekundenlang die Luft an. Als sie vorsichtig wieder ausatmete, hörte sie Stimmen hinter einer Reihe von Spinden.

»Jackie, ich hasse die Haferstute. Ich hasse Sport. Nach der Stunde rieche ich immer wie ein Iltis, sehe aus wie ein zerrupftes Huhn, und mein Make-up ist eine Katastrophe.« Die Mädchenstimme triefte vor dramatischem Selbstmitleid. Beinahe hätte Dorothea über so viel Theatralik laut gelacht, beherrschte sich aber im letzten Moment. Sie schmunzelte. Offensichtlich gab es unterschiedliche Beweggründe dafür, Turnstunden zu hassen.

»Barbie, vergiss mal kurz die Turnstunde.«

Barbie und Jackie. Barbara und Jacqueline. Dorothea nickte, sie hatte Glück.

»Willst du nun die Details von gestern hören oder nicht?« Barbies Selbstdarstellung nervte Jackie offensichtlich. Auch Barbie schien dies nun bemerkt zu haben.

Eilig antwortete sie: »Klar will ich.«

Dorothea vernahm die Worte, doch Barbies Ton verriet, dass sie kein echtes Interesse an weiteren Ausführungen hatte. Ihrer Freundin fiel es nicht auf.

»Wo war ich?«

»Simon hat auf dem Computer einen Film runtergeladen.«

»Genau. Und dann haben wir nebeneinander auf seinem Sofa gesessen und uns den Film angesehen. Und dann haben wir geknutscht. Und plötzlich war er mit seiner Hand unter meinem T-Shirt.«

»Und dann?« Noch immer schien Barbie nicht wirklich an den Details interessiert.

»Das war's. Simon hat noch versucht, meine Jeans aufzumachen, aber das wollte ich nicht. Also haben wir einfach eine Zeit lang so da gelegen.«

»Ah.«

Dorothea war sich nicht sicher, ob Barbie erleichtert oder einfach nur gelangweilt war.

»Welchen Film habt ihr euch angesehen?«

»Einen ziemlich dämlichen Zombie-Film.« Jackies Stimme klang genervt. »Den hat Simon ausgesucht.« Ein nervöses Kichern. »Ich wollte nicht gleich zugeben, dass ich eigentlich keine Horrorfilme mag.«

»Worum ging's denn?«

»Um eine Abtreibungsklinik. Eine Nutte kommt da mit ihrem Freier hin. Und noch zwei andere Pärchen. Aber die toten Embryos werden alle wieder lebendig und rächen sich dann als

Zombies.« Ein Gegenstand fiel zu Boden, während Jackie weiterredete. »Sie bringen alle um. Ziemlich bescheuert. Aber das war mir egal.«

Einige Momente lang herrschte völlige Stille, nur ein Wasserhahn tropfte leise. Dann erst erklang Barbies Stimme wieder. »Glaubst du das, Jackie?«

Dorothea meinte, einen Anflug von Angst in den Worten zu hören.

»Was?« Jackie schien verwirrt.

»Glaubst du, dass die Seelen der Toten zurückkommen, um sich an ihren Mördern zu rächen?«

Jackie prustete. »Spinnst du? Es war ein Film.« Eine kurze Pause entstand, doch Barbie antwortete nicht. »Hast du das ernst gemeint? Wie kommst du auf so eine Frage?« Jackies Stimme wurde immer leiser und eindringlicher. »Barbie, hast du wieder was genommen?« Mittlerweile flüsterte sie, Dorothea konnte kaum hören, was die Schülerin sagte. »Hat dir Roman wieder Stoff verkauft? Ich dachte, das machst du nicht mehr?«

»Nein, mach ich auch nicht.« Barbie klang abwehrend, verärgert. »Ich nehme kein Crystal Meth mehr.«

»Gras? Hast du wieder Gras geraucht?«

»Nein, ich hab dir ja schon gesagt, dass ich damit aufgehört habe. Vergiss es einfach!«

»Was hast du denn dann gemeint? Redest du von Ellie?« Angst kroch nun auch in Jackies Stimme. »Sie hat sich doch selbst umgebracht, oder nicht? Glaubst du, dass sie sich wegen uns in die Aula gestürzt hat?«

Barbie antwortete nicht. Sie schien die Worte der Freundin nicht zu hören.

»Barbie? Glaubst du das?« Jackies Tonfall war nun schrill und panisch.

»Nein, Jackie, natürlich nicht. Vergiss einfach, was ich gesagt habe.« Der Klang ihrer Stimme signalisierte Endgültigkeit. »Lass uns gehen. Haferstute lässt uns sonst wieder in der Pause Zusatzrunden laufen.«

Lautlos zog Dorothea die Tür zu, dann trat sie einige Schritte zurück und wartete, bis die Mädchen aus dem Ankleideraum kamen.

Ohne sie zu bemerken, hasteten die beiden an ihr vorbei.

»Barbara?«

Die Schülerinnen schnellten herum und warfen Dorothea fragende Blicke zu. Dorothea erkannte sie sofort. Wie schon zwei Tage zuvor in der Kirche hatte Dorothea das Gefühl, dass die beiden Klone waren, doch sie wusste, dass der Eindruck täuschte. Zwar hatten beide ihre blond gefärbten Haare zu Pferdeschwänzen gebunden, ihre schlanken Körper steckten in fast identischen, modisch perfekt abgestimmten Nike-Outfits. Doch auf den zweiten Blick sah sie, dass eine der beiden kleiner, ihre Nase etwas zu groß und ihr Gesicht eigentlich nicht hübsch war.

»Ja?« Das größere Mädchen musterte sie unverhohlen.

Dorothea trat einen Schritt nach vorn. »Ich bin Inspektorin Keusch. Kann ich kurz mit dir reden?«

Die Teenager erstarrten, und ihre Augen weiteten sich. Schließlich begann Jackie wie auf dünnem Eis, von einem Fuß auf den anderen zu treten. Dann setzte sie sich vorsichtig in Bewegung. Ohne ihre Freundin anzusehen, trippelte sie nervös in Richtung Turnsaal. »Ich geh schon mal vor, Barbie. Wir sind sowieso spät dran.« Schnell verschwand sie hinter der dicken Flügeltür.

»Worum geht's?« Barbara presste die Lippen zusammen. Ihre Füße wippten nervös.

»Können wir irgendwo ungestört miteinander reden?« Dorothea versuchte, beruhigend und wohlwollend zu klingen, doch anstatt auf Dorothea zuzugehen, wich das junge Mädchen einen Schritt zurück.

»Ich muss zuerst Dr. Reder anrufen, wenn die Polizei mit mir reden will.« Das Mädchen klang trotzig und arrogant, doch sie hatte den Kopf eingezogen, und in ihren Augen blitzte Panik. Das hübsche Mädchen wirkte angespannt und müde.

»Wer ist Dr. Reder?«

Barbies Augenbrauen hoben sich. Misstrauisch sah sie Dorothea an. »Der Anwalt meiner Familie.« So, als würde sie einem Kind wieder und wieder etwas erklären, sprach sie weiter: »Er muss bei jedem Verhör dabei sein.«

Dorotheas Puls wurde schneller. Sie dachte an Fuhrmann und seine Drohung, sie zu entlassen, wenn sie weiter ermitteln würde. Ihre einzige Chance bestand darin, Barbies Vertrauen zu gewinnen, sodass das Mädchen ohne einen Anwalt mit ihr sprach. Wie viele Straftaten hatte Barbie schon begangen?

»Barbara, du stehst nicht unter Anklage.« Nun war es Dorothea, die langsam und deutlich redete. »Ich möchte nur mit dir über Elena Goldschmied reden.«

»Oh.« Barbies Augen weiteten sich erneut. Immer noch lag eine Spur von Angst in ihnen, aber auch noch ein anderes Gefühl, das Dorothea nicht deuten konnte. »Ich weiß nichts über Ellie. Wir waren nicht mal befreundet.« Sie wandte sich ab und begann, in Richtung Turnsaal zu gehen.

Dorothea beschloss, alles auf eine Karte zu setzen. »Barbie, das ist deine Gelegenheit. Diesmal kannst du das Richtige tun. Für Ellies Seelenfrieden. Und für deinen.«

Barbie hielt abrupt inne. Als sie sich umdrehte, war ihr Gesicht kreidebleich. Einen Moment lang befürchtete Dorothea, dass sie in Ohnmacht fallen würde, schließlich aber kehrte wieder etwas Farbe zurück. Einige Sekunden lang zögerte die Jugendliche noch und verharrte in ihrer Stellung, dann aber schien sie einen Entschluss zu fassen.

Ohne etwas zu sagen, steuerte sie auf eine schmale Tür mit der Aufschrift *Betreten verboten* zu. Prüfend drückte sie den Griff hinunter. Während sie vorsichtig die Tür öffnete, drehte sie sich zu Dorothea.

»Manchmal verstecken wir uns hier, wenn Haferstute, ich meine Frau Professor Gerte, uns sucht.« Sie führte Dorothea in eine winzige Kammer. »Der Hausmeister hat einen Schlüssel, aber er vergisst immer, hier abzusperren.« Sie gluckste. »Er ist viel zu beschäftigt damit, sich eine Flasche Schnaps nach der anderen reinzuziehen. Dann schläft er stundenlang irgendwo im Keller.«

Dorothea fragte sich, wie viele weitere geheime Verstecke es in dem katholischen Gymnasium gab. Aufmerksam sah sie sich in dem kleinen Raum um. Er glich einem engen Gang, war nur etwa zwei Meter breit und zog sich schlauchförmig nach hinten. Es gab keine Fenster, nur eine schwache Glühbirne spendete dämmriges Licht. An der Decke liefen Leitungen entlang, und Dorothea hörte das Gurgeln des Wassers darin. Der muffige Geruch von abgestandener Luft und bröckeligem Putz stand im Raum.

Vor Jahrzehnten hatte der Raum wohl als Umkleidekabine und Waschraum für Lehrer gedient, an einer gefliesten Wand waren noch immer eine alte Toilette und ein altes Waschbecken zu sehen. Das Waschbecken hing jedoch schief nach unten und wies mehrere Sprünge auf, die einstmals weißen Fliesen hatten eine gelbliche Farbe angenommen. Der Spiegel war blind, die grauen Bodenfliesen zum Großteil zerbrochen.

Der winzige Raum war nun eine Art Rumpelkammer, vollgestopft mit Tennisschlägern mit gerissenen Saiten, eingedellten Jonglierkeulen, kaputten Fußbällen, einem ausgeleierten Trampolin und Böcken, aus denen Schaumstoff quoll, weil der Lederbezug geplatzt war. Wohin man auch sah, ausrangierte Sportgeräte, abgestellt und vergessen.

Dennoch schien jemand den Raum zu benutzen, denn in der hintersten Ecke entdeckte Dorothea eine Sammlung von leeren Bierdosen.

»Die sind nicht von uns.« Barbies Stimme klang unsicher, und sie sah Dorothea nicht in die Augen.

Darauf bedacht, das ihr entgegengebrachte Vertrauen nicht zu zerstören, ging Dorothea nicht auf die Bemerkung ein. Stattdessen schlug sie einen leichten Plauderton an. »Sport ist wohl nicht deine Lieblingsstunde?«

Barbie lachte kurz auf. »Machen Sie Witze?«

Sie nahm einen Tennisschläger in die Hand und ließ ihn einige Male durch die Luft pfeifen. Dorothea hörte den zischenden Ton und spürte den scharfen Luftzug. »Spielst du Tennis?«

Barbie schüttelte den Kopf. »Nein, nicht wirklich. Als ich jünger war, haben meine Eltern versucht, mich zu einer Vorzeigetochter zu erziehen. Tennisunterricht, Klavierstunden, Ballett. Leider ist das Experiment fehlgeschlagen. Ich habe mich in allen Bereichen als Loserin entpuppt.« Sie begann, mit dem Schläger leicht auf einen der zerfetzten Böcke einzuhämmern. Dorothea schwieg und beobachtete sie. »Haben Sie schon mal versucht, in einer eiskalten Halle über einen dieser dämlichen Böcke zu springen?«, fragte Barbie schließlich.

Dorothea bemühte sich, ihrer Stimme einen neutralen Klang zu geben. »Ja.« Versucht hatte sie es schon.

Das Mädchen grinste. »Und? Wie ist es gelaufen?«

Ich bin wie ein nasser Sack auf den Boden geklatscht. Doch Dorothea sprach den Gedanken nicht aus. »Nicht sehr gut.«

Sie erwartete schallendes Gelächter, doch Barbie fuchtelte mit den Armen. »Sehen Sie – und Haferstute, ich meine Frau Professor Gerte, spinnt sowieso. Wenn man nicht mindestens zwanzig Runden laufen kann und Muskeln wie eine Bodybuilderin hat, ist man bei ihr unten durch.«

Sie bückte sich, nahm einen der schmutzigen Tennisbälle vom Boden auf und begann, ihn auf dem Schläger wieder und wieder einige Zentimeter in die Höhe zu spielen.

Dorothea fixierte den Ball. »Barbara, kannst du mir was über Elena erzählen?«

»Was wollen Sie wissen?« Geschickt balancierte Barbie den Ball weiter auf den gerissenen Saiten.

»Wie war sie? Ihr Charakter, ihre Hobbys, alles, was helfen könnte, ihren Tod zu klären.«

Das Mädchen fing den Ball mit der linken Hand auf und heftete ihren Blick auf einige Kritzeleien an der Wand. Jemand hatte mit Bleistift einen überdimensionalen Penis gezeichnet. »Sie war die Brave, die Streberin, die vorbildliche Tochter. Die Unschuldige, die Fehlerlose.« Sie schien Spaß an ihrer Aufzählung zu finden. »Der Typ, der an die große Liebe glaubte.« Ungläubig verdrehte sie die Augen. »Klassensprecherin, Ballkomitee, Klassenbeste, die ganze Palette. Ich dagegen bin das verwöhnte Gör, das missratene Kind.« Sie seufzte.

Dorothea wartete ab, doch Barbie schien in Gedanken versunken. »Wart ihr Rivalinnen?«

Barbie schüttelte den Kopf. »Nein, eigentlich nicht. Gegen Ellie konnte man nicht gewinnen. Was immer sie wollte, das bekam sie. Man konnte ihr nur einige Steine in den Weg legen.«

»Und das hast du gemacht?«

Die Jugendliche dröselte Saiten des Schlägers mit den Fingern auf und zog sie einzeln heraus. »Nicht wirklich. Es waren nur alberne Streiche.«

»Alberne Streiche? Was meinst du damit? Kaugummis auf den Stuhl kleben? Spinnen in die Schuhe legen?« Forschend sah Dorothea Barbie an, aber sie hatte ihren Blick auf den Boden geheftet.

»Wir haben ihr Handy gehackt. Und Fotos von ihr ins Internet gestellt«, sagte Barbie leise zu den gesprungenen Fliesen.

Dorothea zog ihre Augenbrauen hoch. *Das sind keine Streiche, das sind Straftaten.* Noch während sie erwog, den Satz auszusprechen und der Schülerin einen Vortrag über Respekt und Menschenwürde zu halten, hob Barbie ihren Kopf und sah Dorothea niedergeschlagen an.

»Aber wir hatten doch schon lange damit aufgehört.« Sie klang beschämt.

»Was für Fotos waren das?«

Diesmal hielt das Mädchen Dorotheas Blick stand. »Wir haben sie nach dem Schwimmen beim Duschen fotografiert.«

Eine schwere Last legte sich auf Dorotheas Brust, aber sie ließ sich ihr Entsetzen nicht anmerken. »Das ist illegal. Hat Elenas Vater euch angezeigt?«

»Nein.« In ihrem Ton lag ein Ausdruck von Erstaunen und Bewunderung. Fast wie zu sich selbst sprach sie weiter: »Nein. Ellie war keine Petze. Selbstsicher und arrogant, das ja. Aber keine Petze. Ihre Kämpfe hat sie selbst ausgetragen. Ich hab immer geglaubt, dass sie Daddy's little girl war, eine kleine Heulsuse. Aber das war sie nicht. Sie ist nie zu ihm gerannt. Und auch nicht zu ihrer Mutter. Sie hat es nie ausgenutzt, dass ihr Vater Anwalt und ihre Mutter Lehrerin an der Schule war.«

»Warum habt ihr dann aufgehört?«

Barbie zuckte mit den Schultern. »Es kam mir irgendwie kindisch vor.« Sie fixierte einen zerfetzten Baseballhandschuh. »Irgendwann wird man … erwachsen und kommt in der Realität an.« Ein seltsamer Ton lag in den Worten, doch Dorothea konnte nicht bestimmen, was es war.

»Hatte sich Ellie in den Wochen vor ihrem Tod verändert?«

Plötzlich wurde das Gesicht des Mädchens wieder hart und ablehnend. »Woher soll ich das wissen, wir waren nicht befreundet.«

Dorothea sah Barbara in die Augen. »Es gibt Hinweise darauf, dass Elena sexuell missbraucht, vielleicht sogar vergewaltigt wurde.«

Barbies Züge entspannten sich. Ungläubig sah sie Dorothea an. »Welche Hinweise?«

»Nun, zum einen hat sie sich mit diesem Thema in ihrer Abschlussarbeit beschäftigt.«

»Und weiter? Warum sollte das ein Anzeichen für irgendetwas sein?«

Dorothea sah das Mädchen eindringlich an. »Worum geht es in *deiner* Abschlussarbeit?«

Barbie trat einen Schritt zurück, sie stand nun fast mit dem Rücken an der Wand. »Was tut das hier zur Sache?«

Dorothea streckte beschwichtigend die Hände aus. »Nichts. Nur Interesse meinerseits.«

Doch der misstrauische Ausdruck blieb auf Barbies Gesicht. »Sie möchten wissen, was das Thema meines Projekts ist?«

»Ja.«

Barbies Augenbrauen verengten sich, den Tennisschläger noch immer in der Hand verschränkte sie ihre Arme. »In meinem Projekt geht es um die Bestrafungsmethoden für Mörder in Dantes Inferno.«

Kapitel 16

»Was machen Sie hier überhaupt?«

Mit einem gehässigen Grinsen drehte sich Thomas Hinkel um und sah Dorothea über das Pult hinweg an. »Elenas Fall ist doch längst abgeschlossen. Im wahrsten Sinne des Wortes.« Der Biologielehrer lachte bösartig, während er Dorotheas Dienstausweis studierte, dann wandte er seinen Rücken wieder der Tafel zu. Sorgfältig löschte er die letzten Kreidereste des Wortes *Sexualität* mit einem schmutzigen Schwamm. Etwas an seiner Bewegung kam ihr sonderbar vor, doch bevor Dorothea darüber nachdenken konnte, stieg ihr der trockene Kreidestaub in die Nase. Sie musste niesen und drehte sich um. Während sie in ihrem Parka nach einer Packung Taschentücher suchte, betrachtete sie den Klassenraum. Die Schulbänke waren leer, der zerkratzte Holzboden lag blank vor ihr, die Stühle standen auf den Bänken. Dennoch starrten einige Augenpaare in dem Biologiesaal sie gläsern an. Ein Fuchs, eine Eule und ein Biber saßen regungslos in einem Glaskasten. Die ausgestopften Körper waren zerfleddert und von Motten zerfressen.

An der hinteren Wand entdeckte Dorothea Kästen mit einer Schaupuppe, deren rötlich-blaue Eingeweide und Geschlechtsteile im Regal verstreut waren. Auch ein Skelett war in seine Einzelteile zerlegt, Wirbelsäule, Schädel und Gliedmaßen lagen lose hinter der Glasscheibe. Schmetterlinge und Käfer waren auf Nadeln gespießt, eine tote Schlange krümmte sich in einem massiven Glasblock. Ein weiteres Skelett hing am Haken eines Kartenständers.

Im künstlichen Licht der Deckenlampen sah Dorothea ein

Plakat an der Wand. *Die Geschichte der Atombombe und ihre Folgen.* Sie überflog den Textblock, die Worte flimmerten vor ihren Augen. *Otto Hahn. 6. und 9. August 1945. Hiroshima. Nagasaki.* Dann sah sie die Aufnahmen. Der Atompilz. Die Schuttwüsten. Sie streifte die anderen Bilder und versuchte, ihre Lider noch rechtzeitig zu schließen, aber es war schon zu spät. Auf ewig würden sich die schrecklichen Aufnahmen in ihr Gedächtnis einbrennen. Tumorgeschwülste an den Händen und Füßen eines kleinen Jungen. Ein Baby, das ohne Augen und Lippen zur Welt gekommen war, klaffende rote Löcher anstelle von Mund und Augen. Ein anderes Baby ohne Haut, sechzehn Zehen an den Füßen, grausam fleischig überzogen.

Dorothea griff sich an die Kehle. Es war, als wäre in dem ganzen Raum kein Sauerstoff mehr vorhanden. Sie meinte zu ersticken. Ihre Magengrube fühlte sich flau an, und sie schloss kurz die Augen. *Konzentriere dich! Du bist hier, um Elenas Tod aufzuklären.* Sie straffte ihre Schultern, schluckte und drehte sich wieder zum Pult. Thomas Hinkel war gerade dabei, das Modell einer Gebärmutter und eines Fötus einzusammeln.

Mit einiger Kraftanstrengung begann Dorothea wieder zu sprechen. »Leider gibt es noch einige offene Fragen, Professor Hinkel.«

»Was hat das mit mir zu tun?«

Dorothea betrachtete die hochgewachsene Gestalt. Der Lehrer strich sich über seine kurzen blonden Haare, die ungewaschen wirkten. Winzige Schuppen fielen auf den altmodischen Pullover und den abgewetzten Hemdkragen, doch er beachtete sie nicht. Wie kleine weiße Milben blieben sie auf seinen kantigen Schultern liegen. Noch einmal schweifte Dorotheas Blick über die leeren Stühle und Bänke. An manchen Stuhllehnen entdeckte sie das Gekritzel einzelner Schüler: *C + M forever* und *Ich hasse Biologie.*

»Gab es Unstimmigkeiten zwischen Ihnen und Elena Goldschmied?« Betont freundlich stellte Dorothea die Frage.

»Ich habe keine Probleme mit Schülern.«

»Laut Zeugenaussagen hatte Elena kurz vor ihrem Tod Streit mit Ihnen.«

Endlich hob der Lehrer seinen Kopf und klammerte sich mit einer Hand an das Pult. »Was für ein Streit? Zeugenaussagen? Wovon sprechen Sie?«

»Vonseiten der Schüler wird berichtet, dass es einen heftigen Wortwechsel zwischen Ihnen und der Toten gab.«

Er machte eine wegwerfende Geste, und seine Aufmerksamkeit galt wieder dem Plastikmodell in seiner Hand. »Von Schülern? Glauben Sie kein Wort von dem, was die kleinen Kröten erzählen. Die lügen, wenn sie nur den Mund aufmachen.« Er versuchte, den Fötus wieder in die Gebärmutter einzusetzen, aber es gelang ihm nicht, seine Hände zitterten.

Dorothea sah ihm eine Zeit lang schweigend zu. »Es existiert auch ein Video«, sagte sie schließlich.

»Das glaube ich Ihnen nicht.«

Dorothea nahm ihr Mobiltelefon aus der Tasche und legte es auf den Tisch. Sie lächelte. Melanie war sofort bereit gewesen, ihr das Video zu schicken.

Der Lehrer erstarrte, als er seine eigene Stimme in der Aufnahme hörte. »Es gibt kein Gesetz, das mir verbietet, Schüler vor einer Schularbeit auseinanderzusetzen.« Er klang unerbittlich.

»Aber Dienstvorschriften, die Ihnen respektlosen Umgang mit Schülern verbieten.«

»Respektlos? Das liegt im Auge des Betrachters. Schule soll Vorbereitung auf das Leben sein. Glauben Sie, dass alle Gymnasiasten im späteren Leben respektvoll behandelt werden?«

»Sie machen sich lustig über körperliche Eigenheiten der Schüler, stellen sie vor der Klasse bloß.«

»Na und? Man hat es im Leben nicht leicht, wenn man dick ist. Es schadet nicht, wenn Jugendliche das schon früh lernen.«

Abschätzig betrachtete er Dorothea von oben bis unten. »Das sollten Sie ja wohl am besten wissen.«

Die Bösartigkeit traf Dorothea wie ein Schlag ins Gesicht, sie musste sich zwingen, nicht zurückzuweichen. Dann aber meldete sich die Polizistin in ihr. *Er versucht, dich einzuschüchtern. Lass dich nicht auf solche Spielchen ein.* »Sie stempeln einige der Schüler als dumm ab. Das ist äußerst unfair.«

»Das Leben ist nicht fair.« Endlich hatte er es geschafft, das Modell wieder zusammenzusetzen. Sein Blick fiel auf den Schaukasten am hinteren Ende des Saals. Er schien einen Moment zu überlegen, dann aber stellte er das runde Teil auf dem Pult ab und drehte sich steif zur Tür.

Wieder kam Dorothea die Bewegung eigenartig vor. Plötzlich wusste sie, warum. Hinkel hatte während des ganzen Gesprächs seine Beine nicht bewegt. Nur mit seinem Oberkörper und den Armen hantierte er in dem begrenzten Raum zwischen Tafel und Pult. Als er nun widerwillig einen Schritt zur Tür machte, sah Dorothea, dass Thomas Hinkel stark gehbehindert war. Sein rechtes Bein hing kraftlos an seinem Körper, und er konnte es nur mühsam hinter sich herziehen. Seine aufrechte Haltung verwandelte sich in die linkischen Bewegungen eines Krüppels.

»Elena hatte vor, das Video Direktor Weiß zu zeigen.«

Die Hand auf der Klinke stoppte in ihrer Bewegung, aber Hinkel drehte sich nicht um. »Und wenn schon. Was für eine Polizistin sind Sie denn, wenn Sie nicht einmal wissen, dass es verboten ist, ein solches Video aufzunehmen. Die Schüler schneiden sich damit nur ins eigene Fleisch.«

»Direktor Weiß ist da vielleicht anderer Meinung.«

Der Lehrer richtete sich auf und hielt mühsam seinen Rücken gerade. Dann wandte er seinen Kopf und blickte in Dorotheas Augen. »Ich kann Ihnen eins über die heutige Jugend sagen: Sie ist faul, frech und arrogant. Früher musste man hart darum kämpfen, seine Ziele zu erreichen. Den Jugendlichen heute wird alles zu Füßen gelegt.«

Sein Blick durchbohrte Dorothea, aber sie erwiderte ihn, ohne zu blinzeln.

»Gottfried weiß, dass man Schüler manchmal etwas härter anpacken muss.« Für einen kurzen Augenblick wurden Hinkels Züge weich. »Er ist auf meiner Seite.«

»Elena schien das anders zu sehen.«

Der Lehrer schnaubte verächtlich. »Die strahlende Elena. Ich werde Ihnen die Augen öffnen über Elena Goldschmied, die selbstlose Klassensprecherin. In Wirklichkeit war sie selbstverliebt, egoistisch und kompromisslos. Um das zu erreichen, was sie wollte, ging sie über Leichen.« Er drückte die Klinke hinunter, dann wandte er sich ein letztes Mal um. »Fragen Sie ihre sogenannte beste Freundin. Sie weiß, wovon ich rede.«

Kapitel 17

Außer Atem erreichte Dorothea den letzten Treppenabsatz im Schulgebäude. Warum mussten die Abschlussklassen ausgerechnet im letzten Stock sein? Ihre Zunge klebte am Gaumen, und ihre Oberschenkel brannten. Die Spaghetti Carbonara, die sie zum Mittag gegessen hatte, lagen tonnenschwer in ihrem Magen. Einen Moment lang ließ sie ihren Blick über die marmornen Galerien schweifen. Der oberste Gang war leer, die Büste von Sokrates blickte still vor sich hin. Dorothea lauschte angestrengt, doch nur ihr eigener Atem und das Ticken der Wanduhr waren zu hören.

14:04 Uhr. Laut Stundenplan hatten Elena Goldschmieds Klassenkameraden in sechzehn Minuten Geschichte bei Professor Kieter. Wehmütig dachte Dorothea an seine Stunden zurück. Sie hatte Michaels Stunden geliebt. Nun blickte sie sich um, doch die Türen der Klassenzimmer waren alle geschlossen. Sie beugte sich über die Brüstung, weit unter ihr lag nur die verlassene Aula. Durch die Öffnung in der Kassettendecke fiel das spärliche Licht der Wintersonne auf das riesige Eichenkreuz. Abermals dachte Dorothea an den zerschellten Körper, der in der kalten Aula gelegen hatte. Und abermals überkam sie die Gewissheit, dass Elena Goldschmied keinen Selbstmord begangen hatte.

Sie richtete sich auf, ging an der Wand entlang und fand das Schild mit der Aufschrift *8a*. Ohne viel Hoffnung nahm sie den Griff in die Hand und stellte überrascht fest, dass sich die Tür öffnen ließ. Ehe sie das Klassenzimmer betrat, überrollte eine Welle von stickiger Heizungsluft sie. Ihre Zunge schien im Mund noch mehr anzuschwellen. Sie betrat das Klassenzimmer und registrierte, dass sie sich nicht im Stundenplan getäuscht hatte.

In der Nachmittagssonne dösten sechzehn Jugendliche müde vor sich hin. Drei Schülerinnen saßen vor aufgeschlagenen Mappen und lasen eifrig darin, einige andere spielten mit ihren Smartphones. In einer Schulbank saßen die zwei Blondinen lässig auf den unbequemen Stühlen.

»Geht ihr am Samstag ins *PURE*?« Jackie war gerade dabei, ihren Lippenstift nachzuziehen, während Barbie ihre Nägel neu lackierte. Die Schar an weiteren Barbie-Klonen rund um sie nickte.

Auch in der letzten Bank entdeckte Dorothea eine bekannte Gestalt. In ihr übliches Schwarz gehüllt saß Melanie mit angezogenen Beinen da. Sie hatte Stöpsel in den Ohren und blickte hinunter auf den verschneiten Park. Mitten im Raum thronte ein eng umschlungenes Pärchen auf einer der Schulbänke, die Köpfe der beiden in einem demonstrativen Kuss verbunden. An der Tafel waren noch chemische Formeln zu sehen, niemand hatte sich die Mühe gemacht, sie zu löschen. Der Mülleimer am Eingang des Zimmers quoll fast über, und trotz der stickigen Luft kamen die Jugendlichen offensichtlich auch nicht auf die Idee, das Fenster zu öffnen. Niemand schien Dorothea zu bemerken.

Sie betrachtete die Klasse und fühlte sich zurückversetzt. Alles war ihr unangenehm bekannt wie ein verhasstes Lied, das im Kaufhaus im Hintergrund lief, eine Szene im Fernsehen, die man nicht sehen wollte. Sie wandte sich an einen hochgewachsenen Jugendlichen, der direkt neben ihr stand. Die dunklen Haare fielen ihm weit ins Gesicht, seine Hände hatte er in die Hosentaschen gehakt.

»Kannst du mir vielleicht sagen, wo ich Roman finde?«

Der Halbwüchsige musterte Dorothea von Kopf bis Fuß, dann lehnte er sich lässig an die Wand. »Das ist schwer zu sagen, Süße.« Betont langsam schlug er ein Bein über das andere. »Roman ist ein sehr beschäftigter Mann. Aber ich könnte dein Roman sein.« Vielsagend zog der Junge seine Augenbrauen nach oben.

Dorothea hütete sich davor, mit den Augen zu rollen. Sie sah den Schüler scharf an. »Ich bin Inspektorin Dorothea Keusch. Wo ist Roman?«

Der Junge zuckte leicht zusammen und verlor beinahe sein Gleichgewicht. »Ich weiß es nicht. Einen kleinen Scherz wird man ja noch machen dürfen.« Schnell verzog er sich in den hinteren Teil des Klassenzimmers. »Im Bunker.«

»Wie bitte?«

Überrascht sah Dorothea den Sprecher an. Der Junge saß in der ersten Bank und war über ein dickes Buch gebeugt. Mit einem einzigen Blick konnte sie erkennen, dass er der Klassenprimus sein musste. Er war schlaksig, seine blasse Haut wirkte durchsichtig und ungesund, einzelne Pickel überzogen das Gesicht. Obwohl er vermutlich erst knapp achtzehn Jahre alt war, waren seine Schultern vom ewigen Sitzen schon jetzt eingezogen. Seine Stimme dagegen schien noch immer im Stimmbruch zu sein, sie klang brüchig und heiser.

»Er ist wahrscheinlich wie üblich im Bunker.« Er sah Dorothea nicht an, sondern fixierte die aufgeschlagene Seite vor sich. »In den langen Pausen geht Roman immer eine Zigarette rauchen. Im Bunker. So nennt man hier den ehemaligen Luftschutzkeller.«

Dorothea stellte sich überrascht. »Ich dachte, Rauchen ist hier an der Schule nicht erlaubt.«

Noch immer machte er keine Anstalten, seinen Kopf zu heben. Stattdessen blätterte er mit einer fast knochig schmalen Hand die Seite um. »Ist es auch. Zumindest offiziell. Inoffiziell wird es trotzdem geduldet. Weil es ja eine Sucht ist. Eine Krankheit. Und den Kranken muss man helfen.«

Dorothea konnte die Missbilligung in seiner Stimme hören. »Und wo finde ich diese Raucherkammer?«

Die Augen des Schülers blieben auf das Blatt gerichtet. »Im Keller. Gleich neben dem Werkraum.«

»Gut zu wissen.« Sie wandte sich zum Gehen. »Das Wort in der dritten Zeile ist übrigens kein Druckfehler. Es ist nur die englische Schreibweise.«

Langsam hob der Jugendliche den Kopf. Seine Augen hinter den dicken Gläsern wirkten winzig, dennoch erkannte Dorothea, dass sie nun vor Erstaunen geweitet waren, auch sein Mund war halb geöffnet. »Wie haben Sie das gemacht?«

»Ich habe mitgelesen.« Ganz gegen ihre Gewohnheiten zwinkerte sie ihm freundlich zu. »Danke für deine Hilfe.«

Langsam stieg Dorothea die Stufen zur Aula hinunter. Ihr Körper kühlte nach dem kurzen Aufstieg zur 8a langsam wieder ab, immer noch schmerzten ihre Oberschenkel, und sie sehnte sich nach einem Glas Wasser. In den beiden unteren Stockwerken blieb sie stehen und lauschte, aber das Schulhaus war wie ausgestorben. Nur das Ticken der großen Uhren war in jedem Geschoss zu hören.

Im Foyer angekommen, ging Dorothea an dem pompösen Modell der Stadt Kufstein, den patriotischen Fahnen und dem nackten Heiligen vorbei. Zielstrebig steuerte sie auf das Schild *Zum Werkraum* zu. Nur eine schmale Treppe führte von der Halle aus in den Keller. Mit einer scharfen Biegung endete sie in einem weiß gekalkten Gewölbe. Dorothea lauschte erneut. Ihr war, als hätte sie ein Geräusch gehört, doch als sie sich umdrehte, vernahm sie nur das Echo ihrer eigenen Schritte, die in den Mauerbögen verhallten. Bevor sie ihren Weg fortsetzte, atmete sie tief durch. Es roch muffig nach feuchter Erde und Schimmel. Sie tastete sich den dunklen Gang entlang, ihre Schuhe knirschten auf dem rohen Betonboden. An einigen Stellen war der Putz unter dem weißen Anstrich so bröckelig, dass riesige Flecken der Mauer aus roten Ziegeln darunter sichtbar waren. An anderen Stellen hingegen konnte Dorothea frische Farbe feststellen, hier waren wohl hastig die rechtsradikalen Parolen verdeckt worden.

Als sie das Schild *Luftschutzkeller* sah, hatte sie das Gefühl, in der Zeit mehr als siebzig Jahre zurückversetzt worden zu sein. Schaudernd fragte sie sich, wie viele Stunden zu Tode geängstigte Kinder im Zweiten Weltkrieg wohl hinter dieser Tür verbracht hatten.

Betreten verboten – auch hier war die kleine rote Plakette angebracht. Dorothea drehte den angerosteten Eisenriegel nach unten und zog an der schweren Tür. Mit lautem Quietschen bewegte sie sich wie in Zeitlupe und ließ den Blick auf einen niedrigen Betonbunker zu. Schon durch die rechteckige Öffnung konnte Dorothea sehen, dass auch dieser Teil des Gymnasiums eine Art Museum vergessener Dinge war.

Über die hohe Schwelle stieg sie vorsichtig in die grau verputzte Zelle. Der Gestank von kaltem und warmem Zigarettenrauch hing wie eine dichte Nebelwolke im Raum. Sie versuchte, flach zu atmen und den Spuren von Mäusedreck auf dem Boden auszuweichen. Ausgediente Schulbänke und Pulte waren übereinandergestapelt. Ein kaputtes Rednerpult stand in einer Ecke. *O tempora, o mores!* – Oh, was für Zeiten, was für Sitten! Ciceros berühmtes Zitat war in das morsche Holz geschnitzt.

An einer der Wände waren die Überreste vergangener Theateraufführungen des katholischen Gymnasiums aufgereiht. Teile von Bühnenbildern, ein Mephisto-Kostüm und die Maske aus einer griechischen Tragödie stachen Dorothea ins Auge. An der Mauer hingen von Schülern gestaltete Plakate mit der Aufschrift *Macbeth, Hamlet, Medea*.

Zwei Steinskulpturen bauten sich vor ihr auf. Dorothea konnte sehen, dass sie nie fertig gestellt worden waren. Erst in groben Umrissen waren Laokoon und seine Söhne erkennbar, wie sie von den Meeresungeheuern erwürgt wurden. Und in der Kopie der Pietà hielt die Jungfrau Maria einen Sterbenden ohne Form und Gesicht in ihren Armen. Der Raum war voll von unvollendeten Kunstgegenständen, nirgends war aber ein Schüler zu sehen. Erst als sie ein Regal mit Theaterköpfen umrundete, fand sie im hintersten Teil des Raumes das, wonach sie gesucht hatte. Auf einem Armeebett saß ein gedrungener Jugendlicher. Breitbeinig thronte er auf dem klapprigen Eisengestell, das noch aus dem Zweiten Weltkrieg zu stammen schien. Seine Haare waren kurz geschoren, sein kompakter und muskulöser Körper erinnerte an den eines stämmigen Kampfhundes. An dem stahlharten Bizeps konnte sie sehen, dass der Schüler oft im Fitnessstudio trainierte. Dennoch blieb der Eindruck von Schwerfälligkeit.

»Roman Kettner?«

»Wer will das wissen?«

Mit feindseligem Blick musterte er Dorotheas abgetragenen Parka, ihre dunkle Hose und die groben Schuhe. Seine hellgrauen Augen kamen Dorothea auf seltsame Weise bekannt vor, doch sie konnte sie nicht zuordnen.

»Inspektorin Dorothea Keusch.« Demonstrativ klappte sie die Lederhülle mit ihrem Dienstausweis auf.

Für den Bruchteil einer Sekunde trat Panik in seine Augen. »Ich rede nicht mit Cops. Und schon gar nicht mit einer Frau.« Die Füße des Jungen zuckten, hastig zog er den Reißverschluss seiner Kapuzenjacke nach oben, doch Dorothea hatte bereits genug gesehen.

Nachdenklich musterte sie Roman Kettner. Für einen unbeteiligten Beobachter schien er unauffällig schwarz gekleidet, Dorotheas geschultes Auge jedoch erkannte die versteckten Symbole und Geheimcodes. Der dunkle Sweater trug keine Aufschrift, doch in dem kleinen roten Aufnäher erkannte sie das einschlägige Runen-Logo von Thor Steinar. Auch die Schuhe des Schülers waren schwarz und unauffällig. Nur das weiße N auf den New-Balance-Sneakers war deutlich zu sehen.

Selbst das Consdaple-T-Shirt unter dem Kapuzenpullover hatte Dorothea rechtzeitig gesehen. Sie wusste, dass der Junge die Jacke absichtlich genau so geöffnet hatte, dass nur die Buchstaben NSDAP zu sehen waren. Sogar die winzige Tätowierung der Zahl 88 an seinem Handgelenk war ihr nicht entgangen. Noch einmal betrachtete sie die muskulöse Gestalt. Keines dieser Zeichen und selbst die Summe dieser Chiffren reichten nicht für eine Anklage wegen Wiederbetätigung, auch dem Jugendlichen war dies offensichtlich bekannt. Nach dem kurzen Moment der Panik hatte er sich nun gänzlich unter Kontrolle. Sein Gesicht zeigte eine Maske aus kalter Ablehnung und Trotz. Nur sein rechter Fuß klopfte fast unmerklich auf den schmutzigen Kellerboden.

Lange sah Dorothea den Jungen an und überlegte. Fuhrmann kam ihr in den Sinn. Sie durfte nicht riskieren, dass er von ihren

Ermittlungen erfuhr. Doch sie wusste auch, dass sie den Tod des Mädchens aufklären wollte. Sie beschloss zu bluffen. »Du willst nicht mit mir sprechen? Nun, ich kann dich auch gern wegen des Verdachts auf Drogenbesitz zur Polizeistation mitnehmen.«

Schneller und härter klopfte sein Fuß nun auf den Boden. »Was wollt ihr von mir?«

Aus einer Brusttasche nahm er eine gelbe Packung Camel-Tabak, senkte den Kopf, zog den Klebestreifen der Plastikhülle ab und wickelte sie auf. Er zog eine blaue Packung OCB-Blättchen heraus und riss eines der dünnen Zigarettenpapiere aus dem Karton. Dorothea sah ihm eine Weile geduldig zu.

»Wie war dein Verhältnis zu Elena Goldschmied?«

Einen Augenblick lang hielt Roman inne, eine dicke Ader an seiner Hand begann zu pulsieren, doch er hielt seinen Kopf gesenkt, nahm etwas Tabak aus dem Beutel und begann, ihn auf dem winzigen weißen Bogen zu verteilen. »Warum willst du das wissen?« Gemächlich rieb er den gefüllten Bogen zwischen seinen Fingern.

»Die Polizei muss noch einige Routinefragen für den Bericht klären.«

Ohne einen Filter einzulegen, rollte er die Zigarette, befeuchtete den Rand mit seiner Zungenspitze und klebte sie zu. »Bullshit. Die Untersuchung ist doch längst abgeschlossen. Was soll das?« Er steckte sich das dünne Stäbchen in den Mund, suchte in seiner Jackentasche nach dem Feuerzeug und zündete die Zigarette an.

»Wie gesagt, es müssen noch einige Details im Zusammenhang mit Elenas Tod geklärt werden.«

Betont langsam hob er den Kopf und sah Dorothea an. Wieder überkam sie das Gefühl, ihn zu kennen.

»Ich weiß nichts über die Schlampe.« Scheinbar genüsslich zog er an der Zigarette, doch seine linke Hand hatte sich zu einer Faust geballt.

»Es soll Streit zwischen dir und Elena gegeben haben.«

»Wer sagt das?«

Dorothea hielt seinem wütenden Blick stand. »Worum ging es bei dem Streit?«

Hasserfüllt sah er sie an. »Es gab keinen Streit. Mit verwöhnten Zicken wie ihr habe ich nichts am Hut.«

Dorothea beschloss, ein weiteres Mal zu bluffen. »Mir wurde berichtet, dass du sie bedroht hast.«

Mit der Zigarette in der Hand machte er eine wegwerfende Geste. »Und wenn schon. Die verwöhnte Tussi wollte mir Vorschriften machen.«

Dorotheas Puls beschleunigte sich. Sie atmete tief durch und bekam dabei einen Schwall Nikotin in die Lunge. Mühsam bezwang sie den Hustenreiz. »Welche Vorschriften?«

»Was geht dich das an? Was soll das? Ich habe nichts mit ihrem Tod zu tun.« Zornig warf er die Kippe auf den Betonboden, trat hart mit dem Fuß darauf und drehte mehrmals seine Fußballen, sodass schließlich nur noch braune Brocken und einige weiße Fetzen zu sehen waren.

Dorothea blickte auf den zertretenen Stummel. »Vor einigen Wochen gab es einen Einbruch in der Schule. Im Werkraum wurden einige Zeichnungen in Brand gesteckt. Jemand hat rechtsradikale Parolen an die Wände geschmiert.« Sie beobachtete ihn genau und schloss beiläufig die Frage an: »Weißt du was darüber?«

Kettner erhob sich lässig vom Feldbett. »Warum soll ich was wissen?« Er drehte sich um, nahm die gelbe Packung vom Metallrost und steckte sie wieder in seine Brusttasche. »So weit mir bekannt ist, konnte die Polizei keine Beweise finden.« Mit einer schnellen Bewegung klopfte er letzte braune Fäden von seinen schwarzen Jeans. Dann hob er sein Kinn und sah Dorothea direkt in die Augen. »Vielleicht seid ihr doch nicht so schlau, wie ihr denkt.« Seine Mundwinkel zuckten, als er lässig an Dorothea vorbeiging.

»Das werden wir noch sehen.«

Kurz wandte er seinen Kopf, und ein teuflisches Grinsen breitete sich auf seinen Lippen aus.

Kapitel 18

Am nächsten Morgen war Dorothea immer noch damit beschäftigt, darüber nachzudenken, warum ihr das Gesicht des Neonazis so bekannt vorkam, als Speckner an ihren Schreibtisch trat.

»Fuhrmann will dich sehen.«

Verwirrt blickte sie auf. Speckner grinste stupide. Die Hand mit der Wurstsemmel deutete auf die Tür am Ende des Ganges. Wie konnte jemand so sehr dem Klischee des dummen Dorfpolizisten entsprechen wie Speckner? Er stank nach Fleischkäse, und Dorothea befürchtete sekundenlang, dass ihr unverdautes Frühstück wieder hochkommen würde. Dann aber registrierte ihr Gehirn, wovon er gesprochen hatte. *Fuhrmann!* Wie ein Faustschlag traf der Name sie. Betäubt saß sie da und schnappte nach Luft. Gedankenfetzen wirbelten in ihrem Kopf herum. Eigenmächtige Ermittlungen. Suspension.

Noch mal Speckners Stimme: »Keusch, sofort.«

Wie durch einen Schleier sah Dorothea den Raum und ihre Kollegen. Sie hatte den Eindruck, dass alle sie anstarrten, und sie versuchte, sich Mut zuzusprechen. *Jetzt beruhige dich wieder. Das bildest du dir ein.*

Wie in Trance ließ sie ihren Blick über den abgewetzten alten Schreibtisch gleiten, rieb sich ihre Stirn und warf einen flehenden Blick auf das Foto ihres Vaters. *Wünsch mir Glück!*

Dann erhob sie sich und ging zur Tür, sah die großen schwarzen Buchstaben *Chefinspektor Fuhrmann* und klopfte zaghaft.

Als sie ins Zimmer trat, stand Fuhrmann am Fenster und beobachtete den morgendlichen Verkehr an der verschneiten Kreuzung. Sein breiter Rücken wirkte ruhig, doch einzelne rotblonde Haare im Nacken zitterten leicht. Dorotheas Kopf begann zu hämmern. Wie immer war es brütend heiß in dem Büro, wie immer hing der Dunst von Bügelstärke und frischem Schweiß in der Luft. Ohne sich umzudrehen, begann Chefinspektor Fuhrmann schließlich zu sprechen.

»Dorothea, weißt du eigentlich, dass meine Familie seit drei Generationen in Kufstein wohnt?«

Sie nickte langsam. In Gedanken formulierte sie die Antwort. *Nein, das wusste ich nicht, aber es erklärt einiges. Zum Beispiel deine engstirnige Weltsicht.* Dann aber gab sie sich einen Ruck und verlieh ihrer Stimme einen höflichen Ton.

»Nein, das wusste ich nicht.«

Die Augen des Chefinspektors schienen ein parkendes Auto auf der gegenüberliegenden Straßenseite zu fixieren. »Drei Generationen von Polizisten, und ich bin der Erste, der es zum Chefinspektor geschafft hat.«

Dorothea schwieg. Sie hatte das Gefühl, sich in einem Minenfeld zu befinden. Jede falsche Bewegung konnte eine Explosion auslösen. Angespannt verharrte sie, bis Fuhrmann weitersprach.

»Jeder in Kufstein kennt mich. Jeder weiß, dass ich mein Team gut im Griff habe. Nun stell dir meine Überraschung vor, als ich vor wenigen Minuten einen Anruf erhielt. Eine meiner Beamtinnen ermittelt offenbar hinter meinem Rücken. In einem Fall, der längst abgeschlossen ist.«

Schlagartig verspürte Dorothea das starke Bedürfnis wegzulaufen.

»Fast dreißig Jahre lang habe ich hart daran gearbeitet, damit ich dort hinkomme, wo ich jetzt bin. Und ich lasse mir das bestimmt nicht kaputt machen. Schon gar nicht von einer übereifrigen Inspektorin, die glaubt, mit ihren paar Dienstjahren alles besser zu wissen als erfahrene Beamte.«

Plötzlich drehte Fuhrmann sich um. Sein rattenartiges Gesicht war verzerrt vor Wut.

»Weißt du, wie peinlich das für mich ist? Ich lasse mich sicher von einem solchen Grünschnabel wie dir nicht zum Gespött der

Stadt machen.« Auf dem kurz gestutzten Schnauzer hatten sich kleine Schweißperlen gebildet. »Was hast du dir eigentlich dabei gedacht?« Mechanisch glitt seine Zunge über die Mäusezähne. »Ich nehme an, du hast gar nicht nachgedacht.«

Immer noch stand Dorothea still in der Mitte des Zimmers.

»Wie kommst du überhaupt auf so eine dumme Idee, den Fall eigenständig noch mal aufzurollen?«

Sie wartete, um zu sehen, ob dies eine weitere rhetorische Frage war. Doch als Fuhrmann innehielt und sie ansah, beschloss sie, vorsichtig zu antworten. »Nun, es gibt einige Ungereimtheiten beim Tod von Elena Goldschmied.«

Kaum hatte sie den Satz gesprochen, erfüllte die polternde Stimme wieder den Raum. »Diese Ungereimtheiten interessieren mich nicht. Die Mordkommission hat den Fall abgeschlossen, und damit basta.« Ihm schien ein Gedanke zu kommen, er sah sie misstrauisch an. »Wer ist noch an der Angelegenheit beteiligt?«

Dorothea dachte an ihr Gespräch mit Schmitt. An die goldbraunen Pünktchen in seinen Augen. An seine Bitte, für ihn den Fall aufzuklären. An seine Stelle bei der Mordkommission. Und daran, wie gern auch sie für die Abteilung Leib und Leben arbeiten würde. Wut stieg in ihr auf. Sie hob ihr Kinn und sah Fuhrmann an.

»Niemand sonst ist an der Angelegenheit beteiligt. Ich habe allein Nachforschungen angestellt.« Mit fester Stimme sprach sie weiter. »Wer hat sich über mich beschwert?«

Der Chefinspektor schien überrascht über Dorotheas Ton und trat an seinen Schreibtisch. Er stützte beide Hände darauf und beugte sich nach vorn. »Das tut hier nichts zur Sache. Aber eines ist klar: Wenn mir zu Ohren kommt, dass du in irgendeiner Weise noch weitere Nachforschungen anstellst, wird das schwerwiegende Konsequenzen haben!« Mit gestrecktem Zeigefinger hob er seine Hand. »Dorothea, das ist eine Warnung. Die letzte!«

Als sie das Büro verließ, wich die Anspannung langsam aus ihrem Körper, und das Blut in ihrem Kopf hörte auf, in ihren Ohren zu hämmern, nur die panische Stimme kreischte weiter: *Du musst die Ermittlungen einstellen. Du setzt deine Karriere aufs Spiel. Alles, wofür du gekämpft hast. Hör auf, bevor es zu spät ist.*

Erst nach Minuten verebbte der schrille Ton. Langsam, ganz langsam spürte sie, wie ein neues Gefühl in ihr hochstieg. Es war eine Mischung aus Angst und Triumph. Irgendjemand war durch ihre Fragen sehr nervös geworden. Nun gab es kein Zurück mehr. Sie musste den Mörder von Elena Goldschmied finden!

Kapitel 19

»Der Regionalzug von Kufstein nach Innsbruck Hauptbahnhof, Planabfahrt um 19:12 Uhr, verspätet sich um zehn Minuten.«

Die Ansage am Bahnhof war das Erste, was Dorothea hörte, als sie nach Dienstschluss aus der Polizeileitstelle trat. Im Schein der dämmrigen Straßenlampe fielen flauschige Flocken auf den Bürgersteig, schmolzen in nassen Tropfen auf ihren Lippen, kühl und erfrischend. Der weiche Schnee hatte etwas Beruhigendes, dennoch war Dorothea froh, dass ihre Wohnung nur einige Minuten entfernt lag und sie nicht in dem dichten Schneegestöber am Bahnsteig auf einen Zug warten zu musste. Sie zog ihre Jacke enger um sich und stapfte in Richtung Fußgängerübergang. Der Geruch von Urin und Erbrochenem, der dort zu jeder Jahreszeit herrschte, stieg ihr in die Nase. Sie ekelte sich vor dem Gestank, trotzdem war es immer die Fußgängerbrücke, die es ihr erlaubte, den Dienstalltag hinter sich zu lassen.

Ihr Fuß berührte die erste Stufe des Aufgangs, doch anders als sonst fiel die Anspannung der letzten zwölf Stunden nicht von ihr ab. Die Stufen ragten wie ein unüberwindbares Hindernis auf, ihr Körper wurde schwer vor Erschöpfung, ihre Gedanken drehten sich wie ein Karussell. Wieder und wieder ging sie das Gespräch mit Fuhrmann durch. Immer klarer wurde ihr, was seine Drohung bedeutete. Wie hatte sie es geschafft, nach dem Streit mit ihm ihren Dienst zu versehen?

»Guten Abend, Frau Inspektorin.« Die Stimme kam plötzlich von hinten, wie aus dem Nichts.

Ihr Herzschlag setzte einen Augenblick lang aus, sie erstarrte. Schmitt. Wie Strom schoss ein Prickeln durch ihre Arterien, im letzten Moment kontrollierte sie den Impuls. Sie drehte sich nicht zu ihm um, sondern erklomm den nächsten Treppenabsatz. Entschlossen steckte sie ihre Fäustlinge in die Jackentasche und umfasste ihren Wohnungsschlüssel.

Wieder erklang Schmitts Stimme: »Frau Doktor Archäologin?«

Sie vernahm das Augenzwinkern in seinem Tonfall und hörte, wie er zwei Stufen auf einmal nahm, um sie einzuholen. Sie unterdrückte das nervöse Sprudeln, stapfte unbeirrt weiter, bis sie endlich die Überführung erreichte. Er war nun dicht hinter ihr, sie spürte die federnden Schritte und roch das teure Rasierwasser.

»Inspektorin Keusch, können Sie kurz warten?« In seinem Ton lag nun Unsicherheit.

»Nein.« Zielstrebig wanderte sie auf der schmalen Brücke weiter, der Schnee verschluckte ihre Schritte.

»Bitte.« Weich, fast demütig klang er.

Zögernd hielt sie inne. Tief unter ihr lag der erleuchtete Bahnhof, wieder ertönte die Stimme der Ansagerin. »Achtung auf Bahnsteig fünf. Zug fährt durch.«

Schließlich drehte sie sich um. »Was wollen Sie hier?«

Schmitt grinste. »Ich wollte Ihre schönen blauen Augen sehen.«

Sie ärgerte sich darüber, dass ihr kurz flatternd heiß wurde. »Hören Sie, ich hatte gerade zwölf Stunden Dienst, Ihre Spielchen interessieren mich nicht.«

Seine Lederhandschuhe ruhten mit einem Mal sanft auf ihrem Arm. »Dorothea, bitte bleib stehen. Gibt es Neuigkeiten in unserem Fall?«

Ein einziger Blick von ihr genügte, und er zog die Hand wieder zurück. Plötzlich überrollte sie eine Welle von Zorn. »In unserem Fall? Ach, Sie meinen den Tod der siebzehnjährigen Elena. Hmm. Lassen Sie mich kurz überlegen.« Sie legte ihre Hand grübelnd ans Kinn und tippte auf ihre Lippen. »Irgendwie war da was.« Theatralisch runzelte sie die Stirn, als würde sie nachdenken. Schließlich schnippte sie mit den Fingern. »Jetzt fällt es mir wieder ein!« In gespielt überschwänglichem Ton sprach sie weiter: »Unser Chef hat uns heute die Kündigung angedroht. Wir werden also bald unseren Job verlieren. Nein, falsch, entschuldigen Sie, es war mein Chef und mein Job.« Nun ließ sie die Maskerade fallen und gab sich keine Mühe, ihre Wut zu verbergen. »Konstantin Schmitt hat ja eine gesicherte Position bei der Mordkommission. Und anders als meiner wird Ihr Job, Herr Chefinspektor Schmitt, geschützt von Gott, dem werten Papa und ausgezeichneten politischen Verbindungen.« Zornig stampfte sie weiter, warf nur noch einen kurzen Blick zurück. »Und übrigens: Für Sie immer noch Frau Inspektorin.«

Eine Weile blieb es still hinter ihr, dann vernahm Dorothea wieder seine Schritte. Er schien zu laufen, diesmal überholte er sie und stellte sich ihr in den Weg, sodass sie stehen bleiben musste.

»Entschuldigen Sie, Frau Inspektorin, ich bin nun etwas aus der Fassung.« Seine Hände gestikulierten wild in der Luft, während er sprach.

Dorothea nahm die Fäustlinge aus den Taschen und verschränkte die Arme.

»Seit ich Sie kenne, habe ich es noch nie erlebt, dass Sie so viele Sätze auf einmal gesagt haben.«

Starr sah sie geradeaus, während er weitersprach, doch aus dem Augenwinkel bemerkte sie sein Zwinkern.

»Und immerhin kenne ich Sie nun seit fast schon drei Wochen.« Seine Stimme klang verschmitzt, doch ein unsicherer Unterton verriet, dass er betroffen war. Aber das reichte nicht. Dorothea schlüpfte an ihm vorbei, Schmitt folgte ihr schweigend.

Erst als sie vor ihrer Wohnanlage angekommen waren, unternahm er einen weiteren Vorstoß: »Darf ich trotzdem kurz mit Ihnen hochkommen?«

»Wozu?« Dorothea schnaubte. »Wollen Sie Schnaps, Wein, Bier? Nur einen Kaffee? Oder haben Sie einen weiteren Mord, den ich für Sie aufklären soll?«

»Hmm. Ein Kaffee. Verlockendes Angebot.« Er lächelte. »Haben Sie sich in den letzten vier Tagen eine italienische Kaffeemaschine zugelegt?«

»Wie bitte?«

»Nur ein kleiner Scherz.«

Dorothea starrte ihn wütend an, bis er beschwichtigend seine Hände hob. »Hören Sie, es tut mir leid, dass ich Sie in diese Lage gebracht habe. Lassen Sie es mich wiedergutmachen. Ich könnte Sie zu einem Abendessen einladen. Sie haben sicher Hunger.«

Dorothea schwieg. Warmes Essen. Ohne es selbst kochen zu müssen. Sehnsüchtig schloss sie die Augen. Schmitt schien ihre Gedanken zu erraten.

»Sie kennen sich in Kufstein sicher gut aus. Haben Sie einen Vorschlag?«

Sie gab sich geschlagen. »Gegenüber dem Bahnhof ist ein guter Kebab-Stand.«

Vehementes Kopfschütteln. »Nein. Ich sagte Abendessen, nicht Mitternachtssnack.«

»Eine neue Liebe ist wie ein neues Leben, nanananananana …«

Leise kamen die Klänge des Schlagers aus den versteckten Boxen. Dorothea lauschte und ließ ihren Blick gemächlich durch die traditionelle Gaststube schweifen. Tief sog sie dabei das Aroma von altem Holz und würzig gebratenem Fleisch ein, und ihr lief das Wasser im Mund zusammen.

Auracher Löchl. Tiroler Wirtshaus und Steakhaus. Das Restaurant glich einem alten Wirtshaus, rund um sie war der Raum mit schwarzer Holztäfelung ausgekleidet, selbst die Decke verzierten schwarze Balken. Geschnitzte Stuhllehnen, Schwarz-Weiß-Fotos, eine altgediente Kommode, eine Pendeluhr, ein Kachelofen und ein mit Schnäpsen und Weinbränden gefülltes Fass verstärkten den Eindruck einer althergebrachten Wirtsstube.

»Waren Sie noch nie hier?« Schmitt folgte ihrem Blick, er klang überrascht.

Dorothea schüttelte den Kopf. »Nein, wenn ich essen gehe, bevorzuge ich meist die internationale Küche.«

»Die gibt es hier auch.«

Dorothea nickte. Neben den traditionellen Elementen verliehen erlesene Gläser, moderne Karaffen und Wein-Dekanter, edle Gin-, Whiskey- und Cognac-Flaschen und die vornehm gedeckten Tische dem Restaurant eine noble Note.

Wieder hatte Schmitt sie beobachtet. »Gefällt es Ihnen?«

Obwohl Dorothea keine besondere Vorliebe für Tiroler Wirtshäuser und vor allem nicht für Schlagermusik hatte, musste sie zugeben, dass sie von Schmitts Wahl angenehm überrascht war. Ein geschnitztes Gitter trennte sie vom Nebentisch und erlaubte es, sich ungestört zu unterhalten, und auf der Holzbank in der kleinen Erkernische wurde ihr langsam warm. Durch die mit Blei verglasten Fenster sah sie, dass immer noch dicke Flocken auf die Pflastersteine der Gasse fielen.

Ehe sie antworten konnte, erschien eine junge Kellnerin in rotweiß karierter Bluse, um ihnen die Speisekarte zu bringen. Als sie wieder allein waren, wandte sich Dorothea an Schmitt.

»Tauchen Sie eigentlich immer unangemeldet auf?« Sie war wieder etwas versöhnlicher gestimmt. Er legte seine Hand in den Nacken und richtete den Blick starr auf die Speisekarte. »Chefinspektor Schmitt?«

»Nein, nur wenn ich befürchte, nicht willkommen zu sein.«

Dorothea zwang sich, nicht zu lächeln. »Woher wussten Sie, wie lange ich Dienst habe?«

Schmitts Lippen wurden schmal, er schwieg.

Plötzlich traf es sie wie der Blitz. »Sie haben in meiner Dienststelle angerufen und sich nach meinem Dienstplan erkundigt.« Dorotheas Herz setzte einen Schlag aus. »Wie können Sie das tun? Fuhrmann wird denken, dass ich mich über ihn beschwert habe.«

»Keine Angst, ich habe nicht speziell nach Ihrem Dienstplan gefragt. Außerdem bin ich Mitglied der Mordkommission und nicht der Dienstaufsichtsbehörde.« Er hob beschwichtigend die Hand. »Ich hatte keine Wahl, ich bin es nicht gewohnt, dass man sich nicht bei mir meldet.« Wieder genügte ein Blick von Dorothea, und er senkte den Kopf. »Seit Sonntag haben wir nicht geredet«, murmelte er, »und als ich Sie heute anrief, reagierten Sie nicht.«

Dorothea nickte.

»Nicht mal auf meine Nachrichten.« Nun sprach er etwas lauter.

»Mir war heute nicht nach Plaudern zumute.«

Schmitt hob seine Hände. »Sehen Sie, Sie ließen mir gar keine andere Wahl, als Ihnen aufzulauern.« Dorothea machte sich nicht die Mühe zu kontern.

Erst als die Kellnerin ihre Bestellungen aufgenommen hatte und sie allein waren, begann Schmitt, wieder zu sprechen. »Was haben Sie herausgefunden?«

»Nicht sehr viel.« Sie atmete tief durch, dann schilderte sie ihm ihre Nachforschungen. Ohne sie ein einziges Mal zu unterbrechen, hörte er aufmerksam zu. »Nichts wirklich Konkretes«, schloss Dorothea ihren Bericht ab. »Ich habe noch nicht einmal einen Beweis dafür, dass Elena Goldschmied wirklich ermordet wurde.«

Schmitt schien enttäuscht. »Was haben Sie nun weiter vor?«

»Sie meinen, um sicherzustellen, dass ich wirklich meinen Job verliere?«

Er biss sich auf die Lippe. »Um den Mörder zu fassen.«

Ein Kellner brachte ihre Steaks. Dorothea schnitt einen Bissen des rosa Filets ab, ließ das zarte Stück auf ihrer Zunge zergehen. Sie schwenkte ihr Glas, sog das trockene Aroma des edlen Riojas ein und trank einen Schluck.

»Was schlagen Sie vor?«, fragte sie und beobachtete, wie das Blut aus dem Fleisch floss, als Schmitt ein Stück abschnitt.

»Sehen wir uns die Fakten an. Wer hat Sie bei Ihrem Chef verpetzt?«, fragte er.

»Fuhrmann wollte es mir nicht sagen.«

Schmitt legte das Messer zur Seite und rieb sich sein Kinn. »Wer hatte die Gelegenheit, die Schülerin zu ermorden?« Er hielt inne, die Gabel mit dem Rib-Eye-Steak blieb auf halbem Weg in der Luft hängen. »Als wir sie gefunden haben, hatte Elena den Schulschlüssel ihrer Mutter in der Manteltasche. Wie aber ist ihr Mörder ins Schulhaus gekommen?«

»Daran habe ich schon gedacht. Der Mörder könnte gemeinsam mit Elena die Schule betreten haben. Oder er hatte einen eigenen Schlüssel. Oder er ist heimlich in die Schule eingestiegen, wie vor einigen Wochen bei dem Vandalismus.«

Schmitt nickte. »Das hilft uns offensichtlich nicht weiter.«

Minutenlang war nur das leise Klappern des Bestecks zu hören.

»Wer hatte ein Motiv?«, brach Schmitt das Schweigen. Er biss vorsichtig in einen gegrillten Maiskolben.

Dorothea nahm einen Schluck Wein. »Außer Hinkel hat niemand eines. Und selbst sein Motiv ist fragwürdig, denn der Direktor scheint auf seiner Seite zu sein. So leicht hätte die Beschwerde einer Klassensprecherin ihn also sicher nicht seinen Job gekostet.«

Schmitt kaute noch immer an seinem Maiskolben. »Was ist mit dem Vater? Vielleicht hat er das Mädchen wirklich missbraucht.«

»Dafür gibt es wenig Hinweise. Diese Barbara – Barbie – hat recht. Nur weil Elena dieses Thema für ihre Abschlussarbeit gewählt hat, heißt das nicht, dass sie persönlich betroffen war.« Sie seufzte. »Und selbst wenn sie sexuell missbraucht oder sogar vergewaltigt wurde, ist keineswegs klar, ob es der Vater war.«

»Stimmt. Allerdings hat er gelogen, als er behauptete, dass er in der Mordnacht bei einem Seminar war.« Säuberlich legte Schmitt sein Besteck auf den leeren Teller und wischte sich mit der blütenweißen Stoffserviette über den Mund.

Dorothea beobachtete ihn gedankenverloren. »Leider beweist das auch nichts.« Sie verzehrte die letzten Reste ihres Steaks.

»Bleibt noch dieser Junge … Roman«, sagte Schmitt.

»Ich bin mir sicher, dass er es war, der vor einigen Monaten in die Schule eingebrochen ist. Aber die Kollegen haben keine verwertbaren Spuren gefunden.«

»Glauben Sie, dass Elena es wusste und ihn zur Rede gestellt hat?«

»Das ist möglich.«

»Wie sieht es mit Alibis aus?«

Dorothea legte Gabel und Messer hin und tupfte sich ihre Lippen ab. »Es ist etwas schwierig, Alibis zu überprüfen, wenn ich nicht offiziell ermitteln darf.«

Eine Weile schwieg Schmitt, dann sagte er: »Die Nachbarn könnten etwas gesehen haben.«

»Stimmt.«

»Die Schulärztin erinnert sich vielleicht noch an zusätzliche Details.«

»Möglich.«

»Dennoch: Wir müssen die Alibis überprüfen, sonst kommen wir keinen Schritt weiter.«

Dorothea wurde wieder glühend heiß. »Wir? Sehr interessant. Ich frage mich, wie Ihre Mithilfe dabei aussieht.«

Schmitt senkte seinen Blick, doch Dorothea war nicht gewillt, ihn zu schonen.

»Haben Sie sich vor zwei Wochen nicht gefragt, wer der Vater des Kindes ist?«, fragte sie.

»Natürlich.« Er raufte sich die Haare. »Aber wir hatten nicht sehr viel Zeit. Drei Tage. Dann stufte der Gerichtsmediziner den Tod als Selbstmord ein. Damit war die Untersuchung abgeschlossen.« Er faltete seine Hände, legte sie vor Mund und Nase und atmete tief ein. »Der Gerichtsmediziner hat eine DNA-Probe des Fötus entnommen.« In einer hilflosen Geste öffnete er seine Handflächen. »Aber ich hatte keinen Verdächtigen.« Schmitt fuhr sich mit beiden Händen über das Gesicht. »Was hätte ich tun sollen? Von allen Schülern eine DNA-Probe nehmen?«

Dorothea wusste, dass Schmitt recht hatte.

»Meiner Erfahrung nach haben Mädels in diesem Alter nicht wirklich Geheimnisse.« Wie zu sich selbst sprach er weiter.

Dorothea war sich nicht so sicher, doch der Gedanke schien Schmitt Mut zu geben.

»Irgendjemandem vertrauen sie sich immer an.« Seine Stimme klang nun wieder fest und zuversichtlich. »Eine siebzehnjährige Schülerin, die schwanger ist. Irgendwer weiß etwas. Die Frage ist nur, wer.«

Kapitel 20

»Stell dich gefälligst hinten an!«

Dr. med. Ulrike Kieter, Praktische Ärztin. Dorothea konnte das Schild an der Tür schon lesen, als sie die heisere Stimme hörte. Sie blieb stehen und sah auf ihre Armbanduhr. 7:02 Uhr. Erst um halb acht würde sich die Tür der Praxis öffnen, aber sie hatte gehofft, die Ärztin schon vorher anzutreffen, sich nicht in die Reihe der Patienten einordnen zu müssen. Ihre Augen glitten über die Schlange von Menschen, die schlotternd in der Kälte warteten. Ein Sammelsurium von Gerüchen stieg ihr in die Nase. Sie dachte an durchgeschwitzte Laken, Wick-VapoRub und Zwiebeln. Schon beim Gedanken an eine Grippe begann ihr Hals zu kratzen.

»Wenn du früher dran sein willst, musst du eben früher aufstehen.« Ein alter Mann in einer abgetragenen dunkelgrünen Lodenjacke und einem Hut trat einen Schritt nach vorn, blickte sie zornig an und zeigte mit seinem Daumen nach hinten. Seine Hände waren dunkelrot und geschwollen.

Dorothea versuchte, ihrer Stimme einen wohlwollenden Klang zu geben: »Ich brauche nicht lange. Ich muss der Ärztin nur ein paar Fragen stellen.«

Ihr Blick glitt wieder über die Wartenden. Eine alte Frau, die sich auf einen Gehstock stützte und so gebückt dastand, dass ihr Gesicht auf den Boden gerichtet war. Eine junge, hochschwangere muslimische Frau. Sie trug ein kleines Kind auf dem Arm, das sich an ihrem Kopftuch festklammerte und wimmerte. Ein abgemagerter Mann um die fünfzig mit eingefallenem Gesicht. Seine Haut war grau, die Augen rot von geplatzten Äderchen. Auf einen Blick konnte sie erkennen, dass er Alkoholiker war. Alle sahen Dorothea abweisend an, nur die junge Mutter lächelte ihr scheu zu.

»Das interessiert niemanden«, polterte der alte Mann. »Wir warten hier alle schon eine ganze Weile in dieser Schweinekälte.«

Dorothea sah das von Falten überzogene Antlitz. »Inspektorin Keusch«, sagte sie mit Nachdruck. »Ich bin von der Polizei.« Ihre eigene Schroffheit überraschte sie. Wie ein Blitz schoss der Gedanke an Fuhrmanns Verwarnung durch ihren Kopf, aber sie beachtete ihn nicht.

Der Greis bekam einen Hustenanfall, würgte gelblich grünen Schleim aus der Kehle und spuckte ihn in ein blau kariertes Stofftaschentuch. »Und selbst wenn dich der Teufel persönlich geschickt hätte. Ich sage es noch einmal: Stell dich hinten an und warte gefälligst, bis du drankommst, wie wir anderen auch!«

Mit einer Kopfbewegung deutete er auf das Ende der Schlange. Dann drehte er sich um und schimpfte leise vor sich hin.

Dorothea seufzte. Bei der Vorstellung, mit hustenden und schniefenden Kranken das Wartezimmer zu teilen, fühlte sie wieder das Kratzen im Hals, und ihre Knie wurden weich.

Neben ihr wandte sich der feindselige Alte an seine Nachbarin. »Die Jugend von heute. Kein Benehmen. Und Geduld ist ein Fremdwort für die.«

Eine halbe Stunde später sah sich Dorothea im Wartezimmer der Praxis um. Es roch nach Desinfektionsmitteln und Lysoform, dennoch hatte Dorothea das Gefühl, dass Millionen von Viren und Bakterien ihr förmlich entgegenflogen und sich wie Parasiten auf ihrer Haut festsetzten. Ihre Zunge schmeckte plötzlich pelzig, doch sie zwang sich, ruhig zu bleiben. Mittlerweile war die Praxis überfüllt, in dem Warteraum waren alle Stühle besetzt, im Foyer standen noch weitere. Dorothea fühlte sich eingeengt und versuchte, nur geradeaus zu sehen. Auf dem Platz links neben ihr hustete ein ungewaschener junger Mann in unregelmäßigen Abständen, ohne sich die Hand vorzuhalten, während eine fettleibige ältere Frau rechts neben Dorothea ihre laufende Nase mit einem winzigen Taschentuch bekämpfte.

Dorothea saß nur da und ärgerte sich darüber, dass sie kein Buch bei sich hatte. Endlos lange Minuten fixierte sie den Stapel Zeitschriften, der auf dem Tisch in der Mitte des Raumes lag. Sie fragte sich, wie viele Patienten die Blätter schon in der Hand gehabt hatten. Angeekelt starrte sie auf die Eselsohren und die geknickten Blätter, bis schließlich das Verlangen, die entsetzliche Langeweile zu unterdrücken, siegte. Sie atmete tief durch und zwang sich, eines der Magazine in die Hand zu nehmen.

Beim Durchblättern erfuhr sie, dass jede Frau sich so lieben sollte, wie Gott sie geschaffen hatte. Zwei Seiten später jedoch gab es eine Anleitung dafür, wie es gelingen konnte, in einem Monat fünf Kilo abzunehmen. Und schließlich wurden die besten Rezepte für Mohnkuchen, Schwarzwälder-Kirsch-Torte und pikante Blätterteigtaschen aufgelistet. Genervt legte Dorothea das Magazin zurück auf den Stapel, dann ließ sie ihren Blick durch den Raum schweifen. Sie betrachtete die Poster an der Wand. Unter der grausigen Collage einer Raucherlunge, braun verfärbter Raucherzähne und abgestorbener schwarzer Zehen stand in schwarzen Lettern *Rauchen kann tödlich sein.* Daneben hing das schwarz-weiße Poster einer Graffiti-Aufschrift: *Ich bin dir treu. Für immer. Dein AIDS.*

Dorothea sah auf ihre Armbanduhr, dann bemerkte sie einen Ständer mit Informationsheftchen. Fast ungebraucht, sauber in einer Reihe. Ohne den Titel zu beachten, schlug sie eines auf. Als sie die abschreckenden Bilder von Patienten mit Krätze, Filzläusen, Syphilis, Tripper, Chlamydien und Hepatitis erblickte, schloss sie kurz ihre Augen, legte eine Hand auf den Magen und das Heftchen wieder an seinen Platz zurück. Danach atmete sie einige Male tief durch, stellte ihre Füße parallel, legte ihre Hände auf die Oberschenkel und begann, vor sich auf den Boden zu starren.

Etliche Patienten wurden aufgerufen, etliche kamen neu hinzu. Wieder und wieder schloss und öffnete sich die Tür des Wartezimmers. Erst Ewigkeiten später hörte Dorothea schließlich die Sprechstundenhilfe.

»Keusch, Dorothea.«

Als Dorothea aufstand, kamen ihr ihre Beine taub vor. Langsam folgte sie der Sprechstundenhilfe.

»Behandlungszimmer eins, bitte.« Freundlich öffnete die Arzthelferin die Tür für Dorothea. »Die Frau Doktor wird gleich zu Ihnen kommen. Bitte warten Sie inzwischen hier.« Mit einer Hand hielt sie die Klinke, mit der anderen deutete sie auf das leere Sprechzimmer.

Sobald Dorothea den Raum betreten hatte, schloss sich die Tür wieder hinter ihr. Auch im Behandlungszimmer roch es steril nach Desinfektionsmitteln und Wundalkohol. Das Summen des Computers war zu hören, ab und zu erklang das Motorengeräusch eines vorbeifahrenden Autos.

Die Wände, der Schreibtisch, die Patientenliege, das Waschbecken, alles war in Weiß gehalten. Auch das Fenster war mit weißen Lamellen verhängt, der Boden aus weiß gekalkten Holzdielen verlegt.

Ein Medizinschrank, eine Waage, ein Blutdruckmessgerät, Watte, eine Schachtel mit dünnen Handschuhen, ein Otoskop und Spritzen verschiedener Größe. Wie ein inneres Foto speicherte Dorothea die einzelnen Details. Doch vor allem beim Anblick der Spritzen verspürte Dorothea ein mulmiges Gefühl in der Magengrube.

Um sich abzulenken, betrachtete sie die Aufnahmen an der Wand. Das Schwarz-Weiß-Bild eines winzigen Babys, gehalten von zwei starken Händen. Darunter der Name der Fotografin: Anne Geddes.

An der hinteren Wand entdeckte Dorothea zu ihrer Überraschung auch eine Aufnahme von Michael und Ulrike Kieter. Vor dem Petersdom schlang die Ärztin ihre Arme um Dorotheas ehemaligen Lehrer. Er lachte in die Kamera.

Dorothea betrachtete das fröhliche Paar.

»Das war unser erster gemeinsamer Urlaub.«

Dorothea hielt kurz den Atem an, dann aber drehte sie sich gemächlich um. Ulrike Kieter stand in der Tür, und Dorothea hatte das Gefühl, einer gutmütigen Giraffe gegenüberzustehen. In dem Sprechzimmer wirkte die Ärztin noch größer, doch die sportliche Figur blieb unter dem weißen Kittel verborgen, und mit der Hornbrille wirkte sie fast mütterlich. Selbst die Locken waren zu einem Dutt gebunden.

»Sie waren in Ihrem ersten gemeinsamen Urlaub in Rom?« Dorothea versuchte, ihrer Stimme einen beiläufigen Klang zu geben, doch ihre Brust war eng. Verzweifelt versuchte sie, nicht an Rom zu denken. An die Klassenfahrt. An Professor Kieter.

»In der Ewigen Stadt.« Ulrike Kieter lächelte. »Ich fand, das hatte eine sehr schöne Symbolik.« Sie strich über den Bilderrahmen. »Wir haben uns bei einem Seminar kennengelernt. Damals war Michael noch in Innsbruck Lehrer. Im September ließ er sich dann schon zu mir nach Kufstein versetzen.«

Dorothea deutete auf das zweite Bild. »Haben Sie Kinder?« Als sie den Schmerz in den Augen der Ärztin sah, bereute sie ihre Frage.

»Nein, leider nicht. Wir werden wohl in trauter Zweisamkeit alt werden.« Doktor Kieter räusperte sich, setzte sich an den Schreibtisch und deutete auf einen weißen Sessel. »Nun, bestimmt sind Sie nicht gekommen, um über mich zu sprechen. Wie kann ich Ihnen helfen? Ilse hat mir gesagt, dass Sie den Grund Ihres Besuchs nicht preisgeben wollten.« Ihre Stimme nahm einen fürsorglichen Ton an. »Welche Beschwerden haben Sie denn, meine Liebe?«

Dorothea setzte sich und suchte nach Worten.

»Haben Sie psychische Probleme?«, fragte die Ärztin.

»Nein.«

»Geht es um eine Geschlechtskrankheit?«

Die Bilder, die sie kurz vorher in der Broschüre gesehen hatte, tauchten vor Dorothea auf. Einen Moment lang schloss sie ihre Augen, doch diesmal kam sie weiteren Vermutungen zuvor. »Eigentlich bin ich dienstlich hier.«

»Oh.« Die Ärztin fuhr sich über die Stirn. »Worum geht es?«

»Um Ihre Rolle als Schulärztin.«

Mit ihrem Zeigefinger schob Frau Kieter ihre Brille auf die Nase. »Ich verstehe nicht ganz. Warum quälen Sie sich zu mir in die Praxis? Sie hätten auch am Montag in die Schule kommen können. Die Warteschlange ist dort beträchtlich kürzer. Zudem macht es meinen jungen Patienten überhaupt nichts aus, wenn jemand sich vordrängt, solange sie dabei nur langweilige Unterrichtszeit versäumen.«

Dorothea wollte der Ärztin nicht erklären, dass sie unter Zeitdruck stand. Jeder Tag, den sie verstreichen ließ, erhöhte die Chance, dass Elenas Mörder ungeschoren davonkam. »Es geht um Elena Goldschmied.«

Die Atmosphäre im Raum änderte sich. Die Ärztin lehnte sich einen Moment lang in ihrem Stuhl zurück und fuhr sich über ihre Haare. Sie umschloss das goldene Kreuz ihrer Halskette.

»Nun, leider konnte ich eine solche Entwicklung nicht voraussehen.«

Mit zitternden Fingern rückte Ulrike Kieter den weißen Keramikbehälter mit der Aufschrift *unrein* auf ihrem Schreibtisch zurecht. Dorothea bemerkte, dass ihre Hände lang und schlank waren, der Ehering schien zu locker zu sitzen.

Leise sprach die Ärztin weiter, ihre Augen auf die Holzstäbchen in dem Behälter gerichtet: »Wenn ich gewusst hätte, dass das Mädchen suizidgefährdet ist, hätte ich sie nicht mehr aus den Augen gelassen. Aber leider sind wir Ärzte auch nur Menschen. Das Einzige, was ich jetzt noch tun kann, ist, Katharina in dieser furchtbaren Zeit beizustehen.«

Katharina Goldschmied. Die kalte Villa. Die magere Frau. Die Kleidung ihrer toten Tochter. Dorothea versuchte, das Bild wieder zu verdrängen, dann meinte sie: »Sie haben ausgesagt, dass Elena Goldschmied vor ihrem Tod verzweifelt war.«

Die Ärztin nickte. »Das Mädchen kam zu mir, weil es schwanger war.«

»Hat Ihnen Elena Goldschmied erzählt, wer der Vater des Kindes war?«

Die Schulärztin presste ihre Lippen zusammen, ihre Augenlider flatterten ganz leicht. Sie schüttelte den Kopf. »Ich habe versucht, sie dazu zu befragen, aber sie konnte oder wollte mir nichts sagen.«

Dorothea atmete tief durch. »Gab es irgendwelche Hinweise darauf, dass Elena sexuell missbraucht oder vergewaltigt worden war?«

»Es könnte sein. Ich habe keine körperliche Untersuchung an dem Mädchen vorgenommen.«

»Worum ging es in Ihrem Gespräch mit Elena?«

Wieder berührte die Ärztin den Anhänger an ihrer Kette. »Sie wusste, dass ich der Schweigepflicht unterliege, und wollte, dass ich ihr die Adresse einer Abtreibungsklinik gebe.«

Dorothea war überrascht. »Für eine Abtreibung hätte sie das Einverständnis ihrer Eltern gebraucht. Die wussten aber nichts von der Schwangerschaft.«

»Das ist ein Irrtum. Sobald die Mädchen vierzehn sind, müssen die Eltern nicht mehr verständigt werden.« Sie legte ihre Hand auf die Brust. »Ich als Ärztin muss entscheiden, ob die Jugendliche reif genug ist, um die Tragweite einer solchen Entscheidung zu verstehen. Den Eltern gegenüber habe ich Schweigepflicht.«

Dorothea spürte, wie Blut in ihren Kopf schoss und sie plötzlich Kopfschmerzen bekam. »Und war Elena reif genug?«

»Leider kann ich als Ärztin nicht immer so entscheiden, wie es die Eltern oder die Gesellschaft gern hätten«, sagte sie.

»Sie haben sie also für reif erklärt?«

»Ja.« Die Ärztin wich Dorotheas Blick aus. »Sie wollte wissen, ob die Prozedur schmerzhaft sei. Wie lange eine Abtreibung dauert. Wo die nächste Abtreibungsklinik ist.«

Dorothea wartete, bis ihr eigener Puls sich wieder ein wenig verlangsamt hatte und ihr Magen nicht mehr rumorte. »Die Antwort auf diese Frage hätte sie wohl auch im Internet gefunden.«

»Ich denke, sie hatte große Angst. Es war wohl leichter für sie, mit mir darüber zu reden.« Ulrike Kieter seufzte. »Ich glaube, dass sie sich außer mir niemandem anvertraut hat.«

Enttäuschung breitete sich in Dorothea aus, doch sie hoffte, dass man ihr dies nicht anmerkte. »Was haben Sie ihr gesagt?«

»Sie meinen die Details?«

»Ja.«

»Ich habe ihr erklärt, dass es eine Saugmethode gibt, bei der der Embryo sozusagen in Stücke gerissen wird, und eine …«

Dorothea wurde schwindelig, sie hob abwehrend die Hand.

Die Medizinerin verstummte und runzelte die Stirn. »Entschuldigen Sie, Sie hatten nach den Details gefragt.« Als Dorothea nickte, fuhr die Ärztin fort. »Natürlich habe ich ihr nahegelegt, sich an eine Beratungsstelle zu wenden. Sich jemandem anzuvertrauen. Die Entscheidung nicht vorschnell zu treffen.« Wehmütig sah sie Dorothea an. »Auch andere Möglichkeiten in Erwägung zu ziehen. Und ich habe sie über die möglichen Risiken eines Schwangerschaftsabbruchs aufgeklärt. Unfruchtbarkeit, Albträume, Schuldgefühle, Depressionen bis hin zu Selbstmordgedanken…« Kieters Stimme wurde immer leiser. »Ich wusste nicht, dass sie solche Gedanken offenbar schon hatte.« Sie legte beide Hände über ihr Gesicht, und Dorothea vernahm nur noch ein Flüstern. »Und dann hat sie nicht nur ihr Kind, sondern auch sich selbst getötet.«

Kapitel 21

Der eiskalte Vormittagswind blies feinen Schnee um die Ecken der Häuser, als Dorothea kurz vor Mittag vorsichtig die zwei Steinstufen hinunterstieg. Sie vermied es, auf die Zigarettenstummel zu treten, die auf der Treppe verteilt waren, während sie die alte Ladentür öffnete. Eine kleine Glocke bimmelte, und abgestandene Luft schlug ihr entgegen. Noch während sie die Tür hinter sich zuzog, hatte Dorothea das Gefühl, in eine längst vergangene Zeit einzutreten.

Es roch nach alten Büchern, abgegriffenem Leder und wurmstichigem Holz. In dem winzigen Raum war es düster, nur durch drei enge Kellerfenster fiel das schwache Licht der Wintersonne. Ein vergilbter Lampenschirm aus Schweinsleder spendete mehr Schatten als Licht. Das Zimmer war vollgestopft mit Barockengeln, Vasen, Tee-Services, Säbeln und Schiffsmodellen. Dicke Staubwolken stiegen von dem knarrenden Holzboden auf. Nur das Ticken unzähliger Uhren erfüllte den Raum. Nirgends konnte Dorothea den Inhaber entdecken.

An einer Holztäfelung blieb sie stehen und betrachtete den Kopf eines Moschusochsen, der bedrohlich seine Nüstern blähte, ein weißer Büffelschädel streckte daneben gefährlich seine Hörner aus. Dann fiel ihr Blick auf ein grausiges Krampus-Kostüm. Auf dem pelzigen Körper thronte ein wutentbranntes Antlitz mit grauenhaft verzerrten, fleischig-roten Teufelszügen. Die bösartig gebleckten Lippen entblößten vergammelte Zähne, abscheuliche Hörner wuchsen aus der Stirn der furchterregenden Gestalt.

Dorothea erschrak, als sie plötzlich einen lauten Gong hörte. Verdutzt sah sie sich um, dann wurde ihr klar, dass eine der Pendeluhren zur halben Stunde geschlagen hatte. Halb zwölf. Eine Weile versuchte sie, die Kurrentschrift zu entziffern, in der ein eingerahmtes Dokument verfasst war. *Kriegsanleihe. Zweihundert Kronen. Wien, am 1. Oktober 1915.* Daneben stand eine bunte Heiligenstatue. Dorothea ließ ihren Blick noch mal durch den ganzen Laden schweifen. Es schien keine erkennbare Ordnung zu geben. Vorsichtig nahm sie die Plastik in die Hand.

»Nicht anfassen.«

Dorothea hätte die Figur beinahe fallen gelassen. Als sie sich umdrehte, fand sie sich auf Augenhöhe mit einem kleinen, drahtigen Mann. Sein Gesicht wurde überzogen von unzähligen Runzeln, sein Vollbart und die Haare waren grau-weiß meliert. Unter einer Lederhose trug er ein rot kariertes Hemd, seine schweren Schuhe über den Stutzen waren mit Schnallen versehen. Er erinnerte Dorothea an den Alm-Öhi der kleinen Heidi, nur die Pfeife fehlte.

Mit gespitzten Fingern nahm der Alte Dorothea die Skulptur aus der Hand und stellte sie wieder auf den Sekretär.

»Entschuldigen Sie, Herr Eicher.« Unangenehm berührt zog Dorothea ihre Hand zurück.

»Das ist ein Abbild des heiligen Josef von Nazareth. Er ist der Schutzpatron der katholischen Kirche.« Liebevoll strichen seine Fingerkuppen über das bemalte Holz. »Sie ist von Hand geschnitzt.« Dann sah er Dorothea freundlich an. »Interessieren Sie sich für Heiligenfiguren?«

Dorothea beschloss, die Karten auf den Tisch zu legen. »Eigentlich bin ich nicht gekommen, um etwas zu kaufen.«

Der alte Herr lächelte. »Oh, Sie können sich gern auch umschauen, viele meiner Kunden müssen erst lange überlegen, bevor sie sich entscheiden.«

Dorothea schüttelte den Kopf. »Ich bin Inspektorin Keusch. Ich würde gern mit Ihnen über Ihre Nachbarn reden.«

»Meine Nachbarn?« Seine buschigen Augenbrauen wurden zu einem dichten Balken, und die wässrigen Augen verengten sich. »Sie meinen diese Irrenanstalt?« Er zeigte in Richtung Stiftsgymnasium. Sein Wohlwollen schlug in Missmut um.

Dorothea nickte. »Wohnen Sie im oberen Stock des Hauses?«

»Ja.«

»Von Ihrer Wohnung aus können Sie also den Schulgarten und die Eingangspforte des Gymnasiums gut sehen.«

Der Mann schien ihr nicht zuzuhören. »Seit zweiundzwanzig Jahren wohne ich nun hier. Ganz allein. Ich habe nie jemandem was zuleide getan. Aber diese Meute schädigt mein Geschäft. Und es wird immer schlimmer. Kippen, Müll, alles lassen sie vor meiner Tür liegen. Außerdem verstehe ich nicht, was Sie hier wollen. Ich habe Ihrem Kollegen schon alles gesagt.«

Dorothea verstand seinen Ärger und empfand Mitleid. »Einer meiner Kollegen war schon da?« Sie versuchte, ihrer Stimme einen beiläufigen Klang zu geben.

»Ja, Sie sind also reichlich spät dran.« Bedächtig strich er über seinen Bart. »Obwohl es mich nicht wundert, dass man Sie noch einmal geschickt hat. Er schien etwas langsam zu sein.«

Dorothea räusperte sich. »Ich weiß nicht genau, was Sie meinen.«

»Ich meine den großen, dicken Polizisten, der hier war. Riesig wie ein Bär und unglaublich behäbig. Ein Bauch wie ein Bierfass.« Seine Hände formten eine Kugel. »Und er stank nach Fleischkäse.«

Speckner. Dorothea musste sich ein verächtliches Lachen verbeißen. »Und mein Kollege hat Sie befragt?«

»Schon vor Wochen. Ich habe ihm genau beschrieben, wie das Auto ausgesehen hat. Haben Sie den Nazi immer noch nicht geschnappt?«

Plötzlich verstand Dorothea und seufzte. »Leider nicht.«

»Nun, ich kann Ihnen nicht helfen. Ich habe Ihrem Kollegen schon alles gesagt.« Misstrauisch sah er sie an. »Sind Sie wirklich Polizistin? Haben Sie einen Ausweis?«

Dorotheas Atmung setzte einen Moment lang aus. Ihre Hände zitterten, als sie die Lederhülle mit dem Plastikkärtchen ertastete und hochhielt. »Ja.« In Gedanken fügte sie hinzu: *Aber nicht mehr lange, wenn mein Chef erfährt, dass ich hier war.*

»Ihr Kollege hat sich alles aufgeschrieben.« Der Mann wandte sich ab und ging mit nun schlurfenden Schritten zum Ladentisch.

Dorotheas Brust wurde eng. Sie konnte Rene Speckner nicht ausfragen, weil er jede Gelegenheit nutzen würde, sie bei Fuhrmann anzuschwärzen. Dann jedoch kam ihr ein Gedanke.

»Haben Sie das Auto öfter gesehen?«

Der Mann drehte sich um. »Ich bin mir nicht ganz sicher.« Die Haut auf seiner Hand wirkte dünn wie Pergament, als er über seinen Bart strich. Sein Blick fixierte eine alte Wiege. »In dieser Nacht, Sie wissen schon, in der Nacht, in der die Kleine sich umgebracht hat, konnte ich nicht schlafen.« Er trat zu einem winzigen Schaukelbett. Zwischen Leinlaken lag ein Püppchen mit Porzellangesicht. »Irgendwann hörte ich ein Geräusch und sah aus dem Fenster. Ein Auto fuhr an der Schule vorbei.«

Ein Kribbeln breitete sich über Dorotheas ganzem Körper aus.

Eicher schüttelte den Kopf. »Aber es hat so stark geschneit, dass ich nicht sicher bin, ob es derselbe Wagen war. Und ich glaube, dass diesmal zwei Leute im Auto waren.«

Dorotheas Halsschlagader pochte. »Wie spät war das?«

Er rieb sich sein Kinn. »Es muss kurz nach elf gewesen sein.«

Sie atmete flach. Laut den Berichten der Gerichtsmedizin war Elena Goldschmied zwischen zweiundzwanzig Uhr dreißig und zwei Uhr nachts gestorben. »Haben Sie an diesem Abend sonst noch was bemerkt?«

Er schüttelte energisch den Kopf. »Nein. Ich bin dann endlich eingeschlafen.« Er stieß die Wiege an und sie begann, langsam zu schaukeln. »Ich weiß es ja nur, weil ich am nächsten Morgen überlegte, ob wieder in die Schule eingebrochen worden war. Aber niemand kam, um mich zu befragen.« Wehmütig sah er auf das kleine Köpfchen der Figur. »Erst einige Tage später erzählte mir ein Kunde, dass sich in dieser Nacht eine Schülerin umgebracht hat, weil sie ein Kind erwartete.«

Kapitel 22

Vier Stunden später sah Dorothea auf die faltigen Oberschenkel, den überquellenden Bierbauch und den verschrumpelten Penis neben sich. Verzweifelt versuchte sie, sich nicht zu bewegen. Dicke Schweißtropfen liefen über ihre nackten Brüste. Ihr Mund schmeckte salzig, und in ihrer Nase stand der Geruch von heißem Holz, nassen Steinen und Latschenkiefernöl. Das feuchte Handtuch auf der harten Bank klebte an ihren Schenkeln.

Vorsichtig drehte sie sich um und senkte die Stimme zu einem Flüstern. »Vera, hast du nicht behauptet, dass heute Damensauna ist?« Von unten blickte sie auf den schlanken Körper, die etwas erschlafften Brüste und das blasse Tattoo ihrer Kollegin. Im Rücken spürte Dorothea, wie sich Veras Zehen unruhig bewegten.

»Ich habe mich wohl im Tag geirrt«, kam leise die Antwort.

»Aber, aber wer braucht denn eine Damensauna?« Eine tiefe Stimme ertönte direkt neben Dorothea. »Wir wollen ja auch was Nettes zum Anschauen haben. Immerhin soll Sauna ja ein Genuss sein. Und nach einer langen Woche haben wir uns am Freitagnachmittag schon ein wenig Entspannung verdient.« Breit grinsend musterte er Dorothea.

Genervt verdrehte sie ihre Augen. Mit dreißig nackten Menschen bei neunzig Grad auf zehn Quadratmetern eingesperrt zu sein, entsprach nicht ihrer Idee von Entspannung. Langsam erhob sie sich. Sofort spürte sie Veras verschwitzte Hand auf ihrer Schulter.

»Du kannst nicht mitten unterm Aufguss gehen.«

Dorotheas Blick glitt über die Reihe der nackten Frauen und Männer. Wohin sie auch sah, Bäuche, Hautlappen, dichte Büschel von Schamhaaren. So musste es wohl in der Hölle sein. Noch einmal wagte sie es aufzustehen, aber als sie die vorwurfsvollen Blicke von allen Seiten spürte, ließ sie sich wieder auf der untersten Holzbank nieder. Ohne weiteren Widerstand schloss sie die Augen. Nur fünf Zentimeter von ihrem Gesicht entfernt peitschte das Handtuch des Saunameisters durch die Luft. Ein Schwall glühend heißer Luft und die Stiche tausender Tropfen trafen sie mitten ins Gesicht.

Dorothea öffnete ihre Lider, weißer Dampf stieg von ihrer Haut auf. Sie atmete tief durch und spürte, wie der Sauerstoff ihre Lunge füllte. Noch immer schmeckte sie das Salz ihres eigenen Schweißes auf der Zunge. Die eiskalte Nachmittagsluft war erfrischend, und die Spannung wich aus ihrem nackten Körper. Unter ihren Zehen brannte der Schnee und sie schlüpfte wieder in ihre Flip-Flops. Unwillkürlich knotete sie noch mal das Handtuch fest. Danach sah sie sich gemächlich in dem winterlichen Ruhegarten um. Einzelne Liegen waren von der dichten Schneedecke begraben, eine Venusstatue war unter den Flocken kaum noch zu erkennen. In dem umliegenden Säulengang wandelten ein paar Männer und Frauen in Bademänteln auf und ab. Andere saßen entspannt auf den Bänken, die auf dem Kopfsteinpflaster verteilt waren.

Plötzlich lag eine Hand auf Dorotheas Schulter. »Na, meine Liebe, fühlst du dich besser?«

Dorothea nickte und drehte sich zu ihrer Freundin um. Vera zog eine kleine rote Packung und ein Feuerzeug aus der Tasche ihres Frotteemantels.

»Widerspricht das nicht dem Wellness-Gedanken?« Skeptisch betrachtete sie die Zigarette in Veras Fingern, doch ihre Kollegin zuckte nur die Schultern.

Eine Weile standen sie schweigend nebeneinander und beobachteten, wie einzelne Saunabesucher nackt in das eisige Tauchbecken stiegen, um sich danach in ihre Handtücher und Bademäntel zu hüllen.

Dorothea dachte an ihr letztes Treffen und ihren Streit mit Vera. »Vera?«

»Ja?«

Sie hörte den erwartungsvollen Ton in der Stimme ihrer Freundin. Ein brennender Stich durchfuhr ihre Brust. Fest schloss sie ihre Lippen wieder, dann aber gab sie sich einen Ruck. »Du hast doch bei dem Vandalismus im Gymnasium ermittelt, oder nicht?«

Vera nahm einen tiefen Zug von ihrer Zigarette und schüttelte den Kopf. »Nein. Fuhrmann hat den Fall Speckner zugeteilt. Ich war nur am Rande involviert. Wieso?« Sie blies den blauen Rauch in die eiskalte Luft und zupfte mit ihren roten Nägeln einen winzigen Flicken Tabak von ihren Lippen.

»Hat er den Schuldigen mittlerweile gefunden?«

Wieder zog Vera an ihrer Zigarette. »Nein, ich glaube nicht. Der Täter war ziemlich clever. Hat keine brauchbaren Spuren hinterlassen.«

»Gab es Verdächtige?«

»Ja, einige. Speckner hat Verbindungen zu ähnlichen Fällen gesucht. Der Brandanschlag auf den islamischen Gebetsraum mit Molotowcocktails vor einem Jahr. Die SS-Runen und Hakenkreuze auf den Gräbern. Sogar eine Vergewaltigung.«

Dorotheas Puls wurde schneller.

»Speckner hat angenommen, dass es ein Schüler war. Es gab Indizien auf Verbindungen zu Neonazi-Kreisen, aber er fand keine Beweise.« Vera schnaubte verächtlich. »Du kennst Speckner ja. Nicht unbedingt das hellste Licht im Hafen. Aber weil er beim Chef Liebkind ist, bekommt er die wichtigen Fälle.« Missmutig schüttelte sie den Kopf und musterte Dorothea. »Warum willst du das wissen?«

Dorothea schluckte. »Ich brauche deine Hilfe.«

Ihre Freundin starrte sie an. Dann schlug sie sich mit der Hand auf die Stirn. »Wie konnte ich nur so blöd sein. Unser Streit tut dir gar nicht leid. Du wolltest dich eigentlich gar nicht mit mir versöhnen. Du brauchst nur einen Handlanger.« Mit einem heftigen Schlag klopfte sie die Asche ab. »Der Chef hat dich im Visier, und nun soll ich für dich den Kopf hinhalten.«

Dorotheas überhitzter Körper war mit einem Schlag eiskalt. »Woher weißt du von dem Gespräch?«

Vera lachte hart auf. »Fuhrmann hat jeden Einzelnen von uns gefragt, ob wir was über deine heimlichen Ermittlungen wissen. Deshalb bist du mit mir in die Sauna gegangen. Sogar zum Aufguss. Normalerweise bringen dich keine zehn Pferde dazu. Und ich Idiotin hab mich noch gefreut.«

»Es ist nicht so, wie du denkst.«

Vera fixierte Dorothea und raunte mit vor Ironie triefender Stimme: »Du bist also aus Freundschaft zu mir gekommen, nicht, weil Speckner dich sofort beim Chef verpetzt hätte. Du wolltest auch nicht, dass ich für dich Akten einsehe, Informationen einhole.«

Einige Sekunden lang hielt Dorothea dem Blick stand, doch schließlich senkte sie ihren Kopf. »Aber das war nicht der Grund, warum ich dich angerufen habe.«

»Sicher.« Veras Stimme triefte vor Sarkasmus. »Hast du irgendeine Ahnung, was es für mich bedeutet, wenn ich meinen Job bei der Polizei verliere? Was das für meine Jungs bedeutet?«

Dorothea schwieg. Mit ihren nackten Zehen zeichnete sie ein Kreuz in den Schnee. »Vera, es geht um den Mord an einem siebzehnjährigen Mädchen. Sie war ein Jahr jünger als dein Patrick.«

Vera rang ihre Hände. »Du weißt nicht mal, ob es Mord war. Du tust das alles nur, weil Schmitt dich darauf angesetzt hat.«

»Das stimmt nicht.« *Bist du dir sicher?* Ein Flüstern in Dorotheas Ohr erklang, beklommen, tadelnd.

»Wach endlich auf, Dorothea. Die Gerichtsmedizin hat den Fall untersucht.« Vera wandte sich zum Aschenbecher. Über ihre Schulter blickte sie auf Dorothea. »Die einzige Frage, die du dir stellen musst: Willst du deinen Job behalten oder nicht? Aber weißt du was? Das betrifft mich nicht mehr. Denn eins ist klar. Unsere Freundschaft ist für mich gestorben … endgültig!«

Kapitel 23

Dorothea hatte nichts gegen Wochenenddienste. Anders als ihre Kollegen hatte sie am Samstagabend nie etwas vor, und meist gab es dann interessantere Aufgaben als die Sicherung des Schulwegs. Doch an diesem Abend war es anders. Sie bereute, dass sie sich für beide Wochenenddienste eingetragen hatte. Nach zwölf Stunden Dienst, einem Verkehrsunfall und einer hysterischen Mutter, die ihr Kind im Kaufhaus verloren und in der Spielzeugabteilung wiedergefunden hatte, waren ihre Glieder schwer wie Blei, ihr Kopf ausgelaugt und leer und ihr Hals kratzte.

Vera. Weit hinten in ihren Gehirngängen pochte der entsetzliche Streit. Schon den ganzen Tag über. Wie ein Hammer. Es war nicht das erste Mal, dass Vera Dorothea die Freundschaft aufkündigt hatte. Privat war ihre Kollegin mitunter aufbrausend, sagte das Erste, was ihr in den Sinn kam. Diesmal jedoch war etwas anders, Dorothea war nicht imstande auszumachen, was es war.

Vera hatte recht. Dorothea setzte viel zu viel aufs Spiel, und den Job einer alleinerziehenden Mutter zu gefährden, war das Letzte. Aber Vera war eine ausgezeichnete Polizistin. Sie glaubte an die Wahrheit, an Gerechtigkeit. Warum war sie so in Rage? Warum hasste sie Chefinspektor Schmitt so sehr? Dorothea strich sich übers Gesicht, wählte Veras Nummer. Der Anruf wurde nach zwei Klingeltönen abgewiesen.

Es tut mir leid. Sie tippte die zwölf Buchstaben, löschte sie wieder, tippte erneut und drückte auf das winzige Umschlag-Zeichen mit dem Pfeil.

Sie fühlte sich leichter, nahm einen Schluck Salbeitee aus ihrer Lieblingstasse und verzog angeekelt das Gesicht. *Liebe ist die*

Musik des Herzens. Wehmütig las sie die Aufschrift auf dem Becher, den er ihr geschenkt hatte, schloss ihre Lider. Julius. Plötzlich war sie wieder eine Archäologie-Studentin vor dem Kongresshaus in Innsbruck, um dreiundzwanzig Uhr, an einem Freitagabend im August. Sie lauschte unter dem Glasdach dem platschenden Regen und wartete, bis der Wolkenbruch vorbei war.

Einer der Musiker stand direkt neben ihr. »Hat dir unser Konzert gefallen?«

Krause Locken, eine Hornbrille, die Schultern leicht nach vorn gebeugt, Hemd und Hose zerknittert wie der Trenchcoat von Columbo. Ohne Brille wirkte er sicher wie ein junger Peter Falk. Dorothea verschränkte ihre Arme, war nicht in der Stimmung, mit irgendjemandem zu plaudern.

»So schlimm?« Er grinste, überraschend selbstbewusst, charmant, frech.

Dunst stieg vom dampfenden Asphalt auf, Dorothea spürte die winzigen flimmernden Tropfen in ihrem Gesicht, die Luft roch frisch und kühl nach Blättern, besänftigte ihren Ärger ein wenig. »Brass Bands und neue Volksmusik treffen nicht meinen Musikgeschmack.«

»Warum bist du dann hier?«

»Meine Freundin Anna wollte unbedingt, dass ich mitkomme.« Sie schluckte, versuchte, den abgestandenen Geschmack auf ihrer Zunge loszuwerden. »Ich denke, sie wusste, dass ihr Studienkollege Ralph hier sein würde.«

»Und wo ist Anna jetzt?«

Dorothea trat einen Schritt nach vorn, tippte ihre Birkenstocksandalen in eine Pfütze, erfrischend schwappte das Wasser über ihre Zehen. »Mit Ralph nach Hause gegangen.«

Er lachte schallend, gegen ihren Willen musste sie einstimmen.

»Was entspricht deinem Musikgeschmack?«

»Blues, Jazz, Klassik.«

Er hatte geschwiegen, bis das Gewitter vorbei war. »Gib mir eine halbe Stunde, bitte.« Hatte sie an der Hand genommen, wie selbstverständlich, war mit ihr über die nass glänzende Straße in den Hofgarten gelaufen, hatte im Mondlicht sein Instrument aus dem schwarzen Kasten genommen und zu spielen begonnen. Gershwin, Luis Armstrong, einen Walzer von Johann Strauß. Ihr erzählt, dass er am *Mozarteum* in Salzburg studierte, es sein großer Traum war, irgendwann Tubist bei den Wiener Philharmonikern zu werden.

Dorothea öffnete ihr Augen und seufzte. Sie stellte sich vor, dass Julius anrief. Ihr sagte, dass er einen Fehler gemacht hatte, dass er sie vermisste. Dann schob sie den Wunsch und die Tasse Tee von sich.

Auf ihrer Zunge lag der Geschmack des Salbeis, im Wohnzimmer hing noch der bittere Geruch von Erkältungssirup, in der Wohnung unter ihr hustete ein Kind. Mit beiden Händen strich sie sich übers Gesicht und dachte an ihren Streit mit Vera.

Die Akte. Roman Kettner. Dorotheas Bauchgefühl sagte ihr, dass er etwas mit dem Tod des Mädchens zu tun hatte. Der alte Mann war sich sicher gewesen, dass er das Auto noch einmal gesehen hatte. Sie seufzte. Es gab eine andere Möglichkeit, mehr über Roman herauszufinden. *Geht ihr am Samstagabend ins PURE*? Einige Schüler der Abschlussklasse konnte sie bestimmt in der Cocktailbar antreffen.

Erschöpft blickte Dorothea durch das Fenster in das dunkle Schwarz der Winternacht. Die Mauern der Kufsteiner Festung waren gespenstisch erleuchtet, im Scheinwerferlicht irrten einsame Schneeflocken durch die kalte Nachtluft.

Plötzlich schlug eine Tür zu, und sie hörte, wie ihr Nachbar mit schweren Stiefeln langsam die Treppen hinunterstieg. Bei jedem Tritt erklang das metallische Geräusch, mit dem seine Flinte gegen den Gürtel des Jägers schlug. Dorothea sah auf ihre Armbanduhr. 20:08 Uhr. Eine seltsame Zeit, um in den Wald zu gehen und Wild zu schießen.

Wieder strich sie sich über das Gesicht. Beim Gedanken, auch noch einmal in den beißenden Abendfrost hinausgehen zu müssen, zog sie die Schultern hoch und die Ärmel ihres Wollpullovers über ihre Handgelenke. Sie sah auf Albert Dürers Hasen, der im Schatten der Lampe über ihrer Couch hing. Hilfe suchend blickte sie ihn an, doch das Tier weigerte sich, ihr in die Augen zu sehen.

Ich kann Speckner einfach um die Akte bitten. Das ist einfacher, als jetzt noch mal in die Kälte rauszugehen. Der Gedanke klang verlockend. *Wer weiß, ob ich heute überhaupt noch etwas in Erfahrung bringe.* Sie wandte den Blick von dem Bild und starrte sehnsüchtig auf die Patchworkdecke, die auf dem Sofa lag. Abermals sah Dorothea auf die Uhr. Ihr wurde bewusst, dass sie schon um sechs Uhr morgens wieder auf der Polizeistation sein musste.

Sie stand auf, ihr blieb einfach nichts anderes übrig. Wenn sie nicht in die Bar ging, würde sie nie herausfinden, was Romans Mitschüler über ihn wussten.

Warum tust du das? Weil Schmitt dich darauf angesetzt hat …

»Nein.« Sie sagte es laut, um die bange Stimme zum Schweigen zu bringen, um Vera zu widersprechen. »Weil Elenas Eltern es verdient haben, dass der Tod ihres Kindes aufgeklärt wird. Weil Elena es verdient hat.«

PURE. Cocktail-Lounge

In riesigen goldenen und schwarzen Lettern standen die Worte über der Tür des Lokals. Die gesamte Glasfront der Bar war hell erleuchtet. Das bunte Licht der Discokugeln durchzog die Schneeflocken und warf Schatten auf das nächtliche Kopfsteinpflaster. Eisige Feuchtigkeit stieg vom Inn über den ganzen Platz. Von Weitem hörte sie die Kirchturmuhr zweimal zur halben Stunde schlagen. Sie schmeckte das Wasser der Schneeflocken auf ihren Lippen, ihre Wangen wurden lahm vor Kälte.

Suchend überblickte Dorothea von draußen den Raum, doch die hippe Cocktailbar war fast leer. Die quadratischen Liegelandschaften und niedrigen Hocker aus orangefarbenem und neongrünem Plüsch waren fast alle unbesetzt. Auch auf den Barhockern aus Chrom konnte sie keines der gesuchten Gesichter entdecken. Sie war sich sicher, dass die Klassenkameraden der toten Schülerin darüber gesprochen hatten, an diesem Samstag ins *PURE* zu gehen, aber das Tanzlokal war wie ausgestorben. Dorothea blies in ihre Faust und blieb unschlüssig vor der Glasfront stehen.

»Nur nicht so schüchtern.« Der Türsteher in der engen Lederjacke grinste sie an.

Sie trat einen Schritt nach vorn, sah die Glitzertops, Miniröcke und aufwendig geschminkten Gesichter zweier Mädchen. Über den Rand ihrer Cocktailgläser hinweg musterten die beiden Dorothea abschätzig von Kopf bis Fuß. Sie spürte, wie das Blut in ihre Wangen stieg, und hatte das Gefühl, vor dem Tor zu einer anderen Welt zu stehen. Doch da sie offensichtlich den Schlüssel nicht besaß, wich sie wieder vom Eingang zurück.

Noch einmal schlug die Turmuhr. Viertel vor neun. Über Dorothea zogen Wolkenfetzen vor den Mond. Als hinter ihr das Klappern hoher Absätze über das Kopfsteinpflaster hallte, beschloss sie, lieber einen Spaziergang zu machen, als im *PURE* auf die Schüler zu warten.

Nach einer Stunde und einem tauben Gefühl in ihren Fingerspitzen und Zehen warf Dorothea ohne viel Hoffnung wieder einen Blick in die Bar. Mittlerweile hatte sich das Lokal gefüllt, diesmal fiel ihr ein eng umschlungenes Paar ins Auge, das auf einem abgewetzten Sofa hinter einer Säule saß. Obwohl die Arme, Beine und Köpfe der beiden kaum auseinanderzuhalten waren, kamen Dorothea die etwas krumme Nase und die glatten blonden Haare des Mädchens dennoch bekannt vor. Sie sah genauer hin.

»Wohl doch noch auf den Geschmack gekommen?« Der Türsteher zwinkerte Dorothea zu, als sie ein zweites Mal auf den Eingang der Bar zusteuerte. Er hielt die Glastür für sie auf, der Gestank von Zigaretten und das Dröhnen lauter Popmusik schlugen ihr entgegen. Vorbei an den auffällig bunten Retrotapeten ging Dorothea direkt auf die Theke zu.

Sie setzte sich auf einen der hohen Hocker und ließ ihren Blick über Reihen von Flaschen in den weiß beleuchteten Regalen schweifen. Spirituosen reihten sich neben Energydrinks und Zigarrenschachteln. Obststücke lagen auf der Theke hinter den unzähligen Gläsern und Zapfhähnen zum Anrichten der Cocktails bereit. Der gesamte Schanktisch spiegelte sich an der Decke.

»Was darf ich bringen?«

Dorothea konnte den jungen Barkeeper kaum hören. Er beugte sich so weit zu ihr vor, dass sein Mund fast ihr Gesicht berührte.

»Ein Tonicwater.«

Hinter den Rastalocken des Barkeepers wechselte die Glaswand der Theke in weichen Wellen ständig ihre Farben, der Effekt erinnerte an Tausende kleine, farbige Pillen. Während sie an ihrem Glas nippte, hörte sie wie in Trance, dass eine ihr unbekannte Stimme aus Lautsprecherboxen »Day after day after day« jaulte. Dorothea atmete tief durch, sofort füllte die rauchige Luft ihre Lunge, und sie bekam das Gefühl, in einem riesigen Aschenbecher gefangen zu sein. Verzweifelt drehte sie sich zu dem Pärchen um, aber die beiden waren immer noch damit beschäftigt, dem ganzen Lokal ihre Zuneigung zu demonstrieren.

Dorothea seufzte und nahm das Magazin zur Hand, das für die Kunden der Bar auf der Theke lag. Sie schlug das Heft auf, und das Bild einer tätowierten Brust sprang ihr entgegen. Dorothea blätterte schnell weiter. *Kuriose Fakten über Japan.* Sie überflog die Absätze über Manga-Fieber, Riesenquallen vor dem Inselstaat, Hightech-WCs und ein japanisches Penis-Fest.

Dann fiel ihr Blick auf einen Artikel über den Suizid-Wald. In dem unheimlichen Selbstmordwald in Japan nahmen sich in einem Jahr etwa hundert Menschen das Leben. Jährlich musste die Polizei den gruseligen Wald durchsuchen. Dorothea dachte an die unzähligen verwesten Leichen und Skelette, die die Beamten dort vom Boden aufsammeln oder von den Bäumen schneiden mussten. Sie klappte das Magazin zu. Verstohlen sah sie wieder zu den zwei Jugendlichen, die noch immer nicht voneinander abgelassen hatten. Ihr Blick wanderte kurz zur Tür, dann trank sie den letzten Schluck des Tonics und rutschte vom Barhocker.

»Darf ich kurz stören?« Vorsichtig trat sie an den niedrigen Couchtisch, hinter dem die beiden Jugendlichen auf dem Plüschsofa lagen. Der Beat der Musik war in diesem hinteren Eck der

Bar etwas leiser, dennoch musste Dorothea laut sprechen, um sich bemerkbar zu machen. Sie hatte das unangenehme Gefühl, eine verbotene Zone zu betreten.

Die beiden lösten sich voneinander, und sie roch die Mischung aus Parfüm und Rasierwasser, die von ihnen aufstieg. Wie aus dem Schlaf gerissen setzte sich das Pärchen auf.

Dorothea sah, dass es tatsächlich Barbies Freundin Jackie war, die sich unwillkürlich an ihr Dekolleté fasste und das glitzernde Schlauchtop nach oben zog. Auch der Junge neben ihr zog verstohlen seinen Kapuzensweater über die Jeans. Sein Gesicht erinnerte Dorothea an den Leadsänger einer Boyband. Mit schmalen Fingern strich er seinen Pony aus der Stirn und blickte zu Dorothea auf. In seinen Augen lag Neugier.

»Was wollen Sie denn hier?« Jackies Stimme klang schwer und schleppend. Dorothea warf einen Blick auf das Glas. Sie fragte sich, wie viel Alkohol die Schülerin schon getrunken hatte.

Jackies Begleitung schien noch etwas nüchterner zu sein. Höflich wies der Junge auf einen der ledernen Hocker. »Bitte.« Er musterte Dorothea. »Ich bin Simon Faber. Sie sind die Polizistin, die Ellies Selbstmord untersucht?«

Dorothea zögerte, dann nickte sie und spürte, wie sein prüfender Blick über ihre Rundungen glitt. Doch bevor sie etwas sagen konnte, hob Jackie ihren Zeigefinger und begann, vor sich hin zu lallen.

»Ha. Ellie. Sie war eine hinterlistige Schlange.« Ihr Arm fiel schwer auf den von Brandlöchern übersäten Tisch.

Simon rieb sich verlegen seinen Nacken und warf einen Seitenblick auf Dorothea. »Jackie, die Dame ist von der Polizei.«

In einer wegwerfenden Geste warf die Jugendliche ihren Arm in die Höhe. »Na und? Es stimmt. Sie war eine falsche Kröte.«

Simons rechter Fuß in den Sportschuhen begann, auf und ab zu trippeln. Wieder wanderten die Augen des Jungen unruhig zwischen dem Mädchen und Dorothea hin und her. »Sie meint es nicht so.« Er klang unsicher.

Jackie streckte ihre Finger nach ihrem Cocktail aus, doch erst beim zweiten Versuch hielt sie das hohe Gefäß in ihrer Hand. Die rote Flüssigkeit darin begann, gefährlich zu schwappen. Im letzten Moment schaffte das Mädchen es, den Strohhalm in den Mund zu nehmen und daran zu ziehen. Als sie ihr Glas wieder abstellte, war es halb leer. Mit einiger Mühe rutschte Jackie nach vorn und stützte ihren Ellenbogen auf den Tisch. »Ich meine es genau so. Ellie hatte es faustdick hinter den Ohren.«

Simons Augenbrauen zogen sich zusammen. »Was soll das überhaupt heißen?«

Jackie versuchte wieder, ihren Zeigefinger auszustrecken, doch ihr Arm rutschte vom Tisch und sie fiel fast vornüber. In letzter Sekunde fing der Junge sie auf. Verstimmt versuchte sie, sich aufrecht auf das Sofa zu setzen. Dann fuhr sie fort: »Sie hatte Streit mit Gothic-Mellie. Und bam! Plötzlich wollte sie Barbies beste Freundin sein.« Sie versuchte, mit ihren Fingern zu schnippen, um ihre Aussage zu unterstützen, aber es gelang ihr nicht.

»Ellie wollte sich mit Barbie anfreunden?« Simon sah das Mädchen fragend an.

Jackie nippte an ihrem Drink und nickte dabei zustimmend in ihr Glas. »Mhmmm.«

Simon Faber runzelte die Stirn. »Ich dachte, die beiden waren Erzfeindinnen.«

Der kleine Tisch wackelte, als Jackie den Rest ihres Cocktails wieder abstellte. »Genau! Und plötzlich muss Ellie mit Barbie ›was Wichtiges‹ besprechen.« Ihre Finger simulierten Gänsefüßchen.

»Woher weißt du das?«, fragte der Junge.

Jackie sah ihn bedeutungsvoll an. »Weil ich gehört habe, wie Ellie Barbie angesprochen hat.«

In Simons Blick lagen Zweifel. Auch Jackie schien dies zu bemerken. »Ich schwöre.« Sie legte beide Hände an ihre Brust. »Es stimmt. Barbie hat auch drei weiße Rosen auf Ellies Grab gelegt.«

Dorothea sah das Mädchen scharf an. »Was wollte Elena mit Barbie bereden?«

Die Jugendliche heftete den Blick auf den Boden und sank ein wenig in sich zusammen. »Ich weiß es nicht. Barbie hat es mir nicht erzählt.« Sie klang verletzt. »Barbie hat sich im letzten Jahr ziemlich verändert. Sie ist jetzt eine absolute Langweilerin. Sie interessiert sich nicht mehr wirklich für uns, die Clique. Sie tut zwar so, aber es ist alles nur Fassade.« Sie zuckte ihre Schultern. »Aber ich habe gehört, was sie am nächsten Tag zu Ellie gesagt hat.«

Simon beugte sich nach vorn. »Und was war das?«

Jackie drehte ihr Gesicht zu dem Jungen, und plötzlich lag ein verwirrter Ausdruck auf ihrem Gesicht. Erst jetzt schien sie über die Aussage nachzudenken. »Tu es nicht. Wenn du es tust, ist dein Leben vorbei.«

Kapitel 24

»If I was sorry …«

In der Stille, die folgte, hörte Dorothea die Worte eines trendigen Popsongs, doch auch diese Band kannte sie nicht. Teenager in engen Jeans und Miniröcken saßen auf den modernen Hockern, tanzten oder grölten den Liedtext mit. Dorothea spürte den Bass, der den ganzen Raum erbeben ließ. Sie fühlte sich alt und absolut fehl am Platz. Der Qualm der Zigaretten zog sich wie dichter Nebel durch den ganzen Raum, und Dorotheas Gaumen wurde immer trockener. Wie aus weiter Ferne hörte sie die Stimme des Jugendlichen.

»Warum haben Sie sich eigentlich zu uns gesetzt?«

Dorotheas Hals kratzte plötzlich unsäglich, und sie musste sich räuspern, bevor sie zu reden begann. »Ich hatte gehofft, Roman Kettner hier anzutreffen.« Bedächtig sprach sie die Lüge aus. Tatsächlich hatte sie gehofft, nicht Roman, sondern seine Klassenkameraden anzutreffen. »Könnt ihr mir sagen, wo ich ihn finden kann?«

Simon Faber schüttelte seinen Kopf. »Roman geht nicht mehr ins *PURE*.«

Jackie schnaubte verächtlich. »Er hat jetzt eine ganz andere Clique.« Mit dem Strohhalm schlürfte sie lautstark den letzten Rest ihres Drinks aus dem Glas. »Der Loser hat eh nie hierher gepasst. Was er früher immer für Klamotten trug.« Sie verdrehte ihre Augen. »Als hätte er sie von der Caritas.«

Simon wurde rot vor Scham. »Jackie! Nur weil er keine Designerklamotten trug, heißt das nicht, dass er seine Sachen von der Heilsarmee hatte.«

»Worum verteidigst du den Idioten? «

»Ich verteidige ihn nicht.« Er zuckte die Schultern. »Er hat mir nichts getan. Ich sehe ihn jeden Montagabend im Fitnessstudio. Da ist er immer freundlich.« Entschuldigend wandte er sich an Dorothea. »Jackie ist eigentlich nicht so versnobt. Sie ist nur schon ziemlich betrunken.«

Dorothea erwiderte den Blick des Jungen. Sie war sich sicher, dass er recht wenig über die wahre Natur von Jackie wusste. *In vino veritas.* Der lateinische Spruch kam ihr in den Sinn, aber sie sagte nichts.

Simon beugte sich nach vorn. »Was wollen Sie denn von Roman?«

»Ich muss ihm einige Fragen stellen.« Dorothea musterte ihn. Sie hatte nicht die Absicht, noch mal mit Roman zu reden. Sie wusste, dass er ihr nichts sagen würde, hoffte aber, von den beiden Jugendlichen einiges über ihn zu erfahren.

»Schon wieder?« Die Junge schien verwirrt.

»Wie bitte?«

»Sie haben doch schon im Raucherkeller mit ihm gesprochen.«

Dorothea verbarg ihre Überraschung. »Das stimmt. Aber es blieben noch einige Fragen offen.« Sie gab ihrer Stimme einen leichten Plauderton. »Roman hat euch also von dem Gespräch erzählt.«

Jackie prustete. »Das kann man nicht direkt sagen. Eher hat er es durch die Klasse posaunt.«

Dorothea zog ihre Augenbrauen hoch und sah das Mädchen fragend an. Simons Hand wanderte zu seinem Nacken, und sein Fuß begann zu trippeln. »Jackie. Sei still, bitte.« Beschämt beobachtete er Dorothea, doch das Mädchen schien die Warnung nicht zu hören.

»Er hat eine richtige Show abgezogen. War ziemlich witzig.« Sie begann, haltlos zu kichern. »Hab ich dem Typen gar nicht zugetraut.« Sie breitete ihre Arme aus, als stehe sie vor einem Publikum. »Will sie jemand sehen?«

Dorothea nickte, doch Simon legte seine Finger an den Mund und erhob sich halb vom Sofa. »Jackie, bitte.«

Aber bevor er sie daran hindern konnte, stand das Mädchen mit wackeligen Beinen auf und versuchte, Romans Bewegungen nachzuahmen. Wie ein nasser Sack fiel sie wieder auf das Sofa zurück. Dennoch sprach sie mit gekünstelt tiefer Stimme weiter.

»Ich bin zehnmal klüger als diese Idioten. Die würden es nicht mal merken, wenn ich jemanden umlege.« Sie versetzte dem kleinen Tischbein einen harten Stoß. Obwohl sie nicht traf, fiel ihr Cocktailglas auf den Boden und zerbrach in tausend kleine Scherben. Ohne diese zu beachten, fuhr sie fort: »Man muss den Weibern zeigen, wer der Boss ist.«

Obwohl Jackies Körper ihr kaum gehorchte, konnte Dorothea die obszöne Bewegung erahnen, die Roman offensichtlich mit seiner Hüfte gemacht hatte. Jackie hämmerte ihre Fäuste übereinander.

»Mit der Schlampe zu reden, war ein Mordsspaß.«

Kapitel 25

Verstohlen schweifte Dorotheas Blick über den verschneiten Schulpark, als sie am Montagmorgen den schmal ausgetretenen Pfad an der Seite des *Sebastianums* entlangging. Sie hoffte inständig, dass sie Hochwürden Weiß nicht über den Weg laufen würde. Sie wollte ihm nicht erklären müssen, dass sie hier war, weil sie den Schulwart befragen wollte, um eine Verbindung zwischen dem Tod der Schülerin und dem Akt des Vandalismus an der Schule herzustellen.

In die eiskalte Morgenluft mischte sich der Geruch von Ruß, über ihr dröhnte ein Flugzeug. Ihr Atem gefror weiß, und trotz ihrer warmen Kleidung kroch der Frost ihre Oberschenkel und Arme hoch.

Die trüben Fenster an einer Seitenwand des Gymnasiums waren kleiner als in dem restlichen Gebäude, und hinter den bleiverglasten Scheiben waren die vergilbten Vorhänge zugezogen. Dorothea steuerte auf eine Eichentür in der Mauer zu, die im Vergleich zu der Schulpforte winzig wirkte. Unwillkürlich musste Dorothea an Alice im Wunderland denken. Über ihre Schultern warf sie einen weiteren Blick zur Pforte und zu den breiten Fenstern im ersten Stock des Gymnasiums, in dem sich das Büro des Direktors befand, doch alles blieb still. Einzig einige Krähen waren unter den kahlen Bäumen auf der Suche nach Futter.

Als Dorothea die Tür erreichte, eilte plötzlich eine hochgewachsene Gestalt in den Schulpark. Gottfried Weiß? Unwillkürlich hielt Dorothea die Luft an, zog ihre Schultern ein und trat einen Schritt näher zu dem kleinen Hauseingang. Doch es war nur ein Schüler, der zu spät gekommen war. Ohne nach links oder rechts zu schauen, steuerte der Jugendliche auf das große Schultor zu. Erleichtert atmete Dorothea aus.

Paul Reiter. Schulwart.

Sie sah das Schild neben dem altmodischen Klingelknopf, doch noch ehe sie diesen drücken konnte, öffnete sich die Tür. Ein Schwall stickig warmer Luft und eine Dunstglocke aus Motoröl und Katzenfutter schlugen ihr entgegen.

Im nächsten Moment stand ein beleibter Mann vor ihr, der wie ein überdimensionaler Hamster wirkte. Dorothea schätzte ihn auf Mitte vierzig, er trug eine dunkelgrüne Wollmütze, unter der seine blonden Haare hervorlugten. Sein Schnauzer war gestutzt, doch im restlichen Gesicht zeigten sich ungepflegte Bartstoppeln auf den Hamsterbacken. Unter den schweren Lidern hingen dicke Tränensäcke.

Ein blauer Arbeitsmantel, abgetragene Jeans und ein zerschlissenes Hemd zeigten einen verwaschenen Grauschleier und offenbarten einige Löcher, der Wollpullover wirkte verfilzt und von Motten zerfressen. Der Arbeitsmantel war nicht zugeknöpft, der Pullover nach oben gerutscht, im Hemd fehlte ein Knopf. Seine Schultern hingen leicht nach vorn. Die schwarzen Arbeitsstiefel waren abgestoßen und wiesen ölige Flecken auf. In den Händen hielt der Mann einen hölzernen Kasten, aus dem einzelne Werkzeuge ragten.

Als er sah, dass jemand vor seiner Tür stand, zuckte der Schulwart leicht zusammen und runzelte die Stirn. Unverwandt blickte er Dorothea an. Er streckte die Hand aus, als ob er sich am Türrahmen festhalten wollte, ließ sie dann aber wieder sinken.

»Ja?« Seine Stimme klang tief und brummig.

»Guten Morgen, Herr Reiter, ich bin Inspektorin Keusch.« Sie zeigte ihren Ausweis. »Darf ich kurz reinkommen?«

Reiter sah sie lange an, schob seine Mütze nach hinten und kratzte sich am Kopf. Dann warf er einen Blick nach oben. Dorothea folgte seinen Augen und sah, dass auch er das Fenster des Direktors beobachtete.

»Ich sollte schon wieder in der Schule sein.« Wie zu sich selbst murmelte er die Worte.

»Ich halte Sie nicht lange auf.«

Der Mann hob noch einmal seinen Blick, schließlich trat er einen Schritt zur Seite und stellte den Werkzeugkasten ab. Schwerfällig drehte er sich um und begann, den engen Gang entlangzuschlurfen.

Dorothea atmete tief durch und folgte ihm, froh darüber, nun endlich aus dem Blickfeld des Direktors verschwinden zu können. Doch das Gefühl der Erleichterung wich augenblicklich einem Anflug von Klaustrophobie. In dem düsteren Flur lag Werkzeug auf dem Fliesenboden, im Dunkeln konnte sie die Umrisse einer Bohrmaschine, einer kleinen Stichsäge und einer Rohrzange erkennen. Ein Kübel voll undefinierbarer schwarzer Brühe war unter einem Mopp nur schemenhaft zu erkennen, und hinter der Tür lehnte eine Schneeschaufel an der Wand.

Mit schweren Schritten schlurfte der Hausmeister voran, die Wollmütze schwang im Rhythmus seiner Schritte leicht hin und her. »Seit sechzehn Jahren bin ich an der Schule, aber so was wie das Mädchen ist mir noch nie untergekommen. Wie sie da unter dem Kreuz gelegen hat, in ihrem kurzen Kleid.« Ungläubig schüttelte er den Kopf. Mit seiner großen Pranke stieß er eine Tür auf und betätigte einen Lichtschalter, aber da seine Körperfülle den ganzen Türrahmen ausfüllte, stand Dorothea immer noch im Dunkeln.

Erst als er einen Schritt weiter ging, sah sie die winzige Küche. Sie war spärlich möbliert, ein alter Gasherd und eine einzelne Spüle standen frei an der Wand. Die blass orangenen Wandfliesen, olivgrün beschichteten Spanplatten zweier Küchenschränke und die gelblich-braune Tapete schienen noch aus den Siebzigerjahren zu stammen. An der Wand hing nur ein einziges Bild. Es war das einer alten Frau, die mürrisch in die Kamera blickte.

Auch der einstmals hellgrüne Linoleumboden stammte wohl aus der gleichen Zeitperiode. Er war abgewetzt und wies unzählige Schnittstellen auf, in denen sich Schmutz gesammelt hatte. Das ursprüngliche Muster war nur noch an einzelnen Stellen zu erkennen. Direkt neben der Tür stand ein Ofen, ein verrußtes Ofenrohr führte in die Wand. Ein unordentlicher Stapel Holzscheite thronte vor dem Heizkessel. Vereinzelt war lautes Knacken zu hören. Eine Porzellanschale lag umgekehrt auf dem Boden, und feuchte Klumpen waren verstreut.

Dorothea schloss kurz die Augen. Sie hoffte, dass es sich bei den braunen Kügelchen nur um Katzenfutter handelte. Sie entdeckte eine weitere Schale mit unzähligen weißlichen Rändern. Ihr wurde klar, dass sie nie ausgewaschen, sondern nur immer wieder mit Milch befüllt wurde. Obwohl das Schälchen verlassen dastand, konnte Dorothea leises Schmatzen vernehmen.

»Minki, geh vom Tisch runter.«

Erst jetzt fiel Dorotheas Blick auf den kleinen Klapptisch, der vor den zugezogenen Vorhängen am Fenster stand. Auf der Plastiktischdecke war eine struppige Tigerkatze gerade damit beschäftigt, einzelne Brotkrümel von einem altmodischen Porzellanteller zu fressen. Trotz der brummigen Stimme des Schulwarts machte sie keine Anstalten, sich von dem Teller weg zu bewegen. Unbeirrt fraß sie weiter und leckte sogar das Porzellan ab.

Dorothea spürte, wie sich das Frühstück in ihrem Magen umdrehte.

Erst als ihr der Hausmeister einen leichten Schlag versetzte, sprang die Katze widerwillig auf den Boden. Sie begann, die gestockte Milch aus dem Schälchen zu schlecken. Mit einem Seufzer zog der Hausmeister seine Mütze vom Kopf und legte sie auf das wächserne Tischtuch. Dann ließ er sich auf einem der klapprigen Campingstühle nieder. Linkisch deutete er auf den zweiten.

»Wundert mich ja, dass Sie noch mal hier sind.« Wieder nuschelte er in seinen Bart.

»Wie bitte?«

»Wo mir doch Frau Obermair erzählt hat, dass der Direktor beim Chefinspektor angerufen hat.«

Dorotheas Knie schienen nachzugeben. Sie war froh, auf einem Stuhl zu sitzen, auch wenn er sehr wackelig war. »Wirklich?«

»Ja. Sie hat es selbst gehört.« Sein Blick wanderte zu dem Foto an der Wand. »Seit Mutter nicht mehr lebt, kocht sie mir immer einen Kaffee, wenn ich die Briefe zur Post bringe.«

Franz Reiter sprach offenbar von der Vorzimmerdame des Direktors. Mit Schaudern dachte Dorothea an den strengen Pagenschnitt und den abweisenden Tonfall der Sekretärin.

»Und was hat der Direktor zu unserem Chefinspektor gesagt?«

»Dass die Polizei das Schulklima stört. Aber Frau Obermair glaubt das nicht. ›Wenn Sie mich fragen, haben die alle was zu verbergen. Ich könnte Ihnen da Geschichten erzählen‹, hat sie gesagt.« Er betrachtete Dorothea. Ihm schien klar zu werden, dass er mit einer Polizistin sprach, und verstummte.

»Sie haben eine schöne Katze«, sagte sie, um sein Vertrauen zurückzugewinnen.

Er sah auf das magere Tier. »Die ist noch von meiner Mutter. Sie hatte zwei. Aber einer haben die Schüler die Augen ausgestochen und sie dann auf einen Baum gehängt.« Wieder schüttelte er ungläubig den Kopf. Dann schien ihm ein Gedanke zu kommen. »Wollen Sie sie mal streicheln?«

Es gab nichts, was Dorothea in dem Moment weniger wollte, aber sie streckte ihre Hand aus. Sofort kam das Tier auf sie zu und sprang auf ihren Schoß, kratzte sich ausgiebig, drehte sich um sich selbst und ließ sich dann auf Dorotheas Oberschenkeln nieder.

Dorothea erstarrte. Sie war sich sicher, kleine schwarze Flöhe zu sehen, die direkt auf ihrer Hose landeten. Ihr Körper begann zu jucken. Dennoch lächelte sie und versuchte verzweifelt, sich nicht zu bewegen. Gleichzeitig tätschelte sie die Katze, ohne viel mit dem struppigen Fell in Berührung zu kommen.

Reiter betrachtete die Katze und rieb sein borstiges Kinn. »Ich weiß nicht, warum sie so dürr ist. Ich gebe ihr genug Futter.« Er kratzte sich am Kopf. »Wahrscheinlich hat sie Würmer.«

Dorotheas Kehle wurde immer enger, und sie beschloss, das Gespräch nicht noch mehr zu verlängern. »Eigentlich bin ich gekommen, um mit Ihnen noch mal über den Einbruch in der Schule zu sprechen.«

Reiter begann, seine Mütze durchzukneten.

»Wir haben Hinweise darauf, dass der Täter erneut in die Schule eingebrochen ist.«

Die Stiefel zuckten unruhig, die Augen des Hausmeisters wanderten zu der alten Frau an der Wand.

»Herr Reiter.« Dorothea bemühte sich um einen beruhigenden Ton. »Wissen Sie etwas über einen weiteren Einbruch?« Sie versuchte, dem Schulwart in die Augen zu sehen, doch seine Schultern waren eingefallen und sein Blick nun starr auf den Boden gerichtet.

»Ich wollte das nicht.«

Dorothea legte ihre Hand auf den Tisch. »Wovon sprechen Sie?« Der Mann antwortete nicht. »Herr Reiter, können Sie sich an die Nacht erinnern, in der Elena Goldschmied starb?«

Fast unmerklich nickte er.

»Ist in jener Nacht jemand in die Schule eingebrochen?«

»Es war nicht meine Schuld.« Reiter erhob sich so abrupt, dass sein Stuhl auf den schmutzigen Küchenboden fiel. Die Katze jaulte laut auf, und Dorothea spürte einen brennenden Schmerz in ihrem Oberschenkel. Noch ehe sie etwas sagen konnte, drehte sich Franz Reiter um und verließ die Küche. Die Eingangstür fiel krachend ins Schloss.

Kapitel 26

»Dorothea, du verfolgst mich ja.«

Dorothea war schon fast wieder an der Pforte zu dem verschneiten Schulpark, als sie die Stimme hinter sich hörte. Noch immer hing ein rußiger Geruch in der Luft, doch einzelne Strahlen der schwachen Vormittagssonne milderten die Kälte ein wenig. Sie nahm ihre Hände aus den Taschen, dann blieb sie stehen und drehte sich langsam um.

»Professor Kieter. Ich meine, Michael.« Sie fand es seltsam, ihren ehemaligen Geschichtslehrer beim Vornamen zu nennen.

Mit großen Schritten kam er auf sie zu. »Was macht denn mein persönlicher Freund und Helfer schon wieder hier?«

Dorothea lächelte, doch sie sagte nichts. Stattdessen warf sie einen Blick zum Büro des Direktors. Michael Kieter schien es nicht zu bemerken. Überschwänglich sprach er weiter.

»Dorothea, komm mit in mein historisches Reich. Ich habe sogar eine Kaffeemaschine.«

Dorothea schüttelte den Kopf. »Nein. Lieber nicht.« Sie erinnerte sich daran, dass sie im zweiten Stock des Gymnasiums die Aufschrift *Geschichtskabinett* gelesen hatte. Sie wollte keineswegs dem Direktor in die Arme laufen, sondern so schnell wie möglich vom Campus verschwinden.

Kieter hob eine Augenbraue. »Zu viele schlechte Erinnerungen an den Geschichtsunterricht? Oder an den Deutschunterricht? Du musst einen sehr schlechten Lehrer gehabt haben.« Er zwinkerte ihr zu. »Dann gehen wir eben in die Kaffeerösterei.« Er legte seine Hand auf Dorotheas Schulter und sah auf seine Armbanduhr. »Die perfekte Zeit für einen Vormittagskaffee.«

»Raus mit der Sprache, Frau Polizistin. Was führt dich schon wieder an unsere Schule?«

Dorothea antwortete nicht. Sie sog den Duft von trockenem Holz, Brownies und frisch gerösteten Kaffeebohnen tief ein, spürte das weiche Leder unter ihrem Körper und lehnte sich in dem Sessel weit zurück. Einen Augenblick lang schloss sie ihre Lider. Mit Schaudern dachte sie an die düstere Wohnung des Schulwarts. Sie war froh, dem Campus und den Argusaugen des Direktors entkommen zu sein. Das leise Knarren der ausgetretenen Dielenbretter in dem Café ließ die Anspannung allmählich aus ihrem Köper weichen.

»Die Bohne Tirols«, entzifferte Dorothea murmelnd die Worte in den abgeschliffenen alten Holzfenstern. Hoch über ihr ragten die Balken des alten Stadthauses auf, das in ein Café verwandelt worden war. Eine steile Holzstiege hatte an dicken Steinmauern entlang in dieses Dachgeschoss geführt. Der niedrige Couchtisch vor ihnen war der einzige Tisch im Raum.

Sie warf einen Blick auf Michael Kieter. Mit übereinandergeschlagenen Beinen saß er da und beobachtete sie über den Rand seiner Kaffeetasse hinweg.

»Nun, Dorothea, untersuchst du immer noch Ellies Tod?«

Sie rührte mit dem langstieligen Löffel in der milchigen Flüssigkeit und nahm einen weiteren Schluck ihres Tees, schwieg aber.

Er lächelte. »Dorothea, manchmal hilft es, darüber zu reden.«

Die Worte klangen vertraut in ihrem Ohr. Auch damals hatte sie sich ihm anvertraut. Und es hatte geholfen. Sie seufzte. »Ich habe heute den Schulwart wegen des Einbruchs in der Schule befragt.«

Michael Kieter lehnte sich zurück. »Du meinst den Einbruch, bei dem die Wände beschmiert wurden?«

»Ja.« Sie sah ihn prüfend an. »Was weißt du darüber?«

»Nur das, was jeder weiß. Jemand ist in die Schule eingebrochen und hat die Wände im Keller mit Hakenkreuzen beschmiert.« Er legte Daumen und Zeigefinger an seine Nasenwurzel, als hätte er einen akuten Anfall von Migräne. »Du weißt also sicher um einiges mehr als ich. Einer deiner Kollegen hat ja ermittelt.«

Dorothea schwieg, und die Augen des Lehrers verengten sich.

»Warum untersuchst du den Fall jetzt?« Michaels Stimme wurde eindringlicher. »Gibt es neue Spuren?«

»Nun, der Schulwart konnte keine beisteuern.«

Plötzlich grinste Michael. »Unser Pauli ist einer der gutmütigsten Menschen, die ich kenne. Aber leider wohl keiner der scharfsinnigsten.«

Dorothea nickte.

Kieter lächelte immer noch. »Man muss ein wenig Nachsicht mit ihm haben. Jahrelang hat seine Mutter ein strenges Regiment geführt. Keinen Alkohol, keine Frauen, keine Laster. Jetzt gönnt er sich wohl ab und zu ein Bier vor dem Fernseher. Aber nun ist seine Mutter nicht mehr da, um ihn für den Dienst zu wecken.«

Dorothea dachte an Reiters blutunterlaufene Augen und seine Angst, zu spät zur Arbeit zu kommen.

»Was wolltest du denn von ihm wissen?«, fragte Kieter.

Dorothea nahm wieder das Glas, doch ehe sie antworten konnte, läutete ihr Telefon. Sie sah auf das Display, dann drückte sie auf die Stummtaste. Kieter sah ihr dabei zu. Dorothea seufzte. »Meine Mutter.«

Er schmunzelte. »Verstehe. Wie geht es ihr? Wohnt sie immer noch allein in dem großen Haus?«

»Keine zehn Pferde bringen sie da weg.« Schuldbewusst dachte Dorothea daran, wie oft sie nicht abnahm, wenn ihre Mutter anrief. Daran, dass sie sich vorgenommen hatte, sie wieder öfter zu besuchen. An die Stapel von Büchern, die Berge von Zeitungen in ihrem Elternhaus. Daran, dass sie endlich das Haus entrümpeln und aufräumen sollte. Sie schloss kurz die Augen, dann wandte sie sich wieder an ihren ehemaligen Lehrer. »Was weißt du über Roman Kettner?«

Er hob den Kopf. »Darum geht es also.« Er atmete tief ein. »Er war ein sehr netter Junge. Mit viel Potenzial.«

Dorothea wartete, doch er sprach nicht weiter. »Und dann?«

Kieter hob seine Hände und ließ sie wieder fallen. »Ich weiß es nicht. Vielleicht ist irgendetwas geschehen. Vielleicht kam er auch einfach nur in die Pubertät.« Er zuckte hilflos die Schultern. »Wir Lehrer sind nur Reiseleiter. Manche von ihnen gehen mit uns den Weg, und plötzlich stürzen sie ab. Und wir wissen nicht, warum.«

Dorothea musste sich ein Lächeln verbeißen. Seine Worte klangen wie eine Predigt. »Wie hat sich Roman verändert?«

»Er hat plötzlich so viel Hass in sich.«

»Hass auf wen?«

»Hass auf die Schule, die Lehrer, die Gesellschaft.«

Dorothea fasste einen Entschluss. »Hass auf Elena Goldschmied?«

Michael Kieter erstarrte in seinem Sessel. »Du glaubst, dass Roman was damit zu tun hat?« Seine Stimme klang ungläubig.

»Ich glaube, dass Roman in der Nacht, in der Elena starb, im Gymnasium war.«

Seine Augen weiteten sich. Dann sah er hastig auf die Uhr. »Ich muss wieder in die Schule.« Rasch stand er auf und verabschiedete sich.

Dorothea blieb sitzen und blickte ihm nach. Irgendetwas an seinen Worten kam ihr seltsam vor, aber sie wusste nicht, was es war.

Kapitel 27

Der gelbe Bogen lag auf dem Fliesenboden, als Dorothea am Abend ihre Wohnungstür öffnete. Sie bückte sich, nahm den dünnen Karton in die Hand und schloss die Tür ab. Sie spürte, wie Anspannung ihren Körper durchflutete. Sie blieb im Vorraum stehen, ohne ihre Winterjacke auszuziehen, und schlug den Deckel der Akte auf. Berichte, Protokolle, Fotos. Ihre Finger zitterten, als sie die einzelnen Blätter überflog und ihre Jacke ablegte.

Eine Welle der Dankbarkeit überrollte Dorothea.

Vera! Launisch, nahm kein Blatt vor den Mund, aber wenn es zählte, konnte man sich bedingungslos auf sie verlassen. Dorothea ging ins Wohnzimmer, schaltete das Licht ein, nahm ihr Telefon und wählte Veras Nummer. Doch am Ende der Leitung meldete sich niemand. Sie rief noch einmal an und wartete, bis sie die Stimme auf der Mailboxansage hörte, atmete tief durch und begann zu sprechen: »Hi. Ich wollte …« Aber schon nach den ersten drei Worten legte sie wieder auf. Seufzend platzierte sie ihr Handy auf dem Couchtisch, las die Schriftstücke noch mal genau durch. Sie stand auf und ging einige Male durch ihr Wohnzimmer. Dann stellte sie sich vor ihr Regal und begann, die Bücher zurechtzurücken. Schließlich trat sie zum Couchtisch zurück. Sie wählte Schmitts Nummer, diesmal wurde sofort abgehoben.

»Schönen Abend, Frau Inspektorin. Welche Freude.«

Flattern in ihrer Brust, sie ließ es unbeachtet. Ohne auf seine Begrüßung einzugehen, sagte sie: »Ich habe heute etwas gelernt.«

»Ich lerne immer etwas Neues, wenn ich mit Ihnen rede.«

»Man darf seine Kollegen auf keinen Fall unterschätzen, egal, wie langsam sie sprechen oder wie viele Fleischkäsesemmeln sie essen.«

Lachen am Ende der Leitung. »Das stimmt«, sagte er.

Auch diesmal überging sie seinen Einwurf. »Das *Sebastianum* hat ein elektronisches Schließsystem für die ganze Schule, aber einige alte Teile des Gebäudes müssen noch mechanisch versperrt und verriegelt werden. Wie etwa der Radkeller.« Sie holte kurz Luft. »Täglich um zweiundzwanzig Uhr muss der Schulwart seine Runde machen und diese Türen von innen verriegeln.« Ihre Augen glitten über die Seiten des Berichts. »Am 14. November wurde in der Schule eingebrochen, und der Täter kam über den Radkeller ins Haus. Der Schulwart behauptet, das Tor von innen verriegelt zu haben, aber die Spurensicherung fand heraus, dass die Tür nur versperrt war. Es war also recht leicht, das Schloss aufzubrechen.«

Schmitt zog die Luft scharf ein. »Interessant.«

»Mein Kollege Speckner hat in dem Fall ermittelt. Und er hatte einen Verdächtigen.«

»Lassen Sie mich raten. Roman Kettner?«

»Genau. In der Nacht wurde das Auto des Jugendlichen in der Nähe der Schule gesehen. Ein Nachbar hat es identifiziert.«

»Aber man konnte dem Jungen nichts nachweisen.«

Obwohl Schmitt es nicht sehen konnte, nickte Dorothea. »Stimmt. Weil es keine eindeutigen Beweise gegen ihn gab.«

»Und die Verbindung zu unserem Mord?«

»Seinen Klassenkameraden gegenüber hat Roman geprahlt, dass man sogar einen Mord begehen könne, ohne dass es die Polizei merke.«

»Klingt nach reiner Angeberei für mich.«

»Das dachte ich auch. Aber der Nachbar hat Romans Auto wiedererkannt, in der Nacht, in der Elena Goldschmied starb.«

Schmitt stieß einen kurzen Pfiff aus.

»Und auch diesmal kam jemand über den Radkeller in die Schule.«

»Davon stand nichts in dem Bericht über den Tod der Schülerin.«

Dorothea vernahm die Verwirrung in Schmitts Stimme. »Der Schulwart hat es verschwiegen«, sagte sie.

»Warum sollte er so etwas geheim halten?«

»Weil er seinen Job nicht verlieren will.« Sie seufzte. »Eine Überlegung, die ich gut verstehen kann.«

»Gute Arbeit, Frau Kollegin.« Etwas rieselte über ihren Rücken, glühend, heiß, entflammte ihre Wangen, sie war froh, dass er sie nicht sehen konnte, wartete, bis er weitersprach. »Woher haben Sie all diese Informationen?«

Sie sah auf die Akte in ihrem Schoß, doch sie schwieg.

»Nun bleibt nur noch eins.«

Ihr Körper begann unangenehm zu jucken, sie ahnte, was Schmitt sagen würde.

»Sie müssen eine Neuaufnahme des Falles beantragen.«

Ihre Kehle wurde eng. »Ich? Warum nicht Sie?«

»Sie haben die Ermittlungen geführt.«

Wieder stand sie auf und ging zum Regal. Noch einmal rückte sie dieselben Bücher zurecht. »Aber Sie arbeiten für die Mordkommission.«

»Und wenn Sie über den Kopf Ihres Chefs hinweg zur Mordkommission gehen, wird das Fuhrmann noch wütender machen.«

Dorotheas Finger verkrampften sich. »Ich soll also wie ein Lamm zur Schlachtbank gehen und Fuhrmann erzählen, dass ich gegen seine ausdrückliche Anweisung weiterermittelt habe.«

»Nein. Sie sollen ihm berichten, dass Sie aus gutem Grund weiterermittelt haben.«

Dorotheas Finger tasteten die Buchrücken ab. »Es ist noch zu früh. Wir wissen nicht, was Romans Motiv war. Oder warum Elena Goldschmied in dieser Nacht in der Schule war.«

»Nun, wir wissen, dass die beiden einen Streit hatten. Und dass Roman trotz seiner kleinen Statur stark genug ist, um das Mädchen über die Brüstung zu stoßen. Vielleicht wusste Elena, dass er für die Einbrüche verantwortlich war, und wollte ihm auflauern.«

Dorotheas Kopf begann zu hämmern. »Woher sollte sie wissen, dass der Schulwart an diesem Abend seine Runde nicht machen würde?«

»Nun, es klingt für mich so, als ob dieser Schulwart eigentlich an keinem Abend seine Runde macht.«

Schmitt hatte recht, aber alles in Dorothea wehrte sich gegen den Gedanken, mit Fuhrmann zu sprechen. »Es gibt noch viel zu viele offene Fragen. Wir haben nur Indizien, keine konkreten Beweise.«

»Genau. Und deshalb müssen wir jetzt handeln. Wir hätten das schon viel früher tun sollen. Sonst sind Beweise, die wir finden, vor Gericht nicht zulässig.«

Dorothea schloss ihre Augen.

»Frau Inspektorin? Es tut mir leid, aber Sie müssen so schnell wie möglich mit Ihrem Vorgesetzten sprechen.«

»Ich habe erst morgen früh wieder Dienst.«

»Besser wäre noch heute Abend.«

Dorothea sah auf die Uhr. »Um diese Zeit ist er nicht mehr im Büro.«

»Na gut. Dann eben morgen früh.«

In ihrem Magen bildete sich ein dicker Knoten.

»Lassen Sie mich wissen, wie es gelaufen ist.«

Dorothea nickte ins Telefon, ohne etwas zu sagen. Dann legte sie auf.

Kapitel 28

Die Stimmung im Büro kam Dorothea seltsam vor, als sie sich an ihrem Schreibtisch niederließ. Die eisige Kälte der Morgenluft steckte noch in ihren Gliedern, ihr Stuhl erschien ihr hart und ungemütlich. Sie hörte das übliche Summen der Computer und des Kopierers, roch die alltägliche Mischung aus schlechtem Kaffee, nassen Klamotten und Druckerschwärze. Ein Morgen wie immer. Dennoch schien etwas anders zu sein. Argwöhnisch sah sie sich um. Einige Kollegen standen in Grüppchen zusammen, niemand beachtete sie. Aber auch das war nicht ungewöhnlich. Seit ihrem Streit mit Fuhrmann mieden die Kollegen sie wie eine Aussätzige, die einer Leprakolonie entflohen war.

Plötzlich begann ihr Telefon zu läuten. Rasch nahm sie das Handy in die Hand, doch dann zögerte sie. Schmitt. Ihre Finger kribbelten, anstatt abzuheben, drückte sie nur auf *Lautlos* und legte es wieder neben ihren Computer auf den Schreibtisch. Sie begann, den Locher und einige Bleistifte zurechtzurücken, während sie sich selbst Mut zusprach. *Komm schon. Nun bring es hinter dich. So schlimm kann es nicht werden.*

Ihr Telefon klingelte und sie spürte, wie sich ein Klumpen in ihrem Magen bildete. Schon wieder Schmitt. Sie hob nicht ab. Stattdessen sprach sie mit dem Display. *Ich geh ja schon.* Als das Telefon zum dritten Mal läutete, schaltete sie es endgültig lautlos und stand langsam auf. Im Weggehen sah sie, dass das Telefon zu blinken begann. Ohne sich noch einmal umzudrehen, steuerte sie auf Fuhrmanns Büro zu.

Chefinspektor Fuhrmann.

Dorothea fühlte sich wie in einem Déjà-vu, als sie die schwarzen Buchstaben las. Sie atmete tief durch, versuchte, das brennende Gefühl in ihrer Magengrube zu ignorieren, und klopfte schließlich an die Tür.

»Herein.« Fuhrmann klang angespannt und genervt.

Dorothea öffnete die Tür. »Kann ich kurz mit dir reden?«

»Muss das jetzt sein? Ich habe im Moment alle Hände voll zu tun, wie du dir vorstellen kannst.«

Dorothea hatte keine Ahnung, worauf Fuhrmann anspielte, doch sie beschloss, seine Andeutung zu ignorieren. Aus Erfahrung wusste sie, dass ihr Vorgesetzter es liebte, stundenlange Jammertiraden darüber zu halten, wie viel man als Chef zu tun hatte. Er sah sie über den Schreibtisch hinweg an.

»Kann es nicht warten?«

»Nein.«

Fuhrmann seufzte und deutete auf den Stuhl vor seinem Schreibtisch. Auch diesmal wäre Dorothea lieber stehen geblieben, aber sie setzte sich gehorsam.

»Was gibt's?« Er sah sie nicht an, sondern richtete seine Augen auf eine Akte auf seinem Schreibtisch.

»Es geht um den Tod von Elena Goldschmied.«

Ihr Vorgesetzter sah auf. »Die Schülerin, die sich in den Tod gestürzt hat?«

Dorothea nickte.

»Der Fall, in dem du hinter meinem Rücken ermittelt hast.«

Dorothea schwieg. Das Schlucken bereitete ihr Schmerzen.

»Also, worum geht's?«

»Ich möchte eine Wiederaufnahme des Falles beantragen.«

»Wiederaufnahme des Falles? Was soll das heißen? Aus welchem Grund?« Er erhob sich und stützte seine Fäuste auf den Schreibtisch. Dorothea hielt seinem Blick stand und räusperte sich.

»Es gibt Hinweise darauf, dass es sich nicht um einen Selbstmord handelt.« Ehe Fuhrmann etwas erwidern konnte, fuhr Dorothea fort. »Vor ihrem Tod hatte Elena Goldschmied Streit mit Roman Kettner, einem Jungen aus ihrer Klasse. Er war Speckners Hauptverdächtiger bei dem Einbruch im *Sebastianum*. In der Nacht, in der sie starb, wurde sein Auto in der Nähe der Schule gesehen. Und er hat geprahlt, dass er jemanden töten könne, ohne dass es die Polizei merke.«

Fuhrmann ließ sich wieder in seinem Stuhl nieder. Seine Hände zitterten, als er die Fingerspitzen aneinanderlegte, doch seine Stimme klang seltsam ruhig.

»Es gibt Hinweise?« Er nahm seinen Kugelschreiber in beide Hände und lehnte sich in seinem Sessel weit zurück. »Lass mich das noch einmal zusammenfassen. Du hast trotz meiner strikten Anweisung in dem Fall von Elena Goldschmied weiterermittelt.«

Dorothea wollte etwas sagen, doch Fuhrmann erhob die Hand.

»Nein. Jetzt bin ich dran.« Er wippte leicht mit seinem Oberkörper vor und zurück. »Obwohl – und das habe ich in unserem letzten Gespräch schon betont – die Gerichtsmedizin den Fall als Selbstmord deklariert hat.«

Er setzte sich wieder aufrecht hin, legte den Stift auf die Akte vor sich, verschränkte seine Finger und sah Dorothea direkt in die Augen.

»Und du hast als Inspektorin Keusch Befragungen durchgeführt. Obgleich ich dir klar gesagt habe, dass eine Missachtung meiner ausdrücklichen Weisung schwerwiegende Konsequenzen haben wird.«

Das Gespräch verlief nicht so, wie Dorothea es sich vorgestellt hatte.

»Und nun verlangst du von mir, dass ich die Mordkommission anrufe und eine Neuaufnahme des Falles beantrage, weil *du* neue Hinweise hast«, raunte Fuhrmann.

Dorothea hielt ihren Rücken gerade. »Ich bin mir sicher, dass wir Beweise finden, wenn wir weiterermitteln.«

Fuhrmann schien sie nicht zu hören. »Nur um noch mal ganz sicherzugehen: Sein Name ist Roman Kettner, und er ist achtzehn Jahre alt?« Er nahm einen Zettel vom Schreibtisch.

Dorothea nickte, doch sie hatte das Gefühl, in eine Falle zu tappen. Schmitts Anrufe kamen ihr in den Sinn. Sie bereute es, nicht vorher mit ihm gesprochen zu haben. Fieberhaft überlegte sie, was die ruhige Art ihres Chefs zu bedeuten hatte. Fuhrmann rieb sich die Hände.

»Wie sollen wir deiner Meinung nach weiter vorgehen?« Abwartend sah er sie an.

Wieder räusperte Dorothea sich. »Ich denke, dass wir Roman Kettner auf alle Fälle offiziell befragen sollten.«

»Klingt wie eine gute Idee.« Fuhrmann strich sich über seinen Schnauzbart. »Leider wird uns Kettner nicht viel sagen.«

»Warum?«

Doch noch während sie die Frage aussprach, wurde ihr schlagartig klar, warum Fuhrmann während des Gesprächs so gelassen geblieben war. Auch der eigenartige Ton machte mit einem Mal Sinn.

»Nun, Dorothea, weil dein angeblicher Verdächtiger heute Morgen tot aufgefunden wurde.«

Kapitel 29

Durch das Wohnzimmerfenster starrte Dorothea auf die Festung. Drei Stunden lang war sie ziellos durch den Schnee gestapft, das schwarze Loch, das sie zu verschlingen drohte, war dennoch nicht verschwunden. Ihre Wohnung kam ihr winzig vor, die Wände engten sie ein. Sie öffnete das Fenster, der Sog der kalten Winterluft traf sie mitten ins Gesicht. Im Kaiserturm begann, wie jeden Mittag, die Heldenorgel zu spielen. Der unangenehme Geruch von verbrannten Kartoffeln stieg zu ihr auf, und sie fragte sich, ob die alte Frau unter ihr beim Kochen eingeschlafen war. Dann aber hörte sie ihre schlurfenden Schritte. Sie ließ das Fenster offen und legte sich auf die Couch. Im Zimmer wurde es eiskalt, aber nun konnte sie sich nicht mehr dazu überwinden, aufzustehen und das Fenster zu schließen. Erst als die Kälte unerträglich wurde, verließ Dorothea widerwillig die Couch, kehrte dann sofort zum Sofa zurück, zog ihre Knie an und die Patchworkdecke bis zum Hals.

Als ihr Telefon grell zu läuten begann, sah sie kurz auf das Display und legte sich die Decke übers Gesicht. Sie wartete, bis der schrille Ton verebbte, erst dann zog sie ihren Kopf wieder langsam unter der Decke hervor. Doch einen Moment später setzte der gellende Laut erneut ein. Erst nach weiteren fünf Versuchen gab Schmitt auf, und es herrschte endlich Stille.

Dorothea schloss ihre Augen, Fuhrmann tauchte vor ihr auf. Wieder und wieder drehte sich das Gespräch in ihrem Kopf, wieder mischten sich die Bilder von Elena Goldschmied darunter. Plötzlich wurde Dorothea mit einem Ruck wach. Verwirrt sah sie sich im Wohnzimmer um, ihr Blick fiel auf den Couchtisch und das hell blinkende Display. Sie seufzte erschöpft und griff nach dem Telefon, um es auszuschalten, als sie bemerkte, dass diesmal nicht Schmitt sie anrief. Sie strich sich übers Haar und nahm den Anruf entgegen.

»Dorothea, Liebes. Endlich erreiche ich dich.« Der leise Vorwurf war nicht zu überhören.

»Hallo, Mama.«

»Ist bei dir alles in Ordnung? Du klingst seltsam.«

Schon oft hatte sich Dorothea gefragt, wie ihre Mutter ihre Gemütslage anhand von zwei Worten analysieren konnte. Auf keinen Fall wollte sie ihr von dem Gespräch mit Fuhrmann erzählen.

»Alles bestens.« Die Lüge kam ihr etwas holprig über die Lippen, doch um ihre Worte zu untermauern, setzte sie sich auf der Couch auf. »War in den letzten Tagen sehr beschäftigt.«

»Hast du heute frei?«

Dorothea zögerte einen winzigen Augenblick. »Sozusagen.« Noch ehe sie darüber nachdenken konnte, war das Wort über ihre Lippen gekommen. Sofort bereute sie es. Schnell sprach sie weiter: »Gibt es etwas Dringendes, Mama?« Sie hörte, wie genervt ihre eigene Stimme klang. Warum nur hatte sie den Anruf angenommen?

»Nun, nicht wirklich. Ich habe eine Bitte an dich.«

Dorothea stöhnte leise. Sie kannte diese Art von Bitten. Meist war es eine Vorhangstange, die plötzlich unbedingt aufgehängt werden musste. Die Aufträge waren immer nur ein Vorwand, um Dorothea zu einem Besuch zu bewegen.

Sie dachte an Katharina Goldschmied, und eine Welle von Schuldgefühlen überflutete sie. Doch bei der Vorstellung, heute ihrer eigenen Mutter gegenübertreten zu müssen, breitete sich ein flaues Gefühl in Dorotheas Magengrube aus. Sie wusste, dass sie ihre Niederlage nicht verbergen konnte.

»Es ist so, ich war schon lange nicht mehr an Vaters Grab.«

Eine Last, schwer wie ein Amboss, legte sich auf Dorotheas Brust. »Kannst du nicht mit dem Bus fahren?«

»Draußen ist es spiegelglatt, und ich traue mich allein kaum aus dem Haus. Du warst auch schon so lange nicht mehr bei ihm.«

Dorothea schwieg. Jedes Mal, wenn sie ihre Mutter besuchte, fuhr sie zuerst zu ihrem Vater auf den Friedhof. Doch nie erzählte sie davon. Verzweifelt versuchte sie, mit einer passenden Antwort zu kontern, aber ihr fiel nichts ein.

»Bitte, Liebes. Es täte mir so gut, dich zu sehen. Und ich habe das Gefühl, für dich wäre es auch gut, mit jemandem zu reden.«

Vier Stunden später war die schwache Wintersonne bereits untergegangen, und der Friedhof lag im Dunkeln. Dorothea ließ ihren Blick über die unzähligen Marmorengel, Messingkreuze und Denkmäler schweifen. Eine dicke Schneeschicht verbarg die meisten Gräber, nur drei Holzkreuze erhoben sich auf dunklen Erdhügeln aus der weißen Einförmigkeit.

Der Geruch von Schnee lag in der Luft und in der Ferne schrie ein Kauz. Dorothea hörte den Ruf des Totenvogels und spürte, wie eisiger Wind aufkam. Die Äste einer kahlen Weide zitterten. Fröstelnd verschränkte sie ihre Arme, dennoch ging ihr die Kälte durch Mark und Bein. Ihr Blick fiel wieder auf den schlichten Grabstein vor ihr.

Geliebt und unvergessen
Johann Leopold Keusch

Sie las den Namen ihres Vaters, und wie immer, wenn sie vor seinem Grabstein stand, stiegen ihr Tränen in die Augen. Selbst nach all diesen Jahren hatte Dorothea das Gefühl, dass er erst seit einigen Stunden tot war. Sie wünschte sich, dass er wieder da wäre. Das Knirschen von Schritten auf den gefrorenen Kieselsteinen ließ sie aufschrecken. Heimlich wischte sie sich das Salzwasser aus dem Gesicht.

»Kannst du sie bitte anzünden?« Ihre Mutter drückte Dorothea energisch die rote Grabkerze in die Hand.

Dorothea nickte und ging auf dem verschneiten Pfad in die Hocke. Aus dem Augenwinkel sah sie die alten Stiefel und den abgetragenen schwarzen Mantel, spürte den Blick im Rücken.

»Du hast am Telefon etwas seltsam geklungen, Liebes.«

Wie aus immenser Höhe drang die Stimme zu Dorothea. Sie versuchte, ihre Hand ruhig zu halten, während sie ein Streichholz aus der Schachtel nahm.

»Du täuschst dich.« Ohne sich umzudrehen, sprach sie die Worte leichthin. Sie war fest entschlossen, nichts von ihrem Streit mit Fuhrmann zu erzählen.

Mit zitternder Hand ließ sie das Hölzchen über die Reibefläche gleiten, es flammte kurz auf und erlosch danach sofort.

»Bist du dir sicher, Liebes?«

Dorothea mühte sich ab, das zweite Streichholz anzuzünden, aber auch diesmal verglühte das Feuer sofort. Noch einmal öffnete sie den kleinen Behälter, doch selbst der dritte Versuch schlug fehl.

»Lass mich das machen.« Ihre Mutter beugte sich zu ihr herab, nahm Dorothea die Streichholzschachtel aus der Hand und entzündete mit sicheren Fingern die Flamme. »Dorothea, mach es dir nicht so schwer. Rede mit mir.«

Dorothea schwieg. Ihre Augen wanderten über die roten Rosen, die sie auf das Grab gelegt hatten, zu den Worten auf der nächsten Marmortafel.

Non mortem timemus, sed cogitationem mortis.
Wir fürchten nicht den Tod, sondern die Vorstellung des Todes.
Seneca.

Wie schon so oft las Dorothea den Grabspruch, und wie schon so oft fragte sie sich, ob es stimmte.

»Dorothea, Liebes?«

Schließlich erhob sich Dorothea. »Fuhrmann hat mich suspendiert.« *Suspendiert*. Erst jetzt, nachdem sie sie wiedergegeben hatte, trafen die drei Silben sie mit ihrer ganzen Wucht, wurden Wirklichkeit.

Die Augen ihrer Mutter weiteten sich. Betroffen legte sie den abgewetzten Lederhandschuh über den Mund. »Oh, mein Gott.«

Dorothea hob eine Augenbraue. »Mama, ich dachte, du wolltest, dass ich mir einen anderen Job suche.«

»Aber nicht auf diese Weise.« Sie presste die Lippen zusammen, beugte sie noch mal beschwerlich über die Ruhestätte und begann, mit ihren Händen den Schnee von dem Grab zu wischen. »Warum hat dein Chef dich suspendiert?«

Dorothea seufzte. »Weil ich mich nicht an seine Anweisungen gehalten habe.«

Angestrengt richtete sich ihre Mutter auf. »Dorothea. Warum musst du immer so stur sein? Immer alles auf deine Weise machen?«

Dorothea sah auf ihre Schuhe und schwieg. Sie fühlte sich wieder wie ein kleines Mädchen, das von seiner Mutter gescholten wurde.

»Worum ging es?«

Dorothea schüttelte den Kopf. Sie hatte keine Lust, von dem Tod der beiden Jugendlichen zu erzählen.

»Und was passiert jetzt?«

»Ich werde wahrscheinlich meinen Job verlieren.« Sie konnte sich nicht bewusst machen, was er bedeutete, allein den entsetzlichen Satz über ihre Lippen zu bringen, kostete sie unendlich viel Überwindung.

»Dorothea, ich wollte, dass du dich um einen anderen Job bewirbst, nicht, dass du unehrenhaft aus diesem entlassen wirst.«

»Hast du dir nie gewünscht, dass sich jemand Papas Akte noch mal genau angesehen hätte?« Nach einer Ewigkeit brach Dorothea schließlich die unerträgliche Stille. In ihrem alten VW-Polo stank es wie immer nach verbranntem Gummi, und das Gebläse der Heizung ratterte lautstark vor sich hin. Dennoch wurden ihre Finger auf dem abgegriffenen Lenkrad nur langsam warm.

Papas Akte. Sie wusste, dass es ihr nicht nur um ihren Vater ging, sondern um Elena Goldschmieds Tod. Sie sehnte sich nach Zustimmung, nach einer Antwort, die ihre eigenmächtigen Ermittlungen rechtfertigte, guthieß. Für einen kurzen Moment löste sie den Blick von der dämmrigen Schneefahrbahn. Mit geschlossenen Knien saß ihre Mutter in dem Wintermantel da und hielt die Griffe ihrer Tasche verkrampft auf ihrem Schoß fest. Durch die vereiste Windschutzscheibe des Wagens starrte sie auf die Straße.

»Dorothea, pass auf, wo du hinfährst.«

Dorothea konzentrierte sich auf die Fahrbahn, wusste aber, dass sie nicht von ihrem Kurs abgekommen war. Ohne noch einmal den Mund zu öffnen, fuhr sie bis zur Haustür ihres Elternhauses. Dort stellte sie den Motor ab und öffnete ihren Gurt.

»Mach dir keine Umstände, Dorothea, das schaffe ich schon.« Die Stimme klang hart.

Als Dorothea die Tür trotzdem öffnete, spürte sie das weiche Leder des Handschuhs auf ihrer Hand. »Nein wirklich, danke, Dorothea.« Sie drehte den Kopf. Im Licht der Scheinwerfer gewahrte sie die Falten in dem vertrauten Gesicht und die blauen Augen, die nun plötzlich mild waren. »Ach, Dorothea, ich weiß, dass du seit Jahren nichts anderes tust, als Papas Mord zu untersuchen. Aber er hatte Vertrauen in unser Rechtssystem. Und ich habe es auch.« Sie hob die Hände und ließ sie wieder sinken. »Ob ich mir wünsche, dass er wieder da wäre? Ja, jeden Tag.« Sie hielt inne. »Aber noch mal all diese Befragungen? Jedes Mal wieder den Schmerz erleben. Nein!« Sie blickte noch einmal in Dorotheas Augen, dann öffnete sie die Autotür. »Denn keine Mordermittlung der Welt kann ihn je wieder lebendig machen.«

Kapitel 30

Der schrille Ton riss Dorothea aus einem tiefen Schlaf. Feueralarm. Die alte Frau hatte das Haus in Brand gesetzt. Wie ein Pfeil schoss die Panik durch ihren Kopf. Mit einem Ruck setzte sie sich im Bett auf, dann wurde ihr klar, dass es nur ihre Türglocke war.

Im Raum war es stockdunkel und eisig. Wie spät war es? Der Dunst von Wein stieg von ihrer Haut auf, ihre Zunge war klebrig. Ihr Kopf hämmerte, ein unbehagliches Gefühl breitete sich in ihr aus. Einen Augenblick lang wusste sie nicht, woher es kam, dann traf sie die Erinnerung an den Vortag wie ein Schlag ins Gesicht. Fuhrmann. Ihre Mutter. Noch ehe sie darüber nachdenken konnte, wie viel Alkohol sie am Abend zuvor getrunken hatte, dröhnte der grelle Ton wieder durch ihre Wohnung. Sie hatte das Gefühl, ihr Kopf würde zerspringen.

Vorsichtig tastete sie nach der Stehlampe, die auf ihrem Nachttisch stand. Mit einem leisen Klicken tauchte der schwache Schein auf. Dorotheas Blick fiel auf die Zeiger des Weckers. 8:07 Uhr. Noch während sie sich ihre pochenden Schläfen rieb, kreischte die Klingel ein drittes Mal.

Das Bett knarrte, als Dorothea sich erhob und zur Tür schleppte. Ein eiskalter Luftzug schien durch das Vorzimmer zu wehen, und unter ihrem Pyjama breitete sich eine Gänsehaut aus. Ehe sie den Hörer der Gegensprechanlage nehmen konnte, pochte jemand direkt an ihre Wohnungstür.

Mit halb geschlossenen Lidern blickte sie durch den Spion. Schmitt. Irgendetwas schoss durch ihren Körper bis in ihre Fingerspitzen. Ärger? Freude? Dorothea war sich nicht sicher. Sie strich sich Haarsträhnen aus der Stirn, den Flanell ihres altgedienten

Schlafanzugs glatt und lehnte sich mit dem Rücken gegen die Tür. Wie war Schmitt ins Haus gekommen? Die Tür ihres Nachbarn fiel ins Schloss, und sie kannte die Antwort. Dorothea schloss die Augen und atmete flach. Noch während sie versuchte, keinen Laut zu machen, kam die Stimme von draußen.

»Sie haben genau zehn Minuten.«

Einen Moment lang herrschte Stille. Dorothea drehte sich um und spähte noch mal durch das winzige Loch.

»Zwingen Sie mich nicht, die Tür aufzubrechen.« Seine Augen zwinkerten schelmisch, aber er klang unsicher, und seine Füße wippten unruhig auf und ab.

Dorothea schwieg, versuchte, ihren frenetischen Herzschlag unter Kontrolle zu bringen.

»Bitte.« Leise drangen die zwei Silben durch die Tür.

Sie zögerte noch einige Sekunden, dann gab sie sich einen Ruck und schleppte sich ins Bad.

»Ziehen Sie sich warm an.«

Als Dorothea kurz darauf die Tür aufsperrte, lehnte Schmitt am Türstock und sah auf die Uhr. »Acht Minuten und dreizehn Sekunden. Nicht schlecht.« Ohne weitere Worte zu verlieren, stieg er die Treppe hinunter.

»Wo gehen wir hin?«

»Nicht jetzt.« Er drehte sich nicht um. »Folgen Sie mir einfach.«

Dorothea öffnete den Mund, um etwas zu sagen. Doch als sie sah, dass er schon den nächsten Treppenabsatz erreicht hatte, schloss sie ihn wieder. Seufzend folgte sie Schmitt.

Der Wind, der ihr auf der verschneiten Straße vor dem Haus entgegenblies, raubte ihr den Atem. Trotz ihrer dicken Kleidung machte sich der Frost sofort in ihren Fingerspitzen und auf ihren Wangen bemerkbar. Unter den Sohlen knirschten Eis und Schnee. Schmitt war in dem sportlichen Anorak und den Softshell-Hosen schon weit vor ihr.

»Wohin gehen wir?« Dorothea wurde klar, dass sie wie ein trotziger Teenager klang, aber Schmitt schüttelte den Kopf. Einen Moment lang überlegte sie sich, zurück ins Haus zu gehen, dann folgte sie ihm.

»Nur noch einige Minuten.«

Schmitt durchbrach die Winterstille, als er sich in dem schneebedeckten Wald zu ihr umdrehte, doch Dorothea hielt den Blick gesenkt. Ihre Hände zitterten vor Anstrengung. Trotz der eisigen Kälte, die rund um sie herum herrschte, lief Schweiß über ihren Rücken…

»Nur noch ein paar Meter.«

Diesmal hob Dorothea den Kopf. Rings um sie waren nur kahle Äste und Schnee auf dem steilen Felsrücken zu erkennen. Grimmig stapfte sie weiter. Doch als sie um die nächste Wegbiegung kamen, erhob sich plötzlich eine verschneite Burgruine – graue Mauerreste aus grob verputzten Steinen. Ein abschüssiger Steg lief von den zwei mittelalterlichen Türmen und der kleinen Kapelle bis zu ihnen. Als sie endlich nach einer Zisterne das Kastell erreichten, überrollte eine Welle der Erleichterung Dorothea.

Sie atmete einige Male tief durch und wandte sich von Schmitt ab, um sich ihre Erschöpfung nicht anmerken zu lassen. Dann ließ sie ihren Blick über das Eichentor der kleinen Burgkirche gleiten. Über ihr thronte unter dem hölzernen Vordach der Kapelle das Fresco zweier Wappen. Verschnörkelte Schilde, Palmwedel, ein sechszackiger Stern, eine goldene Rose, ein Adler mit goldener Krone und zwei Löwen blickten auf sie herab.

Ein Kruzifix hing an der Mauer neben dem Portalbogen. In eine weitere Wand waren drei Gedenktafeln aus Marmor eingelassen. Dorothea las die Aufschrift und bemerkte, dass sie drei Eremiten gewidmet waren, die nacheinander in der Einsiedelei gewohnt hatten. Drei Grabkreuze standen an der Mauer des Vorhofs.

»Wir sind noch nicht am Ziel.«

Schmitts Stimme riss Dorothea aus ihren Gedanken. Bei der

Vorstellung, sich noch einmal in Bewegung setzen zu müssen, wurden ihre Glieder schwer wie Blei. Dennoch folgte sie Schmitt zu der kleinen Eichentür, die in die Mauern des hohen Turms eingelassen war.

Stufe um Stufe stieg sie hinter ihm die steinerne Wendeltreppe hinauf. In dem engen Schacht konnte Dorothea kaum atmen, bröckeliger Mörtel und der Mauerstaub von Jahrhunderten setzte sich in ihrem Rachen fest.

Als sie nach vierundachtzig Steinstufen endlich ein Turmzimmer erklommen, war Dorothea erleichtert. Verstohlen wischte sie sich einige Schweißtropfen von ihrer Stirn, dann erst betrat sie den obersten Stock der Kapelle. Ausgetretene Dielenbretter knarrten unter ihren Sohlen, und Dorothea gewahrte den Geruch von altem Holz. Vormittagslicht fiel durch das Gitter der zwei kleinen Fenster, doch selbst im Inneren der Burg gefror ihr Atem weiß. Als sie sich im Raum umsah, bekam sie das Gefühl, an eine kultische Stätte gelangt zu sein.

In einem bleiverglasten Schaukasten aus Eichenholz offenbarten Hunderte Gegenstände die verzweifelten Gebete der Pilger, die an den Wallfahrtsort gekommen waren. Die Votivgaben und -bildchen zeigten, dass ihr Gott sie offenbar erhört hatte. Ziegen, Schafe, Rinder, Pferde, Füße, Arme, Hände, Herzen und Köpfe aus Wachs waren hinter dem trüben Glas aufgereiht. Sogar Skulpturen von Säuglingen bemerkte Dorothea. Sie las die Inschriften auf den Bildchen: *Ex voto* – wegen eines Gelübdes. Sie wusste, dass die katholischen Wallfahrer ihrem Gott mit dieser Geste ein symbolisches Opfer brachten, weil er sie offenbar aus einer Notlage gerettet hatte.

Befremdet durch so viel abergläubische Demut wandte Dorothea sich ab. Sie trat an die hintere Wand und blickte durch ein verschnörkeltes Gitter auf eine arabisch angehauchte Krippenlandschaft. Menschen mit dunkler Hautfarbe, bekleidet mit Turbanen und bunt schillernden Tüchern oder einfachen Lendenschürzen, Kamele, Elefanten und Pferde unter purpurnen Satteldecken strömten in einer sandigen Wüstenlandschaft zwischen

Palmen und Dornbüschen auf einen kleinen Stall zu. Sie betrachtete das kleine Bündel auf Stroh.

»Beten Sie?«

Schmitts Stimme dicht an ihrem Ohr, die Wärme seines Körpers stark wie ein Magnet.

»Haben Sie gerade gebetet? Oder glauben Sie nicht an Gott?«, fuhr er flüsternd fort.

Dorothea hob ihr Kinn und erwiderte seinen Blick, bevor sie antwortete. »Ich habe vor drei Wochen offenbar einen Pakt mit dem Teufel geschlossen. Ich weiß nicht, ob irgendein Gott mich noch retten kann.«

Schmitt erstarrte. »Pakt mit dem Teufel?« Er klang verletzt. »Ich habe Sie gebeten, den Mord an einem jungen Mädchen aufzuklären. Nicht darum, Ihre Seele zu verkaufen.«

Sie schloss die Augen und dachte an Roman Kettner, der nun tot in der Gerichtsmedizin lag. *So fühlt es sich aber an.* Doch sie sprach den Gedanken nicht aus, sondern verstand, dass sie zu weit gegangen war. »Ich war auf einem katholischen Gymnasium.«

»Das beantwortet meine Frage nicht.« Schmitts Stimme klang etwas versöhnlicher.

»Das sagt mir, dass Sie keine katholische Schule besucht haben.« Langsam drehte sie sich zu Schmitt um. »Sonst wüssten Sie die Antwort.«

Er zwinkerte ihr zu. »Stimmt.«

Als sie schließlich die Gnadenkapelle betraten, schlug ihnen der Geruch von Weihrauch und Kerzenwachs entgegen. In der winzigen Kirche hallten ihre Schritte auf dem roten Marmor. Durch drei Bogenfenster fiel bereits das Licht der schwachen Morgensonne. Noch immer schmeckte Dorothea das Salz auf ihren trockenen Lippen, konnte aber wieder freier atmen.

Die Flammen vieler Opferkerzen flackerten auf einem Messingständer und schienen das Gotteshaus zu erwärmen. Dorothea sah sich in der Kapelle um. An einer Wand hingen Totenbildchen. Sie trat zu der Tafel und betrachtete die Fotos. Es überraschte sie, dass Schmitt eine Münze in den Opferstock warf und eine Kerze anzündete. Peinlich berührt wandte sie sich wieder den Sterbebildchen zu. Plötzlich lächelte das Gesicht eines alten Mannes sie an. Sie las den Namen des Verstorbenen und hielt inne.

»Konstantin Schmitt?«

Er drehte sich nicht um, doch seine Schultern bebten verräterisch. »Mein Großvater. Er starb schon vor Jahren. Aber als ich ein kleiner Junge war, ging er oft mit mir hier hoch zur Thierberg-Kapelle.«

Dorothea sog überrascht die Luft ein. Deshalb also kannte Schmitt Kufstein so gut. Bedachtsam trat sie an das verschnörkelte schmiedeeiserne Gitter, das die Besucher von den Kirchenbänken und dem Hochaltar trennte. Ihr Blick fiel auf das Altarbild. Ein Diener präsentierte Herodes den abgetrennten Kopf des Johannes, während Salome tanzte.

»Es war nicht Ihre Schuld.« Schmitts Stimme klang sanft.

Dorothea betrachtete das blutige Haupt. »Es war nicht Salomes Schuld, dass sie Johannes enthaupten ließ?«

Aus dem Augenwinkel sah sie, dass er lächelte. Dann wurde er wieder ernst. »Sie wissen, wovon ich spreche.«

Dorothea heftete ihren Blick an den Rokoko-Rahmen des Bildes und schwieg.

»Ich spreche von Roman Kettner. Es war nicht Ihre Schuld, dass er ermordet wurde.«

Sie fixierte den enthaupteten Körper des Täufers. »Wenn ich schon früher mit Fuhrmann gesprochen hätte, dann wäre der Junge vielleicht noch am Leben.«

Schmitt trat neben sie, streckte seine Hand aus, um sie auf ihren Arm zu legen, zog sie aber im letzten Moment wieder zurück. Funken sprühten durch Dorothea, die Härchen auf ihrem Arm standen senkrecht.

»Hören Sie, es tut mir leid, dass ich Sie in diese Sache hineingezogen habe«, sagte er leise, »und dass Ihr Chef Sie suspendiert hat.«

Dorothea umfasste das barocke Gitter und spürte das glatte Eisen zwischen ihren Fingern. »Welch tiefe Erkenntnis. Leider etwas spät.«

»Ich verspreche, dass ich Sie von nun an nicht mehr belästigen werde. Kein Telefonterror mehr, kein Stalken, keine nächtlichen Besuche.« Er hielt sich ebenfalls am Gitter fest und drehte sein Gesicht zu Dorothea. »Aber dieses eine Mal musste ich noch kommen.«

Schließlich sah ihm Dorothea in die Augen.

»Um Ihnen zu sagen, dass Sie nicht für den Tod des Jugendlichen verantwortlich sind. Roman Kettner wurde umgebracht, weil er zu viel gewusst hat.«

»Und warum musste ich unbedingt hierherkommen?«

»Um einen anderen Blick darauf zu bekommen.«

Als sie einige Minuten später vor dem roten Tor standen, merkte Dorothea, dass auch Schmitt erschöpft war. Mit einem Seufzen öffnete sie die Tür. Dorothea kletterte die Stiege hinauf, Schmitts polternde Fußtritte hinter sich. Vorbei an den Rittern, die ihre Modell-Burg mit Armbrust und Schwert verteidigten, an Tiroler Gebirgsschützen in grünen Lodenmonturen und braunen Scharffeuerwaffen, vorbei an dem Trachtenpärchen, das ob Dorotheas ermattetem Anblick hämisch zu grinsen schien, bezwangen sie den letzten Turm.

Sie erreichten die Aussichtsplattform, und Dorothea atmete tief durch. Sie warf einen Blick auf die Bergketten, die sie umgaben, und las auf dem gläsernen Schaubild die Namen der Gipfel. Ihr Atem gefror, aber ihr Puls beruhigte sich. Nach und nach wich die Anspannung aus ihrem Körper, und das Hämmern in ihrem Kopf hörte allmählich auf. Ruhe breitete sich in ihr aus, sogar eine Art Stolz darüber, dass sie es geschafft hatte, mit Schmitt mitzuhalten. Minutenlang herrschte Stille. Schließlich begann Schmitt wieder zu sprechen.

»Wenn ich das Gefühl habe, dass ich nicht mehr weiterkann, dann steige ich auf einen Berg.«

»Ist das Ihr Ernst?«

»Manchmal hilft es, die Welt von oben zu sehen.« Schmitt sprach unbeirrt weiter. »Man bekommt einen klareren Blick.«

Dorothea hüstelte. »Klingt überhaupt nicht klischeehaft.« Sie ließ ihre Stimme vor Sarkasmus triefen und war nicht gewillt zuzugeben, dass er recht hatte. »Klingt auch überhaupt nicht tirolerisch.« Doch sie fühlte sich leicht wie eine Feder, hatte Mühe, ein Lächeln auf ihren Lippen zu verbergen.

Kapitel 31

Dorothea öffnete ihren Mund. Auf ihrer Zunge lag der schale Geschmack des warmen Wassers, das aus dem Duschkopf floss. Ihre Fingerkuppen schmerzten, als sich die Blutgefäße in der Wärme weiteten. Nur widerwillig verließ die eisige Kälte des anstrengenden Morgens ihren nackten Körper.

Gegen ihre Gewohnheit ließ sie das Wasser aufgedreht, während sie begann, ihre Haare einzuschäumen. Einige Minuten lang stand sie unter dem schwachen Strahl, schloss die Augen und genoss das bittere Aroma von Zitronengras auf ihrer Haut.

Ein Klopfen an der Badezimmertür erschreckte sie. Sie rutschte aus, verlor das Gleichgewicht und fiel hart auf den nassen Boden. Instinktiv versuchte sie, ihre Blöße mit den Händen zu bedecken.

»Brauchen Sie vielleicht Hilfe?« Wie so oft konnte sie das Augenzwinkern in Schmitts Stimme hören.

Ihr Puls raste, und sie fühlte einen brennenden Schmerz in ihrem Brustkorb. Sie atmete tief durch, dann drehte sie beide Wasserhähne zu. Während sie das raue Handtuch um sich schlang, versuchte sie, ihre Fassung wiederzugewinnen.

»Ich komme gut allein zurecht.«

Sie wartete, bis sie Schmitts Schritte auf dem Parkettboden vernahm. Erst als sie die Dielenbretter vor dem Sekretär im Wohnzimmer knarren hörte, stieg sie aus der Wanne. Im Spiegel leuchteten zwei kreisrunde rote Flecken wie Brandmale auf ihren Wangen. Und wieder kamen Schmitts Worte durch die geschlossene Tür. »Sicher nicht?«

Sie verdrehte die Augen, antwortete aber nicht mehr. Ihre Finger fühlten sich taub an, als sie versuchte, ihre dicken Haare durchzukämmen. Während sie einen letzten Blick in den Spiegel warf, wartete sie erneut, bis sie das Knarren des Parketts hörte. Sie wickelte das Handtuch enger um ihren Körper, öffnete vorsichtig die Tür und lugte verstohlen nach rechts und links. Mit beiden Händen über der Brust schlüpfte sie aus dem Badezimmer, in der Hoffnung, dass Schmitt nicht gerade in diesem Moment einen Blick um die Ecke warf.

Im Schlafzimmer zog sie erleichtert die Tür hinter sich zu. Die Schublade ihrer Kommode ächzte, als sie sie herauszog und die Unterwäsche nahm. Die Seide fühlte sich kühl auf ihrem Oberschenkel an und sie hatte Mühe, mit klammen Fingern die Häkchen des Büstenhalters zu schließen. Auch die Flügeltüren des Kleiderschranks stöhnten, als sie aufschwangen.

Dorothea ertappte sich dabei, wie sie die Stapel an Kleidungsstücken durchsuchte. Ihre Jeans kamen ihr ausgewaschen und unförmig vor, die Wollpullover altmodisch und zu grob. Verärgert schalt sie sich selbst. Was soll das, Dorothea? Du legst doch sonst keinen Wert auf Äußerlichkeiten. Willst du etwa Schmitt beeindrucken? Doch ehe sie eine Wahl treffen konnte, erklang seine Stimme, diesmal direkt vor ihrer Schlafzimmertür.

»Wo haben Sie Ihre Teebeutel versteckt?«

Sie erstarrte. Bei der Vorstellung, dass Schmitt ihre Küche durchstöberte, verkrampfte sie sich noch mehr.

»Warten Sie. Ich komme sofort.«

Panik stieg in ihr auf. Ohne zu überlegen, zog sie sich den ersten Pullover und die erste Hose, die ihr in die Finger kamen, über.

Als sie in die Küche kam, brodelte das Wasser bereits, und Schmitt war dabei, zwei ihrer Tassen mit Teebeuteln zu bestücken, während er die Magnete an ihrem Kühlschrank betrachtete. Er deutete auf eine Aufschrift und las: »Keep calm and relax.«

Unwillig nahm sie ihm die Becher aus der Hand. »Bitte warten Sie im Wohnzimmer.«

Er wandte sich zum Gehen, doch im letzten Augenblick hielt er inne, und seine Augenbrauen zogen sich zusammen. Erstaunt musterte er Dorothea. Sie folgte seinem Blick. Erst dann fiel ihr auf, dass sie sich eine ihrer alten Uniformhosen angezogen hatte.

»Wer ist denn der junge Mann auf den Fotos?« Er saß nicht mit ihr am Tisch, sondern irrte vor dem Bücherregal herum. Diesmal schien er ihre Urlaubsalben entdeckt zu haben. Ohne auf seine Frage einzugehen, stellte Dorothea die heißen Tassen auf die Untersetzer und legte ihre Finger an das Porzellan.

»Warum wollten Sie unbedingt noch mit raufkommen?«

Schmitt nahm *Schuld und Sühne* aus der Reihe der Bücher und begann, darin zu lesen.

»Roman Kettners Leiche wurde am Innufer gefunden. Jemand hat dem Schüler mit einem stumpfen Gegenstand auf den Hinterkopf geschlagen. Vielleicht war es ein Baseballschläger. Der Gerichtsmediziner hat Holzsplitter in der Wunde gefunden.«

Dorothea betrachtete Van Goghs Sonnenblumen auf dem Porzellan. »Ich dachte, Sie wollten mich nicht mehr belästigen.«

Schmitt sah nicht auf. »Dazu stehe ich auch. Ein Wort von Ihnen, und ich bin weg.«

Widerwillig musste Dorothea lächeln. »Wir sind drei Stunden bei sibirischer Kälte durch den Schnee gestapft. Warum erzählen Sie mir das erst jetzt?«

Auch seine Lippen verzogen sich zu einem Schmunzeln. »Nun, bei minus vierzehn Grad erschien es mir nicht ratsam.« Er blätterte eine Seite um. »Kann ich weiterhin auf Sie zählen?«

War sie noch immer gewillt, die Morde an den beiden Jugendlichen aufzuklären? Sie dachte an Fuhrmann, an ihre Mutter – *nicht dass du unehrenhaft … entlassen wirst.* Wie der Ruf der Kassandra klangen die Worte in ihrem Ohr. Sie fühlte sich betäubt und zugleich aufgewühlt. *Und wenn ich es schaffe, die Mordfälle zu klären?* Bilder stiegen vor ihr auf. Fuhrmanns anerkennendes Nicken. Das stolze Gesicht ihrer Mutter. Der Leiter der Mordkommission, der sie im Team begrüßte. Sie ignorierte das seltsam benommene Gefühl in ihrem Kopf, konzentrierte sich auf den erneut aufkeimenden Tatendrang.

»Ja.«

Schmitt atmete aus. »Danke.«

Er klappte das Buch zu, stellte es zurück in das Bücherregal und durchquerte den Raum. Dann setzte er sich ihr gegenüber und nahm einen Schluck Tee.

»Uh, heiß.«

Er verzog den Mund, und Dorothea wurde klar, dass er sich die Zunge verbrannt hatte. Sie betrachtete kurz sein glatt rasiertes Kinn, dann nahm sie das Etikett ihres Teebeutels in die Hand und studierte die Aufschrift. Ingwer-Zitronenmelisse. Ohne ihren Blick zu heben, begann sie zu sprechen.

»Was sagt Jenny dazu, wenn Sie so früh am Morgen nach Kufstein verschwinden?« Noch ehe sie den Satz zu Ende gesprochen hatte, bereute sie ihre Frage. *Warum interessierst du dich für sein Privatleben?* Schrill wie eine Alarmglocke dröhnte die Fragen durch ihren Kopf.

Schmitt schien in Gedanken vertieft. Erst nach einigen Momenten antwortete er. »Wie bitte? Jenny? Welche Jenny?«

Dorothea hob rechtzeitig ihren Kopf, um noch den Ausdruck echter Verwirrung auf seinem Gesicht zu sehen, doch der wich sofort einem verlegenen Lachen.

»Oh, Sie meinen … Jenny.« Er rieb sich den Nacken. »Wir sind nicht wirklich … also… eigentlich kein Paar.« Er verhedderte sich in seinen eigenen Worten, auf seinen Lippen war immer noch ein schalkhaftes Grinsen zu sehen, und seine Nasenspitze zuckte verräterisch. »Im Grunde genommen …«

Dorothea hob ihre Augenbrauen.

»… war es ein One-Night-Stand.«

Dorothea schluckte trocken. Veras Worte klangen ihr im Ohr: *Willst du wirklich deine Zukunft aufs Spiel setzen? Für Konstantin Schmitt?*

Einen Moment lang blieb es still, und in ihrem ganzen Körper breitete sich plötzlich Müdigkeit aus. Ihre Oberschenkel begannen zu schmerzen, und ihre Schläfen pochten. Weit unter ihnen fuhr ein Schneepflug vorbei, die schweren Ketten ratterten auf der verschneiten Straße, brachten die Erinnerung zurück.

Es war zehn Tage vor Weihnachten, zwölf Stunden vor dem vernichtenden Anruf, auf dem verschneiten Bahnsteig am Salzburger Bahnhof, als sie und Julius sich zum letzten Mal berührten. Wohlig warm schlangen sich seine Arme um ihre Taille unter dem Dufflecoat, ihre Fingerkuppen strichen über seinen Nacken. Sie atmete das vertraute Aroma seiner Haut ein, schmeckte den Glühwein noch auf seinen Lippen, als er sich zu ihr beugte.

Wie der Schnee ließ ihre Vorfreude seit Wochen alles sanft, glitzernd, traumhaft erscheinen. Sie hatten es geschafft, würden miteinander nach Wien ziehen. Julius als Tubist bei den Wiener Philharmonikern, während sie ihre Dissertation fertig schrieb. Jeden Tag würde sie neben ihm aufwachen.

Der Zug ratterte ein, Schneeflocken setzten sich auf ihre Lippen, während sie die ausgefahrenen Stufen erklomm. Als der Railjet losfuhr, blieb Julius wie immer auf dem Bahnsteig stehen, winkte und warf ihr eine zärtliche Kusshand zu.

Am nächsten Tag beendete er die Beziehung.

Nächtelang lag sie wach, zerpflückte jede einzelne Minute, jede einzelne Sekunde des Abschieds, auf der Suche nach der Geste, dem Wort, mit dem sie ihn vertrieben hatte. Sie fand nichts.

Über den Rand seiner Tasse schien Schmitt sie zu beobachten. »Ist alles in Ordnung?«

Sie rieb sich ihre Schläfen. »Ja.«

»Wie gehen wir nun weiter vor, Frau Inspektorin?« Mit den Fingern fuhr er die Einlegearbeiten des Tisches nach. »Es geht nun um zwei Morde. Der an Roman Kettner geschah am Montagabend zwischen zweiundzwanzig Uhr und Mitternacht. Seine Leiche wurde um sechs Uhr morgens gefunden.«

Obwohl sie eine Teetasse in der Hand hielt, fröstelte Dorothea. »Ich weiß. Von einem Jogger.«

Als Schmitt überrascht den Kopf hob, trafen sich ihre Blicke. »Sie haben den Fall also verfolgt.«

Dorothea nickte, dann senkte sie ihre Lider wieder. Schmitt rieb seine Handflächen, bevor er einen weiteren Schluck Tee nahm. Sie begriff, dass er ebenfalls halb erfroren sein musste, und fragte sich, ob er wohl gehofft hatte, in ihrer Wohnung warm duschen zu können. Doch der Gedanke, dass er auch noch ihr Badezimmer erkundete, war zu viel für sie. Sie blies auf ihren Tee und sah zu, wie sich kleine Wellen an der Oberfläche bildeten.

Schmitt sagte: »Mein Kollege Pfeiffer wurde mit dem Fall betraut. Pfeiffer ist ein sehr guter Inspektor. Aber er geht davon aus, dass einer von Romans Freunden ihn umgebracht hat. Oder dass es sich um einen Drogenmord handelt.«

»Das hilft uns nicht weiter. Wir stehen wieder ganz am Anfang.«

Er hob seinen Zeigefinger. »Nicht ganz. Wir können jetzt fast sicher sein, dass Roman in der Mordnacht in der Schule war.«

Dorothea hielt ihre Tasse mit beiden Händen fest und starrte in die gelbe Flüssigkeit. Sie sortierte die Tatsachen anders, erprobte eine neue These. »Ich hatte unrecht. Roman Kettner hat Elena Goldschmied nicht umgebracht, sondern er hat ihren Mörder gesehen.«

»Es sei denn, Roman hatte einen Komplizen, und es gab nach der Tat einen Streit zwischen den beiden.«

Sie wusste, wovon Schmitt sprach. Die zweite Person im Auto. Doch der alte Mann war sich nicht sicher gewesen. »Wir wissen nicht, ob es diese zweite Person überhaupt gab.« Mit ihrem Teelöffel drückte sie den Beutel aus und legte ihn vorsichtig auf die Untertasse. »Viel wahrscheinlicher erscheint mir, dass Roman dem Mörder auf die Spur kam und er deshalb sterben musste.«

»Was sollen wir tun, Frau Kollegin?«

Wir. Dorothea war zu müde, um noch einmal einen Streit mit Schmitt zu beginnen. »Das Übliche. Romans Familie befragen, seine Freunde. Das Leben des toten Mädchens durchleuchten. Der Schlüssel des Rätsels liegt bei ihr.«

Einige Augenblicke lang herrschte Stille. Dorothea beobachtete, wie sich in den verschneiten Ästen des Kirschbaumes eine Elster niederließ. Sie betrachtete das schwarz-weiße Gefieder des Vogels.

»Wenn wir beweisen können, dass Romans Tod mit dem von Elena Goldschmied in Verbindung steht, muss Fuhrmann die Suspendierungen wieder aufheben«, sagte Schmitt.

»Suspendierungen? Wurden Sie ebenfalls suspendiert?« Noch während sie die Worte aussprach, wusste sie, dass sie keinen Sinn ergaben. Ihr Verstand begann zu rasen, in ihrem Gehirn schienen Tausende elektrische Drähte zu glühen. Wie war das möglich? Sie hatte Schmitts Namen nie ins Spiel gebracht. Zudem war Fuhrmann nicht sein Vorgesetzter.

»Nein, nicht ich wurde suspendiert. Ihre Kollegin.«

Ihre Hände begannen zu zittern. Sie dachte an das Gespräch mit Vera in der Sauna. An die Akte, die sicher Vera unter ihrer Tür durchgeschoben hatte. Den Streit mit Fuhrmann. Ihre eigenen Worte: *Er war Speckners Hauptverdächtiger bei dem Einbruch im Sebastianum.* Nur jemand, der die Akte gelesen hatte, konnte das wissen. Sie schloss ihre Augen und spürte, wie ihr übel wurde.

»Haben Sie das nicht gewusst?«

Das Porzellan glitt aus ihren Fingern und zersplitterte auf dem Parkett.

»Offensichtlich hat Vera Nagler heimlich die Akte eingesehen. Sie wurde ebenfalls ohne Bezüge suspendiert.«

Kapitel 32

Das Hochhaus, in dem die Familie Kettner wohnte, war ein scheußlicher Betonklotz aus den Siebzigerjahren. Selbst am frühen Nachmittag eines Wintertages wie diesem wirkten die Flure in dem künstlichen Licht dämmrig. Das eiskalte Treppenhaus roch nach verkochtem Sprossenkohl und Thunfisch aus der Dose. Dorothea schluckte, dennoch hatte sie das Gefühl, den sauren Geschmack auf der Zunge nicht loszuwerden. Sie legte ihren Zeigefinger auf den Klingelknopf, hielt inne. Kaum zu glauben, dass diese Siedlung nur einige Kilometer von dem idyllischen Winterwald entfernt war, durch den sie am Morgen mit Schmitt gestapft war.

Schmitt. Einen Moment lang spürte sie ein wohltuendes Gefühl, bevor der eiskalte Blitz sie traf. Vera. Suspendiert. Ohne Bezüge. Bei dem Gedanken wurde ihr übel. Ihre Freundin kam mit ihren zwei Söhnen so schon kaum über die Runden.

Warum hast du sie um die Akte gebeten? Die Stimme war wütend, unerbittlich. *Dreh um, geh zu Fuhrmann, bitte ihn, Veras Suspendierung aufzuheben. Überlass die Ermittlungen der Mordkommission.* Jegliche neue Energie war verschwunden. *Warum musst du immer die Klügste sein? Warum kannst du nicht zugeben, dass du einen Fehler gemacht hast?* Schmitts Worte kamen ihr in den Sinn: *Wenn wir beweisen können, dass Romans Tod mit dem von Elena Goldschmied in Verbindung steht, muss Fuhrmann die Suspendierungen wieder aufheben. Wem willst du etwas beweisen? Dir selbst? Schmitt? Deiner Mutter? Deinem Vater? Der Mordkommission?*

»Lassen S' die arme Familie in Ruh.« Eine keifende Stimme riss Dorothea aus ihren Überlegungen. Die alte Frau schlurfte auf sie zu, in einer der unzähligen Wohnungen begann ein Hund zu kläffen. Die Wände waren so dünn, dass Dorothea das Gefühl hatte, das wütende Tier direkt neben sich zu haben. Sie lächelte höflich, doch bevor sie etwas sagen konnte, sprach die Alte weiter.

»Hören S' schlecht? Ich hab gesagt, lassen S' die arme Frau in Ruh.«

Ohne noch weiter zu grübeln, drückte Dorothea auf den Klingelknopf. Auf den zweiten Blick sah sie, dass die Frau wohl noch keine sechzig war, doch ihr Gesicht war zerfurcht von Falten, gezeichnet von hängenden Augenlidern und Tränensäcken. Ihre Lippen wirkten trocken wie Pergament, die Haare strohig und ungepflegt. Zwischen bräunlich-gelb verfärbten Fingern hielt sie eine Zigarette. Dorothea konnte ein Röcheln vernehmen, als sie lechzend daran zog. Während sie heiser weitersprach, ließ sie die Asche achtlos auf den grau gesprenkelten Fliesenboden fallen.

»Sind S' von der Zeitung?«

»Nein.« Zur Bekräftigung schüttelte Dorothea den Kopf, doch die Frau schien es nicht zu bemerken. Sie fuchtelte wild mit ihrer Zigarette.

»Die arme Frau Kettner hat ihren Sohn verloren, da braucht's nicht noch Leut' wie euch, die sich am Unglück anderer erfreuen.«

»Nein. Ich …«

»Aasgeier. Abschaum.« Sie steckte die Zigarette in den Mund, suchte nach ihrem Schlüsselbund, warf einen letzten bösen Blick auf Dorothea und verschwand in einer der Wohnungen.

Dorothea wartete noch einige Momente vor dem Schild *Kettner/Tiller*, doch alles blieb still. Sogar der Hund war offenbar zum Schweigen gebracht worden. Schließlich drehte sie sich um und drückte den Knopf des Fahrstuhls. Mit einem metallischen Klicken machte der Lift halt. Dorothea zog an dem kalten Griff, die zerkratzte Metalltür schwang quietschend auf.

Als sie die Kabine trat, hörte sie plötzlich trippelnde Schritte in der Wohnung der Kettners. Im letzten Moment verließ sie den Aufzug wieder.

Die Wohnungstür öffnete sich, aber niemand erschien im Türrahmen. Erst als sie einen leisen Ton unter sich hörte, wandte sie ihren Blick in Richtung Boden.

Ein kleiner Junge stand dort und sah zu ihr auf. Die sandfarbenen Locken waren zerdrückt, das Klingeln hatte ihn anscheinend aus dem Mittagsschlaf gerissen. Ein Schnuller steckte in seinem Mund, und in seinen Armen hielt er einen schmutzigen Plüschhund. Aus der Nase quoll gelber Schleim, und Dorothea konnte erkennen, dass die dunkelblaue Strumpfhose rund um die volle Windel bereits nass war. Auf dem hellblauen Body waren Essensreste von Karotten und Schokolade zu sehen. Verängstigt starrte er sie aus dunkelbraunen Augen an.

»Verflucht, Tobias, wie oft habe ich dir gesagt, dass du die Tür nicht aufmachen sollst!«

Ein Daumen mit blauschwarzem Fingernagel und ein Ringfinger zogen an dem winzigen Ohr. Dazwischen waren nur zwei Stumpen zu sehen, von den abgetrennten Fingern war nur jeweils ein Glied übrig. Dorothea sah, wie sich das Ohr unter dem Druck verfärbte und das Kind vor Schmerz das Gesicht verzog.

»Aua. Papa.«

Tobias begann zu weinen, doch noch während die Tränen über die Wangen des Kleinen strömten, riss die grobe Hand ihn in das Innere der Wohnung zurück, und die Tür wurde zugedrückt.

»Mama.«

Die trippelnden Schritte entfernten sich von der Tür.

»Lauf nur zu deiner Mama, die kann dir auch nicht helfen.«

Das wütende Grölen hallte durch den Flur. Dorothea zögerte, dann drückte sie noch einmal auf die Klingel.

»Bitte warten Sie.«

Die Kette wurde durch den Metallschlitz gezogen und ausgehakt. Die Tür schwenkte so abrupt zurück, dass Dorothea beinahe ihr Gleichgewicht verlor. Sie wich zurück. Ein gedrungener Mann mit unrasiertem Kinn und verschwitztem Unterhemd stand in dem dunklen Gang, sein Gesicht erinnerte Dorothea an das eines Metzgers. Der Gestank von Schweiß, ungewaschener Kleidung und Schnaps drang aus all seinen Poren.

»Wir geben keine Interviews. Verschwinden Sie, oder ich werfe Sie eigenhändig raus.«

Dorothea zwang sich dazu, bedächtig einen Fuß nach vorn zu setzen. »Ich bin Inspektorin Dorothea Keusch. Tut mir leid, dass ich störe. Darf ich kurz reinkommen?«

Ihren Dienstausweis hatte Fuhrmann konfisziert. Dorothea hoffte inständig, dass niemand danach fragen würde.

»Werner, wer ist da?« Aus dem Hintergrund erklang eine schläfrige Stimme.

Der Mann drehte seinen Kopf missbilligend nach hinten, doch er antwortete nicht. Stattdessen wandte er sich zornig wieder an Dorothea. »Wir haben der Polizei schon alles gesagt.«

Er versuchte, die Tür wieder zu schließen, aber hinter ihm erschien eine junge Frau mit verweinten Augen, unter denen dunkle Schatten lagen. Sie trug den kleinen Jungen auf ihren breiten Hüften. Tobias hatte seine Arme um ihren Hals und den Kopf an ihre Schulter gelegt.

Beim Anblick von Romans Mutter spürte Dorothea einen Stich in der Brust. In dem Blick der Frau lag die Panik eines geschlagenen Hundes, der jederzeit damit rechnet, von Neuem misshandelt zu werden.

Obwohl Daniela Kettner sicher Ende dreißig war, wirkte alles an ihr jung und naiv. Ihre Figur und ihr Gesicht waren die eines Mädchens, das eine kindliche Note nie losgeworden war. Sie war hübsch, aber keine Frau, nach der sich irgendjemand auf der Straße umdrehte. Mollige Schenkel und Oberarme und große Brüste füllten den violetten Jogginganzug aus, den sie trug. Kurz geschnittene Haare in einer dunklen Pflaumentönung wirkten viel zu hart für ihren rosigen Teint.

»Frau Kettner, wir versuchen nur, so schnell wie möglich …«

Im letzten Moment erkannte Dorothea die Warnung in den geweiteten Augen der Frau. Sie hielt mitten im Satz inne, die Mutter drückte unwillkürlich ihr Kind an die Brust. Einen Augenblick lang schien sie zu überlegen, dann aber schlüpfte sie unter dem Arm ihres Mannes durch, griff nach der Tür und zog sie auf. »Kommen Sie herein.« In ihrer Stimme lag unendliche Müdigkeit.

»Du dumme Kuh.« Die Augen des Mannes verengten sich, drohend setzte er einen Fuß nach vorn, dann aber warf er einen hasserfüllten Blick auf Dorothea, trat ins Stiegenhaus und schlug die Tür polternd hinter sich zu. In dem winzigen Vorraum herrschte ein fast unerträglicher Gestank nach feuchter Kleidung und Schimmel. Bunte Kinderstiefel, lehmige Arbeitsschuhe und hochhackige Stiefeletten lagen kreuz und quer auf dem PVC-Boden. Daneben schwarze Springerstiefel, die dem toten Roman gehört haben mussten. An einigen Haken hingen Wintermäntel und Jacken, daneben eine blaue Latzhose, starr vor Lehm. Dorothea dachte an ihre eigene Dachgeschosswohnung, die in etwa so groß sein musste wie diese.

Schuldbewusst sah sie sich um. Durch die halb geöffnete Tür erhaschte sie einen Blick in eine kleine Küche. Stapel von ungespülten Pfannen und Tellern belagerten eine Plastik-Abtropfe und die Arbeitsplatte aus Resopal. In dem beengten Badezimmer türmten sich zwischen Dusche und WC Berge von Schmutzwäsche in einer Babywanne und vor der Waschmaschine, aus einem vollen Mülleimer quollen gebrauchte Windeln und der strenge Geruch von Urin und Kot.

Im Schlafzimmer war das Fußende eines zerwühlten Ehebetts sichtbar, daran ein kleines Gitterbett, das auf einer Seite ungesichert war. Eine geschlossene Tür trug die Aufschrift *Mein Reich – bleibt draußen.*

Dorothea war froh, dass man ihrem ausgewaschenen Parka nicht mehr ansah, wie viel er ursprünglich gekostet hatte.

Im Wohnzimmer herrschte ein ähnliches Bild wie in der restlichen Wohnung. Die ausziehbare Couch aus braunem Schnürsamt war fleckig und nur nachlässig mit einer Tagesdecke überzogen, der Laminatboden abgewetzt. Bis auf einen verstaubten Strauß Plastikblumen, einige unscharfe Familienfotos und eine bodenlange Gardine, die selbst die hellsten Strahlen der Wintersonne abhielt, war keine Dekoration vorhanden. Im ganzen Raum waren

Spielzeugbagger, Mischmaschinen, Bauklötze und Legosteine verstreut.

»Ich kann kurz warten.« Dorothea deutete auf den nassen Po des Kindes.

Überrascht wich sie einen Schritt zurück, als Daniela Kettner dem Jungen auf einem speckigen Teppich seine Strumpfhosen auszog.

Als sie die Windel gewechselt hatte, platzierte sie das Kind zwischen den Bauklötzen auf dem Teppichboden, strich ihm übers Haar und drückte auf die Fernbedienung des Flachbildfernsehers.

Dann ließ sie sich auf der Couch nieder und legte die Hand auf ihren Bauch.

Dorothea sah sich nach einer anderen Sitzgelegenheit um, doch es gab nur das Sofa. Vorsichtig bürstete sie mit der Hand einige Krümel von dem platt gedrückten Stoff und setzte sich.

Sie dachte an das Türschild mit den beiden Namen und beschloss, ihre Strategie zu ändern. »Es tut mir so leid, dass Sie beide Ihren Sohn verloren haben.«

Die Frau seufzte und schüttelte den Kopf. »Werner war nicht Romans leiblicher Vater.«

Dorothea hatte das vermutet, doch sie sagte nichts.

»Roman.« Tränen stiegen in Daniela Kettners Augen, als sie den Namen wiederholte, doch sie sah zu dem Jungen auf dem Teppich und wischte sie schnell weg. Dorothea wartete geduldig, bis die Frau weitersprach. »Ich war noch sehr jung, als ich das erste Mal schwanger wurde.« Sie legte ihre Hand wieder auf die Rundung unter ihrem Jogginganzug.

»Wer ist Romans Vater?«

Die Antwort der Frau kam schnell, doch ihre Stimme klang gepresst, und ihre Augen waren auf den Boden gerichtet. »Er war Gast in dem Hotel, in dem ich arbeitete. Ich habe ihn nie mehr gesehen.«

Irgendetwas in dem Tonfall der Frau kam Dorothea seltsam vor. Sie runzelte ihre Stirn, schwieg jedoch. Über ihnen begann eine Waschmaschine zu rattern. Dorothea fragte sich, wie sich die

Frau das teure Schulgeld des katholischen Gymnasiums leisten konnte.

»Frau Kettner, wir tun alles, um den Tod Ihres Sohnes aufzuklären.« Noch ehe sie fortfahren konnte, brachen die Worte aus der Mutter heraus wie eine Flutwelle.

»Wir waren lange allein, Roman und ich. Er war so ein braver Junge. Und klug. Aber es war nicht leicht. Ich musste viel arbeiten, oft bis spät in die Nacht. Er war alles, was ich hatte. Ich war so stolz, als seine Lehrerin sagte, dass er unbedingt aufs Gymnasium sollte.« Sie schüttelte den Kopf, während wieder Tränen in ihre Augen stiegen. »Aber er hat sich dort nicht richtig wohlgefühlt. Hätte ich ihn doch nie dort hingeschickt.« Sie presste ihre Hand auf den Mund. »Vor sechs Jahren habe ich dann Werner kennengelernt.« Sie starrte in Richtung Wohnungstür. »Anfangs war er so charmant. Hat mit Roman gespielt. Hat mir Blumen gebracht, ein richtiger Gentleman.«

Dorothea dachte an den jähzornigen Alkoholiker, der ihr die Tür geöffnet hatte. Plötzlich hatte sie wieder den sauren Geschmack auf der Zunge.

»Er wollte noch eigene Kinder. Ich bin mit Tobias schwanger geworden. Werner ist bei uns eingezogen.« Daniela Kettner stockte. »Und plötzlich war er … Und als Tobias dann zur Welt kam … So ein kleines Baby schreit eben auch mal …« Ihre Stimme versagte.

Dorotheas Blick fiel auf ihre angeschwollenen Finger, die langsam über ihren Bauch strichen. »Frau Kettner, es gibt Einrichtungen, an die Sie sich wenden können. Ich kann Ihnen helfen.«

Die junge Frau legte ihre Hand über den Mund, senkte ihre Lider und starrte auf ihren Schoß. »Nein, so ist es nicht. Werner ist eigentlich ein sehr netter Mensch. Sie müssen verstehen, er hat einen sehr schweren Job. Er ist müde, wenn er von der Arbeit heimkommt.«

Ein Gefühl der Hilflosigkeit breitete sich in Dorothea aus. Sie griff in ihre Jackentasche, ertastete den Bleistift und den kleinen harten Einband ihres Notizbuches. Säuberlich schrieb sie ihre Nummer auf ein Blatt, dann trennte sie es heraus und reichte es der Mutter. »Falls Sie jemals Hilfe brauchen, rufen Sie mich an. Jederzeit.«

Die Finger schlossen sich um den Zettel und hielten ihn fest.

»Frau Kettner, wie kam Roman mit der Situation klar?«

»Zuerst wurde er immer stiller. Vor zwei Jahren hat er sich dann plötzlich völlig verändert. Er wurde verschlossen, launisch. Ich dachte, das ist jetzt die Pubertät. Aber dann hatte er diesen Hass in sich.« Sie hob ihre Hände und ließ sie wieder fallen. »Ich habe alles versucht. Schulärztin, Psychologin, sogar der Direktor hat mit ihm gesprochen. Der hat sich in all den Jahren immer liebevoll um ihn gekümmert. Aber es nützte nichts.« Plötzlich begann sie zu weinen. »Und auf einmal war Erwin dann sein bester Freund.«

»Erwin?«

»Sein Opa wohnt im Hochhaus neben unserem.« Sie hielt inne.

In der Nachbarwohnung wurde die Toilettenspülung betätigt. Die Frau ließ ihren Kopf hängen und starrte auf Dorotheas Handschrift.

»Der Alte ist ein Nazi. Jeder im Haus weiß das. Er prahlt immer damit, dass sein eigener Vater in Hitlers Leibstandarte war.«

Ein Schauer lief Dorothea über den Rücken. *Jeder im Haus weiß das.* Und niemand unternahm etwas dagegen. »Hatte Roman Feinde?«

Daniela Kettner hob verzweifelt ihre Schultern. »Ich habe das alles schon Ihren Kollegen gesagt. Roman hat nicht mehr mit mir gesprochen. Sein Zimmer hat er immer abgesperrt.« Sie seufzte. »Ihre Kollegen haben es schon durchsucht.«

Dorothea sah die Frau einen Moment lang grübelnd an. »Hat Roman jemals Elena Goldschmied erwähnt?«

»Elena Goldschmied? Was hat sie mit Romans Tod zu tun?« Ihr Tonfall war plötzlich schrill.

Dorothea musterte die weit aufgerissenen Augen der Mutter. »Kennen Sie das Mädchen?«

»Nein.« Ihr Atem stockte. Schließlich schaffte sie es, einige

Worte zu stottern. »Ich weiß nur, dass sie in Romans Klasse war.«

Als Dorothea merkte, dass sich die junge Frau jäh von dem abgewetzten Sofa erheben wollte, deutete sie auf den kleinen Jungen vor dem Fernseher.

»Wie verstand Tobias sich mit Roman?«

Die Mutter setzte sich wieder und lächelte, doch ihre Augen waren randvoll mit Tränen. »Tobias liebt Roman abgöttisch. Roman ist einfach alles für ihn.« Sie nahm ein schmutziges Taschentuch aus ihrem Jogginganzug und wischte damit über ihre Augen. »*War* alles für ihn.« Mitten im Satz hielt sie inne, als der kleine Junge plötzlich auf sie zu rannte. Dorothea warf einen Blick auf den Bildschirm. Die Sendung war zu Ende.

»Mama, kommt Roman jetzt wieder?«

Er kletterte auf den Schoß seiner Mutter und begann, an ihren Haaren zu zupfen. Dicke Tropfen liefen über die Wangen der Mutter. Verzweifelt versuchte die Mutter, ihren Tränenfluss zu stoppen, doch es gelang ihr nicht. Schließlich zog sie den Jungen an sich und strich über seine Haare. Doch er strampelte sich frei.

»Kommt Roman jetzt wieder?«

»Nein, Tobias.«

»Wo ist er?«

Dorothea begriff, dass Daniela Kettner dieses Gespräch in den letzten Stunden schon unzählige Male geführt hatte.

»Roman ist nicht mehr da.«

»Warum?«

»Das habe ich dir schon erklärt.« Die junge Frau blieb geduldig, aber in ihren Worten lag unendliche Müdigkeit. Sie begann, die Locken aus dem Gesicht des Kleinen zu streichen.

»Aber warum ist Roman nicht mehr da?«

Dorothea bemerkte, dass die Mutter einen unsicheren Blick in ihre Richtung warf.

»Er ist jetzt im Himmel.«

»Aber warum ist Roman im Himmel?« Tobias stemmte die kleinen Arme gegen die Brust seiner Mutter. Sie sah den Jungen an und versuchte, ihn noch einmal an sich zu drücken, aber er entschlüpfte ihr. Trotzig stellte er sich mitten ins Zimmer.

»Ich will zu Roman. Ich will auch in den Himmel.«

Kapitel 33

Wenn Erwins Großvater ihr nicht gesagt hätte, wo sie danach suchen musste, hätte Dorothea den Keller in dem leer stehenden Bauernhof nie gefunden. Es hatte lange gedauert, ihn zu überzeugen, aber schließlich hatte der alte Mann preisgegeben, wann und wo sich die Neonazis trafen. Dorothea war nach Hause gegangen und hatte Speckners Bericht über den rechtsextremen Vandalismus-Akt im *Sebastianum* studiert. Als sie nun einige Stunden später in der Dunkelheit den ausgetretenen Schneepfad zu dem abgelegenen Gut entlangging, rief sie sich noch einmal die Namen der Neonazis in Erinnerung, die Speckner als Verdächtige aufgelistet hatte. Erwin Steiner. Paul Hauser. Norbert Pronger. Harald Hofer. Manuel Soller. Bei dem Gedanken an die Gesichter auf den Fotos spürte sie ein mulmiges Gefühl in ihrer Magengrube, sie schluckte und schob die Bilder schnell wieder beiseite.

»Ruhm und Ehre der Waffen-SS …«

In der eiskalten Nachtluft schlugen die grölenden Stimmen und die harten Klänge der Rockmusik Dorothea entgegen, noch bevor sie den Gestank von Bier, Zigaretten und Urin roch. Sie hörte den hasserfüllten Liedtext, und Entsetzen breitete sich in ihr aus. Von all den Kriminellen, die Dorothea in ihrer kurzen Laufbahn als Polizistin gesehen hatte, waren Neonazis die Erschreckendsten. Für Dorothea waren sie der lebende Beweis dafür, dass Menschen aus der Geschichte niemals lernten. Beim Gedanken daran, was sie in dem geheimen Treffpunkt erwartete, schloss sie die Augen. Sie sprach sich Mut zu. *Entspann dich. Du willst nur mit ihnen reden.*

Sie presste ihre Lippen zusammen und spürte den Eisengeschmack von Blut, der von ihren aufgesprungenen Lippen kam. Hinter ihr lauerten am Rand des verschneiten Feldes die Umrisse der Bäume wie dunkle Schemen. Einen Moment lang stellte sie sich vor, wie es wäre, einfach umzukehren. Sie hätte Schmitt mitnehmen sollen. Oder Vera.

Vera. Scham und Reue brodelten in ihr auf wie heiße Lava.

»Ich weiß, dass ihr sie nie vergesst, Ruhm und Ehre der Waffen-SS.«

Wieder erklangen die Worte. Dorothea merkte plötzlich, dass ihre Hand zitterte. Sie stützte sich an die bröckelige Wand. Der Putz unter ihren Fingern war kalt und feucht. Noch einmal schloss sie die Lider, schließlich aber atmete sie tief durch und stieg die Stufen hinunter. Bei jedem Schritt wehrte sich ihr Körper dagegen, in diesen Keller zu gehen, aber sie wusste, dass ihr keine andere Wahl blieb.

Du hast eine Wahl. Nur dein Stolz lässt sie nicht zu. Dein Ehrgeiz. Deine Arroganz.

Sie ignorierte die Stimme und drückte die Klinke der Eichentür hinunter, doch die war versperrt. Dorothea strich sich mit der Hand über ihr Gesicht, dann klopfte sie an das harte Holz.

»Ich bin Inspektorin Keusch, bitte öffnen Sie die Tür.«

Hinter der Tür wurden die Parolen leiser gedreht, schließlich verstummten sie ganz. Leises Flüstern, doch niemand kam. Das Scharren von schweren Stiefeln auf Beton.

»Erwin, ich bin nicht hier, um Sie zu verhaften.« Dorothea wartete einige Sekunden, doch die Tür bewegte sich nicht. »Ich habe lediglich einige Fragen an Sie.« Noch einmal trommelte sie gegen das Holz. »Zwingen Sie mich nicht dazu, Verstärkung zu holen.«

Es war eine leere Drohung, und Dorothea brach trotz der Minustemperaturen der Schweiß aus. Eine Zeit lang blieb es still, doch schließlich vernahm sie, wie zwei Riegel zurückgeschoben und ein Schlüssel gedreht wurde. Bei dem Geräusch begann ihre Halsschlagader zu pulsieren. Dennoch betrat sie das Kellergewölbe.

»Was willst du hier, du Schlampe?«

Auf der Aufnahme in der Akte waren seine Haare schwarz

gefärbt gewesen, dennoch erkannte Dorothea sofort, dass es Norbert Pronger war, der ihr die Tür geöffnet und die hasserfüllten Worte gelallt hatte. »Ich möchte nur kurz mit Erwin Steiner reden«, sagte sie.

Betont breitbeinig stand er vor ihr, ein Bier in der Hand. Seine Füße in den schweren Springerstiefeln wippten auf dem schmutzigen Steinboden auf und ab. Er war einer der Jungen, deren körperliche Pubertät erst viel später als bei anderen Altersgenossen einsetzte. Sein Gesicht war das eines Zehnjährigen, auch die kurz rasierten blonden Haare änderten nichts daran. Riesige Ringe steckten in seinen Ohrläppchen, und er bemühte sich offenbar, seine Männlichkeit durch eine dunkelgrüne Camouflage-Hose und einen schwarzen Kapuzenpullover zu unterstreichen. Pronger starrte sie zornig an, erst nach einigen Sekunden gab er den Eingang frei.

Der Kellerraum des aufgelassenen Hofes war als Vereinslokal eingerichtet. Eine Flagge mit dem Reichsadler, das NS-Symbol der schwarzen Sonne, germanische Runen. Eine Bar mit Getränkeliste, Wein, Bier und Schnaps in Holzregalen, eine Musikanlage. Auf einem Holzregal Pfeffersprays und Baseballschläger, daneben ein Wehrmachtsstahlhelm. Es war so, wie Dorothea es vermutet hatte, dennoch spürte sie, wie die Welle des Schocks sie überrollte. Das Atmen fiel ihr schwer.

»Was willst du hier?« Der Junge auf der abgewetzten braunen Couch spuckte auf den Boden. Manuel Soller, ebenfalls unverkennbar. Sein Körper füllte die abgewetzte braune Couch, das runde Gesicht unter den krausen roten Haaren war übersät mit Sommersprossen, die weiß-rötliche Haut der Oberarme verdeckt von Tattoos. Die Hand war um das Feuerzeug zu einer Faust geballt, die Zigarette hielt er zwischen Daumen und Zeigefinger. Auf Sollers Gürtel fanden sich germanische Runen, die Aufschrift auf seinem braunen T-Shirt lautete *Vernichtet den Feind.*

Angeekelt sah Dorothea, wie seine Spucke eine schleimige Spur auf dem Boden hinterließ.

»Schlampe.«

»Soller!«

Die Silben kamen wie aus einer Maschinenpistole geschossen und brachte die Jugendlichen augenblicklich zum Schweigen. Beide Köpfe schnellten sofort nach rechts. Dort stand Erwin Steiner. Weit aufgerichtet stützte er seine Arme an einen Türrahmen. In seinen Augen lag ein gefährliches Blitzen, seine Kleidung jedoch erinnerte an einen Büroangestellten, er trug einen unauffälligen Kurzhaarschnitt, Jeans und ein gebügeltes Oberhemd.

Sein Blick glitt prüfend durch den Raum, dann musterte er Dorothea. »Wie können wir Ihnen helfen, Frau Inspektorin?«

Keine Tattoos oder Piercings waren an seinem Körper zu sehen, einzig der Anhänger der schwarzen Sonne, der auf seiner Brust lag, deutete auf seine Gesinnung hin. Doch Dorothea ließ sich nicht täuschen. Sie kannte die neueste Generation der Neonazis. Angepasst, unauffällig und umso gefährlicher. Aus Speckners Akte wusste sie, dass Erwin Steiner der Anführer der Gruppe war.

»Ich versuche, den Tod Ihres Freundes Roman Kettner aufzuklären.«

»Darüber wissen wir nichts.«

»Wir haben damit nichts zu tun.«

Zeitgleich redeten die beiden Jugendlichen auf sie ein, doch der Anführer hob die Hand und brachte sie sofort zum Schweigen. »Ich kann Ihnen leider nicht weiterhelfen, Frau Inspektorin.« Er drehte seine Handflächen nach außen. »Ich habe schon mit Ihren Kollegen gesprochen.«

Dorothea neigte den Kopf. »Ich weiß.«

»Dann wissen Sie sicher auch, dass der Staatsanwalt mir den Mord an Roman anhängen will.« Von oben sah Erwin Steiner auf Dorothea herab. In dem Schein der nackten Glühbirne spähte Dorothea in die Kammer hinter ihm. Sie war mit Müll übersät, Zigarettenstummel, zerknülltes Glanzpapier von Schokoriegeln, Chips-Packungen, leere Bierflaschen und Dosen lagen auf dem betonierten Boden verstreut. Dunkle Flecken an der Wand zeugten von Bier und Wein, im Zorn an die Wand geschüttet. Eine angeschimmelte Matratze lag in einer Ecke. Alles in allem ziemlich heruntergekommen, aber keine Beweise.

Erwin Steiner war Dorotheas Blick gefolgt. »Wie haben Sie unser Lokal gefunden?«

»Ich habe mich mit Ihrem Großvater unterhalten.«

»Was haben Sie ihm gesagt?«

Dorothea seufzte innerlich. Alles in ihr sträubte sich, den Satz zu sagen, doch sie hatte keine Wahl. »Dass Sie Roman Kettner nicht umgebracht haben.«

In der Stille, die folgte, liefen Ratten über ihren Köpfen durch die Ställe des Bauernhauses. Der Gestank erschien Dorothea plötzlich unerträglich.

Erwin Steiner durchquerte den Raum und setzte sich zwischen seine Anhänger. Mit einer abrupten Kopfbewegung deutete er auf die Bar. Sofort ging Matthias Pronger zum Tresen, nahm eine Flasche Bier aus einer Kiste und öffnete sie mit einem Feuerzeug. Ergeben brachte er sie zu Steiner.

Dorothea war sich sicher, dass Steiner normalerweise eine viel größere Gruppe versammelte. Doch nach den Mordermittlungen hatten sich an diesem Mittwochabend offenbar nur jene um ihn geschart, die zu einfältig waren, um zu wissen, welche Gefahr eine Polizeiermittlung bedeutete.

Erst als er einen Schluck Bier getrunken hatte, begann der Neonazi wieder zu sprechen: »Warum sollte ich Ihnen glauben?«

»Weil Sie keine andere Wahl haben. Wann haben Sie Roman zum letzten Mal gesehen?«

Er nahm einen weiteren Schluck Bier, dann wischte er sich mit dem Handrücken den Mund ab. Dorothea wartete. Schließlich nahm sie das Mobiltelefon aus ihrer Jackentasche. Ihre Finger fühlten sich feucht an, doch ihre Stimme blieb ruhig.

»Wie Sie wollen.«

Fast unmerklich nickte Steiner einem seiner Anhänger zu.

»Samstagabend war er da.« Sollers Stimme war noch immer voller Hass.

»Worüber hat er geredet?«

Der Jugendliche schnaubte. »Sein Stiefvater ging ihm mächtig auf den Sack.«

»Warum?«

Soller zuckte mit den Achseln. »Weiß nicht. Einfach so.«

»Was hat Roman über seine Schule erzählt?«

Die Blicke des Jugendlichen wanderten zu Steiner. Wieder nickte dieser.

»Einer der Lehrer war ein Sadist. Er hatte Roman ziemlich auf dem Kieker.«

»Wie hieß der Lehrer?«

»Rumpelstilzchen oder so ähnlich.«

»Hinkebein?

»Ja, genau.«

»Was hat er sonst noch erzählt?«

»Dass der Direktor eine Tunte ist.«

Bei dem Schimpfwort zuckte Dorothea innerlich zusammen. Ihr Verlangen, diesen Ort zu verlassen, wurde immer größer. Doch sie zwang sich zu bleiben.

»War Roman am Samstagabend anders als sonst?«

»Hat ziemlich viel getrunken. Mehr geredet.«

»Worüber?«

Wieder holte er Steiners Erlaubnis ein, bevor er antwortete. »Er wollte wissen, ob ich ihm eine Soundanlage für sein Auto besorgen kann.«

»Warum war das ungewöhnlich?«

»War ihm bis jetzt immer zu teuer. Hat bisher nie genug Geld dafür gehabt.«

Dorotheas Puls beschleunigte sich. Erpressung. Schmitt hatte also recht gehabt. Ihr Blick fiel auf einen Schriftzug an der Wand. *A. C. A. B.* Sie deutete auf die Hassparole. »Roman hat in seiner Schule heimlich die Wände beschmiert und Feuer gelegt.« Sie wusste, dass es keine Beweise für ihre Behauptung gab, doch das Grinsen auf den Gesichtern sprach Bände. »Vor zwei Wochen ist ein junges Mädchen in der Schule in den Tod gestürzt.« Sie studierte die Bewegungen der Männer genau. »Roman war in dieser

Nacht auch dort. Es gibt einen Zeugen, der eine zweite Person neben Roman gesehen hat.«

Steiner lachte höhnisch. »Wir waren es nicht.«

»Wer war es dann?«

Alle drei schwiegen, und Pronger begann, das Etikett von seiner Bierflasche zu kratzen.

Dorothea trat einen Schritt in seine Richtung. »Mit wem ist Roman in die Schule eingebrochen?«

Er blickte zu Steiner. »Er wollte mir nichts Genaues sagen.«

Die Bierfahne des Jugendlichen schlug Dorothea entgegen, als sie sich vor ihn stellte. »Mit wem ist Roman in die Schule eingebrochen?«

Unterwürfig suchten Prongers Blicke die von Steiner. »Mit seiner Tussi …«

»Roman hatte eine Freundin? Wie hieß sie? Wie sah sie aus?«

Pronger zuckte mit den Schultern. »Keine Ahnung. Hat nur behauptet, dass er eine Tussi hat. Hat nie ihren Namen genannt, hat sie uns nie vorgestellt.«

Kapitel 34

Give every day the chance to become the most beautiful day of your life.

In geschwungenen Lettern standen Marc Twains Worte an der Wand in Elena Goldschmieds Zimmer. Das schwache Licht des kalten Wintermorgens, das durch die hohen Fenster ins Zimmer fiel, ließ die pinkfarbenen Buchstaben jedoch blass wirken.

Auch an dem Tag, an dem ihr Körper auf dem Steinboden der Aula zerschellte, musste Elena den Satz gelesen haben. Einen Moment lang schloss Dorothea die Augen, der Parkettboden knarrte leise unter ihren Füßen.

Dann sah sie sich im Zimmer der Toten um. Es glich dem Ausstellungsraum eines Möbelhauses. Die gesamte Einrichtung war in Weiß und Pink gehalten, es roch nach Waschmittel, Möbelpolitur und Glasreiniger.

Dorothea bekam das bizarre Gefühl, dass irgendetwas hier nicht stimmte. Das gewissenhaft gemachte Bett, der makellose Schreibtisch, die penibel geordneten Bücherregale. Nirgends war ein Körnchen Staub zu sehen. Mit einem leisen Rollen ließ sie die Schiebetür des Schrankes zurückgleiten. Teure Kleider und Röcke hingen in Reih und Glied auf Kleiderhaken, Pullover und Jeans waren sauber gebügelt und gefaltet.

Dorothea schloss den Schrank. Noch nie hatte sie so ein sauberes Zimmer eines Teenagers gesehen. Sie hielt nach persönlichen Gegenständen der Toten Ausschau. Bilder vom Ayers Rock und dem Great Barrier Reef an der Wand, daneben ein Plakat des Schulballs. Auf einem Schminktisch Lippenstifte und Lidschatten in verschiedenen Farben. Ein zerknittertes Foto ragte hinter dem Schminkspiegel hervor, es zeigte zwei Mädchen, die etwa fünfzehn Jahre alt waren. Als Dorothea das Bild herauszog und genau betrachtete, sah sie, dass die Nahaufnahme Elena und Melanie zeigte, beide streckten ihre Zungen heraus. Sie steckte es wieder hinter den Rahmen und bemerkte, dass die Schülerin einen Satz auf die Hinterseite geschrieben hatte: *Good friends are like stars. You don't always see them. But you know they are always there.*

Vera war für sie da gewesen. Und sie selbst? Es war ihre Schuld, dass Vera suspendiert worden war. Keinen Lohn mehr bekam. Tränen stiegen Dorothea in die Augen, als plötzlich eine Idee auftauchte. Sie blinzelte, bis die Tropfen in ihren Wimpern hingen. Die Suspendierung konnte sie nicht rückgängig machen, aber sie konnte ihrer Freundin helfen. Sie beschloss, Vera anzurufen, sobald sie Elenas Zimmer durchsucht hatte. Schnell ließ sie ihren Blick weitergleiten. Eine weiße Karte mit verschnörkelter roter Schrift verzierte eine andere Ecke des Spiegels: *Es ist, was es ist.* Dorothea las das Zitat. Sie drehte die Ansichtskarte um, doch sie war leer. Vorsichtig stellte Dorothea sie wieder zurück. Sie nahm einen *Me to you*-Teddybären von dem Tischchen, spürte den weichen Plüsch in ihren Fingern.

Sprich mit mir, Elena. Was hast du gedacht, als du zum letzten Mal hier warst?

Verzweifelt versuchte sie, Elenas Gedanken zu erraten, ihr Geheimnis zu ertasten. Doch in der kleinlichen Ordnung war Elena nicht mehr zu finden. Auf einem der Regale waren Aktenordner sauber einsortiert. Dorothea nahm einen nach dem anderen heraus. Biologie, Chemie, Latein. Schulunterlagen. Nach Fächern und Klassen geordnet. Sie seufzte und sah sich weiter um.

Auf dem Notenständer eines Klaviers war eine Partitur aufgeschlagen. »Ballade pour Adeline.« Dorothea ließ sich auf dem Klavierhocker nieder, öffnete den Deckel des Pianos und spielte einige Takte der Melodie.

Plötzlich fiel ein Schatten auf den glatt polierten Parkettboden. Noch ehe sie sich umwandte, wusste sie, wer hinter ihr im Türrahmen stand.

»Das war das Letzte, was sie auf dem Klavier gespielt hat.«

Katharina Goldschmieds Stimme klang erstickt. Dorothea drehte sich auf dem Hocker zu ihr um.

»Das Zimmer Ihrer Tochter ist ungewöhnlich sauber für eine Jugendliche.«

Die Finger der Frau glitten über Nase und Kinn, dann strichen sie die dunklen Haare nach hinten. »Ich habe es aufgeräumt.« Betreten sah sie auf den Boden. »Elena hasste es, wenn ich ihr Zimmer aufräumte. Das war immer ein Streitpunkt zwischen ihr und mir gewesen. Aber nach ihrem Tod konnte ich nicht anders.«

Schließlich trat sie vorsichtig über die Schwelle. Dorothea betrachtete Katharina Goldschmied. Schon bei ihrem letzten Treffen war die Frau mager gewesen, nun bestand sie nur noch aus Haut und Knochen. Doch anders als eine Woche zuvor waren ihre Haare diesmal makellos gefärbt und geföhnt, ihr Gesicht korrekt geschminkt. Es wirkte wie eine Maske.

Dorothea musterte die penible Erscheinung der Mutter, sah das Schema, erkannte, warum Elenas Zimmer eigenartig und nicht wie das einer Jugendlichen wirkte. Sie wusste plötzlich, dass sie die hintersten Winkel des Raumes durchsuchen musste, um unter der reinlichen Oberfläche Elenas Leben zu finden.

Sie räusperte sich leise. »Frau Goldschmied, könnte ich mich kurz allein in Elenas Zimmer umsehen?«

»Natürlich, Frau Inspektorin.«

Die Mutter der Toten nickte, doch sie verließ das Zimmer nicht. Stattdessen zupfte sie an den Polstern auf dem Bett und strich die Tagesdecke wieder und wieder glatt. Unruhe breitete sich in Dorothea aus. Sie sagte nichts, sondern wartete.

Schließlich wandte sich die Professorin zur Tür, doch im letzten Moment drehte sie sich um und setzte sich auf die Kante eines Sessels. Ihr Rücken blieb dabei kerzengerade, doch die Schultern sanken in sich zusammen. Sie begann, die Büroutensilien auf dem Schreibtisch zurechtzurücken.

»Ich sollte nicht mit Ihnen reden.« Die Hände der Frau zitterten, sie griffen nach einem Tacker. Ihre Fingerkuppen glitten über das Metall, bevor sie ihn wieder in einen Behälter steckte.

»Warum sollten Sie nicht mit mir reden?« Es kostete Dorothea Mühe, geduldig zu bleiben.

»Mein Mann will es nicht.« Katharina Goldschmied nahm eine Schere, ließ ihren Zeigefinger an beiden Klingen entlangfahren, steckte sie in den Behälter zurück.

»Warum hatte er Streit mit Elena?«

»Ich weiß es nicht.« Sie strich über den Rand des Schreibtisches, als wollte sie den nicht vorhandenen Staub prüfen. Ihre Lider flatterten. »Aber er hat Elena niemals angefasst. Das hat er mir geschworen.«

»Glauben Sie ihm?«

»Ja.« Fast widerwillig kam die Antwort. Exakt parallel zum Lineal platzierte sie einen Locher.

Ein kalter Schauer lief über Dorotheas Rücken. Sie holte tief Luft. »Frau Goldschmied, in der Nacht, in der ihre Tochter starb, war ihr Mann nicht auf einer Fortbildung. Es gab an diesem Wochenende keine juristischen Seminare in Innsbruck.« Dorothea wartete geduldig, doch Katharina Goldschmied schwieg. »Wissen Sie, wo Ihr Mann war?«

Die Hand kehrte wieder zu dem Tacker zurück, wieder bebten die Fingerspitzen. »Er war in irgendeinem Hotel. In Innsbruck. Oder Salzburg. Vielleicht sogar in Kufstein.« Sie griff nach dem Lineal, verschob es einen Millimeter. »Mit einer Arbeitskollegin.« Monoton, kalt. Dorothea hielt die Luft an. »Es könnte aber auch seine Sekretärin, eine Kellnerin oder eine Bardame gewesen sein.«

Minutenlang stand Dorothea regungslos da. »Warum haben Sie sich nicht scheiden lassen?«

Katharina Goldschmied begann, den Ehering an ihrer rechten Hand zu drehen. »Haben Sie Kinder, Frau Inspektorin?«

Dorothea schüttelte den Kopf.

»Wenn man ein Kind hat, ändert sich alles.« Sie klang nicht überzeugt.

Dorothea blickte auf den Diamanten, der in das goldene Band eingearbeitet war. Was hatte die Frau bewogen, in einer solchen Ehe zu bleiben? Sie sah sich in dem Zimmer um. Der Status, die

Frau eines Staranwalts zu sein? Das schöne Haus? Die Angst, allein zu sein? Noch ehe sie ihre Gedanken zu Ende führen konnte, sprach Katharina Goldschmied weiter.

»Mein Mann wollte immer viele Kinder. Er wollte ein Haus voller Leben.« Plötzlich lagen ihre Hände still auf dem Schreibtisch. »Aber ich wollte nicht. Nach Elenas Geburt konnte ich es kaum erwarten, wieder arbeiten zu gehen. Nicht nur Mutter zu sein.« Ihre Lippen zitterten. »Jetzt würde ich alles dafür geben, noch einen Tag mit Elena verbringen zu können. Eine Stunde. Nur eine Minute. Es ist mir nie in den Sinn gekommen, dass die Zeit, die ich mit Elena habe, irgendwann vorbei sein könnte. Ulrike meint, dass ich nach vorn schauen muss. Sie meint, ich sollte wieder zu arbeiten beginnen. Sie meint, das Leben müsse weitergehen.« Wieder glitten die Finger der Mutter über den Schreibtisch. »Elena war mein einziges Kind. Mein Leben geht nicht mehr weiter.«

Einige Minuten lang blieb es still. Irgendwo sang jemand eine Ballade, es klang so, als ob es sich um Gesangsstunden handelte. Das Schweigen wurde unerträglich, Dorothea räusperte sich. »Elenas Klasse hatte Streit mit Professor Hinkel.«

Für einen Moment blieben die rastlosen Hände ruhig.

»Das überrascht mich nicht. Alle Klassen haben Probleme mit Thomas. Es gibt zahllose Beschwerden von Eltern.«

»Warum unternimmt der Direktor nichts gegen ihn?«

»Die beiden sind zusammen aufgewachsen. Sie kommen aus dem gleichen Bergdorf, beide aus ärmlichen Verhältnissen. Thomas war ein begnadeter Skifahrer. Er trainierte hart.«

Die Worte des Biologielehrers kamen Dorothea in den Sinn. *Früher musste man hart darum kämpfen, seine Ziele zu erreichen.*

»Sein Traum war es, Olympiagold zu holen. Eines Nachts hatten die beiden einen Unfall. Gottfried blieb unverletzt, aber Thomas wurde im Auto eingeklemmt. Gottfried versuchte, Thomas aus dem Auto zu holen, aber er hat es nicht geschafft. Schließlich musste er ihn zurücklassen und eine halbe Stunde bis zur nächsten Ortschaft laufen. Thomas ist fast verblutet. Im Krankenhaus konnte man sein Leben retten, aber sein Bein war zertrümmert.«

Wieder hörte Dorothea die Stimme von Professor Hinkel. *Das Leben ist nicht fair.* »Woher wissen Sie das?«

»Wenn alle Leute nur dann redeten, wenn sie etwas zu sagen haben, würden die Menschen sehr bald den Gebrauch der Sprache verlieren.« Leise proklamierte die Lehrerin Shakespeare. Dann lächelte sie wehmütig. »Auch Professoren lieben Klatsch. Thomas hatte schon an anderen Schulen Probleme. Als Gottfried dann Direktor wurde, hat er ihn an unsere Schule geholt.«

»Frau Goldschmied, Sie haben mir erzählt, dass Elena Streit mit Roman Kettner hatte.«

Die Frau nickte stumm.

»War Roman Elenas Freund?«

»Nein.« Ihre Stimme klang wie ein Schrei.

Mit einem Schlag wurde Dorothea klar, dass sie an diesem Tag keine Gelegenheit bekommen würde, Elenas Geheimnisse in dem Zimmer zu finden. Ihre Mutter bewachte es mit Argusaugen. Die Angst vor dem, was Dorothea entdecken könnte, war zu groß.

Schließlich erhob sich Dorothea vom Klavierhocker, trat zu einem Regal und hob eine flache Tasche auf. »Darf ich Elenas Computer mitnehmen?«

Zögernd nickte die Professorin.

»Vielen Dank für Ihre Hilfe, Frau Goldschmied.«

Als Dorothea bereits im Türrahmen stand, vernahm sie hinter sich ein Flüstern. »Ich habe lange über das Gespräch mit Ihnen nachgedacht.«

Dorothea ahnte, was nun kommen würde.

»Frau Inspektorin, glauben Sie, dass Elena Selbstmord begangen hat?«

Dorothea sah in die leeren, dunklen Augen. »Nein.«

Die eingesunkene Gestalt atmete tief durch. Einen Lidschlag lang fand der magere Körper vollkommene Ruhe. Dorothea schien es, als ob ein winziger Ausdruck der Erleichterung in das zerstörte Gesicht trat, doch er verschwand sofort wieder.

»Hat jemand Elena getötet? Wer würde so etwas tun? Und warum?«

Die Anstrengung und Müdigkeit der letzten Tage türmten sich über Dorothea auf, brachen über sie herein und begruben sie. Sie verwünschte die Worte, die mühsam aus ihrer eigenen Kehle kamen. »Ich weiß es nicht.«

Kapitel 35

Jede Minute kam Dorothea wie eine Ewigkeit vor, bis sie endlich den Stups gegen ihren Unterschenkel spürte. Es waren nur fünfzehn Minuten vergangen, seit sie von der Villa der Goldschmieds zum Hechtsee gefahren war, auf der kleinen Brücke aber merkte sie bereits, dass sie ihre Schultern schmerzhaft eingezogen hatte und sich ihre Beine vom Warten taub anfühlten. Eisiger Frost zog unter ihren Sohlen von der milchigen Eisdecke des Sees auf, obwohl es erst zehn Uhr morgens war, war der Himmel dunkelgrau und wolkenverhangen.

Wie aus einem seltsamen Traum aufgewacht, drehte sie sich um, als der Terrier-Mischling sie leicht anstieß. Plötzlich stieg ihr der unerträgliche Schwefelgeruch wieder in die Nase, der von dem Zulauf emporstieg. Auch die verrosteten Eisenbalken fielen ihr auf, die harten Schritte der Jogger, die ihre Runden rund um den verschneiten Hechtsee drehten, drangen wieder an ihr Ohr.

»Hallo, Sam.« Zögerlich streckte Dorothea die Hand nach Veras Hund aus und spürte die kalte Nässe an ihren Fingern. Sie war froh, dass ihr Plan gelungen war. Obwohl ihr zum Weinen zumute war, schmunzelte sie. Menschen sind Gewohnheitstiere.

Nur eine Minute später tauchte Vera auf. Als sie Dorothea sah, pfiff sie nach dem Hund und wandte sich in die andere Richtung. »Komm, Sam, heute gehen wir den Weg wieder zurück.«

Dennoch blieb Sam hartnäckig stehen und wedelte mit dem Schwanz, während Dorothea sich zwang, ihn zu streicheln. Sie mochte einfach keine Felltiere. Widerwillig kam Vera auf Dorothea zu, einige Meter entfernt blieb sie vor der Brücke stehen.

»Du hältst dich wohl für sehr schlau.«

Dorothea griff in die Tasche ihres Parkas und ertastete das druckfrische Papier. »Für dich.«

»Was ist das?« Veras Augenbrauen verengten sich, als sie das Bündel Geldscheine betrachtete.

»Es ist deine Bezahlung.«

»Wofür?«

»Für die Beschaffung einer Akte.«

»Spinnst du, Dorothea?«

Dorothea versuchte, mit ihren groben Sohlen Eindrücke auf dem pickelharten Pfad zu hinterlassen. »Ich bin der Grund dafür, dass du suspendiert wurdest.«

Vera fächerte die Scheine auf und schnaubte verächtlich. »Gott, ist es leicht, großzügig zu sein, wenn man genug Geld hat. Du sitzt in deiner gemütlichen Dachgeschosswohnung, trinkst teuren Wein und liest deine Bücher.« Sie betrachtete die Banknoten, dann gab sie sie an Dorothea zurück. »Ich will keine Almosen.«

»Du kannst es mir ja zurückzahlen.«

Vera schüttelte den Kopf. Danach begann sie, ihre taillierte Jacke zu durchsuchen. In einer der Seitentaschen fand sie schließlich, wonach sie suchte. »Wann?« Sie zog eine Zigarette und ein Feuerzeug aus der roten Schachtel, hielt mit der Hand den Wind ab, während sie sie anzündete, und nahm einen tiefen Zug. »Nächsten Monat? Oder im Monat drauf? Wenn ich immer noch keinen Job habe?«

Dorothea wusste, dass Vera recht hatte. Sie mied den Blick ihrer Freundin und richtete ihre Augen stattdessen auf die roten Fingernägel und den Abdruck, den der rote Lippenstift auf dem braunen Filter hinterlassen hatte.

»Ich hätte dir die Akte nie besorgen sollen.« Veras Stimme klang kalt, doch die Hand, die die Zigarette hielt, zitterte.

Ohne sie anzusehen, sagte Dorothea leise: »Zwei Jugendliche sind tot. Ich habe die Mütter der beiden gesehen. Glaubst du nicht, dass sie es verdient haben, dass der Tod ihrer Kinder aufgeklärt wird?« Die Worte kamen ihr hohl vor, leer, abgedroschen.

Veras Mundwinkel verzogen sich missmutig, und sie trat einen

Schritt auf Dorothea zu. »Was weißt du über Mütter?« Beißender blauer Rauch stieg Dorothea in die Augen. »Ich kann dir erzählen, was es heißt, Mutter zu sein.« Vera lehnte sich an die Brücke, legte ihre Stirn in ihre Handfläche und schloss ihre Augen. »Es heißt, deinem Sohn zu sagen, dass er nicht mit ins Skilager fahren kann.«

Dorothea schluckte. Sie betrachtete den frostigen See und die vertrockneten Schilfrohre, die am Ufer festgefroren waren. In der leichten Brise konnte man ihr verdorrtes Rascheln hören.

»Weil du kein Geld für eine Skiausrüstung hast.«

Noch mal schluckte Dorothea und sah hoch hinauf zu den toten Blättern, die noch vereinzelt unter der Schneelast an den Buchen hingen.

»Zu hören, wie er allen erzählt, dass er krank war, weil es ihm so peinlich ist. Zu wissen, dass er dich dafür hasst.« Schlagartig drehte sich Vera wieder zu Dorothea. »Das heißt es.«

Dorothea starrte auf ihre Stiefel. Das Atmen fiel ihr schwer.

»Weißt du, was es noch heißt?«

Verzweifelt versuchte Dorothea, sich auf den Salzrand zu konzentrieren, der sich rund um die schwarzen Kuppen der Stiefel gebildet hatte.

»Deinen Chef auf Knien anzuflehen, damit er deine Suspendierung aufhebt. Nur um festzustellen, dass die Demütigung umsonst war. Das heißt es.« Veras Stimme wurde hart. »Also erzähl mir nichts von Müttern.« Sie nahm den letzten Zug ihrer Zigarette und drückte sie auf dem verschneiten Holzgeländer aus.

Dorothea hob den Kopf, ihr Puls schlug dumpf gegen ihren Hals. »Fuhrmann wird unsere Suspendierungen aufheben.«

Sam kauerte sich nieder und erledigte sein Geschäft an einem Pfahl. Ekel stieg in Dorothea auf, als Vera ein Säckchen hervorkramte und sich neben das Häufchen hockte. Von unten sah sie zu Dorothea auf.

»Ja, das wird er.« Mit einem Griff stülpte Vera den Beutel über die Exkremente ihres Tieres. »Weil du ihn nämlich persönlich darum bitten wirst.« Sie erhob sich und verknotete das Ende des Beutels. »Du wirst dich entschuldigen. Ihm sagen, dass du dich geirrt hast.« Sie warf den Beutel in den Mülleimer. »Und dass es nie wieder vorkommen wird.«

In der Luft schien kein Sauerstoff mehr zu sein, Dorothea atmete sie vergeblich ein. »Das kann ich nicht tun.«

»Ich habe meinen Kopf für dich hingehalten.«

Einige Momente lang herrschte Stille, während der kleine Mischling an eine silberne Stange pinkelte. Das rote Schild, das auf der Stange prangte, trug die Aufschrift *Hunde sind an der Leine zu führen.*

»Schön zu wissen, dass du dasselbe auch für mich tun würdest.«

Obwohl Veras Stimme vor Sarkasmus triefte, sah Dorothea den Funken Hoffnung in den Augen ihrer Freundin. Sie hatte das Gefühl zu ersticken, sie konnte nichts sagen.

»Siehst du, deshalb habe ich auf deine Anrufe nicht reagiert.«

Dorothea hatte einen Wutausbruch erwartet, doch die Resignation traf sie noch viel härter. »Ich kann nicht.« Flüsternd schloss sie die Augen.

»Nein. Falsch. Du willst nicht.« Vera hakte die Leine in das Halsband des Mischlings. »Wenn man dich zur Freundin hat, braucht man wahrlich keine Feinde mehr.« Sie wandte sich zum Gehen. Dorothea trat einen Schritt nach vorn und streckte ihren Arm aus, doch sie wagte es nicht, ihre Freundin zu berühren.

»Vera, die Mordkommission geht von einer falschen Annahme aus. Das Mädchen wurde umgebracht. Und wer auch immer es getötet hat, hat auch Roman Kettner ermordet, um ihn zum Schweigen zu bringen.«

»Wer sagt das?«

»Ich. Und Chefinspektor Schmitt ist ebenfalls meiner Meinung.«

Dorothea sah von hinten, wie Vera mit einem Mal die Leine fallen ließ. Als sich die Polizistin umdrehte, war ihr Gesicht verzerrt vor Wut. Sie schüttelte die Fäuste in der Luft und begann jäh zu schreien: »Ich will nichts mehr davon hören.« Sam jaulte auf, legte sich flach auf den Boden und legte die Ohren an. Weit entfernt von ihnen drehte sich auf dem vereisten Waldpfad ein

Jogger um. Vera rang nach Luft. »Ist dir nicht klar, dass du nur benutzt wirst?« Ihre Stimme war leiser geworden, dennoch ging sie Dorothea durch Mark und Bein. »Dass Konstantin Schmitt sich beweisen muss, was für ein guter Chefinspektor er ist? Was für ein guter Mensch? Vor allem hier in Kufstein.«

»Ich verstehe nicht, wovon du sprichst.«

»Nun, dann frag doch den werten Herrn Schmitt.«

Kapitel 36

»Warum wollen Sie diesen Fall unbedingt klären?« Dorothea trat in dem dichten Schneegestöber um die Ecke des verfallenen Lagerhauses einen Schritt nach vorn. Obwohl es als Depot diente, erinnerte das Gebäude sie immer noch an eine riesige verlassene Villa in Kuba. Doch der hohe Schlot und die unzähligen Drähte, die hoch über ihr den Himmel durchschnitten, straften den Eindruck Lügen. Hinter ihr ratterte ein schwerer Güterzug über die Schienen, und der Asphalt auf dem Parkplatz bebte leicht unter ihren Sohlen.

Sie hatte unten an ihrem Wohnhaus auf Schmitt gewartet, dort, wo alle Besucher ihre Autos abstellten.

Beim Klang ihrer Stimme zuckte er zusammen, blieb stehen, drehte sich um. Seine Blicke schossen von den überdimensionalen Betonrohren, die den Parkplatz begrenzten und unter der Schneelast begraben waren, zu seinem silbernen Audi, den er einige Augenblicke zuvor geparkt hatte. Schon nach dem Bruchteil einer Sekunde erspähte er Dorothea, zog seine Schultern nach oben, begann zu lächeln und streckte seine Hand aus.

»Ihnen auch einen schönen Nachmittag, Frau Inspektorin.«

Dorothea erstickte jegliches Knistern im Keim, ignorierte die Geste. »Es gibt unzählige ungeklärte Todesfälle, warum gerade diesen, warum gerade hier in Kufstein?«

Schmitt hob seine Augenbrauen und grinste, doch die Fältchen über seinen hohen Wangenknochen blieben unbewegt. »Sie lassen mich aus meinem Meeting in Innsbruck nach Kufstein rasen, nur um mich das zu fragen?«

Seine Stimme hatte einen leichten Klang, doch Dorothea ließ sich nicht täuschen. »Beantworten Sie meine Frage.«

»Nun, ich habe Ihnen schon gesagt …« Schmitts Daumen strich über das glatt rasierte Kinn, und wie immer genügte ein Blick von Dorothea, um ihn zum Schweigen zu bringen. Er sah sie einen Augenblick lang prüfend an und lockerte die Schleife seines Schals. »Sie haben mit Vera Nagler geredet.«

Dorothea nickte.

»Was hat sie Ihnen erzählt?«

Dorothea schüttelte den Kopf. »Nichts.«

Er wartete. Schließlich gab Dorothea nach. »Dass Sie mich nur benutzen. Wie eine Schachfigur.«

Schmitts Schuhe zeichneten Kreise in den weichen Neuschnee. »Ich kann mir vorstellen, was Vera Nagler glaubt. Dass ich mich hier in Kufstein als Held aufspielen will. Das stimmt nicht.« Er trat auf Dorothea zu, aber sie wich zurück. Schneeflocken blieben in seinen kurzen dunklen Haaren hängen, er rieb sich fröstelnd seine Arme. »Können wir in Ihre Wohnung gehen? Es ist ziemlich kalt.«

Dorothea machte sich nicht die Mühe, etwas zu erwidern oder auch nur seinem Blick zu den kleinen Erkertürmchen hoch über ihnen zu folgen.

Schmitt seufzte und strich sich übers Gesicht. »Vera Nagler glaubt, dass ich den Tod dieses Mädchens aufklären will, um eine alte Schuld zu tilgen.«

»Welche Schuld?«

Konstantin Schmitt steckte seine Hände in die Manteltaschen und ließ sich schließlich auf den verschneiten Betonstufen nieder, die zu der zerborstenen Holztür führten. Minutenlang schwieg er.

Dorothea verschränkte ihre Arme, wartete und inspizierte den Hohlraum unter der Treppe. Hinter einer hohen Schneeschicht lagen eine graue Jacke, eine leere Weinflasche und ein verschmutzter Beutel, auf den ein Bild von Superman gedruckt war. Das blaue Cape und das gelbrote Logo waren kaum noch zu erkennen. Schmitt stand nun auf der Treppe und starrte leer vor sich hin. Als Dorothea kurz davor war aufzugeben, begann er zu sprechen.

»Als ich achtzehn war, hatte ich einen Streit mit meinem Vater.

Ich hatte lange Haare, schlechte Noten, trank viel zu viel. Als Chefinspektor wollte er, dass ich in seine Fußstapfen trete. Ich wollte eine Band gründen, Sänger werden.«

Dorothea dachte an ihren eigenen Vater.

»Ich brach die Schule ab, zog von zu Hause aus und kam nach Kufstein. Zu meinem Großvater. Einige Monate lief das ganz gut. Ich suchte mir einen Job, hatte bald einen Freundeskreis, gründete sogar eine Band. Dann lernte ich ein Mädchen kennen. Sie war erst sechzehn. Zwei Wochen später nahm ich sie mit in unser Bandlokal.«

Eisiger Wind blies Dorothea mit einem Mal ins Gesicht, weiche Schneebrocken fielen von den Zweigen des alten Kirschbaumes und verteilten sich über ihren Parka.

»Nach der Probe spielten wir ein Trinkspiel. Eineinhalb Stunden lang. Wir waren zu sechst und hatten drei Flaschen Schnaps. Sie saß direkt neben mir, und plötzlich kippte sie um. Ohne irgendein Geräusch. Einfach so. Noch heute träume ich davon. Sie gab keinen einzigen Laut von sich. Wir riefen sofort den Notarzt, aber sie hatte schon das Bewusstsein verloren. Alkoholvergiftung. Sie lag im Koma. Siebenundzwanzig Tage lang. Dann starb sie. Danach bin ich wieder zu meinen Eltern gezogen. Ich habe das Gymnasium nie abgeschlossen. Aber mein Vater hat dafür gesorgt, dass ich in der Polizeischule aufgenommen wurde.« Erstmals hob er den Kopf. »Seit damals habe ich keinen Tropfen Alkohol mehr angerührt.«

Dorothea wusste, dass er noch nicht zu Ende gesprochen hatte, dennoch saß Konstantin Schmitt minutenlang nur da, während sich der weiche Schnee wie eine Decke über seine unbeweglichen Schultern legte. »Ihr Name war Miriam.«

Eine dunkle Ahnung beschlich Dorothea. Ihr Herzschlag setzte kurz aus, denn noch ehe Schmitt seine Lippen bewegte, wusste Dorothea, was er sagen würde.

»Sie war Vera Naglers kleine Schwester.«

Kapitel 37

Vater missbraucht elfjährige Tochter. Sechsjährige zum Oralverkehr gezwungen. Massenvergewaltigung in Kinderheim.

Dorothea starrte so lange auf das helle Display, bis die schrecklichen Bilder und Buchstaben vor ihren Augen verschwammen. Sie zog fröstelnd den Bademantel enger um ihren Pyjama. Ihr Wohnzimmer kam ihr plötzlich unerträglich einsam und bedrohlich vor. Vor ihrem Fenster war es längst stockdunkel, und im Kegel der Scheinwerfer sah sie, dass es immer noch nicht aufgehört hatte zu schneien. Erschöpft schloss sie ihre Lider und fühlte, wie ihr ganzer Körper auf dem Sessel schwer wurde. Sie sehnte sich nach Schlaf, nach schwerem, traumlosem Schlaf.

Der schrille Pfeifton eines Zuges ließ sie aufschrecken. Ihre Zunge klebte am Gaumen, und ihr Kopf hämmerte. Mühsam erhob sie sich und drehte das Licht an. Dann trat sie einen Moment lang ans Fenster und blickte auf das alte Lagerhaus weit unten an der Straße. Nur halb beleuchtet vom Flutlicht des Bahnhofs glich es in der Dunkelheit wieder der kubanischen Villa. Schmitts zusammengesunkene Gestalt auf den kalten Stufen tauchte vor Dorothea auf. Ein kleiner elektrischer Schlag breitete sich bei dem Gedanken an den Chefinspektor in ihrem Körper aus, doch sie verscheuchte das Bild sofort und setzte sich wieder an den Tisch.

Sie strich sich über das Gesicht, aß ein Stück der Lindt-Schokolade und seufzte. Ihre Lieblingssorte war heute mehr bitter als zart, und das Orangenaroma schmeckte unerträglich künstlich. Noch einmal warf sie einen Blick in die Finsternis, danach wandte sie sich erneut dem Bildschirm zu.

Beim grellen Ton ihres Mobiltelefons zuckte sie zusammen. Als sie Schmitts Namen las, begann Dorotheas Körper zu kribbeln. Sie zögerte einen Augenblick, dann gab sie sich einen Ruck und ihrer Stimme einen abweisenden Ton.

»Es ist dreiundzwanzig Uhr.«

»Genau. Sie sollten längst im Bett sein. Und doch sitzen Sie zu Hause und versuchen, den Mord an zwei Teenagern zu klären.« Wie immer waren seine Worte witzig und unbeschwert, doch Dorothea kannte ihn längst gut genug, um zu wissen, dass er nervös war. Es kam ihr in den Sinn zu leugnen, dass sie noch an der Aufklärung des Falles arbeitete. Stattdessen sprach sie forsch weiter. »Warum rufen Sie an?«

»Ich habe Informationen zu den beiden Morden an Elena Goldschmied und Roman Kettner.« Einen Moment lang blieb es still am anderen Ende der Leitung. »Keine offiziellen Informationen. Aber solche, die uns weiterhelfen könnten.«

Dorothea schwieg.

»Das Labor hat eine DNA-Probe von Roman mit der des Fötus von Elena Goldschmied verglichen.«

Unwillkürlich hielt sie den Atem an. Sie wartete, bis Konstantin Schmitt fortfuhr. Er betonte jedes einzelne Wort. »Roman war nicht der Vater des Kindes.«

»Woher haben Sie diese Informationen?«

»Ich habe gute Beziehungen zu unserem Labor.«

»Welche Überraschung.« Dorothea erschrak über den bitteren Ton in ihrer Stimme.

»Nein. Nicht das, was Sie denken. Günther ist ein Freund von mir. Wir spielen einmal im Monat zusammen Squash. Ich habe ihm die DNA-Proben heimlich gegeben, und er hat sie für mich verglichen.«

Dorothea spürte, wie ihr das Blut in den Kopf stieg und ihre Wangen heiß wurden. Sie war froh, dass Schmitt sie nicht sehen konnte, und konzentrierte sich auf die neue Information.

Roman Kettner war nicht der Vater des Kindes.

Der hasserfüllte Neonazi in dem Bunker, Daniela Kettners liebevoller Sohn, Tobias' Halbbruder. Er war nicht Elenas Freund gewesen, hatte sie nicht vergewaltigt. Ein seltsames Gefühl der Erleichterung breitete sich in Dorothea aus, und plötzlich flimmerte ein zweites Bild auf. Hellgraue Augen, ein gedrungener Körper, Fleischfinger.

Schmitt unterbrach ihre Überlegung. »Sind Sie noch dran?«

»Können Sie mir die Telefonnummer von Günther geben?«

»Wozu?«

»Um eine Theorie zu überprüfen.«

»Welche Theorie?«

Dorothea schwieg, ihr selbst kam die Idee absurd vor. Und doch… Schmitt wagte es offenbar nicht, noch einmal zu fragen. »Ich schicke sie Ihnen. Aber Günther ist bis Sonntag auf einer Skitour im Zillertal.«

Eine Weile war es still in der Leitung, dann begann Schmitt wieder zu sprechen. »Was haben Sie herausgefunden?«

Dorothea seufzte. »Nicht sehr viel. Roman Kettner hat die Parolen in der Schule an die Wand gesprüht. Er hatte plötzlich viel Geld. Soweit nichts Neues. Nur eins: Er hatte eine Freundin. Sie ist mit ihm in die Schule eingestiegen. Aber seine Freunde bekamen sie nie zu Gesicht. Ich dachte, dass es Elena war, aber diese Vermutung haben Sie gerade zu Fall gebracht.« Sie strich sich übers Haar, zog ihren Zopf über ihre Schultern nach vorn, bevor sie weitersprach: »Ich durchforste gerade Elena Goldschmieds Laptop.«

»Irgendetwas Brauchbares?«

»Bisher nicht. Nur Musik, Videos, Spiele. Fotos. Aber nichts, was uns einen Hinweis auf den Vater ihres Kindes gibt. Der Computer war nicht einmal mit einem Passwort gesichert.« Sie starrte wieder auf den Bildschirm. »Ich kämpfe mich gerade durch ihre Arbeit über Kindesmissbrauch.« Eine Welle der Müdigkeit schwappte über ihren Körper. »Grauenhaft.«

»Deutet irgendetwas darauf hin, dass sie selbst Opfer war?«

»Nicht, soweit ich das erkennen kann.« Langsam zog Dorothea den kleinen Laptop zu sich und klickte auf eine Datei. »In der Einleitung betont sie nur, wie wichtig das Thema ist. ›Pädosexuelle Täter hören mit ihren Taten erst dann auf, wenn sie gestoppt werden‹.« Sie scrollte nach unten. »Elena Goldschmied hat sich wirklich eingehend mit dem Thema beschäftigt. Zeitungsartikel, Berichte von Opfern. Fotos von missbrauchten Kindern. Gesetzestexte. Eine Liste von Einrichtungen, in denen Kinder systematisch missbraucht wurden. Interviews mit Betroffenen. Ratgeber zu der Frage, wie man Opfer von sexuellem Missbrauch erkennt.« Sie hielt inne und schloss kurz die Augen. »Einige Dokumente sind sogar eingescannt. Sie hat sich bei Beratungsstellen informiert und offenbar sogar Archive durchsucht. Alles säuberlich geordnet. Aber nichts, was uns einen Hinweis auf ihren Mörder gibt.«

»Bis jetzt nicht. Ich bin mir sicher, dass Sie etwas finden.«

Einige Zeit lang schien es, als ob die Leitung tot wäre.

Schließlich brach Schmitt die Stille. »Frau Inspektorin, Sie müssen mir glauben. Es tut mir leid. Ich wollte es Ihnen sagen.«

Obwohl sie auf diesen Satz gewartet hatte, fiel Dorothea ihm nun ins Wort. Den Gedanken, mit Schmitt über Vera und ihre tote Schwester zu sprechen, konnte sie nicht ertragen. »Hören Sie, es ist schon spät, und ich habe noch sehr viel Arbeit vor mir.« Ihre Gliedmaßen fühlten sich plötzlich taub an. »Gute Nacht.«

Ehe er noch etwas sagen konnte, beendete sie das Gespräch. Sie legte das Telefon neben sich hin, ihre Hände zitterten. Schmitt und Miriam. Warum hatte Vera nichts gesagt? Warum hatte sie Dorothea dennoch geholfen? Die Schuldgefühle ihrer Freundin gegenüber wogen nun doppelt schwer. Ein siebtes Mal wählte sie Veras Nummer, ein siebtes Mal legte sie vor dem ersten Anruf-Ton auf, tippte eine Nachricht an ihre Freundin, drückte die *Löschen*-Taste, beobachtete, wie die winzigen schwarzen Zeichen vom Display verschwanden. *Es hat keinen Sinn. Gib Vera Zeit, Abstand.*

Warum war Schmitt nicht ehrlich gewesen? Sie versuchte, ihren Zorn auf ihn heraufzubeschwören, zu bündeln, aber es gelang ihr nicht. Der Chefinspektor war plötzlich ein anderer geworden, sein Image hatte sich geändert wie in einem Kaleidoskop. Er schien nicht mehr arrogant, sondern verletzlich. Mitfühlend. Liebenswert. Sie erschrak. *Was sind das für Gedanken? Verliebst du dich etwa in ihn?* Verzweifelt schluckte sie, dann wandte sie sich wieder dem Bildschirm zu.

Drei Stunden später nahm Schmitt nach dem ersten Läuten ab. Seine Stimme klang hellwach. »Frau Inspektorin?«

»Die beste Freundin der Toten erwähnte, dass Elena bei ihren Recherchen auf eine ›krasse Sache‹ gestoßen war.« Dorothea holte tief Luft. »Ich denke, ich weiß, was die Schülerin gefunden hat.«

»Was hat sie gefunden?« Sie konnte die Anerkennung in seiner Stimme hören.

»Einen Namen.« Bedächtig sprach Dorothea die zwei Worte aus.

»Sie kannte eines der Opfer?«

»Nein. Ganz im Gegenteil.«

Kapitel 38

Eiskalt lag der Messinggriff in Dorotheas Hand, während das Knarren der Eichentür die Totenstille in der Kirche durchschnitt. Im ersten Licht des Wintermorgens, das durch die Mosaike der Glasfenster fiel, sah Dorothea, wie ihr Atem gefror. Der muffige Geruch von totem Holz, altem Wachs und abgenutzten Teppichen breitete sich um sie herum aus. Erschrocken wurde ihr gewahr, dass sie ihre Finger unwillkürlich in die Weihwasserschale getaucht hatte, die Kuppen eine dünne Eisschicht durchbrochen hatten.

Jede einzelne der Kirchenbänke war leer, und der Gedanke daran, was vor ihr lag, ließ Dorothea erschaudern. Sie fühlte sich wie ein kleines Kind, das im Begriff war, etwas Verbotenes zu tun.

Ihre Schritte hallten laut auf dem Marmor, als sie unter den Ölbildern des Kreuzwegs zu dem Beichtstuhl ging. Einen Augenblick lang hielt sie inne, dann öffnete sie die wurmstichige Tür und kniete sich nieder.

In der Zelle war die Luft abgestanden, und sie bekam das Gefühl, an dem Staub zu ersticken. Das rechteckige Bußgitter war nur wenige Zentimeter vom Gesicht des Sünders entfernt, und Dorothea merkte befremdet, dass sie aus alter Gewohnheit auch ihre Hände wie zum Gebet gefaltet hatte. Noch während sie wartete, begannen ihre Kniescheiben schmerzend zu brennen.

Erst nach einer Ewigkeit wurde die hölzerne Trennwand zurückgeschoben. In der Dunkelheit konnte sie allmählich die Gestalt ausmachen, die halb abgewendet von ihr auf der Holzbank saß. Mit seiner rechten Hand schrieb der Priester ein Kreuzzeichen in die Finsternis.

»In nomine patris et filii et spiritus sancti. Amen.«

Beim Klang der so oft gehörten Worte begann ihr Körper, leicht zu zittern.

Sanft sprach die Stimme weiter. »Gott, der unser Herz erleuchtet, schenke dir wahre Erkenntnis deiner Sünden und seiner Barmherzigkeit.«

Dorothea atmete tief durch, bevor sie zu sprechen begann. »Ora et labora.«

Gottfried Weiß atmete auf der anderen Seite des Gitters scharf ein. »Inspektorin Keusch?«

Seine Stimme war tief und ruhig, doch Dorothea war sich sicher, einen Anflug von Panik darin zu hören. Einige Sekunden lang schwieg er, dann räusperte er sich.

»Wie schön, dass Sie in dieser stillen Stunde des Tages den Weg in unser Gotteshaus gefunden haben, mein Kind.« Er sprach in mildem Ton. »Sind Sie gekommen, um die Beichte abzulegen?«

»Nein. Ich bin gekommen, um mit Ihnen über das fünfte Gebot zu sprechen.«

Er zuckte zusammen. »Nun, ich wusste nicht, dass Sie sich für grundlegende theologische Fragen interessieren«, sagte er betont sanft.

Dorotheas Augen hatten sich an das Dunkel gewöhnt, und sie konnte erkennen, dass die Hand des Direktors unruhig über die violette Stola strich, als er fortfuhr: »Wie kann ich Ihnen also helfen, Frau Inspektorin?«

Dorothea betrachtete das Profil des langen Gesichtes. Sie glaubte zu erkennen, dass das Lid, das ihr zugewandt war, nervös flatterte. Sie ließ sich Zeit mit ihrer Antwort.

»Als Direktor des *Sebastianums* haben Sie es auf der weltlichen und geistlichen Karriereleiter weit gebracht.«

Der Priester zögerte, bevor er nickte. »Dient einander als gute Verwalter der vielfältigen Gnade Gottes, jeder mit der Gabe, die er empfangen hat! 1. Petrus 4, 10.«

»Eine solche Position bringt natürlich sehr viel Macht mit sich.« Dorothea gab ihrer Stimme einen naiven Klang.

Pikiert hob der Schulleiter sein Kinn. »Der Bischof hat mich vor einigen Jahren persönlich darum gebeten, dieses Amt zu übernehmen.«

Dorothea hielt inne. Ihre Finger waren ineinander verkrampft, und die Knöchel schmerzten. »Wussten Sie, dass Elena Goldschmied sich in ihrem Projekt mit dem Thema Kindesmissbrauch beschäftigte?«

»Wie ich schon in meinem letzten Gespräch erwähnte, ist es mir unmöglich, das private oder auch schulische Leben aller meiner Zöglinge genau zu kennen.« Noch immer war sein Haupt starr nach vorn gerichtet.

»Ich kann Ihnen berichten, dass es sich lohnt, Elenas Arbeit zu lesen. Sie hat für ihr Projekt außergewöhnlich gründlich recherchiert.« Dorothea beobachtete den Priester, während sie fortfuhr. »Besonders interessiert hat sie sich für Missbrauchsfälle in Internaten und Erziehungsheimen.« Erneut hielt Dorothea inne. »*Ora et labora* – Bete und arbeite. Das ist das Motto der Benediktiner. Oder irre ich mich, Hochwürden? Elena Goldschmied stieß bei ihren Nachforschungen auch auf die Benediktiner. Genauer gesagt auf das Internat eines Benediktinerklosters.« Einen Moment lang musste Dorothea ihre Augen schließen. »In diesem Internat war es üblich, dass neunjährige Jungen beim Duschen im Keller von den Erziehern beobachtet und unsittlich berührt wurden. Dass Erzieher abends in die Schlafsäle der Elfjährigen kamen, um sie zu missbrauchen. Dass die Jungen nachts einzeln in die Zimmer der Präfekten gerufen wurden.« Ihre Finger waren eiskalt. »Dort wurden sie dann gezwungen, die Erzieher sexuell zu befriedigen. Durch Onanie, manuelle Stimulation oder Oralverkehr. Manchmal wurden sie auch vergewaltigt. Je nach Vorlieben des jeweiligen Präfekten. Die Opfer waren sich sicher: Der Vorsteher des Internats wusste davon, unternahm aber nichts dagegen.«

Trotz der Kälte, die in dem Beichtstuhl herrschte, stieg ihr plötzlich der Gestank von übel riechendem Schweiß in die Nase. Auf der anderen Seite des Gitters war ein Röcheln zu hören.

»Die katholische Kirche hat sich für mögliche Verfehlungen ihrerseits entschuldigt, es gab sogar Schadensersatzzahlungen.«

»Die katholische Kirche hat ihre Opfer verhöhnt. Die Täter wurden nicht strafrechtlich verfolgt. Fast niemand wurde entlassen, nur wenige Priester wurden versetzt. Zudem hat die katholische Kirche die Namen nahezu aller Kinderschänder aus ihren Reihen einfach totgeschwiegen.« Dorotheas Körper bebte vor Zorn. »Elena Goldschmied hat herausgefunden, dass *Sie* drei Jahre lang der Leiter dieses Internats waren.«

Die schrillen Laute, die hinter dem Gitter erklangen, waren die eines Tieres, das außer sich war. »Das war vor einunddreißig Jahren. Ich war erst … Ich konnte … Ich habe versucht …« Ersticktes Schluchzen. »Mea culpa, mea culpa, mea maxima culpa.«

Dorothea sprach weiter, ohne das Gestammel des Priesters zu beachten. »Drei Jahre. Das sind unzählige Nächte der Qual, unendliche viele Stunden in Angst, unsägliche viele Minuten in Panik. Und in jeder einzelnen davon hatten die Jungen sicher nur einen Gedanken: Nur nicht ich. Bitte nicht ich.« Dorothea betrachtete ihr Gegenüber, und Ekel stieg in ihr auf. Das Atmen fiel ihr immer schwerer, und sie konnte nur noch daran denken, die düstere Zelle endlich zu verlassen. Doch sie wusste, dass sie das Gespräch zu Ende bringen musste. »Hat Elena Ihnen ein Ultimatum gestellt?« Die abrupte Bewegung auf der anderen Seite des Beichtstuhls zeigte ihr, dass sie mit ihrer Vermutung recht hatte. »Sie wollte, dass der sadistische Professor Hinkel, über den Sie so schützend Ihre Hand halten, entlassen wurde. Und dass Sie als Direktor des *Sebastianums* zurücktreten. Andernfalls wollte sie Ihre Vergangenheit aufdecken.« Endlich stand Dorothea auf. »Wo waren Sie in der Nacht, in der Elena Goldschmied starb?«

Hinter dem Gitter war es still. Auch die dunkle Gestalt richtete sich plötzlich auf. »Sie haben kein Recht, hierherzukommen. Sie wurden von Chefinspektor Fuhrmann suspendiert.«

Dorothea spürte das abgegriffene Holz der Tür unter ihren Fingerspitzen. »Chefinspektor Fuhrmann ist erzkatholisch. Er kennt also das fünfte Gebot: Du sollst nicht töten.«

Kapitel 39

Noch ehe sie das schwere Kirchenportal erreichte, hörte Dorothea die Stimme eines Mädchens. »Glauben Sie an Gott?«

Sie atmete tief durch, die Mischung aus Weihrauch und Kerzenwachs umgab sie wie eine unheilvolle Dunstglocke. Dorothea wusste, dass sie sich beeilen, den düsteren Ort verlassen, mit Fuhrmann sprechen musste, doch es war, als würde die Frage sie wie ein unsichtbares Seil nach hinten ziehen. Ihr Oberkörper war nach vorn gebeugt, aber ihre Füße in den groben Schuhen schienen plötzlich schwer, wie nach einer meilenweiten Wanderung.

»Glauben Sie an Gott?« Dieselbe Stimme, eindringlich, beschwörend.

Mühsam schluckte Dorothea einige Male. Einen Moment lang hielt sie inne und berührte mit ihren Fingerspitzen die Marmorschale des Taufbeckens. Sie ging weiter, legte ihre Hand auf die Klinke. Sie durfte keine Zeit verlieren. Sie musste mit Fuhrmann sprechen, bevor es Hochwürden Weiß tun konnte. Sie war sich sicher gewesen, den Direktor der Schule bei einer Lüge zu ertappen, ihn des Mordes an Elena Goldschmied überführen zu können. Doch das Gespräch war nicht so verlaufen, wie sie es gehofft hatte. Dorothea spürte die Kälte des Metalls in ihren Fingern, hörte das Scharren der Scharniere, als sie das Schmiedeeisen nach unten drückte.

»Glauben Sie an ein Leben nach dem Tod?«

Durch einen Spalt fiel bereits das graue Morgenlicht in das Gotteshaus, eiskalte Winterluft schlug ihr entgegen. Die Flucht aus der Kirche war zum Greifen nah.

Sie bereute es, dass sie Fuhrmann nicht in ihr Vorhaben eingeweiht hatte. Ihr Plan, den Pfarrer allein zu überführen, kam ihr nun kindisch vor.

»Glauben Sie an die Hölle?« Wieder hörte sie die Stimme hinter sich. Dorothea schloss die Augen, sog noch einmal die kalte Luft ein, ließ schließlich den Türgriff los. Mit einem Seufzen fügte sich das Tor wieder in den Bogen. Langsam wandte sie sich um. Gleichzeitig dachte sie an Fuhrmann, und in ihrem Magen bildete sich ein Knoten.

»An die Hölle?«

Dorothea wartete, bis sich ihre Augen wieder an das Halbdunkel in der Basilika gewöhnt hatten. Danach sah sie sich um. Das Mädchen saß ganz vorn in einer der Kirchenbänke, direkt am Ende des Seitenschiffes unter einem der Ölgemälde. Von ihrem letzten Besuch in der Kirche wusste Dorothea, dass in dem Bild der Antichrist versuchte, Jesus in der Wüste in Versuchung zu führen.

»Glauben Sie an den Teufel?«

Noch einmal blickte Dorothea zu der Eichentür, dann ging sie den Hauptgang entlang. Reihen von roten Gotteslobbüchern in den Bänken zogen an ihr vorbei, während sie weiter nach vorn trat. Schließlich sah Dorothea, dass blonde Haare über den gebeugten Rücken der Gestalt fielen.

»Barbara?«

Bei dem Klang des Namens wandte sich die Jugendliche nicht um, dennoch wusste Dorothea, dass es Barbie war, die auf einer der harten Kirchenbänke kauerte. Endlich erreichte sie die Bank, in der das Mädchen saß. Dorothea ließ sich neben ihr auf dem weinroten Filz nieder.

Hinter ihnen drehte sich die Tür des Beichtstuhls knarrend in den Holzscharnieren, Gottfried Weiß verließ den Beichtstuhl. Seine Schritte hallten auf dem Marmorboden. Dorotheas Blick glitt zögernd von Barbie zurück zu dem Holztor. Innere Unruhe breitete sich in ihr aus. Sie griff in die Tasche ihres Parkas, umschloss die Kanten ihres Mobiltelefons. In ihrem Ohr begann eine Stimme zu keifen: *Wie konntest du nur so naiv sein? Du hättest Fuhrmann informieren sollen, bevor du Gottfried Weiß befragst.*

Wortlos zog der Direktor an ihnen vorbei, doch vor dem Hochaltar ging er tief in die Knie, hob den Kopf und schlug ein Kreuzzeichen. Dorothea spürte das Handy in ihrer Hand. Einen Moment lang spielte sie mit dem Gedanken, ihren Chef kurz anzurufen. *Was willst du ihm sagen?*

Als der Pfarrer die Kirche durch den Vordereingang in Richtung Schule verließ, schoss Panik durch ihre Adern.

»Ich habe auf Sie gewartet.« Ein Flüstern direkt neben ihr.

Dorothea ließ ihr Telefon los, nahm die Hand aus der Tasche.

»Ich war im Schulpark und habe gesehen, dass Sie in die Kirche gingen.« Das Mädchen hob den Kopf. »Seit Tagen versuche ich, Sie persönlich zu erreichen. Aber Sie waren nie im Dienst.«

Dorothea senkte ihre Augen. »Ich bin vom Dienst freigestellt.« Wie glühende Kohlen spürte sie den forschenden Blick der Jugendlichen auf ihrer Haut.

»Weil Sie nach Ellies Mörder suchen?«

Dorothea zögerte, doch die Jugendliche wartete ihre Antwort nicht ab.

»Das hat sich mittlerweile in der Schule herumgesprochen.«

Einige Sekunden lang herrschte Stille, Barbara Luxner sah zum Hochaltar. Dorothea folgte ihrem Blick. Immer noch stand das überdimensionale Foto von Elena Goldschmied am Anfang des Hauptgangs, umringt von brennenden Teelichtern und Blumen. Daneben erhob sich nun ein Holzkreuz, ein weiteres Foto. Roman Kettner. Eingehend musterte Dorothea die beiden Bilder. Sie suchte nach Ähnlichkeiten in den Gesichtern, doch sie fand keine. Einzig die hohe Stirn schien beiden gemeinsam zu sein.

Auch Barbara starrte auf die Fotos ihrer ehemaligen Mitschüler. Endlich begann sie zu flüstern. »Sie sagten, dass ich das Richtige tun soll. Für meinen Seelenfrieden. Und für Ellies.« Sie betrachtete den Nagellack auf ihren perfekt manikürten Nägeln. »Ich weiß, dass Sie am Samstagabend im *PURE* waren.«

Angeekelt dachte Dorothea an den dichten Qualm, die laute Musik in der Bar, die betrunkenen Jugendlichen.

»Ich weiß, was Jackie über mich gesagt hat.« Barbie spielte nervös mit ihren Ohrringen. »Simon hat es mir erzählt.« Sie nahm eines der roten Bücher in die Hand und begann, darin zu blättern. »Jackie glaubt, dass ich Ellies neue beste Freundin war. Das stimmt nicht. Wir waren keine Freundinnen.«

Vorsichtig beugte Dorothea ihren Oberkörper leicht nach vorn. »Aber es gab ein Gespräch?«

Der blonde Schopf des Mädchens wippte leicht auf und ab. »Ellie kam zu mir.« Die hauchdünnen Blätter des Gotteslobs raschelten, während das Mädchen sie umblätterte. »Ich war ziemlich überrascht.« Sie zog an der roten Kordel, die an dem Buch befestigt war. »Zuerst dachte ich, dass es um die Fotos im Internet ging. Oder darum, dass wir ihr Handy gehackt hatten. Aber das war ja schon Monate vorher gewesen.« In Erinnerung versunken schüttelte sie leicht ihren Kopf. Sie klappte das Buch zu, stellte es wieder in die kleine Kerbe zurück, sog geräuschvoll die Luft ein. Wie zu sich selbst begann sie zu sprechen: »Ich sehe sie noch immer vor mir. Sie war leichenblass. ›Ich bin schwanger, Barbie‹, sagte sie.« Barbara verstummte.

Dorothea wartete. Sie spürte, dass das Mädchen Zeit brauchte, die Dorothea nicht hatte. Dennoch blieb sie ruhig sitzen.

Nach einer Ewigkeit erklang das Flüstern. »Ellie wollte mir nicht sagen, wer der Vater ist. Aber sie hat sich überlegt, was sie tun soll.«

»Und sie ist zu dir gekommen, um es mit dir zu besprechen?« Die Jugendliche presste ihre Hand auf den Mund, anstatt zu antworten. »Weil sie sich mit Melanie gestritten hatte und jemanden zum Reden brauchte?«

Stumm schüttelte das Mädchen den Kopf, ihre Finger immer noch an ihren Lippen.

»Warum wollte sie mit dir reden?«

Barbies Körper zitterte. »Weil ich …« Mitten im Satz brach sie ab. »Glauben Sie, dass es einen Gott gibt? Dass es einen Teufel gibt? Dass man für seine Sünden in der Hölle bestraft wird? Was ist, wenn man einen Mord begeht?« Das Kinn des Mädchens bebte, und ihre Blicke suchten eine Statue, die in der Apsis auf dem Seitenaltar stand. Es war die Gottesmutter, die das kleine Jesuskind in ihren Armen hielt.

Dorothea betrachtete die Tränen, die über Barbies Wangen liefen. Verwirrt durchsuchte sie ihr Gehirn, um herauszufinden, was die Jugendliche ihr sagen wollte. Plötzlich kam ihr die Unterhaltung zwischen Jackie und Barbie in den Sinn, die sie belauscht hatte: *Glaubst du, dass die Seelen der toten Embryos zurückkommen, um sich an ihrem Mörder zu rächen?*

Mit einem Schlag wurde Dorothea klar, warum Elena Goldschmied zu Barbie gegangen war. Leise sprach sie ihre Vermutung aus. »Weil du eine Abtreibung hattest.«

Das Mädchen nickte und schluchzte laut auf. In der Kirche hallte der Laut wie ein Schrei wider. Minutenlang herrschte Stille. Trotz ihrer inneren Unruhe zwang sie sich, still sitzen zu bleiben, bis das Mädchen endlich ihren Bericht fortsetzte. »Es war vor einem Jahr. Ich war sechzehn.« Es klang, als würde sie von einem anderen Leben reden. Sie setzte sich plötzlich in der Kirchenbank auf und hielt ihren Rücken gerade. »Ich nehme an, Sie kennen meine Akte, Frau Inspektorin.«

»Nein.«

»Partys, Alkohol, Crystal Meth.« Barbie lachte verächtlich. »Aber mein Vater hat einen sehr guten Anwalt.« Sie wischte sich vorsichtig die Tränen aus ihrem Gesicht. »Natürlich hatte ich Sex. Und natürlich habe ich die Pille genommen. Aber Sie wissen ja sicher, wie das ist.«

Dorothea schwieg. Sie wollte dem Mädchen nicht erklären, dass ihr Leben als Teenager ganz anders verlaufen war.

»Manchmal war ich so zugedröhnt, um daran zu denken, manchmal hab ich sie wieder rausgekotzt.«

»Es gibt auch andere Methoden, um zu verhüten.« Dorothea konnte sich die Belehrung nicht verbeißen.

Das Mädchen zuckte mit den Schultern. »Ehrlich gesagt, es war mir ziemlich egal. Ich dachte, selbst wenn ich schwanger bin, kann ich immer noch abtreiben.« Sie begann, ihre Tasche zu durchstöbern. »Als ich dann merkte, dass ich tatsächlich schwanger war, wusste ich nicht einmal, wer der Vater war. Es kamen ungefähr acht Jungs infrage.« Ihre Stimme klang eigenartig unbeteiligt, doch sie hatte die Arme eng um ihre Schultern geschlungen. »Ich bin nach Salzburg gefahren. Innerhalb von zwei Stunden war alles vorbei.«

Wie einsam war sie wohl gewesen? Mitleid wallte in Dorothea auf. »Wussten deine Eltern von der Schwangerschaft?«

Barbie starrte Dorothea an. »Machen Sie Witze? Mein Vater hätte mich erschlagen. Und meine Mutter würde wahrscheinlich nie mehr ein Wort mit mir wechseln.« Zwischen Büchern, Mappen, Schminktäschchen und Nagellack wühlte sie weiter und schniefte.

Dorothea verstand, wonach Barbie suchte. Sie griff in ihren Parka und reichte dem Mädchen eine Packung Taschentücher.

»Danke.« Barbie lehnte sich wieder in der Kirchenbank zurück und putzte sich die Nase.

»Woher wusste Ellie, dass du eine Abtreibung hattest?«

In einer hilflosen Geste hob das Mädchen die Schultern. »Weil sie mich gehört hat.«

Dorothea versuchte, eine Chronologie der Ereignisse in ihrem Kopf zu erstellen. »Du hattest vor einem Jahr eine Abtreibung. Und Elena Goldschmied hat damals davon erfahren.«

Barbie nickte. »Am Anfang der Sportstunden stand sie oft noch vor dem Spiegel in der Umkleidekabine. Sogar unsere brave Ellie hasste die Haferstute und ihre Turnstunden.« Ihre Stimme klang für einen Augenblick belustigt. »Jedenfalls war sie an dem Montag auch noch in der Umkleidekabine. Und sie muss gehört haben, dass ich mich am WC übergeben habe. Am nächsten Montag hat sie gewartet, bis ich rauskam. Ich kann mich noch genau an ihren spöttischen Tonfall erinnern. ›Bist du schwanger?‹ Die Antwort hat sie wohl an meinem Gesicht gesehen.« Barbie sah auf ihre Knie und zupfte an den Fäden der stylish zerrissenen Jeans. »Ich war mir sicher, dass sie es ausplaudern würde. Aber sie hat dichtgehalten.« Ungläubig schüttelte sie den Kopf. »Typisch Ellie. Immer bemüht, das Richtige zu tun.« Trotz des Hohns lag in den

Worten des Mädchens auch eine Spur Bewunderung. »Damals habe ich dann zu Jackie gesagt, dass wir aufhören sollten, Ellie zu mobben. Jackie wollte natürlich wissen, warum. Aber ich sagte ihr nur, es sei mir zu kindisch, Ellie zu schikanieren. Da hat Jackie klein beigegeben.« In Gedanken versunken saß die Schülerin einige Minuten lang da. Sie schien vergessen zu haben, was sie Dorothea mitteilen wollte.

»Elena wusste also, dass du schwanger warst.« Dorothea hoffte, Barbie den roten Faden ihrer Erzählung in Erinnerung zu rufen. »Aber sie hat niemandem etwas davon gesagt. Was geschah nach deiner Abtreibung?«

Barbie schien aus einem tiefen Schlaf aufzuwachen. »Zuerst nichts. Ich war einfach nur erleichtert. Mein Leben ging ganz normal weiter.« Sie drehte ihre Haarspitzen ein, wieder und wieder. »Nach fünf Monaten fingen dann plötzlich die Albträume an. Ich wachte jede Nacht schweißgebadet auf. In meinem Traum bringe ich immer ein Baby um. Immer auf unterschiedliche Weise. Manchmal halte ich es unter Wasser, bis es ertrinkt. Manchmal schlage ich mit einem Baseballschläger auf das winzige Gesicht ein, bis alles voll Blut ist. Erst dann verschwindet es endlich. Aber dann wird mir im Traum klar, dass es mein Baby war. Und ich muss nach der Leiche suchen, weil ich Angst habe, dass jemand was merken könnte. Ich kann es nirgends finden. Bis es plötzlich auftaucht. Unter meinem Bett. Oder in meinem Spind. Manchmal muss ich es auch irgendwo ausgraben. Und immer ist es schon verwest, wenn ich es finde.« Sie schloss kurz ihre Augen. »Es wurde immer schlimmer. Ich konnte nicht mehr schlafen. Und wenn ich schlief, hatte ich diesen Traum.« Sie zog die Ärmel ihres Mantels über die Handgelenke, grub ihre Finger in den Stoff. »Zuerst habe ich noch mehr Alkohol getrunken, mich mit Schlafmitteln vollgeschüttet. Dann habe ich versucht, weniger zu trinken. Keine Drogen mehr zu nehmen. Aber es hat alles nichts genützt. Irgendwann war mir dann klar, dass es die Seele des toten Kindes ist.« Ihre Lippen wurden schmal. »Es rächt sich.«

Mitleid stieg in Dorothea auf. Trotz des fraulichen Körpers, dem perfekten Make-up und dem figurbetonten Outfit war Barbie ein verängstigtes Schulmädchen. »Barbara, du solltest dir professionelle Hilfe holen, zu einer Psychotherapeutin gehen.«

Das Mädchen schien sie nicht zu hören. »Ich weiß nicht, was ich tun soll. Ich habe drei Rosen auf Ellies Grab gelegt. Für sie, für mein Kind und für ihres.«

»Was hast du Elena geraten, als sie zu dir kam?«

Barbie hob den Kopf. »Ich sagte ihr, sie solle das Kind nicht abtreiben, weil sonst ihr Leben zu Ende ist. So wie meines.« Ihre Hand lag plötzlich auf Dorotheas Arm. »Hatte ich unrecht?«

Dorothea war überrascht, mit welcher Kraft die zierlichen Finger sich in ihr Fleisch krallten.

»Ist Ellie tot, weil sie das Kind behalten hat?«

Kapitel 40

Als Dorothea eine halbe Stunde später in Fuhrmanns stickiges Büro trat, war es nicht mehr nur das Gefühl eines Déjà-vu, sondern das einer qualvollen Endlosschleife, in der sie gefangen war. Der Geruch nach Schweiß und Bügelstärke, der Schneefall vor den Lamellenvorhängen, das flaue Gefühl in ihrer Magengrube. Ihre ausgetrocknete Luftröhre, die voll aufgedrehte Heizung, Fuhrmann hinter seinem Schreibtisch, ein Ohr immer noch am Hörer. Er hob leicht seine Augenbrauen, und Dorothea brach unter ihrem Parka der Schweiß aus. Sie hätte ihn ausziehen sollen. Fuhrmanns Augen fixierten sie, während er in den Hörer sprach. Etwas in seiner Stimme ließ Dorothea aufhorchen.

»Ich verstehe. Ganz sicher, Frau Krale?« Er kritzelte einige Worte auf einen Zettel. »Beide Autos, ich verstehe. Jeden Samstag.«

Dorothea konnte die Stimme einer älteren Frau hören, die offenbar nicht mehr aufhören wollte zu reden. Fuhrmanns Kopf wippte genervt auf und ab wie der eines Wackelhundes auf dem Armaturenbrett. »Nein, es war sicher ein Missverständnis. Unser Zeuge hat sich wohl getäuscht.«

Er entfernte den Hörer von seinem Ohr, während die Frau am anderen Ende der Leitung noch immer sprach. Rastlos trommelte er mit seinen Fingernägeln auf den Schreibtisch. Als die Dame eine kurze Verschnaufpause machte, nutzte der Chefinspektor seine Chance. »Vielen Dank noch mal für Ihre Hilfe.«

Rasch legte er den Hörer auf das Telefon. Seine Finger hafteten immer noch an dem Apparat, während er Dorothea musterte und sich seine buschigen Augenbrauen zusammenzogen.

Dorothea erwiderte seinen Blick und spürte wieder den Knoten im Magen, der nun so groß wie eine Faust war. Bei dem Gedanken, dass sie zu spät kam und der Pfarrer bereits mit Fuhrmann geredet hatte, verkrampfte sich ihr ganzer Körper. *Hochwürden Weiß hat Elena Goldschmied umgebracht.* Die Worte klangen hohl in ihrem Kopf. Verzweifelt versuchte sie, sich eine Strategie zurechtzulegen, um Fuhrmann zu überzeugen. Noch ehe ihr das gelang, zeigte der Chefinspektor auf den Stuhl vor seinem Schreibtisch.

»Setz dich.«

Die zwei Worte klangen seltsam kühl. Wie in Trance ließ Dorothea sich nieder. Die Lehnen unter ihren Fingern fühlten sich feucht an. Ihr Mobiltelefon begann in ihrer Tasche zu läuten. Verstohlen sah sie auf das Display, drückte auf die Stummtaste. *Nicht jetzt, Mama.* Tonlos formte Dorothea den Satz. Danach kehrte ihre Aufmerksamkeit sofort zu Fuhrmann zurück. Sie räusperte sich, er hob abwehrend seine Hand.

Pfarrer Weiß hat Elena Goldschmied umgebracht.

Dorothea wollte den Satz laut in den Raum schreien, doch sie kannte Fuhrmann gut genug, um zu wissen, dass es besser war zu warten, bis er Redeerlaubnis erteilte. Während sich Dorotheas Finger um die Lehne krampften, beobachtete sie ihn.

Er stand auf und stellte sich ans Fenster, sah wieder auf die Kreuzung hinaus. In der Nacht hatte es geregnet, am Morgen aber waren die Temperaturen wieder unter null gefallen. Die Gehsteige waren zu Todesfallen für alte Menschen geworden. Der Gedanke an ihre Mutter streifte noch mal Dorotheas Bewusstsein und verschwand sofort wieder, während sie Fuhrmann beobachtete. Sie merkte, dass sie unbewusst die Luft anhielt. Möglichst leise versuchte sie auszuatmen.

Selbst als sich Fuhrmann wieder an den Schreibtisch setzte, begann er nicht sofort zu sprechen, sondern strich sich einige Male über seinen Schnauzbart. Sekundenlang sah er sie an, und ein Schweißtropfen lief über ihren Rücken.

Sie bereitete sich darauf vor, dass Fuhrmann zu schreien begann. Sein erster Satz traf sie völlig unerwartet.

»Noch nie vorher habe ich eine Polizistin gesehen, die sich so viel merkt wie du, die so viele Details erkennt wie du.« Fuhrmann stützte sein Kinn auf Zeigefinger und Daumen, und sein Rattengesicht bekam Hamsterbacken. Es war ein skurriles Bild, unter anderen Umständen hätte Dorothea geschmunzelt, doch ihr war nicht zum Lachen zumute.

»Weißt du, was dein Spitzname hier in der Dienststelle ist?«

Dorothea kannte ihren Spitznamen, doch sie schwieg.

»Miss Marple.«

Sie fand es nicht sehr erbaulich, in ihrem Alter schon mit einer alten Jungfer verglichen zu werden.

»Ich habe auch noch nie eine Polizistin gesehen, die schon in ihren ersten Jahren so viel Potenzial gezeigt hat wie du.« Fuhrmann starrte auf das Blatt, das auf seinem Schreibtisch lag. »Wenn also von dir eine Theorie kommt, dann weiß ich, dass ich sie ernst nehmen muss.« Er nahm den Zettel in beide Hände, las schweigend das Gekritzel und legte das Papier dann wieder auf den Schreibtisch. Dann hob er den Kopf und sah Dorothea an. »Ich denke, ich kann offen mit dir sprechen.« Er nahm einen Kugelschreiber in die Hand, lehnte sich in seinem Bürosessel weit zurück und begann, den Stift zwischen Daumen und Zeigefingern hin und her zu drehen. »Vor etwa zwanzig Minuten hat mich ein seltsamer Anruf erreicht.«

Dorotheas Herz setzte einen Schlag lang aus.

»Der Direktor des *Sebastianums* hat angerufen.« Sie fuhr mit der Zunge über ihre rissigen Lippen.

»Er hat mich sehr freundlich darauf hingewiesen, dass eine meiner Kolleginnen offenbar immer noch in dem Todesfall von Elena Goldschmied ermittelt.« Fuhrmann drehte an dem Kugelschreiber, sodass die blaue Spitze zum Vorschein kam. »Gottfried Weiß hat Verständnis für eifrige Polizistinnen. Dennoch will er, dass wir uns jetzt endlich von seiner Schule fernhalten. Aber als Geste seines guten Willens hat er sich bereit erklärt, mir sein Alibi für den Abend mitzuteilen, an dem Elena Goldschmied starb.«

Dorothea schluckte. »Welches Alibi?«

Fuhrmann nahm wieder das bekritzelte Blatt in die Hand. »Hochwürden Weiß hielt einen Gottesdienst in der Pfarrkirche, und danach hat er den Abend mit einem Freund verbracht.«

Eine Ahnung stieg in Dorothea auf. »Mit welchem Freund?«

Fuhrmann kniff seine Lider zusammen, um seine eigene Schrift lesen zu können. »Professor Thomas Hinkel.«

Es war, als hätte jemand einen riesigen Felsbrocken auf Dorothea geworfen. Sekundenlang war sie unfähig, sich zu bewegen. Es gelang ihr, ihre Lippen zu öffnen. »Das glaube ich nicht.« Ihre eigene Stimme klang fremd in ihren Ohren.

Fuhrmann beugte sich nach vorn und verschränkte seine Finger. »Interessant. Genau das hat Gottfried vorausgesehen. Er wollte mit mir persönlich sprechen, weil er der Meinung ist, dass du Vorurteile gegen ihn hegst.«

Wut stieg in Dorothea auf. »Er lügt.«

Fuhrmann sah sie lange an. »Dorothea, du bist die beste Polizistin, die ich je gesehen habe.« Er rollte eine Hand zu einer Faust, legte die andere darüber. »Aber weißt du, was deine größte Schwäche ist?«

Dorothea erwiderte seinen Blick, doch sie sagte nichts.

»Arroganz«, beantwortete er seine Frage selbst. Er atmete tief ein und blies die Luft mit einem lauten Seufzer durch die Nase wieder aus. »Es kommt dir gar nicht in den Sinn, dass du falsch liegen könntest, dass du dich vielleicht irrst.« Er streckte seine Hand aus und rückte das Foto zurecht, das auf seinem Schreibtisch stand. »Ich weiß, dass du mich für einen Dorftrottel hältst.«

Dorothea öffnete ihre Lippen und schloss sie wieder. Sie sah den verletzten Blick in seinen Augen.

»Aber weißt du was, ich habe in Kufstein schon Verbrechen aufgeklärt, da warst du noch nicht einmal geboren.«

Dorothea schluckte. »Ich …«

»In all den Jahren bei der Polizei habe ich viele Fehler gemacht, Fehler, die Menschen ihren Job gekostet haben, Fehler, die vielleicht sogar Unschuldige hinter Gitter gebracht haben. Aber ich habe mich immer an das System gehalten, habe unserer Justiz vertraut. Es gibt Vorgaben, und an die halten wir uns, auch wenn uns das manchmal nicht gefällt.«

Plötzlich wusste Dorothea, dass sie die Schlacht nur noch gewinnen konnte, wenn sie in die Offensive ging. »Josef, der Direktor lügt. Lass mich sein Alibi überprüfen, und du wirst sehen, dass er lügt.«

Wieder berührte der Chefinspektor das Foto seiner Frau, er schien mit ihr und nicht mit Dorothea zu sprechen. »Das, was du in den letzten Wochen gemacht hast, ist keine Polizeiarbeit. So funktioniert das nicht.«

»Gottfried Weiß hat in einem Internat tatenlos zugesehen, wie Hunderte junge Buben missbraucht wurden.« Die Schärfe in ihrer Stimme erschreckte nicht nur Dorothea.

Fuhrmanns Arm blieb einen winzigen Augenblick lang in der Luft hängen, bevor er in seiner Rede fortfuhr. »Wir laufen nicht durch Kufstein und spielen blinde Kuh. Beschuldigen jeden, den wir erhaschen können.«

Eine Welle der Verzweiflung überrollte Dorothea. »Elena Goldschmied ist durch Zufall auf seine Spur gekommen. Sie hat gedroht, seine Vergangenheit öffentlich zu machen. Roman Kettner hat ihn erpresst, deshalb wurde er erschlagen. Die Kollegen von der Mordkommission irren sich. Es war kein Drogenmord. Und es waren auch nicht seine Neonazi-Freunde. Es war Weiß.«

Fuhrmann schien ihre Worte nicht zu hören. »Es geht nicht darum, dass du Fehler gemacht hast, jeder macht Fehler. Aber in meiner Polizeistelle gibt es keinen Platz für persönliche Räuber- und Gendarm-Spiele.«

Dorothea dämmerte, wie das Gespräch mit Fuhrmann enden würde.

»Ich muss mich auf meine Mitarbeiter verlassen können. Und vor allem muss ich ihnen vertrauen können. Wenn ich eine Anweisung gebe, muss sie befolgt werden.«

Auch seine seltsame Stimmlage machte Sinn. Er war froh, das loszuwerden, was für ihn eine tickende Zeitbombe war. Dorotheas Mobiltelefon begann wieder zu vibrieren. Sie griff in ihre Jackentasche und drückte wahllos auf einen Knopf, während Fuhrmann weiterredete. »Deshalb sehe ich keinen anderen Ausweg mehr.«

Dorothea schloss für den Bruchteil einer Sekunde die Augen, dann starrte sie ihn an.

»Ich werde deine Entlassung beantragen.«

Kapitel 41

Einige Stunden später glitt Dorotheas Blick an der Wand des verschneiten Holzhauses entlang, aber in der einsetzenden Dämmerung konnte sie keine Klingel mit Hinkels Namen entdecken. Eisiger Wind blies gegen ihren Rücken, und sie sah, wie sich loser Schnee in den Ecken der uralten Veranda sammelte. Über ihr klapperte einer der rot-weißen Fensterläden im Wind, sie stockte. *Deine Entlassung.* Ihre Zunge glitt über ihre tauben Lippen, trotz der Kältecreme, die sie zu Hause aufgetragen hatte, waren sie wie eingefroren von dem Frost. Wusste inzwischen die ganze Polizeistation, die ganze Stadt von der drohenden Kündigung? Sie konnte die Häme in Speckners Gesicht bereits lesen. *Miss Marple hat versagt. Die kluge Dorothea Keusch ist doch nicht so scharfsinnig, wie sie immer denkt.* Boshaft. Höhnisch. Das Ende ihrer Karriere. Seit sie das Büro verlassen hatte, verkündeten es die Vögel, die Passanten raunten es ihr zu. *Du wirst nicht mehr Polizistin sein, nie ein Mitglied der Abteilung Leib und Leben. Nie den Tod deines Vaters aufklären.* Grimmig biss Dorothea sich auf die Lippen. Sie musste Fuhrmann beweisen, dass sie recht hatte.

Energisch klopfte sie an die geschwärzten Bretter der Eingangstür, doch im Inneren des Hauses rührte sich nichts. Sie warf einen verstohlenen Blick nach beiden Seiten, doch nur die knorrigen Bäume rund um das Haus beobachteten sie still. Sachte drückte sie die schmiedeeiserne Klinke nach unten. Zu ihrer Überraschung öffnete sich die Tür mit einem leichten Scharren.

Tropische Wärme strömten ihr entgegen, und der Geruch nach Fischfutter, der Dorothea empfing, erinnerte sie an den in einer Zoohandlung. Sie trat über die Schwelle in das Halbdunkel, und die Dielenbretter knarrten unter ihren schweren Schuhen. Sie wartete, bis sich ihre Augen an das Dämmerlicht gewöhnt hatten.

»Herr Hinkel?«

Alles blieb still, nur das stete Murmeln von Wasser und das vereinzelte Zirpen von Heimchen waren aus der Tiefe des Raumes zu hören. Verwundert sah Dorothea sich um. Das Haus, das von außen wie ein verlassenes Hexenhaus wirkte, glich im Inneren einem Reptilienzoo. Terrarien verschiedener Größe waren zu sehen, beleuchtet von vergitterten Lampen, gefüllt mit exotischen Pflanzen, Sand, Erde, Rinden und Borke. Auf einem Holzregal stapelten sich Plastikboxen mit Heuschrecken, Grillen und sich windenden Maden. Dorothea trat einige Schritte in den Raum, zögerte.

»Herr Hinkel?«

Sie trat zu einem der Glaskästen und betrachtete die haarigen Beine einer Vogelspinne, die unbeweglich unter der Rinde verharrte. Das angrenzende Terrarium schien leer zu sein, erst nach längerem Hinsehen entdeckte Dorothea einen Skorpion, vergraben in dem sandigen Lehmboden.

»Sein Stich kann Sie töten.«

Dorotheas Herz setzte einen Schlag aus, als sie plötzlich die raue Stimme hinter sich hörte. Sie fragte sich, wie der hochgewachsene Mann es geschafft hatte, sich trotz der knarrenden Dielenbretter und seines Klumpfußes lautlos an sie anzuschleichen. Es war, als ob sie beim Stehlen ertappt worden war. Ihre Ohren und Wangen begannen zu brennen. Sie atmete kurz durch, bevor sie ihren Blick von dem Skorpion nahm und sich zu dem Biologielehrer umdrehte.

»Die Tür war offen.« Sie ärgerte sich über die Unsicherheit in ihrer Stimme.

Thomas Hinkel gab ein bösartiges Lachen von sich. »Ich habe mich schon gefragt, wann Sie sich endlich in meine Schlangengrube wagen.« Er grinste höhnisch.

Es war klar, dass Hinkel bereits mit seinem Freund Weiß

gesprochen hatte. Dennoch beschloss Dorothea, ihren Plan weiter auszuführen.

»Professor Hinkel«, sie gab sich betont höflich, «ich bin gekommen, um …«

Der Biologielehrer fiel ihr ins Wort. »Sie sind gekommen, um mich bei einer Lüge zu erwischen. Um mich als Mörder zu überführen.«

Dorothea bekam das Gefühl, dass ihr der Boden unter den Füßen weggezogen wurde. Sie versuchte, sich nicht in die Irre führen zu lassen. »Wo waren Sie am Abend des 12. Januars?«

Der Professor wandte sich von ihr ab und hinkte zu dem Regal mit dem Lebendfutter. »Lassen Sie mich nachdenken. Ich denke, ich war im *Sebastianum* und habe eine vorlaute Schülerin vom zweiten Stock in die Eingangshalle geworfen.«

Er steckte eine lange Pinzette in eines der Löcher, packte damit eine Heuschrecke und zog sie vorsichtig heraus. Danach drehte er sich wieder zu Dorothea.

»Es gibt viel zu viele von ihrer Sorte. Auf eine mehr oder weniger kommt es nicht an.« Er öffnete den Deckel eines Terrariums, streckte die Pinzette mit dem Insekt hinein und wartete, bis das Reptil seine Zunge herausschnellen ließ. »Das wollten Sie doch hören, oder etwa nicht, Frau Inspektorin?«

Das Tier zermalmte die Heuschrecke mit den Kiefern. Thomas Hinkel wandte sich zu dem Futterregal.

»Nein, warten Sie, es war ganz anders. Ich war an dem Samstag hier, aber Gottfried war nicht bei mir. Er war es wohl, der das Mädchen über die Brüstung geworfen hat.« Er schüttelte spöttisch den Kopf. »So viele Theorien.«

Nachdem er zwei weitere Insekten an die Echse verfüttert hatte, richtete er sich schließlich auf. Dorothea sah, dass es ihn große Mühe kostete, seinen Rücken gerade zu halten. Dennoch verharrte er in der Position. »Leider haben diese Theorien einen Haken. Gottfried und ich haben ein Alibi.«

Dorothea fand ihre Sprache wieder. »Ihr gegenseitiges Alibi wird nicht lange halten. Sie hatten beide ein Motiv, Elena Goldschmied zu töten. Hochwürden musste seinen Ruf schützen und Sie Ihren Job.«

»Eine interessante These.« Er rieb sich sein kantiges Kinn. »Es bleibt nur die Frage, welches Motiv Frau Krale hat.«

Dorothea sah in das bissige Gesicht des Lehrers, ein unheilvolles Gefühl breitete sich in ihr aus. Ihre Hoffnung, ihn bei einer Lüge zu ertappen, verschwand. Sie ahnte, dass etwas nicht stimmte. Er war ihr einen Schritt voraus. Sie war im Begriff, in eine Falle zu tappen.

»Wie bitte?«

Die Schadenfreude, die sich von seinen Lippen bis hinauf zu den Augen ausdehnte, ließ Dorothea ahnen, dass die Falle zugeschnappt war.

»Hat Ihr Chef es Ihnen nicht berichtet?«

Der Professor hielt mit einem gespielt verwirrten Ausdruck inne, und nun wusste Dorothea, warum ihr der Name Krale bekannt vorkam.

»Er hatte wohl noch keine Gelegenheit dazu.« Bösartig beobachtete der Lehrer sie, während er seinen Triumph auskostete. »Nun, dann muss ich es Ihnen wohl sagen. Meine Nachbarin hat unser Alibi bereits bestätigt.«

Dorotheas Füße schienen unter ihrem Gewicht nachzugeben. Sie dachte an das Telefonat, das Fuhrmann zu Ende geführt hatte, während sie in seinem Büro war. Die alte Dame, die nicht aufgehört hatte zu reden. *Wenn also von dir eine Theorie kommt, dann weiß ich, dass ich sie ernst nehmen muss.* Dorothea schloss die Augen. Doch selbst ihre innere Stimme klang nun höhnisch. *Fuhrmann hat deinen Verdacht überprüft. Wahrscheinlich hat er einen Vorwand dafür verwendet, doch er hat festgestellt, dass die beiden für die Mordnacht ein Alibi haben. Und dir hat er nichts davon gesagt.*

Tränen der Wut stiegen in ihr auf. Um ihren Zorn zu verbergen, wandte sie sich zur Tür.

»Dafür, dass Sie zwei Morde aufklären wollen, haben Sie noch nicht sehr viel geschafft.«

Der Lehrer hatte noch nicht seine ganze Munition verbraucht, die Aussage traf Dorothea wie ein Schuss in den Rücken. Sie holte tief Luft, dann drehte sie sich auf dem Absatz um.

»Nun, ich habe herausgefunden, dass Ihr Freund Kinderschänder gedeckt hat.«

Endlich verschwand das hämische Grinsen aus dem verhärmten Gesicht, doch nur für einen Augenblick. »Nicht sehr professionell, sich als Polizistin von eigenen Gefühlen leiten zu lassen.«

»Was soll das heißen?«

Er zuckte nur mit seinen Schultern. »Nun, wer war der Vater von Elena Goldschmieds Kind?«

Dorothea trat auf ihn zu, fixierte das Gesicht des Biologielehrers. »Wissen Sie es?«

»Sie sind die Polizistin. Finden Sie es heraus.«

Dorotheas Wut schrie laut, dass sie sich umdrehen und gehen sollte, doch ihr Instinkt riet ihr zu bleiben. Selbst wenn Hinkel nicht der Mörder war, wusste er doch mehr, als er zugab.

»Zwei Menschen sind tot. Sie behindern die Ermittlungen.«

Wieder lachte er verschlagen. »Sie führen keine offiziellen Ermittlungen. Chefinspektor Fuhrmann hat Sie suspendiert und wahrscheinlich mittlerweile bereits gefeuert.«

Dorotheas Körper bebte vor Aufruhr, doch sie zwang sich, einen Schritt in den dunklen Raum zurückzutreten. »Woher wissen Sie, dass es einen Zusammenhang zwischen den beiden Todesfällen gibt?«

»Nur weil Schüler immer glauben, dass Lehrer dumm sind, heißt das noch lange nicht, dass es so ist.«

Dorothea überlegte, was ihr Thomas Hinkel damit sagen wollte. Eingehend musterte sie sein Gesicht. Wie in einem der doppelten Bilder, die das Auge täuschten, konnte sie hinter der bösartigen Maske den anderen Hinkel sehen. Den einsamen Griesgram, dessen einzige Waffe und Macht darin bestand, heimliches Wissen über Schüler und Kollegen anzuhäufen.

Als ob er ihre Gedanken lesen konnte, wandte er sich ab und blickte auf den Skorpion in dem Terrarium. »Ich habe es Ihnen schon gesagt. Reden Sie mit Goldschmieds sogenannter bester Freundin. Fragen Sie sie nach Roman Kettner.«

»Melanie Fleischer?«

»Wie viele beste Freundinnen hatte die Tote denn?«

»Sie glauben, dass Melanie Elena Goldschmied umgebracht hat?«

Wieder zuckte er mit den Schultern. »Es wäre nicht das erste Mal, dass ein Mädchen ihre beste Freundin wegen eines Jungen umbringt.«

Kapitel 42

»Es tut mir leid, ich verstehe nicht ganz, warum Sie hier sind.« Am nächsten Morgen schüttelte Greta Fleischer in dem Türrahmen des Einfamilienhauses verwirrt ihren Kopf. Dorothea gähnte verstohlen. Sie hatte sich die ganze Nacht im Bett gewälzt, gepeinigt von Albträumen. *Vera und ihre Söhne in Lumpen auf der Straße, sie selbst umringt von Fuhrmann und einer Meute geifernder Kollegen. Ihre schluchzende Mutter, ihr Vater, sein Gesicht verzerrt von Trauer und Enttäuschung.* Zwischen Traumfetzen war sie immer wieder aufgewacht, hatte sich das Gehirn über die Äußerungen des Biologielehrers zermartert. Um sechs Uhr morgens hatte sie sich aus dem Bett geschleppt, eine Tasse Tee gemacht und beschlossen, mit Melanie zu sprechen.

Die Mutter des Mädchens verschränkte die Arme unter der Brust und presste die Füße in den Filzpantoffeln zusammen, um sich vor der eisigen Kälte des Wintermorgens zu schützen. Dennoch blieb sie abwartend stehen. Dorothea betrachtete die untersetzte Gestalt. Ihre ganze Erscheinung glich der einer klischeehaften Hausfrau. Die molligen Hüften und die Taille waren mit den Jahren ineinander übergegangen, ihre grauen Haare hatten einen altmodischen Kurzhaarschnitt.

»Ich muss dringend mit Melanie sprechen.«

Wieder sah Greta Fleischer Dorothea unverwandt an, doch sie trat einen Schritt zurück und ging voraus in die blitzblank gebohnerte Diele. Dorothea zog ihre Stiefel aus und stellte sie auf den Abtropfer. Ihre Zehen waren bereits steif von der kurzen Zeit draußen im Frost, selbst der Fliesenboden unter ihren Wollsocken fühlte sich kalt und glatt an.

In dem Einfamilienhaus war es seltsam still, nur das Ticken einer Uhr war zu hören. Bei ihrem letzten Besuch hier war Dorothea erstaunt gewesen, in dem biederen Haus eine Gothic-Gruft vorzufinden. Der Boden knarrte leise, als sie diesmal statt in Melanies Zimmer ins Wohnzimmer trat.

Die Möbel waren aus Massivholz und schon sehr abgenutzt, doch das ganze Zimmer war sauber und ordentlich. Auf einer Bank, die rund um den gemauerten Kachelofen lief, lag eine getigerte Katze, in einer Ecke stand ein Kratzbaum.

»Melanie ist im Moment nicht hier.« Greta Fleischer deutete auf einen der Holzstühle, deren Lehnen mit Schnitzarbeiten verziert waren. »Bitte, setzen Sie sich.« Dann ließ sie sich auf der Kante eines weiteren Stuhls nieder und verschränkte die Finger im Schoß.

»Es geht um den Tod von Roman Kettner.«

»Wie furchtbar.« Greta Fleischer hielt eine Hand vor ihre Lippen. »Ich habe in der Zeitung davon gelesen.« Sie hob ihre Augen zu dem geschnitzten Kruzifix, das über der Eckbank hing. »Zuerst Elena. Und nun Roman. Wenn ich mir nur vorstelle, wie es den beiden Müttern geht.« Sie strich sich übers Gesicht, ihre Finger zitterten leicht. Sie schien kurz davor, selbst in Tränen auszubrechen.

Dorothea musterte sie. »Ich würde gern mit Melanie über den Tod der beiden sprechen. Wissen Sie, wo ich Sie finden kann?«

Die Frau strich die gestickte Tischdecke glatt, doch sie sagte nichts. Dorothea betrachtete die Schwielen an den Händen, die Schultern der Frau, die bereits gebeugt, den Rücken, der rund war. Sie traf eine Entscheidung. »Vielleicht können Sie mir weiterhelfen.«

Melanies Mutter sah Dorothea zweifelnd an. »Da bin ich mir nicht sicher.«

»War Melanie mit Roman Kettner befreundet?«

Wieder glitten Frau Fleischers Hände sanft über das Tischtuch. »Ich weiß es nicht.« Ihre Wangen bebten. »Melanie erzählt mir nichts mehr von ihren Freunden.«

Ein grelles Piepsen schrillte plötzlich durch die Wohnung, und die Frau stand verlegen auf. »Ich muss den Kuchen aus dem Ofen nehmen.«

Langsam ging sie in die Küche. Einen Moment lang befürchtete Dorothea, dass sie das Gespräch beenden würde, aber der gramvolle Ausdruck in ihrem Gesicht deutete darauf hin, dass sie jemandem ihr Herz ausschütten wollte.

Dorotheas Augen glitten an den Wänden entlang. Von Hand gefertigte Stickbilder schmückten sie, zeigten idyllische Motive in sanften Pastellfarben. Ein junges Mädchen mit einer Taube in der Hand, ein Bübchen mit einem Welpen, der treu hinter ihm hertrottete. Dazwischen fanden sich Familienfotos. Der Geruch von frischem Kuchen zog in den Raum, und Greta Fleischer erschien im Türrahmen.

»Wollen Sie vielleicht eine Anisschnitte? Ganz frisch aus dem Backofen?«

Eine Erinnerung an die sandigen Anisschnitten ihrer Tante durchflutete Dorothea und ließ sie an trockene Brösel denken. Doch sie hoffte, noch Informationen über Melanie zu bekommen.

»Gern.«

»Auch eine Tasse Kaffee oder Tee?«

»Schwarzen Tee, bitte.«

Einige Minuten lang hantierte die Frau in der Küche, und Dorotheas Blick kehrte zu den Bildern an der Wand zurück. Inmitten vieler Einzelporträts, die nach Uromas und Großonkeln aussahen, hing ein abgegriffenes Porträt. Eine siebenköpfige Familie drängte sich unsicher ins Bild, drei Buben und ein Mädchen standen dicht beieinander. Die Jugendliche hielt ein weißes Bündel in der Hand, das unter einem langen weißen Kleid und einer Menge Tüll kaum als Baby erkennbar war. Ratlos lächelte sie in die Kamera.

Während Dorothea die Szene betrachtete, kam Frau Fleischer mit einem Tablett voll leise klirrendem Geschirr zurück. Ihre Augen folgten Dorotheas Blick.

»Das war bei Melanies Taufe. Ihre Schwester ist die Taufpatin. Melanie ist unsere Nachzüglerin.« Vorsichtig verteilte sie Teetassen und Kuchenteller aus blau bemaltem Porzellan, eine Teekanne, eine Zuckerdose, ein Kännchen Milch, eine Schüssel mit Schlagrahm und ein Glas selbst gemachter Marmelade auf dem Tisch. Dann ließ sie sich wieder auf dem Stuhl neben Dorothea nieder.

»Mein Mann ist in seiner Werkstatt. Da will er Samstagvormittag nicht gestört werden.« Fast entschuldigend setzte sie hinzu: »Die Schnitten sind eigentlich für morgen. Ich sollte ja nicht so viel Zucker essen, aber manchmal braucht man Nervennahrung.«

Als Dorothea den Aniskuchen nur ansah, bekam sie Durst. Dennoch stach sie mit der Gabel hinein. Beim Kauen schien das Stück größer statt kleiner zu werden, Dorothea schluckte es tapfer. Sie nickte anerkennend.

»Schmeckt wie bei meiner Tante.«

Einige Minuten lang waren nur das Klirren von Metall auf Porzellan und verhaltene Kaugeräusche zu hören, Dorothea goss ein wenig Milch in ihre Teetasse, nahm einen Schluck und räusperte sich. »Frau Fleischer, hat Melanie mit Ihnen über den Tod ihrer Mitschüler gesprochen?«

Die Mutter schüttelte den Kopf und seufzte. »Nein. Ich fürchte, ich kann Ihnen wirklich nicht helfen.«

Dorothea beschloss, einen anderen Weg zu beschreiten. »Hat sich in Melanies Freundschaft mit Elena in den letzten Monaten etwas geändert?«

»Elena war schon länger nicht mehr hier. Ich denke, die beiden haben sich zerstritten.« Sie pickte die Brösel auf ihrem Teller mit der Kuchengabel auf. »Einige Male hat dann jemand Melanie mit dem Auto abgeholt, aber ich konnte nicht sehen, wer es war.«

Ein Kribbeln ging durch Dorotheas Körper, doch sie versuchte, es sich nicht anmerken zu lassen, und zwang sich dazu, den letzten Bissen des trockenen Gebäcks zu essen.

»Welche Marke war das Auto?«

»Ich kenne mich leider nicht sehr gut mit Autos aus.«

»Können Sie es beschreiben?«

Greta Fleischer legte eine Hand an ihre Wange. »Es war lang und schwarz. Ich konnte nicht sehr viel sehen. Es hat geschneit.

Ich kann mich nur daran erinnern, weil es in der Nacht war, in der Elena…« Ihre Stimme versagte.

Dorothea spürte, wie Adrenalin durch ihre Zellen schoss. Die Beschreibung des Fahrzeugs passte zu der von Romans Auto. »Wissen Sie, wann Melanie an jenem Abend wieder zurückkam?«

Die Mutter sah Dorothea verwirrt an. »So gegen dreiundzwanzig Uhr. Warum fragen Sie?« Sie musterte Dorothea.

Einige Minuten lang wartete Dorothea, dann begann sie wieder zu sprechen: »Frau Fleischer, wissen Sie, dass Ihre Tochter sich selbst verletzt?«

Die Hand zuckte im Schoß. »Sie hat versucht, es vor mir zu verbergen. Immer wenn sie im Bad ist, sperrt sie die Tür zu. Und sie trägt immer lange Ärmel.« Eine einzelne Träne rollte über die Wange. »Aber ich habe es trotzdem gemerkt.«

Dorothea hatte das seltsam hilflose Gefühl, das sie als Kind immer empfunden hatte, wenn eine erwachsene Person zu weinen begann. Behutsam sprach sie weiter. »Wie lange ritzt sich Ihre Tochter schon?«

»Seit über einem Jahr.« Greta Fleischer zog ein Taschentuch aus ihrem Ärmel und tupfte sich die Nase ab. »Sie kam von Steinach zurück, und plötzlich war sie nicht mehr sie selbst.« Eine weitere Träne rollte über ihr Gesicht, und sie blickte auf das Familienfoto an der Wand. »Früher war sie ein fröhliches Kind, hat viel gelacht, mir alles erzählt.« Sie hielt das zerknüllte Taschentuch vor ihren Mund.

Dorothea musterte die eingefallene Gestalt. »Was meinen Sie mit Steinach?«

»Den Reiterhof meines Bruders. Melanie und Elena waren dort, um Reiturlaub zu machen. Im letzten Sommer. Danach hat es angefangen.«

»Haben Sie mit Melanies Onkel gesprochen?«

Die Mutter hob verzweifelt die Arme. »Er weiß nichts. Er sagt, bei ihm auf dem Hof war alles noch in Ordnung.« Sie ließ ihre Hände wieder in ihre Schürze sinken. »Ich habe sogar mit Elena geredet. Ihr ist die Veränderung auch aufgefallen. Aber selbst ihr hat Melanie nichts erzählt.« Sie hob den Kopf und sah Dorothea an. »Wenn ich nur wüsste, was geschehen ist.« Unglücklich schüttelte sie ihren Kopf. »›Du würdest es mir sowieso nicht glauben‹ – das war das Einzige, was Melanie gesagt hat.«

Dorothea wurde klar, warum Greta Fleischer sie ins Haus gebeten hatte. Sie hoffte wohl, mehr über das Seelenleben ihrer eigenen Tochter zu erfahren, zu verstehen, was in dem Mädchen vorging. Mitleidig betrachtete Dorothea die Frau und beugte sich auf dem Stuhl nach vorn. »Frau Fleischer, wo ist Melanie?«

Sie zog das Taschentuch wieder aus ihrem Ärmel, zerknitterte es in der Faust und hielt diese vor ihren Mund. Als es ihr schließlich gelang, einige erstickte Worte zu formen, konnte Dorothea sie kaum verstehen.

»Sie ist in der Klinik.« Wieder lief eine Träne über ihre Wangen. »Melanie hat versucht, sich umzubringen.«

Kapitel 43

Dorothea hatte vergessen, wie es klang. Das schnalzende Geräusch, das die Schuhe der Ärzte auf dem gelben Linoleum machten. Auch den Geruch nach Desinfektionsmitteln und Bohnerwachs hatte sie verdrängt. Wie wütende Gefangene stürmten die Eindrücke nun auf sie ein und riefen die schreckliche Erinnerung wach. An das Warten, das Hoffen, die Gebete. Die erlösenden Worte, die nie kamen. An die furchtbare Gewissheit, dass ihr Vater tot war.

Sie war eingesperrt in einem Vakuum, kein Sauerstoff war mehr zu finden. Sie leckte ihre Lippen, die nassen Schneeflocken waren geschmolzen, die Wollmütze in ihrer Hand war zwar klamm, aber das künstliche Licht in dem sterilen Gang ließ nichts davon erahnen, dass draußen ein kalter Winternachmittag herrschte.

Um die Erinnerung an jene Tage im Krankenhaus zu vertreiben, konzentrierte sie sich auf die abgehackten Sätze der birnenförmigen Frau, die vor ihr den weiten Gang entlangging.

»Das Mädchen wurde am Montagabend eingeliefert.«

Bei jedem ihrer erstaunlich brüsken Schritte konnte Dorothea hören, wie die Baumwolle der weißen Hosen zwischen den Schenkeln der Oberschwester aneinanderrieb.

»Ihr Zustand ist im Moment stabil. Aber alle Beteiligten sind der Meinung, dass es für sie besser ist, wenn sie noch einige Tage bei uns bleibt.«

Insgeheim fragte Dorothea sich, ob Melanie Fleischer selbst auch als Teil »aller Beteiligten« gesehen und befragt wurde, doch sie sagte nichts. Am Ende des Ganges verlangsamten sich die Schritte der Pflegerin. Vor der Tür mit der Nummer elf blieb sie stehen.

»Ich bin mir nicht sicher, ob das Mädchen mit Ihnen reden wird.« Sie musterte Dorothea eingehend. »Aber aus irgendeinem Grund ist Greta Fleischer offensichtlich der Meinung, dass Sie zu ihrer Tochter durchdringen können.« In ihren grauen Augen lag Missbilligung.

Dorothea blickte in das blank geschrubbte Gesicht der Krankenschwester. Deren Haare waren in einem strengen Mittelscheitel gebändigt und im Nacken zusammengebunden, an ihrer Oberlippe zeigte sich der Flaum eines Damenbarts.

»Ich werde es versuchen.« Auch der gefügige Ton, den Dorothea ihrer Stimme verliehen hatte, schien die Oberschwester der Psychiatrie nicht milder zu stimmen. Widerwillig legte sie ihre Hand auf die Klinke, sah Dorothea erneut an.

»Vermeiden Sie es auf alle Fälle, die Patientin aufzuregen.« Sie zog die Tür auf.

In dem Krankenzimmer standen zwei Betten, das erste davon war leer, doch in dem zweiten lag eine Gestalt, die Dorothea auf den ersten Blick nur vage bekannt vorkam. Wie leblos war der Körper des Mädchens unter dem weißen Laken ausgestreckt, ihre Arme hingen schlaff neben dem Körper. Das Gesicht war blass, aber es war nicht mehr das satte Weiß dick aufgetragener Schminke, sondern der bläulich milchfarbene Teint von kranker Haut, aus der jegliche Farbe gewichen war. Die pechschwarzen Haarsträhnen ähnelten einer schlechten Theaterperücke.

Ohne ihre Piercings und ihr Make-up wirkte Melanie trotz ihrer Körperfülle in dem dünnen Krankenhauskittel zerbrechlich und fragil. Als Dorothea mit der gebieterischen Pflegerin in das Zimmer trat, war der Blick der Schülerin starr auf die Decke gerichtet. Nichts an dem apathischen Körper wies darauf hin, dass das Mädchen die Ankömmlinge wahrgenommen hatte.

»Melanie, hier ist eine Besucherin für dich.« Die Stimme der Krankenschwester klang unbeteiligt. Die Tatsache, dass das Mädchen nicht reagierte, schien sie nicht zu stören.

Zielstrebig steuerte sie auf die bodenlangen Vorhänge zu und zog sie auf. Das schwache Licht des Winternachmittags fiel auf den gelb gesprenkelten Fußboden. Danach ging sie zu dem Bett der Jugendlichen und betätigte einen Knopf.

»Ich denke, für unseren Besuch können wir uns schon ein bisschen aufsetzen.«

Mit einem metallischen Surren hob sich das Kopfende des Bettes. Beflissen klopfte die Schwester die Polster zurecht, strich das Laken glatt und schenkte auf dem Klapptisch Tee aus einer Thermoskanne in einen Becher. Dann beugte sie sich über das Gesicht der Patientin.

»Ich lasse euch jetzt allein. Melanie, klingle, wenn du etwas brauchst.«

Mit einem letzten misstrauischen Blick auf Dorothea verließ sie das Zimmer.

Dorothea wartete, bis die Zugvorrichtung die Tür geschlossen hatte, bevor sie einen zögerlichen Schritt nach vorn machte. Der Geruch nach Desinfektionsmitteln war unerträglich, sie sehnte sich nach frischer Luft. Sie hatte Greta Fleischer darum gebeten, mit ihrer Tochter sprechen zu dürfen, doch nun fühlte sie sich fehl am Platz. Fieberhaft überlegte sie, wie sie das Gespräch mit dem Mädchen beginnen sollte.

Einen Augenblick lang schloss sie die Augen, dann sagte sie leise: »Melanie. Ich bin Dorothea Keusch.« Sie wartete. Die Jugendliche bewegte sich nicht. »Wir haben schon miteinander gesprochen.«

Dorothea kam sich lächerlich vor. Sie ärgerte sich über ihre eigene Unsicherheit. *Das Mädchen leidet nicht an Gedächtnisschwund. Sie will nur nicht mit dir reden.* Sie versuchte, ihre Scheu zu überwinden, trat einen weiteren Schritt nach vorn.

»Wie fühlst du dich heute, Melanie?«

Das Mädchen lag teilnahmslos im Bett und antwortete nicht. Dorothea drehte die feuchte Mütze in ihren Fingern. Der nasse Parka klebte wie Blei auf ihren Schultern.

»Darf ich mich zu dir setzen?«

Noch immer kam keine Reaktion. Nichts an Melanie deutete

darauf hin, dass sie Dorothea überhaupt hören konnte, dennoch zog Dorothea einen Stuhl von dem Besuchertisch heran und stellte ihn vor das Bett. Behutsam zog sie ihre nasse Winterjacke aus, hängte sie über die Lehne, ließ sich auf der Sitzfläche nieder und wartete wieder einige Augenblicke.

»Ich würde gern mit dir sprechen.«

Keine einzige Regung kam von dem Bett. Verzweiflung stieg in Dorothea auf und das Gefühl, gegen eine Mauer zu rennen. Sie versuchte, nicht auf die beiden Handgelenke zu starren, die in weißen Verbänden steckten und nun in ihrem Blickfeld waren. Entlang der unbedeckten Arme waren die unzähligen Narben von Schnitten zu sehen.

»Ich war auch einmal an einem Punkt, an dem ich mich umbringen wollte.«

Sie hoffte auf ein leises Flackern, irgendeine winzige Bewegung, eine minimale Reaktion, doch vergeblich. Dorotheas Blick glitt über die Gegenstände, die auf dem rollbaren Nachttisch standen. Eine Schachtel Pralinen, weiße Lilien, ein Buch, auf dessen Cover ein Werwolf zu sehen war. Die Besucher hatten sich bemüht, den Geschmack des Mädchens zu treffen, nichtsdestotrotz lagen die Geschenke unberührt neben dem Bett.

Die Hoffnungslosigkeit griff auf Dorothea über. Sie dachte daran, zu kapitulieren, einfach aufzustehen und zu gehen.

Wer nicht kämpft, hat schon verloren. Bertold Brecht. In zierlichen Lettern war das Zitat in den Füller ihres Vaters eingraviert gewesen. *Was hätte Johann Keusch getan?* Vor Dorothea tauchten sein warmherziges Gesicht und die Bilder der beiden verzweifelten Mütter auf. Die mahnenden Worte der Stationsschwester klangen ihr im Ohr, und sie warf einen Blick zur Tür. Als sie keine Schritte auf dem Flur hörte, schob sie alle Vorsicht beiseite und beugte sich nach vorn.

»Melanie«, sagte sie leise, aber eindringlich. »Ich bin gekommen, um mit dir noch mal über den Tod deiner Freundin zu sprechen.« Sie beobachtete das blasse Gesicht des Mädchens, während sie fortfuhr. »Genauer gesagt über die Nacht, in der Elena starb.«

Sie setzte sich in dem Besucherstuhl kerzengerade hin und entschied sich, hoch zu pokern. »Elenas Tod war kein Selbstmord.« Ihr Blick fiel auf die dicken Verbände an den Gelenken, und sie musste kurz schlucken, bevor sie weiterreden konnte. »Ich denke, das weißt du.«

Aus einem der Nebenzimmer war plötzlich ein Schrei zu hören. Dorothea wartete, bis wieder Ruhe eingekehrt war.

»Ich verstehe, dass du nicht mit mir reden möchtest. Aber es könnte dir helfen. In jener Nacht, in der Elena starb, warst du mit Roman Kettner in der Schule.«

Es war nur eine winzige Veränderung, doch sie entging Dorothea nicht. Die verwundeten Arme waren plötzlich angespannt, die Finger verkrampft. Auch Rumpf und Beine der Schülerin wurden unter der Decke mit einem Mal starr. »Als ihr die Schule wieder verlassen habt, war Elena tot. Melanie, was geschah in jener Nacht?«

In der Stille des Raumes konnte Dorothea hören, wie das Mädchen nach Luft schnappte.

»Wovor hast du so große Angst?«

Melanies Finger begannen zu zittern, aber ihre Lippen blieben fest zusammengepresst. Unendlich lange verharrte Dorothea in ihrer Position, bis ihre Oberschenkel sich vom langen Sitzen taub anfühlten. Schließlich erhob sie sich, zog ihren Parka an und schob den Stuhl vorsichtig wieder zu dem kleinen Besuchertisch. Sie warf noch einen letzten Blick auf das Gesicht des Mädchens, dann wandte sie sich um. Ihre Beine gehorchten ihr kaum, als sie zur Tür ging.

»Wovor hast du so große Angst?« Leise wiederholte sie ihre Frage.

»Davor, dass er mich auch umbringt.«

Kapitel 44

Abrupt blieb Dorothea stehen. Einen Augenblick lang fragte sie sich, ob sie die Worte nur in ihrem Kopf gehört hatte. Dann wurde ihr klar, dass Melanie tatsächlich gesprochen hatte. Bedächtig drehte Dorothea sich um. Nur das metallische Klappern eines Rollwagens auf dem Gang hinter der Tür war zu vernehmen. Durch das Fenster sah Dorothea, dass das schwache Licht des Winternachmittags bereits in die Dämmerung überging.

Immer noch lag das Mädchen regungslos da, die Augen starr an die Decke gerichtet, dann aber hörte Dorothea noch einmal das Flüstern.

»Davor, dass er mich auch umbringt.«

Dorothea trat einen Schritt auf Melanie zu. Sie räusperte sich. »Wovon sprichst du, Melanie?« Minutenlang kam keine Reaktion. Dorotheas Finger verkrampften sich in der feuchten Wollmütze. Verzweifelt versuchte sie, sich ihren inneren Aufruhr nicht anmerken zu lassen. »Glaub mir, ich kann dir helfen.«

Melanie schwieg, und Dorothea befürchtete, dass deren Redefluss bereits wieder versiegt war. Das Blut begann in ihrer Halsschlagader zu pochen. Schließlich aber ertönte die wispernde Stimme erneut.

»Er bringt mich um, wenn ich rede.«

Dorothea trat einen weiteren Schritt nach vorn und stellte sich auf die Zehenspitzen. Beinahe hätte sie eine Hand ausgestreckt. »Von wem sprichst du?«

Melanies Finger krallten sich in das Bettlaken, ballten sich mit dem weißen Stoff zu Fäusten. »Von ihm.«

Verzweifelt versuchte Dorothea, eine Verbindung herzustellen, zu erraten, von dem das Mädchen sprach, doch sie wusste es nicht.

»Kannst du mir seinen Namen nennen?«

Endlich wandte Melanie ihren Kopf, und Dorothea sah, dass ihre Pupillen vor Angst geweitet waren. »Roman. Ich spreche von Roman Kettner. Er wird mich umbringen.«

Sekundenlang starrte sie das Mädchen an. Sie fragte sich, ob Melanie Halluzinationen hatte, ob ihr Zustand um einiges kritischer war, als die Ärzte vermuteten. Unwillkürlich wich sie einen Schritt zurück, beschämt darüber, dass sie den Zustand der Kranken verschlimmert hatte. Sie suchte nach Worten, einem beruhigenden Satz. Doch plötzlich kam ihr die Mahnung der Oberschwester in den Sinn. *Vermeiden Sie jegliche Themen, die meine Patientin aufregen könnten. Sie braucht Ruhe.* Sie trat an das Fußende des Krankenbettes.

»Hat noch niemand mit dir über Roman gesprochen?«

»Nein.« Die Antwort kam zögerlich, fast fragend über die blassen Lippen.

Dorothea fixierte die dunklen Augen des Mädchens. »Roman Kettner ist tot.«

Das Antlitz der Jugendlichen wurde noch blasser, die Pupillen weiteten sich, und zum ersten Mal hob sie ihren Nacken leicht von dem Polster. In ihren Zügen spiegelte sich eine Unzahl an Gefühlen. Dorothea versuchte, sie zu deuten. Verwirrung, Bestürzung, Trauer.

»Roman ist tot?« Sie klang ungläubig.

Dorothea wartete einige Augenblicke, dann nickte sie. »Er wurde am Dienstagmorgen tot aufgefunden.«

»Was ist passiert?« Die Stimme des Mädchens zitterte.

»Jemand hat von hinten auf ihn eingeschlagen.«

Melanies Körper zuckte, sie wandte ihr Gesicht ab, die geröteten Augäpfel unter den pechschwarzen Brauen glitten rasch hin und her. Ein Schleier legte sich über ihre braune Iris, als sie die Worte zu begreifen schien.

Im Zimmer wurde es still, nur die Sirene eines Rettungswagens war weit unter ihnen zu hören. Dorothea legte ihre Hand auf das Gestänge des Bettes. Der Metallrahmen lag kalt in ihren glühenden Handflächen.

»Warum glaubst du, dass Roman dich töten wollte?«

Wie in Zeitlupe drehte das Mädchen den Kopf zu Dorothea. »Weil er Ellie umgebracht hat.«

Trotz der Elektrizität, die durch Dorotheas Körper schoss, zwang sie sich, keine ruckartigen Bewegungen zu machen. Gemächlich zog sie den Stuhl wieder an das Bett, nahm ihren Parka ab und ließ sich auf der gepolsterten Sitzfläche nieder. Innerlich jedoch versuchte sie rasend, die Fakten in ihrem Kopf zu ordnen.

Sie legte die Handflächen auf ihre Schenkel, die Fasern ihrer Hose fühlten sich unter ihren Fingerkuppen grob an, das Blut pulsierte in ihren Daumen. Gern hätte sie weitergefragt, aber sie ahnte, dass sie abwarten, dem Mädchen Zeit geben musste.

Unendlich lange währte es, bis Melanie schließlich zögernd die Lippen öffnete. »Roman … Er …«

Dorothea legte sachte eine Hand auf das Bett, sorgfältig darauf bedacht, die Finger des Mädchens nicht zu berühren.

Melanie atmete einige Male tief durch und setzte sich ein wenig im Bett auf. »Es begann eigentlich im November bei einem Death-Metal-Konzert in München. Ellie ist mit mir hingefahren.« Kurz presste sie die Lippen zusammen, und ihr Kinn zitterte, als sie den Namen ihrer Freundin aussprach. »Ich musste sie beknien, damit sie mitfuhr. Ich fand das Konzert toll, aber Ellie hat danach gemeint, sie würde nie mehr zu einer solchen Freakshow gehen.« Die winzige Andeutung eines Lächelns zeigte sich, doch es verschwand sofort wieder. »In der Pause musste Ellie aufs WC, und ich habe uns was zu trinken besorgt. Und da habe ich Roman gesehen.« Sie warf Dorothea einen kurzen Blick zu. »Er ist, ich meine, war ja in unserer Klasse.«

Dorothea nickte aufmunternd.

»Aber ich hatte keine Ahnung, dass er sich auch für Death Metal interessierte.« Melanie betrachtete ihre Hände. Der schwarze Lack war fast vollständig von den Fingernägeln gekratzt. »Früher war er ein ziemlich schüchterner Junge. Alle haben sich über ihn lustig gemacht wegen seiner billigen Klamotten.« Der Brustkorb der Jugendlichen hob sich, dann seufzte sie. »Mir tat er immer leid. Ich weiß ja, wie das ist, wenn dich alle verspotten.« Verzweifelt glitt ihr Blick über die Rundungen ihres Körpers. »Weil du zu dick bist.«

Der Bund ihrer Hose schnürte Dorothea plötzlich ein, ihre Kleidung haftete wie die Haut einer Pellwurst an ihr. *Moby Dick.* Die vielen Demütigungen, die sie als Teenager ertragen musste, fielen ihr ein. Gern wollte sie Melanie sagen, dass sie wusste, was es bedeutete, verspottet zu werden, aber sie hatte Angst, den zaghaften Redefluss zu unterbrechen.

»Zwei Wochen nach dem Konzert hatte ich am Nachmittag in der Schule eine Besprechung. Wegen meiner Abschlussarbeit. Und als ich rauskam, war Roman gerade im Hof und rauchte eine Zigarette. Er hat mich gefragt, wie mir das Konzert gefallen hat.« Ihre Hände begannen, mit den Zipfeln des Lakens zu spielen. »Und da haben wir angefangen zu reden. Über Death Metal, Gothic, Punk, über Gott und das Leben. Er hat mich gefragt, ob ich ihn mal treffen möchte. Wir haben vereinbart, dass wir gemeinsam auf den Friedhof gehen.«

Dorothea versuchte, sich ihre Überraschung nicht anmerken zu lassen. Sie konnte sich bessere Orte für ein erstes Date vorstellen als ein Gräberfeld im Novembernebel.

Melanie schien ihre Gedanken zu lesen. »Ich weiß, ziemlich morbid. Aber damals fand ich es romantisch.« Mit ihren Fingerkuppen strich sie sanft über das Leintuch. »Auf dem Friedhof haben wir dann einfach da gesessen. Musik gehört. Und geredet. Er war nett.«

Thor Steinar. NSDAP. 88. Die Kleidung des Neonazis, die vielen Symbole des Hasses tauchten vor Dorothea auf, doch sie schwieg.

»Und witzig.«

Dorothea spürte einen Stich in ihrer Brust, mitten durch ihr Herz. Der Roman, den Melanie kennengelernt hatte, war der kleine Junge, den seine Mutter beschrieben hatte. »Hast du Elena von eurer Freundschaft erzählt?«

Melanie nickte und zupfte an den Verbänden an ihren Gelenken. »Sie ist total ausgerastet. ›Jeder weiß, dass er ein Drogenhändler ist. Jeder weiß, dass er ein Neonazi ist‹, hat sie gesagt.«

Dorothea wurde klar, warum Roman Melanie noch nicht zu den Treffen in dem Bauernhof mitgenommen hatte. Er hatte nicht versucht, seine Beziehung geheim zu halten, sondern befürchtet, dass Melanie abgeschreckt werden würde.

»Hat sie sonst noch irgendetwas über ihn gesagt?«

Das Mädchen runzelte die Stirn. »Nur, dass er gefährlich ist.«

Dorothea musterte sie. »Du hast ihr nicht geglaubt.«

Melanie senkte ihren Blick. »Nein. Ich hatte das Gefühl, dass Roman mich versteht.«

Dorothea schloss kurz ihre Augen. Das Bild einer winzigen Wohnung tauchte vor ihr auf. Das Mädchen hatte recht. Der schüchterne Junge aus dem Hochhaus hatte wohl besser verstanden, wie sie sich fühlte, als Melanies selbstbewusste Freundin aus der Nobelvilla.

»Und Roman? Hast du ihm erzählt, was Elena über ihn gesagt hat?«

»Nein.«

Dorothea hörte das Zaudern in Melanies Stimme. »Aber er hat davon erfahren?«, hakte sie behutsam nach.

Fast unmerklich neigte das Mädchen den Kopf. »Ellie hat ihm gesagt, dass er sich von mir fernhalten soll.«

Warum hatte Elena Goldschmied das getan? Wie eine Fahne hing die Frage in Raum, doch im nächsten Augenblick wurde Dorothea klar, dass es zu dem passte, was Barbie gesagt hatte. *Ellie wollte immer das Richtige tun.*

»Roman und ich waren wieder am Friedhof verabredet. Ich habe zwanzig Minuten in der Kälte gesessen, aber er ist nicht gekommen. In der Schule auch nichts. Keine Erklärung. Kein Anruf. Ich habe Ellie davon erzählt. Irgendwann hat sie dann zugegeben, dass sie mit Roman gesprochen hat.«

Dorothea konnte sich denken, wie das Gespräch der Mädchen geendet hatte. »Da hattest du einen Streit mit Elena.«

»Ja. Ich habe ihr gesagt, dass sie sich aus meinem Leben raushalten soll. Dass sie nicht meine Mutter ist. Dass sie genauso versnobt ist wie alle anderen auch.«

»Lass mich raten: Das war vor einer Biologiestunde?«

Das Mädchen nickte verwirrt. »Ja. Ellie und ich waren meist die Ersten dort. Woher wissen Sie das?«

Dorothea schüttelte den Kopf. Den Schülerinnen war es nicht in den Sinn gekommen, dass Professor Hinkel sie im angrenzenden Raum belauschen konnte. »Bitte, erzähl weiter.«

Melanie seufzte. »Nach der Schule habe ich dann auf Roman gewartet. Wir haben geredet, über die arroganten Idioten in unserer Klasse, über das *Sebastianum*. Über Barbie und ihre Klone.«

Dorothea musste lächeln. *Klone*. Den gleichen Begriff hatte sie selbst verwendet.

»Über ihre neuen Klamotten, Autos, Handys. Meine Familie ist nicht so arm wie Romans Mutter, aber wir sind nicht reich. Roman meinte, dass Ellie auch zu der Truppe gehört. Selbst wenn sie so tut, als ob es nicht so ist.«

»Was geschah dann?«

»Nach einigen Tagen haben Ellie und ich uns wieder versöhnt, aber ich habe ihr nichts mehr von Roman erzählt.« Sie kratzte an den Resten des Nagellacks. »An dem Abend, an dem Ellie starb, hat mich Roman abgeholt. Er hat immer davon gesprochen, dass man sich an den Snobs rächen muss. Damals habe ich ihn zum ersten Mal gefragt, was er damit meint.« Sie begann wieder zu zittern. »Er wollte es mir zeigen und ist zum *Sebastianum* gefahren. Roman wollte in die Schule einbrechen, die Wände beschmieren.« Ungläubig schüttelte sie ihren Kopf. »Zuerst dachte ich, es sei ein Witz.« Melanies dunkle Augen sahen Dorothea verstört an. »Er sagte, er sei schon unzählige Male ins Gymnasium eingestiegen. Dass der Hausmeister immer vergisst, den Riegel zu schließen. Aber ich wollte das nicht. Auch nicht ›einfach nur durch Gänge wandern‹. Können Sie sich vorstellen, was passiert wäre, wenn meine Eltern davon erfahren hätten?«

Dorothea dachte an Greta Fleischer, ihre Küchenschürze, die rissigen Hände.

»Er war total enttäuscht. ›Dann mach ich's eben allein‹, hat er gemeint. Er ist gegangen, ich habe im Auto gewartet.« Ihre Augen verengten sich. »Irgendwann ist er wieder eingestiegen. Er war seltsam, ist kopflos einfach losgefahren, hätte um ein Haar einen Laternenpfahl gerammt. Hat kein Wort gesagt. Ich wollte wissen, was los ist, aber er hat nur den Kopf geschüttelt.«

Dorothea überlegte, ob sie der Erzählung Glauben schenken konnte. »Und du warst während der ganzen Zeit allein im Auto?«

Melanie nickte.

»Wie lange war Roman in der Schule?«

Sie zuckte ihre Schultern. »Ich weiß es nicht. Aber mir kam es wie eine Ewigkeit vor.«

»Wusste Roman, dass Elena in der Schule war?«

»Nein. Er sagte mir, die Schule sei um diese Zeit immer wie ausgestorben.«

»Was hat Elena an dem Abend in der Schule gemacht?«

Melanie drehte ihre Handflächen in einer verzweifelten Geste nach oben. »Ich weiß es nicht. Ich wusste nicht einmal, dass sie dort war.« Sie kaute an ihren Nägeln. »Am nächsten Tag rief mich Ellies Mama an. Sie sagte mir, dass Ellie in der Schule gefunden worden war. Dass sie tot sei.«

Sie schluchzte haltlos, machte keine Anstalten, die Tränen wegzuwischen.

»Es kam mir seltsam vor. Ich meine, der Selbstmord«, fuhr Melanie fort, während sie den Verband an ihrer linken Hand betrachtete. An einigen Stellen war die schneeweiße Binde mit Bluttropfen getränkt. »Aber Ellie hat mir nicht erzählt, dass sie schwanger war. Ich hatte auch Angst, dass die Polizei herausfinden würde, dass Roman in der Nacht im Gymnasium war. Dass ich im Auto auf ihn gewartet habe. Dass es meine Eltern erfahren.« Ihr Gesicht überzog sich mit Schamesröte.

Dorothea wurde klar, in welchem Sumpf von Panik und Schuldgefühlen das Mädchen gefangen war.

»Und dann kamen Sie.«

Dorothea lächelte sanft. »Und ich habe viele Fragen gestellt.«

Die Jugendliche nickte. »Nachdem Sie bei mir waren, habe ich Roman angerufen. Ich wollte wissen, was in jener Nacht passiert ist. Er weigerte sich, darüber zu reden, hat nur zugegeben, dass er Ellie in der Schule gefunden hat. Er hat behauptet, dass sie schon tot war, er nichts mehr für sie tun konnte. Ich habe ihm geglaubt. Er war sich sicher, dass uns nichts passieren kann, solange wir der Polizei nichts erzählen.«

Dorothea erinnerte sich an ihr Gespräch mit Roman an dem folgenden Tag. Kein Wunder, dass er gewappnet gewesen war. Er hatte geahnt, dass die neue Polizistin auch zu ihm kommen würde.

»Und am Montag hat Jackie durch die ganze Klasse posaunt, dass Ellie ermordet wurde.« Ihre Augen suchten Dorotheas. »Und dass Sie in der Bar nach Roman gesucht haben.« Melanies Brust hob und senkte sich mühsam. »Ich wollte es einfach nicht wahrhaben. Am Montagnachmittag habe ich Roman noch einmal zur Rede gestellt.« Das Atmen fiel Melanie sichtlich schwer. »Er war unglaublich wütend. Hat mich angeschrien. ›Du glaubst, dass ich die Schlampe umgebracht habe? Du bist auch nicht besser als alle anderen. Wenn du irgendwem erzählst, dass wir in der Schule waren, bringe ich dich um.‹«

Dorothea seufzte innerlich. Das war der Roman, den sie kennengelernt hatte. Die Elektrizität in Dorotheas Körper war verschwunden, eine schwere Müdigkeit breitete sich in ihr aus. Obwohl das Mädchen ihr das Herz ausgeschüttet hatte, gab es nichts, was sie nicht schon gewusst oder vermutet hatte. Die Verzweiflung drang bis in die letzten Fasern ihres erschöpften Körpers. Sie klammerte sich an den einzigen kleinen Hoffnungsschimmer, der ihr noch blieb. Eingehend sah sie Melanie an, beugte sich nach vorn. »In der Nacht, als Ellie starb, hast du da sonst noch jemanden im *Sebastianum* gesehen?«

Das Mädchen öffnete ihren Mund, doch noch ehe ein Wort über ihre Lippen kam, wurde die Tür aufgezogen.

»Abendessen.« Geschäftig eilte die Stationsschwester mit einem Tablett ins Zimmer.

»Könnten Sie uns vielleicht noch einige Minuten allein lassen?«

Dorotheas flehender Tonfall fand bei der Pflegerin kein Erbarmen. »Die Besuchszeit ist vorbei. Sie müssen jetzt gehen. Unsere Patienten brauchen Ruhe.«

Kapitel 45

»Haben Sie am Samstagabend nichts Besseres zu tun, als nach Kufstein zu kommen?«

»Etwas Besseres als ein Date mit Ihnen? Nie im Leben.« Schmitt hängte seinen Mantel auf einen Kleiderbügel und zwinkerte ihr zu. Tief in ihr schwirrte etwas aufgeregt, aber Dorotheas Verstand hatte keine Lust auf seine Scherze. Die Müdigkeit der letzten Wochen und die bohrende Sorge, wie ihre Zukunft nun aussah, brachen endgültig über sie herein. *Was wirst du nun machen? Wie soll es nur weitergehen?* Wie Faustschläge trommelten die quälenden Fragen auf sie ein.

Alles an ihr fühlte sich schwer an. Ihre Schläfen pochten, ihre Glieder schmerzten. Sie ging zurück ins Wohnzimmer und nahm einen Schluck ihres Schwarztees mit Milch. Er schmeckte stark und kräftig, genau so, wie sie es mochte, aber selbst das half nicht. Mühsam wandte sie ihren Kopf und blickte aus dem Fenster. Dichter Schneeregen klatschte an die Scheibe und fiel drei Stockwerke unter ihrer Wohnung auf die dicke Schneedecke, die sich in den letzten Wochen aufgeschichtet hatte. Falls die Temperaturen in dieser Nacht unter null fielen, würde die ganze Landschaft mit einer pickelharten Eisfläche überzogen sein.

Sie schloss ihre Augen und seufzte. Als sie sie wieder öffnete, stand Schmitt vor ihrer Vitrine und betrachtete ihre Elefantensammlung. Genervt und gleichzeitig merkwürdig fasziniert musterte sie sein modern geschnittenes Sakko, seine lässigen Jeans.

»Wir stehen wieder ganz am Anfang«, sagte sie.

Er öffnete die Glastür, nahm einen Elefanten aus grüner Jade heraus und betrachtete die Figur von allen Seiten. »Allem Anfang wohnt ein Zauber inne.« Er deutete in Richtung Küche und zwinkerte ihr zu. »Sagt ein Magnet an Ihrem Kühlschrank.« Als Dorothea sein Lächeln nicht erwiderte, wurde er sofort ernst und drehte sich wieder zum Schrank. Ein Elefant aus Mosaiksteinchen erweckte seine Aufmerksamkeit. »Ist der auch aus Indien?«

»Nein, der kommt aus Barcelona.«

Der Chefinspektor setzte das Tier auf seine Handfläche. »Aus Barcelona?«

Dorothea seufzte. »Sagrada Família? La Pedrera? Haben Sie noch nie von dem Künstler Gaudí gehört?«

Schmitt nahm jeden ihrer Elefanten aus der Vitrine und betrachtete ihn genau, doch Dorothea war zu müde, um ihn davon abzuhalten. Sie bereute es, seinen Anruf entgegengenommen zu haben. So, als hätte er ihre Gedanken gelesen, stellte Schmitt den letzten Elefanten wieder in den Schaukasten zurück. Danach drehte er sich um und klopfte mit dem Zeigefinger auf die gelbe Mappe, die er auf die Tischplatte gelegt hatte. »Roman Kettner. Der abschließende Autopsie-Bericht.«

Dorothea nickte, doch sie schlug die Akte nicht auf. Mit ihren Fingerkuppen fuhr sie den dünnen Rand der Porzellantasse nach, aber sie sagte nichts.

»Was haben Sie erfahren?«, fragte Schmitt schließlich.

»Nichts.« Sie legte ihre Hände um das Porzellan. Wohltuend warm. *Ewig so sitzen, nichts mehr denken, alles vergessen. Selbst Schmitt.*

»Nun, ich bin mir sicher, dass Sie in den letzten zwei Tagen einige Gespräche geführt haben.« Er klang vorsichtig.

Dorothea zögerte, musste sich überwinden. »Natürlich. Ein Beichtgespräch mit Hochwürden Weiß, ein Kaffeeklatsch mit Melanies Mutter, Barbie und Melanie haben mir ihr Herz ausgeschüttet, Professor Hinkel hat mir demonstriert, wie schlecht ich als Ermittlerin bin, und Fuhrmann hat mich entlassen.«

Schmitt zog scharf die Luft ein. Dorothea selbst erschrak über den sarkastischen Ton in ihrer eigenen Stimme. Sie ahnte, dass Schmitts Blick auf ihr lag, doch er sagte nichts. Stattdessen begann er, rastlos in ihrem Wohnzimmer auf und ab zu gehen. Schließlich setzte sich der Chefinspektor an den Tisch und sah sie an.

»Bitte erzählen Sie mir, was geschehen ist.«

Einige Augenblicke lang betrachtete sie die Pünktchen in seinen Augen, stellte sich vor, dass seine Finger ihre Wange berührten, er sich zu ihr beugte... Erschrocken senkte sie ihren Kopf und begann zu sprechen. Als sie ihren Bericht beendet hatte, waren ihre Lider schwer wie Blei. Sie befürchtete, in Tränen auszubrechen. Verzweifelt strich sie sich mit beiden Händen über das Gesicht.

»Ich habe keine neuen Informationen, keine neuen Indizien, keine Verdächtigen.« Sie zwang sich, den Blick von der Tischplatte zu heben. »Wissen Sie, was das Schlimmste ist?«

Schmitt antwortete nicht, sondern hielt ihrem Blick nur ruhig stand.

»Dass Fuhrmann und Hinkel recht haben. Die Art, wie ich die Ermittlungen geführt habe, sind einer Polizistin nicht würdig.«

Schmitt schüttelte energisch den Kopf. »Ich finde, Sie sollten nicht so streng mit sich selbst sein. Immerhin ist es Ihr erster Mordfall. Und Sie haben die Ermittlungen ganz allein geführt. Ich war keine große Hilfe.«

Minutenlang sah Dorothea ihn an. Ein unsichtbarer Faden schien sie in seine Richtung zu ziehen, aber selbst Schmitts Worte änderten nichts an dem Felsbrocken auf ihrer Brust. »Vielleicht lagen wir von Anfang an falsch.«

»Das glaube ich nicht.«

»Vielleicht hat Elena Goldschmied Selbstmord begangen, und Roman wurde von seinen Nazifreunden oder einem Drogendealer umgebracht. Dass beide so kurz hintereinander starben, war ein Zufall.«

»Nein. Es muss eine andere Erklärung geben.«

Dorothea schlug den Deckel der Akte auf und überflog die Blätter. Schließlich klappte sie die Flügelmappe wieder zu. »Das hilft uns auch nicht wirklich weiter.«

Schmitt erhob sich von seinem Platz ihr gegenüber und begann wieder, im Wohnzimmer auf und ab zu gehen. »Sehen wir uns noch mal alle Verdächtigen an.«

Dorothea seufzte. »Welche Verdächtigen? Wir haben keine Verdächtigen mehr. Wir haben sie alle bereits als Täter ausgeschlossen. Hochwürden Weiß und Professor Hinkel haben ein wasserdichtes Alibi. Ich habe es überprüft.« Sie zählte an ihren Fingern mit. »Roman hatte ein Motiv und die Gelegenheit, Elena Goldschmied umzubringen. Nehmen wir an, er hat gelogen, wusste, dass Elena Goldschmied an dem Abend in der Schule sein würde. Warum hätte er Melanie Fleischer mitgebracht, wenn er vorhatte, Elena in der Schule umzubringen? Es ergibt keinen Sinn.«

Schmitt wandte sich vom Bild des Taj Mahal zu ihr. »Vielleicht hat Elena Goldschmied ihn in der Schule überrascht?«

Dorothea sah ihn zweifelnd an. »Was hat sie überhaupt an dem Abend in der Schule gemacht? Und wer hat Roman getötet?« Sie schüttelte den Kopf. »Es ist viel wahrscheinlicher, dass die beiden Jugendlichen von dem gleichen Täter umgebracht wurden.«

»Vielleicht war es Melanie Fleischer, die Elena über die Brüstung gestoßen hat. Thomas Hinkel behauptet ja, dass sie nicht sehr gut auf ihre beste Freundin zu sprechen war.«

Dorothea dachte an die trotzige Jugendliche in dem Gothic-Zimmer, an das blasse Mädchen unter den weißen Laken im Krankenhaus. »Das reicht noch nicht für einen Mord. Und wiederum: Wer hat Roman umgebracht? Melanie kann es nicht gewesen sein, sie war um diese Zeit bereits im Krankenhaus.«

Dorotheas Verzweiflung wuchs, je länger sie über die Mordfälle nachdachte. Das spöttische Gesicht des Biologielehrers tauchte vor ihr auf.

»Hinkel hat recht. Wir wissen noch nicht einmal, von wem Elena Goldschmied schwanger war. Ob sie vergewaltigt wurde. Es gibt keinen Hinweis auf den Vater. Nichts in ihrem Telefon, nichts in ihrem Computer, nichts deutet auf seine Identität hin.«

»Wie steht es mit einem Tagebuch?«

»Die Polizei hat keines gefunden.«

»Die DNA?« Schmitt durchquerte den Raum und setzte sich ihr gegenüber. »Sie hatten doch eine Theorie?«

Einen winzigen Moment lang erwog sie, sich an den Strohhalm zu klammern, dann schüttelte sie den Kopf. »Ich habe sie wieder verworfen.« Sie hatte keine Kraft mehr für Theorien, schon gar nicht für irrwitzige. Dorothea trank den Tee aus, er schmeckte abscheulich. Sie starrte auf den Boden der Tasse. »Wir haben all unsere Möglichkeiten ausgeschöpft.«

Schmitt strich sich über sein Kinn. »Wie sollen wir nun weiter vorgehen?« Er beugte sich nach vorn, und Dorothea roch den Duft seines Aftershaves. Sie starrte auf den schwarzen Satz, der sich am Boden ihrer Tasse sammelte. Endlich hob sie ihren Kopf.

»Es gibt kein ›Wir‹ mehr. Sie fahren wieder zurück nach Innsbruck und lösen weiter Ihre Fälle bei der Mordkommission.« Sie schluckte, um den Klumpen in ihrem Hals loszuwerden. »Ich werde mir überlegen, was ich mit meinem Leben weiter anfange. Meine Mutter hatte recht. Polizeiarbeit ist nichts für mich. Vielleicht bewerbe ich mich als Dozentin an der Universität.« Sie stützte die Stirn in ihre Handfläche und schloss die Augen. Sie wollte nicht mehr über den Tod der zwei Jugendlichen reden, nicht mehr dieses Gefühl des Versagens haben. Nicht mehr darüber nachdenken, dass sie nun Fuhrmann anflehen musste, Veras Suspendierung aufzuheben, sie selbst nicht mehr Polizistin und nie in der Mordkommission sein würde. Sie wollte nicht mehr in Schmitts Augen sehen und zugeben müssen, dass sie versagt hatte. Sie sehnte sich nach Schlaf, einem langen, traumlosen Schlaf.

Plötzlich spürte Dorothea, wie Schmitts Fingerspitzen sachte ihre Hand berührten. Ein Stromschlag schoss durch ihren Körper, und für den Bruchteil einer Sekunde bewegte sie sich nicht, sondern genoss die Wärme seiner Hand.

Wie aus dem Nichts kam Julius' Stimme. Der Anruf. Es waren nicht die Worte gewesen, sondern sein Tonfall, unbehaglich, gequält, endgültig.

Sie wich zurück, lehnte sich in ihrem Stuhl nach hinten und

hielt die Tasse vor ihrer Brust fest. Sie wandte ihre Augen ab, als sie Schmitts verletzten Blick sah.

Minutenlang herrschte Stille, dann erhob er sich. »Es ist, wie es ist. Manche Todesfälle bleiben wohl ungelöst.«

Dorothea konnte hören, dass er ebenfalls aufgegeben hatte. Sie war erleichtert darüber, dass er endlich ging, doch irgendetwas an seinen Worten kam ihr seltsam vor. Es war, als ob er eine chemische Reaktion in ihrem Gehirn in Gang gesetzt hätte. Verwirrt starrte sie ihn an.

»Können Sie das wiederholen?«

Seine Augenbrauen zogen sich zusammen. »Manche Todesfälle bleiben wohl ungelöst.«

»Nein. Was haben Sie davor gesagt?«

Verwirrt runzelte er seine Stirn. »›*Es ist, wie es ist.*‹ Was ist los?« Er lachte plötzlich. »Sie sehen aus, als hätten Sie einen Geist gesehen.«

Eine Zeit lang starrte Dorothea Schmitt an. »Ich bin mir nicht ganz sicher.« Sie legte ihre Finger an die Lippen und überlegte. Sie spürte, dass Schmitt sie beobachtete, während sie aufstand und zu einem ihrer Bücherregale ging. Ihre Finger glitten die Buchrücken entlang. Schließlich fand sie, wonach sie gesucht hatte, zog den dünnen Band aus dem Regal und begann, darin zu blättern. Schmitt stand regungslos im Zimmer und sah sie forschend an. Als sie die richtige Seite aufgeschlagen hatte, hob sie langsam den Kopf und sah Schmitt an. *Es ist, was es ist.* Wortlos reichte Dorothea ihm den kleinen Band.

Schmitt warf ihr einen fragenden Blick zu, dann aber nahm er das Buch und überflog die Seite. Schließlich las er die letzten Verse des Gedichtes laut vor. »Es ist, was es ist, sagt die Liebe.« Er hob seine Augenbrauen und klappte den Buchdeckel zu. »Liebesgedichte.«

Dorothea nickte. »Ich habe eine Karte in Elena Goldschmieds Zimmer gesehen. Sie stand auf ihrem Nachttisch und war abgegriffen, so, als hätte Elena Goldschmied sie immer wieder in die Hand genommen. Es war eine dieser Vintage-Karten mit weisen

Sprüchen. Der Text auf der Vorderseite war dunkelrot und lautete ›Es ist, was es ist‹.«

Schmitt schlug die Seite wieder auf. »Ein Zitat aus diesem Gedicht.« Er hob eine Augenbraue. »Eine Liebeserklärung?« Zögernd wandte er sich an Dorothea. »Sie wurde also nicht vergewaltigt, sondern sie hatte eine Liebesbeziehung.«

Dorothea nickte bedächtig, während sie versuchte, die Fakten in ihrem Kopf zu ordnen.

»Wer hat die Postkarte an Elena Goldschmied geschickt?«

»Das ist es eben. Die Karte war leer. Es stand keine Nachricht darauf, kein Name.«

Schmitt blickte auf das Büchlein und las die ersten Verse des Gedichtes vor. *»Es ist Unsinn, sagt die Vernunft.«* Er sah Dorothea an. »Eine etwas seltsame Art, jemandem seine Liebe zu bekunden. Nicht sehr romantisch.«

»Ganz im Gegenteil.« Dorothea nahm ihm das Buch aus der Hand. »Sie haben offenbar den Sinn des Gedichtes nicht verstanden.«

»Mag sein.« Über Dorotheas Schultern las er den Namen des Autors. »Erich Fried. Ich habe noch nie von dem Dichter gehört.«

»Weil Sie in der Schule nicht aufgepasst haben.« Sie sah den betroffenen Ausdruck in seinen Augen und erinnerte sich daran, was er ihr über seine Zeit am Gymnasium erzählt hatte. Beschämt senkte sie ihren Blick.

»Nun immerhin haben Sie ja aufgepasst, Frau Doktor Belesen.« Er gab seiner Stimme einen leichten Klang, doch sie konnte hören, dass er gekränkt war. Ehe Dorothea die Gelegenheit hatte, sich zu entschuldigen, sprach er schnell weiter. »Die Verse klingen etwas altmodisch für mich. Wenn ich siebzehn Jahre alt wäre, würde ich dem Mädchen meiner Träume einen Song schreiben.« Er zwinkerte ihr zu und nahm verspielt ihre Hand. »Eine unbeschriebene Postkarte? Niemals. Ich würde aller Welt mitteilen, dass wir ein Paar sind.«

Diesmal ließ sie es zu. Schob alle Bedenken beiseite. Die Angst. Julius. Und genoss die Vorstellung. Das berauschende Prickeln. Sie und Schmitt. Ein Paar. *Ich würde aller Welt mitteilen …* Ein Blitz durchfuhr Dorothea. Auch Schmitt ließ ihre Hand los und starrte sie entgeistert an. »Es sei denn, …«

Sie wusste, was er dachte. Sie war zu dem gleichen Schluss gekommen und nickte. »Die Karte war eine heimliche Liebeserklärung. Eine verschlüsselte Botschaft. Niemand außer Elena sollte wissen, was sie bedeutete und von wem sie kam.«

»Deshalb haben wir auch in ihrem Telefon keine Hinweise auf ihn gefunden.« Schmitt trat einen Schritt zurück, strich sich übers Kinn. »Die Beziehung war geheim. Aber warum?«

Gedankenfetzen tauchten in Dorotheas Erinnerung auf. Ein Strauß roter Rosen. Das wütende Gesicht eines Mannes. Wie bei einem Puzzle setzen sich die Teile zu einem Bild zusammen. Dorothea spürte, wie ihr übel wurde. *Ellie.* Als ihr klar wurde, wie blind sie gewesen war, schloss sie die Augen, und die Welt um sie herum begann, sich zu drehen. Wie durch Watte hörte sie ihre eigene Stimme.

»Weil sie verboten war.«

Kapitel 46

Als das Paar mit einem Schwall eiskalter Schneeluft endlich die Hotellobby betrat, war es fast Mitternacht. Dorothea konnte bereits alle in den Tiroler Magazinen erwähnten Skigebiete alphabetisch auflisten und die Jagdszene des Wandteppichs im Geiste nachmalen. Den Geruch von Duftstäbchen, Zigarettenrauch und frittiertem Essen, der aus dem Restaurant und der Bar von beiden Seiten in die Eingangshalle des *Andreas Hofer* strömte, nahm sie schon längst nicht mehr wahr. Und erst, als sie sich erhob, merkte sie, dass ihre Hose an dem Leder des Sessels klebte und ihr linker Fuß eingeschlafen war.

Leise räusperte sie sich. »Ihre Frau sagte mir, dass ich Sie hier finden würde.«

Bei dem Klang von Dorotheas Stimme wurde der Rücken des gedrungenen Mannes starr, und kleine Härchen in dem bulligen Nacken stellten sich auf. Abrupt blieb er stehen und wandte seinen Kopf.

Dorothea trat zwei Schritte nach vorn in eine Duftwelle von Parfüm. »Sie sagte auch, dass Sie nicht allein sein würden.«

Mit einem Seitenblick auf Dorothea legte Walter Goldschmied seine Hand auf den Arm der Dame in dem beigefarbenen Burberry-Mantel. »Tu mir einen Gefallen, Eva. Geh an die Bar, und bestell dir einen Aperitif. Ich komme gleich nach.«

Die dunkelhaarige Schönheit sah mit hochgezogenen Augenbrauen auf das rundliche Gesicht ihres Begleiters herab. Sie öffnete ihre roten Lippen, doch im letzten Moment schien sie sich anders zu entscheiden, schloss ihren Mund wieder und stolzierte in Richtung Hotelbar. Ihre hohen Absätze klapperten auf dem Marmorboden.

Dorothea sah der Frau nach. Erst als sie um die Ecke zur Hotelbar gebogen war, sprach sie weiter. »Können wir uns kurz unterhalten, Dr. Goldschmied?«

Das Gesicht des Anwalts färbte sich dunkelrot. Er zog sein Mobiltelefon aus der Brusttasche seines Mantels, dann warf er einen Seitenblick nach rechts. Das junge Mädchen an der Rezeption täuschte mit gesenktem Kopf vor, viel zu beschäftigt zu sein, um die Konversation zu belauschen, doch ihr unbeweglicher Oberkörper verriet sie.

Der Anwalt redete leise, aber seine Stimme bebte vor Zorn. »Ich habe Sie gewarnt. Ich rufe jetzt Ihren Chef an.«

Dorothea lächelte. »Sie müssen ein sehr guter Pokerspieler sein.«

Der Finger, der den Bildschirm des Mobiltelefons berührte, blieb in der Luft hängen. »Wie bitte?«

»Sie hatten niemals vor, sich über mich zu beschweren.«

Seine Augen verengten sich, und er musterte Dorothea genau.

Vorsichtig fuhr sie fort: »Es war eine leere Drohung, um mich davon abzuhalten, den Tod Ihrer Tochter genauer zu untersuchen.«

Die neugierige Empfangsdame hob sachte ihren Kopf, und Dorothea senkte ihre Stimme.

»Zuerst dachte ich, Sie wollten Ihre Privatsphäre vor peinlichen Fragen schützen.« Sie warf einen bedeutungsvollen Blick in die Richtung, in die die dunkelhaarige Schönheit verschwunden war. »Doch nachdem selbst Ihre Ehefrau von Ihren Affären weiß, weiß es sicher auch ganz Kufstein.« Obwohl die Züge des Anwalts vor Zorn verzerrt waren, sprach Dorothea weiter: »Sie haben Ihre Tochter auch nicht sexuell missbraucht.«

Wie schon bei ihrer letzten Begegnung trat Elenas Vater wütend auf sie zu, doch auch diesmal wich Dorothea nicht zurück. Kleine Schweißtropfen bildeten sich auf seiner hohen Stirn.

»Es gibt also nur einen Grund, warum Sie eine polizeiliche Ermittlung ablehnen. Sie wollen Elena schützen, auch wenn sie tot ist. Verhindern, dass ihr Name durch den Schmutz gezogen wird.«

Er atmete schwer, als er drohend noch näher kam. Wieder roch Dorothea die Mischung aus Schweiß und Aftershave, die aus seinen Poren trat. Seine Stimme war nur noch ein Zischen.

»Diese Unterhaltung ist beendet.«

Dorothea ließ sich nicht beirren. »Elena hat Melanie von Ihrem Streit erzählt. Sie sprach von Doppelmoral. Ich denke, in Ihrer Auseinandersetzung mit Elena ging es um Ihr Liebesleben. Und um das Ihrer Tochter.«

Der Anwalt griff sich an den Hals und lockerte den Knopf seiner Krawatte. Mühsam schnappte er nach Luft.

»Als sie starb, waren Sie überzeugt davon, dass Elena Selbstmord begangen hatte. Sie riefen den Chef des Landeskriminalamts an und sorgten dafür, dass die Untersuchung schnell und ruhig über die Bühne ging.«

Das aufgedunsene Antlitz war nun über und über mit einem Schweißfilm überzogen. »Verschwinden Sie hier.« Er röchelte und einen Augenblick befürchtete Dorothea, dass der beleibte Mann einen Herzinfarkt bekommen würde. Sie wartete einige Sekunden, dann redete sie weiter.

»Aber Sie irren sich. Elena hat sich nicht aus freien Stücken in die Aula gestürzt. Jemand hat sie gestoßen.« Ein weiteres Mal hielt sie inne und beobachtete seine Mimik, während sie weitersprach. »Und deshalb wurde auch Roman Kettner umgebracht.«

Für den Bruchteil einer Sekunde senkte Walter Goldschmied seine Lider, doch sofort hatte er sich wieder unter Kontrolle. Herausfordernd sah er Dorothea an.

»Vor zwei Wochen waren Sie der Meinung, dass ich meine Tochter umgebracht habe. Was ist Ihre neue Theorie? Dass ich Roman Kettner am Innufer aufgelauert und ihn erschlagen habe?«

Dorothea betrachtete den weißen Kragen des Hemdes, der den dicken Hals einengte. Zwei hellrote Schnitte am Doppelkinn wiesen darauf hin, dass die Hand des Anwalts beim Rasieren gezittert hatte.

»Nein. Die Autopsie zeigt, dass der Schlag auf Romans Hinterkopf von oben ausgeführt wurde. Das wäre bei Ihrer kleinen

Statur kaum zu bewerkstelligen. Zudem dürfte es bei Ihrem regen Sexualleben nicht schwierig sein, Ihr Alibi für die fragliche Nacht zu bestätigen.« Ehe Dorothea sich besinnen konnte, war der letzte Satz über ihre Lippen gekommen. Erschrocken über ihre eigene Frechheit hielt sie inne und wartete darauf, dass er explodierte.

Stattdessen hielt er einige Sekunden lang inne, wich einen Schritt zurück, nahm ein Taschentuch aus seiner Anzughose und wischte sich über sein Gesicht. »Machen Sie, dass Sie hier fortkommen.« Plötzlich klang seine Stimme erschöpft. »Ich kann dafür sorgen, dass Sie gefeuert werden. Und diesmal bluffe ich nicht.« Schwerfällig wandte er sich um und ging in Richtung Hotelbar. Dorothea hielt mit ihm Schritt.

»Sie kommen zu spät. Mein Chef hat bereits meine Kündigung veranlasst. Ihre Drohung beeindruckt mich nicht mehr.«

Er blieb nicht stehen. »Sie denken, weil Sie gekündigt wurden, haben Sie nichts mehr zu verlieren.« Seine Stimme war ruhig, fast teilnahmslos. »Glauben Sie mir, Sie irren sich. Ich kann Ihnen Ihr Leben zur Hölle machen. Ich kann dafür sorgen, dass Sie in Tirol, ja in ganz Österreich keinen Job mehr finden.«

Verzweiflung stieg in Dorothea auf. Ihr Plan, Elenas Vater aus der Reserve zu locken, hatte nicht funktioniert. »Ich bitte Sie, Herr Goldschmied. Ich spreche mit Ihnen nicht als Anwalt, sondern als Vater.«

Unbeteiligt hob er die Hand, während er weiterging. »Dieses Gespräch ist beendet. Das nächste Mal sehen wir uns vor Gericht.«

Dorothea schloss kurz ihre Augen, sie hatte gehofft, ihren letzten Trumpf nicht ausspielen zu müssen. Sie trat einige Schritte nach vorn, stellte sich vor den korpulenten Mann und versperrte ihm den Weg.

»Was ist mit Ihrem Sohn? Hat er es nicht verdient, dass sein Tod aufgeklärt wird?«

Sekundenlang starrte Walter Goldschmied sie nur an, und plötzlich begann die Maske zu bröckeln. Das aufgeblähte Gesicht wirkte nun eingefallen, um Jahre gealtert. Er warf einen Blick zu der Rezeptionistin, strich sich über seine Nase, sein Kinn, seine stoppeligen Haare. Schließlich packte er Dorothea am Ellenbogen. Ohne etwas zu sagen, durchquerte er mit ihr die Lobby.

Überrascht sah sie über ihre Schulter. An der Theke saß die dunkelhaarige Eva auf einem Barhocker. Ohne einen Blick in ihre Richtung zu werfen, steuerte Walter Goldschmied nach rechts, und durch eine niedrige Tür betraten sie das Restaurant des Hotels. Er führte Dorothea zu einem der kleinen Tische und winkte den Kellner heran.

Erst als er ein Glas Schnaps hinuntergekippt hatte, begann er zu sprechen. »Woher haben Sie diese Information?«

»Niemand braucht davon zu wissen.« Dorothea fischte vorsichtig den Beutel aus ihrem Tee. »Ich möchte nur zwei Morde aufklären.« Sie fühlte, dass die Augen des Anwalts ihre Finger fixierten.

»Hat sie es Ihnen erzählt?« Seine Stimme klang fordernd.

Dorothea wusste, von wem er sprach, und schüttelte den Kopf. »Nein. Romans Mutter hat Sie mit keinem Wort erwähnt. Im Gegenteil. Sie hat die Geschichte verwendet, die sie wahrscheinlich auch ihrem Sohn erzählt hat.« Der Anwalt drehte das Schnapsglas in seiner Hand, doch er sagte nichts. Vorsichtig sprach Dorothea weiter: »Aber Daniela Kettner klang merkwürdig, wagte nicht, mich anzusehen, als sie beteuerte, Romans Vater sei ein Hotelgast gewesen, den sie nach der Zeugung des Kindes nie mehr gesehen habe.«

Walter Goldschmied nickte dem Kellner zu und hob das Glas.

»Zudem war mir nicht klar, woher Frau Kettner das Geld nahm, um Romans Schulbildung zu finanzieren«, sagte Dorothea. »Selbst staatliche Förderungen decken nicht die Summe ab, die man braucht, um ein Kind auf eine Schule wie das *Sebastianum* zu schicken.«

»Das heißt noch lange nicht, dass ich Romans Vater bin.«

Dorothea goss Milch in ihren Tee und rührte einige Male um. »Nein, aber Ihre Augen sagen es.«

Der Anwalt schnaubte verächtlich. »Das ist Ihr Beweis? Meine Augen.«

Dorothea nickte. »Als ich Roman das erste Mal sah, kam

mir seine Augenpartie bekannt vor, aber ich konnte sie nicht zuordnen.«

Plötzlich prustete ihr Gegenüber. Es war nur ein kurzes, lautes Auflachen. »Wissen Sie, wie viele Menschen sich ähnlich sind? Was für eine Polizistin sind Sie denn? Haben Sie noch nie Zeugen befragt? Für die meisten Europäer sehen alle Asiaten gleich aus, und umgekehrt gilt dasselbe.«

Dorothea roch den Alkohol in seinem Atem, als er nochmals lachte.

»Meine Augen? Wenn das Ihr Beweis ist, sind Sie besser im Bluffen als ich.«

Sie seufzte und beschloss, ihre Karten auf den Tisch zu legen. »Allele. Das ist mein Beweis.«

Zum ersten Mal hob der Anwalt misstrauisch seinen Blick. »Ich verstehe nicht ganz.«

Der Kellner erschien. Noch während er damit beschäftigt war, das leere Glas auf sein Tablett zu stellen, kippte Walter Goldschmied den nächsten Drink hinunter. Dorothea wartete, bis sie wieder allein am Tisch waren, bevor sie fortfuhr.

»Bei einem Vaterschaftstest sehen sich Genetiker immer bestimmte Allele, also Teile der DNA, in einem Körper an.«

»Vielen Dank für die Information. Als Scheidungsanwalt ist mir das bekannt.«

»Wir hatten Roman in Verdacht, der Vater von Elenas Kind zu sein, deshalb haben wir einen Vergleich seiner DNA mit der des Fötus angestellt. Roman kam für die Vaterschaft nicht infrage, die Zahl der übereinstimmenden Allele war zu niedrig.«

»Das ist illegal. Für einen solchen Test braucht man die Zustimmung eines Hinterbliebenen. Und wer ist ›*wir*‹?«

Dorothea nahm bedächtig einen Schluck ihres Tees, während sie sich eine passende Antwort überlegte. Sie beschloss, nicht auf die Bemerkung des Anwalts einzugehen. »Als mir klar wurde, dass Roman Ihnen ähnlichsieht, kam mir die Idee, dass Sie sein Vater sind, zunächst so absurd vor, dass ich sie wieder verwarf.« Aber Schmitt hatte sie nicht absurd gefunden. Sie hätte sie ihm vor zwei

Tagen und nicht erst vor fünf Stunden erzählen sollen. »Dennoch ließen wir im Labor Romans DNA mit der von Elena vergleichen.« Dorothea musste sich ein Grinsen verbeißen. Schmitt hatte sofort seinen Freund Günther angerufen und ihm gesagt, dass er seine Skitour unterbrechen müsse.

Ein grauer Film legte sich über die Augen von Walter Goldschmied, doch er sagte nichts. Minutenlang waren nur verhaltene Schlager aus den Lautsprechern und das dezente Klirren von Besteck und Gläsern an den Nachbartischen zu hören.

Dorothea brach schließlich die Stille. »Ich habe recherchiert. Frau Kettner hat vor Jahren in diesem Hotel gearbeitet. Als Kellnerin. Und Sie sind offenbar immer noch Stammgast hier.«

Der Anwalt legte Daumen und Zeigefinger an seine Nasenwurzel, seine Züge verzerrten sich vor Schmerz und Trauer.

Günther hatte am Telefon laut geflucht, aber er war aus dem Zillertal nach Innsbruck ins Labor gefahren. Zwei Stunden später hatten sie Gewissheit gehabt.

»Die Analyse der DNA ergab eine Übereinstimmung von fünfundzwanzig Prozent.« Dorothea sprach sanft weiter: »Roman und Elena waren Halbgeschwister.« Ihr Rachen schmerzte. »Sie haben in den letzten Wochen zwei Kinder verloren.«

Goldschmied war am Tisch in sich zusammengesunken. Mit einem Mal aber hob er seinen Blick und fixierte die brennenden Holzscheite im Kamin. »Haben Sie sich jemals gewünscht, die Zeit zurückdrehen zu können?«

Dorothea nickte schweigend und wartete.

»Ich würde viele Dinge anders machen, aber vor allem zwei.« Er schob das Glas von sich und faltete seine Hände auf dem Tisch. »Ich würde weniger arbeiten und viel mehr Zeit mit Elena verbringen.«

Dorothea ahnte, was seine zweite Aussage sein würde.

»Und ich würde meinen Sohn kennenlernen wollen.«

Sie war so überrascht, dass sie sich beinahe verschluckte.

»Sie haben recht. Es hat drüben in der Hotelbar begonnen. Wir hatten eine Affäre. Daniela war blutjung, und sie wusste natürlich, dass ich verheiratet war. Trotzdem wollte sie das Kind.« Er seufzte. »Kurz darauf war meine Frau dann auch schwanger, Daniela hat keine Schwierigkeiten gemacht. Ich habe ihr jeden Monat Geld überwiesen. Sie wollte, dass Roman aufs *Sebastianum* geht, die beste Schule besucht. Dass Elena und Roman in die gleiche Klasse kamen, war ein grausamer Zufall.«

Dorotheas Herz verkrampfte sich. Sie dachte an den Streit, den die Geschwister gehabt hatten. Elena, die der Meinung gewesen war, dass ihr eigener Bruder nicht gut genug für ihre beste Freundin war. Roman, der seine Schwester für arrogant und versnobt hielt.

Walter Goldschmied sah sie an. »Warum sind Sie gekommen? Um mich bloßzustellen? Jetzt, nachdem Roman und Elena tot sind?«

»Nein. Niemand braucht zu wissen, dass die beiden Geschwister waren. Nur die Kollegen von der Mordkommission müssen alle Informationen haben, um bei den Ermittlungen endlich voranzukommen. Ihre Kinder haben es verdient, dass ihr Tod aufgeklärt wird.«

Sie nippte an ihrem Getränk und fragte sich, warum ihr Tee in letzter Zeit immer schal schmeckte. Dann betrachtete sie den Vater der toten Teenager, doch er starrte ins Leere.

»Herr Goldschmied, worum ging es in Ihrem Streit mit Ihrer Tochter? Was meinte Elena mit Doppelmoral?«

Einen Moment lang hielt Walter Goldschmied Dorotheas Blick stand, dann senkte er seine Lider wieder. »Elena hat gesehen, wie ich mich mit einer anderen Frau getroffen habe.«

»Eine einfache Wahrscheinlichkeitsrechnung.«

»Wie bitte?«

Dorotheas Wangen wurden heiß. Wieder ärgerte sie sich über ihre unbedachte Bemerkung. »Soweit ich das beurteilen kann, war dies ja nicht Ihre erste außereheliche Beziehung, es war also nur eine Frage der Zeit, bis Ihre Tochter davon erfuhr. Um ganz ehrlich zu sein: Ich bin überrascht, dass Sie es jahrelang vor ihr geheim halten konnten.«

Er starrte sie irritiert an. »Für wen halten Sie sich? Für den Papst?« Dann aber entspannten sich seine Züge. »Es war merkwürdig. Elena hat mir keine Vorwürfe gemacht. Sie wollte nur wissen, ob ich Katharina nicht mehr liebte. Ob ihre Mutter auch einen Freund habe. Warum wir uns nicht scheiden lassen. Und dann hat sie mir einen Vortrag über wahre Liebe gehalten. Dass man für wahre Liebe alles tut. Romantisch. Naiv. Aber eben irgendwie seltsam. Ich fragte sie, ob sie denn einen Freund habe. Sie sagte, dass sie verliebt sei. Aber sie wollte mir nicht sagen, wer es war. Irgendetwas an ihrer Stimmung kam mir ungewöhnlich vor. Da habe ich ihr meinerseits einen Vortrag darüber gehalten, dass sie sich auf keine krummen Sachen einlassen solle. Und plötzlich war sie unglaublich wütend. Ich kann ihre Worte noch immer hören. ›Du bist das Letzte. Deine Doppelmoral kotzt mich an.‹« Wieder schweiften seine Augen zu dem flackernden Feuer. »Wer hat meine Kinder umgebracht?«

Dorothea öffnete den Mund, dann biss sie sich auf die Lippe. »Ich brauche zuerst Beweise.«

Der Anwalt drehte den Kopf und hob seine Brauen. »Was wollen Sie von mir?«

»Ihre Hilfe.«

Kapitel 47

»And thus with a kiss I die.«

Romeo stach sich in dem Augenblick den Dolch in die Brust, als Dorothea sechs Tage später die verdunkelte Aula des *Sebastianums* betrat. Ein kalter Schauer lief über ihren Rücken, während ihre Blicke über die Köpfe der Besucher glitten, die sich an diesem Freitagabend das Schultheater ansahen. Nach dem brüsken Tempo in der eiskalten Nachtluft ging ihr Atem immer noch stockend. Mit klammen Fingern streifte sie winzige Eisklumpen von ihren Wimpern, dann verharrte sie unbeweglich an einer der Säulen und beobachtete, wie auch Julia unter dem dunklen Eichenkreuz starb.

Einige Minuten später erklang der Schlussapplaus. Das dämmrige Licht in der Aula ging an. Eltern, Schüler und Lehrer begannen, sich zu erheben, und das Scharren Hunderter Stühle auf dem Marmorboden erfüllte die hohe Halle. Dorothea sah sich um. Nichts deutete auf die schrecklichen Ereignisse hin, die in den vergangenen Wochen in dem katholischen Gymnasium vorgefallen waren. Elena Goldschmied und Roman Kettner waren noch keinen Monat unter der Erde, dennoch schien der Direktor eifrig dafür zu sorgen, dass wieder der Schulalltag einkehrte. Selbst die Schulaufführung der Theatergruppe hatte er nicht abgesagt.

Mit steigender Anspannung hielt Dorothea Ausschau, während die Besucher in dicken Wintermänteln an ihr vorbeizogen. Schließlich erspähte sie die zwei Personen, nach denen sie gesucht hatte. Einen Moment lang erwog sie, zu warten, dann aber steuerte sie auf die kleine Gruppe zu. Wortfetzen drangen an ihr Ohr.

»… Polizei endlich nicht mehr im Haus …«

Michael Kieter war der Erste, der sie bemerkte. »Wenn man vom Teufel spricht.«

Sein Tonfall war scherzhaft, doch seine rechte Hand fasste an den Knoten seiner Krawatte. Mit einem kurzen Nicken begrüßte Dorothea die Umstehenden.

»Wie können wir Ihnen helfen?« Die Frage des Direktors klang ausgesucht höflich, dennoch vernahm Dorothea das Missfallen hinter den Worten. Thomas Hinkel dagegen machte sich nicht die Mühe, seine Abneigung zu verbergen. Feindselig starrte er sie an. Ihre Blicke glitten über die fast leere Aula, bevor sie zu sprechen begann.

»Es geht um den Tod der beiden Schüler an Ihrer Schule.«

Die Augen des Direktors weiteten sich, die Brauen des Biologielehrers zogen sich zusammen. Michael Kieter warf einen Blick auf seine Armbanduhr.

»Schon halb elf?« Während er sich an den Direktor wandte, legte er die Hand in den Rücken seiner Frau. »Ich denke, wir werden euch dann allein lassen. Gottfried, vielleicht kannst du mich morgen informieren.«

»Ich würde es begrüßen, Michael, wenn ihr auch noch hierbleibt.« Dorothea sprach sanft. Dann wandte sie sich an den Direktor. »Können wir in Ihr Büro gehen?«

Der Pfarrer biss sich auf die Lippen, doch er sagte nichts. Mit steifen Schritten ging er voraus.

Im Büro war es kalt, und der Staub vieler Jahrzehnte stieg Dorothea in die Nase. Der Parkettboden knarrte, als sich die Gruppe am Ende des Konferenztisches niederließ. Dorothea schloss die Tür, blieb stehen. Übelkeit stieg in ihr auf bei dem Gedanken daran, was ihr bevorstand. Sie wartete, bis der Kloß in ihrem Hals verschwunden war, ehe sie zu sprechen begann.

»Elenas Tod wird neu untersucht.«

Gottfried Weiß nahm seine Brille ab und putzte sie mit einem Stofftaschentuch. Mit zitternden Fingern setzte er sie wieder auf. »Ich glaube nicht, dass wir Ihnen noch weiter behilflich sein können.«

Kieter warf einen Seitenblick in die Runde. »Ich denke, wir haben dir schon alles gesagt, was wir wissen.«

Ohne die Einwände zu beachten, fuhr Dorothea fort: »Elena Goldschmieds Tod wird nun als Mord eingestuft. Die Abteilung Leib und Leben hat die Ermittlung wieder aufgenommen.« Dorotheas Blick fiel auf Thomas Hinkel. Seine Haltung glich der einer Katze, die auf der Lauer lag. »Elena hatte einen Freund, dessen Identität sie geheim halten wollte.«

»Ich verstehe nicht, was das mit uns zu tun hat.« Kieter warf einen weiteren Blick rund um den Tisch, drehte an seinem Ehering und blickte wieder auf seine Uhr.

Ohne auf seine Worte einzugehen, sagte Dorothea: »Und nachdem ihr Mobiltelefon letztes Jahr von ihren Schulkameradinnen gehackt worden war, lag die Vermutung nahe, dass sie sich ein Prepaid-Handy besorgt hat, von dem niemand etwas wusste. Die Mordkommission hat einen Shop ausfindig gemacht, in dem Elena ein Wertkartenhandy gekauft hat.« Hinkel hob überrascht seinen Kopf, als Dorothea fortfuhr: »Das Telefon ist nicht auffindbar, aber über die Nummer konnte die Polizei herausfinden, wen Elena mit dem Handy kontaktiert hat.«

»Dorothea, ich sehe nicht, wie Ulrike und ich hier von Nutzen sein können.« Kieter erhob sich, drückte die Schulter seiner Frau, und auch sie stand auf. Während der Professor auf die Tür zuging, mied er Dorotheas Blick.

Sie roch sein Aftershave, das sich mit der muffigen Luft in dem Büro vermischte. »Die Polizei vermutet, dass diese Person ihr Freund und auch der Vater ihres Kindes war.«

Kieters Rücken wurde starr, und die Hand auf der Türklinke begann zu zittern. »Dorothea, ich verstehe nicht, was du uns damit sagen willst.« Er drehte sich nicht um.

Mit einem Mal wurden Dorotheas Knie weich. Ihr war klar, dass sie insgeheim gehofft hatte, sich zu irren. Doch als sie die Wahrheit an seinem Tonfall hörte und kein noch so kleiner Zweifel mehr bestand, war ihr, als ob jemand ihr Herz mit der Faust zerdrückte. Plötzlich schien sie mit ihrem einstigen Idol allein im Zimmer zu sein.

»Es war deine Nummer, Michael, die als Einzige auf Elenas Telefon erschien. Du hattest eine Affäre mit dem Mädchen. Sie war von dir schwanger. Und nun ist sie tot. Genauso wie Roman Kettner.«

Endlich wandte der Lehrer seinen Kopf, und Dorothea sah die Angst in seinen Augen. »Du glaubst, dass ich Ellie getötet habe?«

Ellie.

»Der Staatsanwalt wird Anklage wegen zweifachen Mordes gegen dich erheben.« Leicht kam Dorothea die Lüge über die Lippen. Sie sah, wie die Panik von ihm Besitz ergriff.

»Wegen Mordes?«

Alle Köpfe waren nun auf ihn gerichtet. Selbst die Reihe an Kardinälen auf den Bildern schien entsetzt auf ihn herabzublicken. Er hob verzweifelt seine Hände und trat einen Schritt auf Dorothea zu. »Ellie und ich hatten eine Affäre. Aber ich schwöre dir, ich habe sie nicht umgebracht.« Flehend sah er Dorothea an. »Du musst mir glauben.« Dann ließ er sich auf den Stuhl am Kopfende des langen Tisches fallen und vergrub sein Gesicht in den Händen. »Ich wusste nicht einmal, dass sie schwanger war.« Er begann zu schluchzen. »Ulrike, es tut mir so leid.«

Seine Frau stand noch immer wie eine Statue hinter dem Stuhl, auf dem sie gesessen hatte. Ihre Augen waren weit aufgerissen. Ihr Körper bewegte sich in Richtung ihres Mannes, doch bereits nach dem Bruchteil einer Sekunde hielt er wie der eines Roboters inne.

Michael Kieter hob den Kopf und sah Dorothea beschwörend an. »Dorothea, du kennst mich. Du weißt, dass ich so etwas nie tun würde.«

Dorothea sah in das vertraute Gesicht. »Nein, den Michael Kieter, den ich kannte, gibt es nicht. Er war nur eine Wunschvorstellung.« Sie erschrak über den verbitterten Ton in ihrer Stimme.

»Was meinst du damit?«

»Du hast nicht um eine Versetzung nach Kufstein gebeten.« Sie schluckte, bevor sie den Namen ihrer ehemaligen Schule aussprach. »Das *Laurentinum* hat sich geweigert, dich noch weiter zu beschäftigen.«

Von Ulrike Kieter war ein erstickter Schrei zu hören. »Du bist nicht wegen mir nach Kufstein gekommen?«

Dorothea wandte sich an die Ärztin. »Nein, Frau Kieter, es war Zufall, dass Sie sich schon vorher kennengelernt hatten. In Wirklichkeit aber wurde ihr Mann sozusagen strafversetzt.« Sie wartete einen Moment, um der Frau Zeit zu geben, die Information zu verarbeiten. »Elena war nicht die erste Schülerin, mit der Ihr Mann eine Beziehung hatte. Auch am *Laurentinum* hatte er ein Verhältnis mit einem Mädchen. Nur war jene Jugendliche nicht so vorsichtig wie Elena. Ihre Mutter erfuhr davon und hat sich sofort beim Direktor beschwert.« Dorothea wandte sich wieder an Michael Kieter. Es fiel ihr schwer, weiterzusprechen. »Die Schülerin hat dich damals verteidigt, offenbar war sie sehr in dich verliebt. Dennoch kamen einige weitere Punkte ans Licht. Intimitäten mit Schülerinnen bei Schulbällen. Selbst damals in meiner Klasse scheinst du eine Liebhaberin gehabt zu haben.«

Selina Bader erschien vor ihrem geistigen Auge, und in Dorotheas Ohr klang ihre Stimme. *Unsere kleine Dorothea. Moby Dick. Die Wale lassen grüßen.* Sie schloss die Augen, um die Erinnerung zu vertreiben.

»Ich habe eine Schwäche für hübsche Schülerinnen. Aber deshalb bin ich noch lange kein Mörder.«

»Bei deinen vorherigen Affären gab es keine eindeutigen Beweise. Elena war jedoch schwanger. Wenn diesmal dein Verhältnis bekannt geworden wäre, hättest du nicht nur deinen Job verloren, sondern wahrscheinlich auch einen Prozess wegen Verführung Minderjähriger am Hals gehabt.«

»Ich habe Ellie nicht umgebracht.«

»Du warst es, der sich schon in der Kirche nach mir umgedreht hat. Du hast mich erkannt und wusstest, dass ich Polizistin bin.

Wahrscheinlich hast du mich schon öfter in Kufstein gesehen. Danach bist du zu mir gekommen, um herauszufinden, was ich wusste. Immer wieder hast du versucht, mich auszuhorchen.«

»Aber doch nur, weil ich Angst um meinen Job hatte.« Verzweifelt drehte er sich zu seiner Frau um, die immer noch wie versteinert im Raum stand. »Ulrike, bitte hilf mir, du weißt, dass es nicht wahr ist. Ich war an jenem Abend zu Hause.«

Das Gesicht der Ärztin war kreidebleich. »Elena Goldschmied war nicht die Einzige?«

Ihr Ehemann hob hilflos seine Hände. »Ulrike, ich …« Er wandte sich wieder an Dorothea. »Ich flehe dich an, Dorothea, du musst mir glauben. Ich war an dem Abend nicht in der Schule. Ich habe mich nicht mit Ellie getroffen. Ich war zu Hause. Ich bin um einundzwanzig Uhr ins Bett gegangen. Meine Frau kann das bestätigen.«

Er blickte verzweifelt zu Ulrike Kieter, doch sie legte die Hand über ihren Mund und schloss die Augen. Einen Moment lang schien es, als ob sie in Ohnmacht fallen würde.

»Ulrike, ich weiß, was du jetzt fühlst. Aber du musst jetzt zu mir stehen. Ich war zu Hause. Wir sind beide früh ins Bett gegangen. Kannst du dich noch erinnern?«

Die Ärztin klammerte sich an die hohe Lehne, ihre Knöchel wurden weiß. »Du hast mir damals erzählt, dass du noch nie in jemanden so verliebt warst wie in mich.« Nur ein Flüstern. »Dass du dich für mich sogar nach Kufstein versetzen lassen würdest. Dass es eine Fügung des Schicksals war, dass hier eine Stelle frei wurde.«

»Ulrike, bitte. Ich war an dem Abend zu Hause. Das weißt du.«

Dorothea trat auf Ulrike Kieter zu. »Bevor Sie etwas sagen, sollten Sie mich ausreden lassen. Es gibt eine weitere Zeugin. Sie hat den Mord beobachtet. Sie konnte sich bisher nicht äußern, weil sie unter Schock stand. Aber nun wird sie aussagen.«

Ulrike Kieters Brustkorb begann zu beben. Sie griff sich ans Herz und sank auf den Stuhl.

Michael Kieter fasste sich an seine Stirn. »Eine Zeugin?« Seine

Stimme war eine Mischung aus Verwirrung und Panik. »Aber das ist unmöglich.«

Wie in Trance griffen die Finger der Ärztin zu dem Kreuz an ihrer Kette, während Dorothea weitersprach: »Es hat keinen Sinn, es zu leugnen. Die Schule hat für den Haupteingang ein elektronisches Schließsystem. Dein Schlüssel hat in der Nacht von Elenas Tod um 22:24 Uhr die Tür geöffnet. Zwei Stunden vorher war von deinem Mobiltelefon aus eine Nachricht an Elena geschickt worden. Das Mädchen hat den Schulschlüssel ihrer Mutter verwendet, um ins Gebäude zu kommen. Das Geschichtskabinett war der sicherste Ort für ein geheimes Treffen, und es war offenbar nicht das erste Mal, dass ihr euch dort verabredet habt.«

»Nein.«

»Du hast sie über die Brüstung geworfen, dann hast du ihr Handy aus der Tasche genommen, damit niemand von eurer Beziehung erfährt.«

»Nein!« Die Antwort war ein einziger Schrei. Michael Kieter stand auf und trat einen Schritt auf seine Frau zu. »Ulrike, du musst mir glauben, ich weiß nicht, wovon Dorothea spricht. Ich habe diese Nachricht nicht geschrieben. Und du weißt, meinen Schlüssel …«

Er hielt inne, und Dorothea konnte sehen, wie sich die Rädchen in seinem Kopf zu drehen begannen. Als er die Worte wiederfand, kamen sie in seltsamer Zeitlupe aus seinem Mund. »Meinen Schlüssel und mein Handy habe ich immer bei mir.« Er stockte, unfähig, weiterzusprechen.

Plötzlich wich jegliche Farbe aus seinem Gesicht.

Kapitel 48

»*Du* hast Ellie umgebracht?«

In dem düsteren Raum schien die Zeit für einen Moment lang stillzustehen. Unerträgliches Schweigen breitete sich aus, und die Luft war mit einem Mal kalt und modrig. Dorothea hatte gewusst, was kommen würde, dennoch begannen ihre Schläfen zu pochen. Ihre Knie wurden weich, und auf ihrer Zunge lag ein fahler Geschmack. Mühsam schluckte sie, während sie ihren ehemaligen Lehrer beobachtete.

Auf Michael Kieters Gesicht lag ein entgeisterter Ausdruck. Erst als von Weitem das Schlagen der Turmuhr zu hören war, fand er seine Stimme wieder. »Du wusstest von mir und Ellie?«

Seine Frau starrte auf ihre Finger, ihre Augen waren glasig, sie schien ihn nicht zu hören, während sie leise zu sich selbst sprach: »Es ist nicht wahr. Du bist wegen mir nach Kufstein gekommen.«

»Ulrike, sprich mit mir. Wusstest du von Ellie?«

Flüsternd antwortete Dorothea auf seine Frage. »Ich denke, Elena hat es ihr gesagt.«

Michael Kieters fassungsloser Blick haftete an den Zügen seiner Frau. »Ellie? Warum sollte sie das tun?«

Die Ärztin beachtete ihn nicht. Trotzig sprach sie weiter. »Es ist nicht wahr. Es gab nur diese eine. Und sie hat dich verführt.«

Kieter sah Dorothea ungläubig an. »Aber an dem Abend waren wir zu Hause, wir waren beide unglaublich müde. Wir sind um einundzwanzig Uhr ins Bett gegangen.«

»Ein Schlafmittel?« Wieder sprach Dorothea leise, wie eine Souffleuse.

Seine Augenbrauen zogen sich zusammen, und er schüttelte

skeptisch den Kopf, plötzlich aber legte er seine Hand an die Stirn. »Der Tee. Du hast mir ein Schlafmittel in den Tee geschüttet?« Er sprang auf, der Stuhl fiel mit einem Poltern zu Boden. Mit zwei großen Schritten stand er vor seiner Frau. Sein Tonfall war plötzlich schrill. »Ulrike, sieh mich an. Hast du Ellie umgebracht?«

Endlich hob sie den Kopf. Erst jetzt schien sie ihn wieder zu sehen, in ihren Augen lag unendliche Verzweiflung. »Ich wollte dich nicht verlieren.«

Sie griff nach seinen Händen, doch er wich zurück. Einige Sekunden lang schloss sie ihre Lider. Als sie zu reden begann, waren ihre Augen wieder ins Leere gerichtet. »Das Mädchen kam zu mir. Sie sprach von eurer Liebe. Von euren heimlichen Treffen im Geschichtskabinett. Sogar von dem Prepaid-Handy erzählte sie. Sie sagte, niemand wisse von eurer Beziehung. Aber nun sei es mein Recht, es von ihr zu erfahren. Sie wollte mit mir reden. Von Frau zu Frau. Bevor sie es dir sagte.« Wieder sah sie ihren Mann an. »Sie bat mich, dich freizugeben. Für sie. Für euer Kind.« Ulrike Kieter begann zu wimmern. »Jahrelang hatten wir uns so sehr ein Baby gewünscht. All die Versuche, die Behandlungen, die Hoffnung, alles umsonst. Und nun würde dieses Flittchen dein Kind bekommen. Ich sagte ihr, sie brauche sich keine Sorgen zu machen.« Sie richtete ihren Oberkörper auf, und ihre Stimme war plötzlich hart. »Sie solle mir nur einige Tage Zeit geben. Am nächsten Abend habe ich dann dein Handy genommen und ihr geschrieben. Ein Schlafmittel in deinen Tee geschüttet. Als du geschlafen hast, bin ich zur Schule gegangen.« Ihre Finger lagen nun ruhig auf dem Tisch. »Sie war zunächst überrascht, mich zu sehen, aber kein bisschen misstrauisch. Ich sagte ihr sofort, dass ich dich freigeben würde, dass ich deshalb hier sei.« Sie lachte gehässig. »Sie war so gutgläubig. Stellte sich neben mich an die Brüstung.« Ulrike Kieter hob leicht ihre Hände und ließ sie fallen. »Dann war es vorbei.« Wehmütig sah sie ihren Mann an. »Und du hast wieder mir gehört.« Sie seufzte, und ihre Blicke wanderten zu Dorothea. »So lange, bis Sie auftauchten. Und dann noch der Junge.«

»Du hast … Roman Kettner getötet?« Michael Kieter klang fassungslos.

»Ich hatte keine andere Wahl.« Ihre Hand griff zu dem Kreuz an ihrem Hals. »Er kam an dem Montag zu mir in die Sprechstunde. Wollte wissen, ob ich mich noch an ihn erinnerte. An all die Gespräche, die wir geführt hatten. Über Drogen. Über Gewalt. Über Neonazis. Dann sagte er etwas Bizarres. Er meinte, er würde mein Parfüm überall erkennen. Den Klang meiner Schritte. Zuerst wusste ich nicht einmal, wovon er redete. Er sagte, dass die Polizei der Meinung sei, dass Elena Goldschmied ermordet wurde. Dass es die Mordkommission sicher interessiere, wer an dem Abend in der Schule gewesen war. Dann sprach er plötzlich von einer Musikanlage für sein Auto. Wie teuer solche Geräte sind. Und mir wurde klar, dass er mich erpressen wollte.« Ihre Hand ballte sich zu einer Faust. »Wir vereinbarten den Treffpunkt am Innufer, um dreiundzwanzig Uhr, nachdem er vom Fitnessstudio kam. Er wusste eine gute Stelle, an der er sich manchmal mit seinen Freunden traf. Ich gab ihm den Umschlag, er zählte das Geld, drehte sich um und ging.« Die Ärztin presste die Faust an ihre Lippen, bevor sie weitersprach. »›Du hörst wieder von mir.‹ Das war das Einzige, was er sagte. Da wusste ich, dass es richtig gewesen war, den Baseballschläger mitzubringen.«

»Um Gottes willen, Ulrike.«

»Ich konnte das Risiko nicht eingehen, Michael. Er hätte unser Leben zerstört.« Ihre Augen hatten ein seltsames Leuchten. »Ich wollte nur, dass wir in Frieden alt werden können.«

Erst als sie in dem kalten Schulpark ankam, blieb Dorothea stehen. Sie wartete darauf, dass sich ein Gefühl der Genugtuung einstellen würde, ein Gefühl des Triumphs, aber stattdessen breitete sich eine tiefe Trauer in ihr aus. Sie dachte an den achtzehnjährigen Jungen und das siebzehnjährige Mädchen, die nun beide in einem kalten Grab unter der Erde lagen. An das Gedicht von Erich Fried, das Michael Kieter vor Jahren in ihrer Klasse vorgelesen hatte. Das er sein Lieblingsgedicht genannt hatte. An die letzten Zeilen, die Elena Goldschmied mit verschnörkelter Schrift in ihren Notizblock geschrieben hatte.

Das Leben wäre vielleicht einfacher,
wenn ich dich gar nicht getroffen hätte.
Es wäre nur nicht mein Leben.

Kapitel 49

Als am nächsten Abend die Glocke schrillte, fuhr Dorothea erschreckt auf. Sie sog den Orangen-Winter-Duft ein, der ihrer kleinen Duftlampe entströmte, und warf einen Blick auf ihre goldene Armbanduhr. Zehn vor zehn. Ihre Lider waren klebrig, sie gähnte. In letzter Zeit riss ihre Klingel sie ständig aus dem Schlaf. Sie hob *The Secret History* auf, legte das Buch ächzend auf den Couchtisch, schlug widerwillig die Patchworkdecke zurück, ging in die Küche und trank ein Glas Wasser in einem Zug. Erfrischend. Sie wurde wach.

Die Heizung hatte sich für die Nacht bereits ausgeschaltet, und Dorothea rieb sich fröstelnd ihre Oberarme. Während sie das ausgekühlte Wohnzimmer durchquerte, sah sie durch die Scheiben in die Dunkelheit. Endlich hatte es aufgehört zu schneien.

Noch während sie im Vorraum die kalten Fliesen unter ihren Fußsohlen spürte, gellte der Ton ein zweites Mal durch ihre Wohnung. Sie hob den Hörer der Gegensprechanlage.

»Zieh dir ein Kleid an.« Noch ehe sie etwas sagen konnte, drang die vertraute Stimme an ihr Ohr. »Eines, das zumindest den Ansatz eines Ausschnitts hat und ein bisschen was von deinen Knien zeigt.«

Dorotheas Herz begann plötzlich, schneller zu schlagen, und ihre Finger zitterten, als sie den Schlüssel umdrehte und die Tür öffnete.

Noch während Vera die letzten Stufen erklomm, sprach sie weiter. »Und mach um Himmels willen diesen grässlichen Zopf auf.«

Dorothea sah ihre Freundin an, schwebte vor Freude und Erleichterung. Ohne zu protestieren, drehte sie sich um. Als sie im Schlafzimmer vor ihrem Kleiderschrank stand, ertönte aus der Küche Veras Stimme.

»Nein, nicht dieses Kleid. Es darf nicht schwarz, braun oder dunkelgrün sein. Du brauchst Farbe in deinem Leben.«

Bei dem Gedanken, wie gut ihre Freundin sie kannte, musste Dorothea lächeln. Resignierend hängte sie das schwarze Kleid wieder in ihren Schrank.

Als sie Minuten später in einer violetten Bluse, einem knielangen Rock und einer dicken Wollstrumpfhose erschien, musterte Vera sie von oben bis unten.

»Wirklich? Das ist deine Vorstellung von einem sexy Outfit? Nur gut, dass du dein Geld mit deinen kleinen grauen Zellen verdienst.« Sie streckte ihre knallroten Fingernägel aus und öffnete die zwei obersten Knöpfe von Dorotheas Bluse. »Es wird Zeit, dass ich mal mit dir shoppen gehe.«

Bei dem Gedanken an trägerlose Tops und enge Stretchröcke schluckte Dorothea schwer. Ohne etwas zu erwidern, griff sie nach ihrem dunkelgrünen Parka, doch ihre Kollegin protestierte lautstark.

»Nein, nicht dieser scheußliche Parka.«

Dorothea seufzte, öffnete den Garderobenschrank und nahm einen weiten Tweedumhang von einem Kleiderhaken. Vera verdrehte ihre Augen, aber sie sagte nichts mehr.

Zehn Minuten später betraten sie die Bar, und Dorothea bekam das Gefühl, in einem Spionagefilm aus den Dreißigern zu sein. Im *Stollen 1930* hing der Geruch von Zigarettenrauch, Gin und Parfüm, an eleganten Tischen und in hohen Armsesseln prosteten bei Kerzenschein Männer in Anzügen Frauen in Abendkleidern zu. Kronleuchter tauchten die Felswände des unterirdischen Tunnels in ein geheimnisvoll goldenes Licht, und Marlene Dietrich verkündete in einem Chanson, von Kopf bis Fuß auf Liebe eingestellt zu sein.

Als die zwei Gläser auf der blank polierten Bar vor ihnen standen, nahm Vera einen tiefen Zug ihrer Zigarette. »Fuhrmann hat mich heute in sein Büro geholt.«

Dorothea hielt den Atem an.

Vera blies grimmig eine Rauchfahne aus, dann erst sprach sie weiter: »Er hat meine Suspendierung aufgehoben.«

Das eiserne Band um Dorotheas Brust löste sich. Vera lächelte schelmisch.

»Die Runde geht also auf mich.« Danach hob sie verschwörerisch ihre Augenbrauen. »Außerdem muss ich dir von meiner neuen Errungenschaft erzählen.« Sie nahm einen Schluck ihres Cocktails und musterte Dorothea über den Rand des Glases. »Aber erst, sobald ich weiß, was sich da alles abgespielt hat.«

Dorothea warf einen Blick auf einen Kristallleuchter in einem Vogelkäfig, der von der Decke hing, dann begann sie zu erzählen.

Als sie ihren Bericht beendet hatte, saß Vera bereits vor ihrem vierten Cocktail. Leicht beschwipst beugte sie sich nach vorn.

»Mal sehen, ob ich das richtig verstanden habe.« Ihr Zeigefinger stach wild in der Luft herum. »Elena Goldschmied erzählt also Ulrike Kieter die Details ihrer Affäre mit deren Ehemann.« Sie nahm die Ananasscheibe vom Rand des Glases und biss hinein. »Damit unterschreibt sie nicht nur ihr eigenes Todesurteil, sondern liefert ihrer Mörderin auch noch einen perfekten Plan.« Ungläubig schüttelte sie den Kopf. »Wie kann man nur so naiv sein?«

Dorothea war unangenehm berührt. Sie fand die flapsigen Formulierungen befremdlich, doch insgeheim stimmte sie Vera zu.

»Wie hast du den Staatsanwalt überhaupt davon überzeugt, den Tod der Kleinen noch einmal neu zu untersuchen?«

Dorothea schauderte bei dem Gedanken daran, wie ungehalten ihre Vorgesetzten gewesen waren. »Das ging nur mit Dr. Goldschmied, dem Vater der Toten. Er hat sehr gute Verbindungen zum Chef des LKA in Tirol. Und er rief auch den zuständigen Staatsanwalt an. Setzte alle Hebel in Bewegung, obwohl klar war, dass wir keine wirklichen Beweise hatten.«

»Ich dachte, es gab eine Zeugin.« Veras Stimme war schleppend.

Dorothea starrte auf die klare Flüssigkeit in ihrem Glas. Ihre Kollegin verstand die Botschaft.

»Es gibt also keine Zeugin. Du hast geblufft.«

Dorothea nickte. »Melanie Fleischer hat nichts gesehen. Aber das wusste Ulrike Kieter natürlich nicht.« Sie nahm einen Schluck und ließ den Gin einen Moment lang auf ihrer Zunge. »Deshalb war es wichtig, dass sie die Morde zugab. Ein guter Verteidiger hätte argumentieren können, dass Michael ebenfalls Motiv und Gelegenheit gehabt hatte. Damit wären Zweifel an ihrer Schuld aufgekommen.«

Dorothea dachte an ihr Gespräch mit Konstantin Schmitt, an die vielen verschiedenen Strategien, die sie entwickelt hatten. Es war ein aufregender Nachmittag gewesen, knisternd und prasselnd, wunderbar, magisch, voller Dynamik, Denkarbeit, Planung. Nur ein einziges Mal hatten sie sich berührt, als Schmitt seine Hand hob und sie ihm High-Five gab, weil sie nach drei Stunden die Lösung gefunden hatten.

Vera gegenüber aber vermied Dorothea es sorgsam, den Namen des Chefinspektors zu nennen, als sie fortfuhr: »Die Ehepartner gegeneinander auszuspielen, war die einzige Möglichkeit. Die Hoffnung war, dass Ulrike Kieter aufgab, sobald sie erfuhr, dass ihr Mann sie von Anfang an belogen hatte.«

Vera nickte, dann gluckste sie. »Ein echter Casanova, dein ehemaliger Pauker.« Sie versetzte Dorothea einen kleinen Stoß in die Rippen. »Es soll ja öfter vorkommen, dass eine Schülerin sich in einen Lehrer verliebt.«

Dorothea schaute starr geradeaus, ohne etwas zu sagen. Veras Blick schien ein Wundmal in ihre Wange zu brennen.

Schließlich aber erbarmte sich ihre Freundin. »Woher wusstest du, dass es nicht Michael Kieter war, der das Mädchen gestoßen hatte?«

Dorothea war froh darüber, das Thema wechseln zu können. »Nun, ich war mir vorerst nicht sicher. Als mir endlich dämmerte, dass er eine Affäre mit Elena Goldschmied gehabt hatte, wurde auch klar, dass er versucht hatte, mich auszuhorchen. Ich ging alle Gespräche mit ihm noch einmal durch. Jeden Blick, jedes Wort, jede Lüge. Nur eine seiner Aussagen schien ehrlich gewesen zu sein. Michael wusste nicht, dass Elena schwanger war. Und dann fielen mir die Blumen in der Kirche ein.« Sie spürte, wie sich der Alkohol langsam in ihrem Körper ausbreitete. »Sie waren von Michael. Wer sonst als Elenas Liebhaber würde nach ihrem Tod einen Strauß roter Rosen in die Kirche stellen?

Wieder fuchtelte Vera mit den Armen. »Und wenn er sie getötet hätte, warum dann unnötig Aufmerksamkeit auf sich ziehen?«

Dorothea nickte bedächtig. »Es ergab keinen Sinn. Ich erinnerte mich an meine Unterhaltung mit ihm in der Kirche. Und daran, dass plötzlich wie aus dem Nichts seine Frau aufgetaucht war. Ich begann, über Ulrike Kieter nachzudenken. Über ihre Aussage mir gegenüber, dass sich Elena bei ihr über eine Abtreibung informiert hatte.« Vorsichtig nippte sie an ihrem Glas. »Es gab ein Gespräch zwischen den beiden. Das wusste ich bereits von Melanie. Aber was wollte Elena mit der Ehefrau ihres Liebhabers besprechen? Zudem klang Ulrike Kieters Version verdächtig nach Barbies eigener Geschichte.«

Obwohl sie betrunken war, verlor Vera den Faden nicht. »Die Schulärztin hat also ein Gespräch wiedergegeben, das sie wirklich geführt hatte, nur eben nicht mit Elena. Clever. Das verringert das Risiko, sich in Lügen zu verstricken.«

Dorothea nickte. »Bei den ursprünglichen Ermittlungen behauptete Ulrike Kieter lediglich, dass Elena Goldschmied verzweifelt gewesen war. Eine simple Lüge, die die Mordkommission und den Staatsanwalt in die falsche Richtung lenken sollte. Die Schulärztin hoffte, dass nicht zuletzt aufgrund dieser Aussage Elenas Tod als Selbstmord deklariert werden würde. Ihr Plan funktionierte. Und dank Elenas Vater handelte der Staatsanwalt schnell. Die Ermittlungen wurden eingestellt, der Tod der Jugendlichen zu den Akten gelegt. Trotzdem war Ulrike Kieter vorsichtig und ließ ihren Mann nicht aus den Augen. Wenn jemand seine Verbindung mit Elena entdeckte, war auch sie in Gefahr. Sie muss vor der Kirchentür mein Gespräch mit Michael belauscht haben. Deshalb wusste sie, dass es Zweifel an der Selbstmordtheorie gab, sie hatte also Zeit, sich eine plausible Geschichte zurechtzulegen.« Dorothea hielt inne, bis Vera sich eine Zigarette angezündet hatte, dann sprach sie weiter: »Unter dem Vorwand, Elenas Mutter zu unterstützen, konnte sich Frau Kieter über die Ermittlungen auf dem Laufenden halten, ohne persönlich in Erscheinung zu treten.«

Vera blies blauen Rauch aus ihrer Nase. »Nur damit, dass Roman Kettner den Mord beobachtet hatte, konnte sie nicht rechnen.«

Dorothea schüttelte langsam den Kopf. »Die Ironie an der Sache ist, dass er die Tat wahrscheinlich gar nicht gesehen hat. Er fand Elena tot in der Aula. Vielleicht berührte er sie sogar und spürte, dass ihr Körper noch warm war. In Panik verließ er die Schule. Erst als neuerlich eine Polizistin auftauchte, grübelte er über diese Nacht nach. Er konnte sich an ein Geräusch erinnern, an einen Geruch. Und plötzlich sah er seine Chance auf schnelles Geld.«

Vera hob ihren Zeigefinger. »Eines verstehe ich nicht. Es war also Zufall, dass Elena Goldschmied sexuellen Missbrauch als Thema für ihre Arbeit gewählt hatte?«

Dorothea betrachtete die flackernden Kerzen. Ein Gesicht tauchte vor ihr auf. »Nein, ich glaube nicht.«

Mit einem Mal legte Vera ihren Arm um Dorotheas Schulter. »Gute Arbeit, Dorothea.«

Dorothea schwieg. Das Glas, in dem das Eis schon fast geschmolzen war, fühlte sich in ihrer Hand nun lauwarm an. Sie sah in Veras Augen. »Ellie, er nannte sie Ellie.«

Veras Stirn legte sich in Falten. »Wovon sprichst du?«

»Nur ihre engen Freunde nannten das Mädchen Ellie, alle Erwachsenen sprachen immer von Elena, so wie das korrekte Lehrer und Eltern tun. Nur Michael nannte sie Ellie, obwohl er behauptete, die Schülerin kaum zu kennen. Wenn ich damals die Verbindung schon hergestellt hätte, wäre Roman Kettner vielleicht noch am Leben.«

Veras Gesicht wurde weich. »Niemand ist perfekt. Wir machen alle Fehler. Aber wenn du und Schmitt nicht gewesen wären, wäre eine Mörderin ungestraft davongekommen.«

Es war das erste Mal an diesem Abend, dass der Name des Chefinspektors fiel. Dorothea wagte es nicht, ihre Freundin anzusehen, doch Vera sprach weiter.

»Du und Schmitt?«

Dorotheas spürte, wie das Blut in ihre Wangen schoss. »Nein, Vera, du siehst das ganz falsch.«

»Sag nachher nur nicht, ich hätte dich nicht gewarnt.«

Rasch wandte Dorothea sich ab, kramte in ihrer Tasche und reichte Vera zwei kleine Billetts. »Dein Geburtstagsgeschenk.« Leise fügte sie hinzu: »Es tut mir leid.«

Als ihre Freundin das Datum auf den Karten sah, war sie den Tränen nahe. Dorothea wartete einige Sekunden, bevor sie zwei neue Tickets hinter ihrem Rücken hervorzog. »München ist leider nicht ganz so nah wie die Kufsteiner Festung.«

Vera starrte sie überrascht an, und ein glückliches Grinsen erschien auf ihren Lippen. »Ein Konzert mit Nena oder ein Streit mit Dorothea Keusch?« Sie lachte. »Eine schwere Entscheidung.«

Kapitel 50

Noch immer hing das schaurige Plakat des Grabsteins an der Tür, doch die Klänge, die an diesem Sonntagmorgen aus Melanies Zimmer drangen, waren sanfter als jene, die Dorothea bei ihrem letzten Besuch vernommen hatte. Einen Moment stand sie unbewegt da und lauschte. Melanie sang das Lied leise mit, Wortfetzen drangen durch die Tür. »... Come here for forgiveness, ... to raise the dead ... play Jesus ... lepers in your head ... one love, one life ...«

Ein Schauer lief über Dorotheas Rücken, dennoch klopfte sie an den Grabstein. Sie erwartete die wütende Stimme, doch sie kam nicht. Die Musik wurde leiser, dann öffnete sich die Tür einen Spalt.

Dorothea blickte in das blasse Gesicht. »Hallo, Melanie. Tut mir leid, dass ich dich so früh störe. Kann ich reinkommen?«

Das Mädchen nickte, und Dorothea hatte erneut das Gefühl, eine Gruft zu betreten. Der modrige Geruch, die brennenden Kerzen, die Krähe, die Totenköpfe, der Werwolf. Doch nun hing in der Luft auch der Duft frisch gewaschener Wäsche. Das Poster mit der Aufschrift *No Future* war verschwunden, *Welcome to Hell* hatte dessen Platz eingenommen. Sogar ein schwacher Strahl der Wintersonne stahl sich durch einen Spalt in den schwarzen Tüchern.

Als Dorothea einen Schritt in den dämmrigen Raum trat, fiel ihr eine weitere Veränderung auf. Hinter den Kerzen standen zwei Fotos, eines davon zeigte Elena Goldschmied.

Melanie folgte Dorotheas Blick. »Die Therapeutin im Krankenhaus sagt, man muss Trauer zulassen.« Sie schaute zu dem zweiten Foto, einem Schnappschuss, auf dem sie selbst mit Roman Kettner zu sehen war. Dorothea ahnte, dass das Foto war, das Melanie zwei Wochen zuvor in der Schublade vor ihr verborgen hatte.

»Die Therapeutin ist auch der Meinung, dass kein Mensch durch und durch böse ist.« Sie zog ihre Ärmel bis weit über die Handgelenke und ließ sich auf dem Sofa nieder.

Dorothea dachte an die Hakenkreuze, die Roman Kettner an die Kellerwände gemalt hatte, an seine Freunde, die Neonazis waren, an die rechtsextremen Parolen. Doch sie sagte nichts. Auf keinen Fall wollte sie das Vertrauen des Mädchens verlieren. Noch immer stand außer der Couch nur der unförmige Sitzsack zur Verfügung.

»Darf ich mich zu dir aufs Sofa setzen?«

Das Mädchen nickte, rückte aber an den Rand der Couch und nahm eines der schwarzen Kissen in die Hand.

Vorsichtig positionierte sich Dorothea am anderen Ende des Sofas. »Elenas Vater hat mir erlaubt, dir das zu geben.« Sie zog das Foto aus der Tasche und reichte es ihr. Es war das Bild, das an Elenas Schminkspiegel gesteckt hatte. Es zeigte die Freundinnen, Melanie und Elena, sie streckten ihre Zungen heraus. Fröhlich, ausgelassen, lachend. Melanie starrte auf die beiden Gesichter, doch statt die Aufnahme in die Hand zu nehmen, krallte sie die Finger ineinander.

Dorothea wartete einige Minuten, bevor sie sagte: »Elena hat sich große Sorgen um dich gemacht.«

Melanies Arme schlangen sich noch enger um das Kissen.

»Ich denke, ich weiß, warum sie sich so für das Thema *Sexueller Missbrauch von Jugendlichen* interessiert hat. Elena hat einen Weg gesucht, einem Opfer zu helfen.« Sie sah aus dem Augenwinkel, wie Melanie immer mehr in sich zusammensank. Übelkeit stieg in Dorothea auf. Irgendwo im Zimmer erklangen leise die letzten Takte des Liedes. »… one blood … one life … to do what you should.«

Dorotheas Zunge lag schwer in ihrem Mund, sie zwang sich dazu, die Worte über die Lippen zu bringen. »Was geschah in dem Sommer in Steinach?«

Melanie begann am ganzen Körper zu zittern, und Dorothea wusste, dass sie mit ihrer Vermutung recht hatte. Einige Sekunden lang war ihr nicht klar, wie sie weiter vorgehen sollte. Sie musste sich räuspern, bevor sie weitersprechen konnte.

»Hat dich jemand unangenehm berührt? Verletzt? Gezwungen, Dinge zu tun, die du nicht wolltest?« Sie rang sich dazu durch, ihren Kopf zu heben. »War es dein Onkel?«

Minutenlang herrschte Stille, nur von Weitem erklangen Kirchenglocken. Melanie zog ihre Knie immer weiter an, ihre Arme schlangen sich enger um das Kissen, so, als wollte sie sich einrollen und verschwinden. Die Worte kamen schließlich als fast unhörbares Flüstern.

»Sehen Sie mich an. Wer …«, ihre Stimme brach und sie musste neu ansetzen, »wer würde mir glauben?«

Dorothea bekam das Gefühl, als wenn jemand ihr eine Faust in den Brustkorb gerammt hätte, ihr jegliche Luft zum Atmen nahm. Mitleid durchflutete sie, als sie die Rundungen, die unreine Haut des Mädchens betrachtete. Sie verstand, wovon Melanie sprach, wovor sie Angst hatte. »Ich«, sagte sie. »Elena. Deine Mutter. Die Therapeutin im Krankenhaus. Fast jede Frau. Wir alle glauben dir. Aber wir können dir nur helfen, wenn du uns lässt.«

Tränen rollten über die Wangen des Mädchens. Sie streckte ihre Hand zu dem Foto aus und berührte mit den Fingerkuppen das Gesicht ihrer Freundin, vorsichtig wie die zarten Flügel eines Schmetterlings. Dann begann sie haltlos zu schluchzen.

Eine Welle der Hilflosigkeit schwappte über Dorothea, und sie kam sich unbeholfen vor. Sie war sich nicht sicher, ob sie das Mädchen berühren sollte. Schließlich aber legte sie sachte ihre Hand auf Melanies Schulter. Eine Weile saßen sie ruhig da. Etwas später verebbte das Beben, und Dorothea zog vorsichtig ihren Arm zurück.

Melanie hob den Kopf und sah Dorothea in die Augen. »Haben Sie mich angelogen?«

Dorothea erstarrte. Sie ahnte, wovon das Mädchen sprach.

»Als sie sagten, dass Sie nahe davor waren, sich umzubringen?«

Dorotheas ganzer Körper wurde stocksteif. Sie fühlte, dass Melanie sie genau beobachtete.

»War das nur eine Phrase, um mich zum Reden zu bewegen?«

Alles in Dorothea schrie danach, von der Couch aufzustehen, das halbdunkle Zimmer zu verlassen und in den hellen Wintermorgen hinauszugehen. Aber das Mädchen hatte es verdient, die Wahrheit zu hören.

»Nein.« Dorothea ließ sich Zeit. »Es war in dem Jahr, als ich fünfzehn wurde. Mein Vater war zwei Jahre vorher in Innsbruck tot aufgefunden worden, bis heute weiß niemand, was passiert war. Für mich war er immer der Einzige gewesen, der mich verstanden hatte.« Sie zwang sich dazu, in die braunen Augen des Mädchens zu sehen. »›Jemand, der dich nicht so mag, wie du bist, ist es nicht wert, mit dir befreundet zu sein.‹ Das sagte er immer zu mir.« Die Erinnerung brachte in Dorothea das Gefühl der Geborgenheit zurück, doch es verblasste schnell wieder. »Ich war pummelig und unsportlich. Meine Mitschüler verspotteten mich, mobbten mich. Nach dem Tod meines Vaters hatte ich das Gefühl, dass meine Mutter mich nicht ernst nahm.« Sie hielt inne. »Wir waren auf einer Klassenfahrt in Rom, und ich hatte mir die Schlaftabletten meiner Mutter mitgenommen.« Alles an ihr fühlte sich taub an. »Heute weiß ich, dass ich mich nicht umbringen wollte. Ich weiß, dass ich nur wollte, dass jemand sieht, wie schlecht es mir ging, wie verzweifelt ich war. An dem freien Nachmittag, als alle meine Mitschüler in Rom unterwegs waren, ging ich allein aufs Zimmer.« Das Bett in der Jugendherberge tauchte vor ihr auf, die dünnen Laken, das würgende Gefühl, als sie die erste Tablette schluckte, der metallische Geschmack des Wassers. »Der Klassenvorstand kontrollierte jeden Tag, ob die Zimmer ordentlich waren. Er fand mich und brachte mich ins Krankenhaus, erzählte den anderen Schülern, dass ich eine Lebensmittelvergiftung hätte. Danach redete er mit mir. Er sagte mir, dass ich mich so lieben solle, wie ich sei, egal, was andere meinten.«

Das Mädchen zog den Ärmel nach unten und wischte sich mit

dem schwarzen Stoff die Tränen aus dem Gesicht. »Das muss ein toller Lehrer gewesen sein.«

Dorothea dachte an Michael Kieter und daran, dass er das Leben einiger Menschen zerstört hatte, doch sie schwieg. Erst nach einigen Sekunden holte sie tief Luft. »Melanie, ich weiß nicht genau, was dir passiert ist, aber ich hoffe, dass du einen Weg findest, es hinter dir zu lassen. Eines aber kann ich dir versprechen: Die Zeit am Gymnasium geht vorüber. Und später wirst du Menschen kennenlernen, die gleiche Interessen haben wie du, die dir sagen, dass du perfekt bist, genau so, wie du bist.« Dorothea hob das Foto von Elena Goldschmied und Melanie auf. »Ich weiß, dass die Person, die dich verstanden hat, jetzt tot ist, aber es wird andere Menschen in deinem Leben geben. Vertrau mir.«

Mit zitternden Fingern nahm das Mädchen schließlich das Bild.

Dorothea lächelte. »Dreh es um.«

Melanies Lippen bewegten sich, und Dorothea wusste, dass sie leise die Worte wiederholte, die Elena Goldschmied auf die Rückseite geschrieben hatte: *Friends are like stars. You may not always see them, but they are always there.*

Kapitel 51

»Warum musste ich unbedingt nach Kufstein kommen?«

Dorothea hörte die Stimme ihrer Mutter, roch den Schimmel und Moder in der dämmrigen Gefängniszelle und sah durch das winzige vergitterte Fenster auf die verregnete Stadt hinunter. In dem grauen Mittagslicht konnte man förmlich sehen, wie der Februarschnee schmolz, doch in der Kufsteiner Festung war es immer noch eiskalt.

Dorothea fröstelte, nach der feuchtfröhlichen Nacht mit Vera war sie müde. Mit hämmerndem Kopf und dem Gedanken an ihre Mutter war sie am Morgen erwacht. Endlich das Wahrzeichen Kufsteins zu besichtigen, hatte nach einem guten Plan geklungen. Nun war Dorothea sich nicht mehr sicher.

Wieder erklang das Nörgeln hinter ihr. »Zuerst meldest du dich tagelang nicht. Und dann machst du dir nicht einmal die Mühe, nach Innsbruck zu kommen.«

Dorothea wusste, dass sie ihrer Mutter eine Entschuldigung schuldete, dennoch schwieg sie, seufzte leise, trat an die Wand und las die Informationstafel über kirchliche Rechtsprechung. »Man muss Gott mehr gehorchen als den Menschen.« Dorothea dachte an Gottfried Weiß und fragte sich, welchem Gott er gehorcht hatte, als er den Missbrauch unzähliger Jungen zuließ. Sie schluckte, und der feine Staub in dem alten Gemäuer legte sich in ihren Rachen. Als sie einen Schritt zurücktrat, knarrten die uralten Bretter unter ihren Schuhen.

»Mit dem Bus zum Bahnhof und dann noch mit dem Zug nach Kufstein. Das war eine halbe Weltreise.«

Dorothea drehte sich zu ihrer Mutter um. »Ich dachte, ein

Tapetenwechsel täte dir gut.« Sie verschwieg, dass sie nach den Strapazen der letzten Wochen keine Energie mehr dazu gehabt hatte, die Unordnung in ihrem Elternhaus zu ertragen. »Außerdem ist die Festung für dich als Historikerin interessant.«

Sie war sich sicher, dass der Ausflug ihrer Mutter insgeheim gefiel, dass sie aber nicht gewillt war, es zuzugeben. Während sie in den nächsten Ausstellungsraum des Staatsgefängnisses gingen, beschloss Dorothea, mit der Tür ins Haus zu fallen. »Ich habe dir eine Haushaltshilfe besorgt. Sie heißt Tatjana Meiser.« Dorothea fixierte die Informationstafel über Foltermethoden: *Daumenschrauben. Rädern. Blenden. Spanische Stiefel. Eiserne Jungfrau. Strecken. Brennen. Übergießen mit siedendem Öl. Ausrenken der Gelenke.*

»Ich brauche keine Putzfrau.«

Dorothea drehte sich um und sah, dass ihre Mutter zitterte.

»Sie wird dir helfen, das Haus in Ordnung zu halten. Sie kommt zweimal in der Woche. Immer Montag- und Donnerstagvormittag.« Die Mischung aus Trotz und Schuldgefühlen in Dorothea wurde immer stärker. Sie versuchte, das Thema zu wechseln. »Was ist ein Schwedischer Trunk?«

»Ich habe es verstanden, du willst mich loswerden, dein Leben ohne mich leben.«

Das verzweifelte Flüstern traf Dorothea hart. Sie legte ihre Hand auf den Arm ihrer Mutter und schüttelte den Kopf. »Nein. Aber wenn ich dann zu dir komme, können wir zwei etwas unternehmen, anstatt aufzuräumen.«

»Ich will nicht, dass jemand bei mir im Haus ist.«

Dorothea pickte ein graues Haar vom Wintermantel ihrer Mutter. »Ich habe Frau Meiser bereits erklärt, wie wichtig deine Bücher für dich sind. Gib ihr wenigstens eine Chance. Versprichst du mir das?«

Ihre Mutter drehte sich zu der Liste der Foltermethoden, ihr Ton wurde sachlich. »Ein Schwedischer Trunk ist eine Foltermethode aus dem Dreißigjährigen Krieg. Dem Gefangenen wurde durch einen Trichter eine Mischung aus Jauche und Wasser in den Mund geflößt. Manchmal auch vermischt mit Kot und Urin.«

Dorotheas Magen verkrampfte sich, aber sie ließ sich nicht ablenken. »Mama, versprichst du es mir?«

Schließlich nickte ihre Mutter.

Über die Holzstufen stiegen sie wieder vom Kaiserturm. Mit vorsichtigen Schritten tappte ihre Mutter vor Dorothea die steilen Stufen hinunter, die Finger um das Geländer geklammert. Dorothea roch den leichten Duft von Chanel N° 5, hörte, wie ihre Mutter angestrengt atmete, sah die zerzausten grauen Haare am Hinterkopf und plötzlich löste sich etwas in ihr.

»Mama, es tut mir leid, dass ich mich so lange nicht bei dir gemeldet habe. Ich war sehr beschäftigt.«

In dem niedrigen Gang blieb ihre Mutter stehen und sah zu Dorothea auf. »Bist du nicht mehr suspendiert?«

Einen Moment lang war Dorothea verwirrt, dann wurde ihr klar, dass ihre Mutter nichts von der drohenden Kündigung gewusst hatte. Sie war sich nicht sicher, ob in der Frage Hoffnung oder Verzweiflung mitschwang.

»Nein. Ich bin wieder im Dienst.«

Auf dem Burgfried vor dem Kaiserturm blieb ihre Mutter im Nieselregen stehen. »Du bleibst also noch länger in Kufstein?«

Dorothea trat an die hohe Mauer und blickte über den Fluss und zu ihrem Haus mit dem dunkelroten Dach und den sechs Erkern. »Sieht ganz so aus.«

»Ach, Dorothea, warum musst du immer den schwierigen Weg gehen? Warum kannst du dich nicht einfach an der Universität bewerben, einen netten Mann finden und heiraten?«

Dorothea wandte sich nicht um, sondern betrachtete den Inn, der schmutzig braun dahinfloss und kleine Bäume mitschwemmte. *Einen netten Mann.* Was ihre Mutter wohl zu einem Chefinspektor sagen würde? Sie schmunzelte. Warum sprach ihre Mutter immer gleich vom Heiraten? Einen Moment lang erlaubte Dorothea sich, an Schmitt zu denken. An die goldbraunen Pünktchen in seinen grauen Augen, seine Haare, sein Gesicht. An einen romantischen Abend. Vielleicht. Irgendwann.

Es tut mir leid, Dorothea. Ich kann es nicht. Julius' Worte. Wie eine alte Stichwunde schmerzten sie, tief in ihrer Brust. Sie verscheuchte das Bild von Schmitt, drehte sich zu ihrer Mutter um. »Du klingst wie Fuhrmann.«

Ihre Mutter stellte sich zu ihr an die Brüstung. »Es heißt ja nicht, dass du nicht Karriere machen kannst. Auf der Uni kannst du auch Karriere machen.«

Der Regen wurde stärker, und Dorothea spürte die Tropfen wie Pfeilstiche im Gesicht. »Ich habe es mir überlegt.« Es kam ihr nun unglaublich vor, dass sie eine andere Option zwei Wochen zuvor tatsächlich erwogen hatte. »Aber ich bleibe Polizistin.«

Kapitel 52

Am nächsten Morgen saß Schmitt auf den Stufen vor ihrem Haus, als sie aus dem Nachtdienst kam. Dorotheas Atem stockte, ihr Herz flatterte vor Aufregung, sie gab sich Mühe, das Hochgefühl, das sich in ihr ausbreitete, zu verdecken. Einen Moment lang blieb sie stehen und lehnte sich an das schmiedeeiserne Gartentor. Die hohe Schneeschicht war geschmolzen, der Regen hatte einen graubraunen Schleier über die Straßen gelegt. Nur wenige weiße Klumpen zierten noch die schattigen Ecken der Gärten. Obwohl es erst Mitte Februar war, roch die Morgenluft warm nach Frühling. Nach zwölf Stunden Dienst hatte Dorothea das Gefühl, dass ihre Beine sie kaum noch trugen, schließlich aber ging sie auf Schmitt zu.

Von den Stufen sah er zu ihr auf. »Ulrike Kieter hat alles gestanden.« Erst dann stand er auf und trat einen Schritt zur Seite, damit Dorothea die Tür aufsperren konnte. »Wir konnten dem Staatsanwalt ein vollständiges Geständnis liefern. Ich dachte, dass Sie das vielleicht wissen wollen.«

Dorothea war entschlossen, Schmitt nicht zu zeigen, wie sehr es sie beglückte, ihn zu sehen. Ohne etwas zu sagen, ging sie an ihm vorbei und stieg die Treppen hoch. In ihrer Wohnung zog sie die Schuhe und den Parka aus, schleppte sich ins Wohnzimmer und ließ sich auf die Couch fallen.

Schmitt marschierte in die Küche. Nach einigen Sekunden erklang seine überraschte Stimme. »Sie haben ja plötzlich einen modernen Wasserkocher.«

Dorothea dachte an den rot-weißen Wasserkessel und an Julius. Monatelang, jahrelang hatte Dorothea sich mit der Frage gequält.

Plötzlich wusste sie die Antwort. Es machte keinen Unterschied, ob Julius eine hübsche Cellistin kennengelernt oder einfach nur kalte Füße bekommen hatte. Es war nicht mehr wichtig. Sie atmete tief durch. »Es war Zeit für einen neuen.«

Schmitt streckte seinen Kopf durch die Durchreiche. »Und Sie besitzen nun einen italienischen Kaffeekocher und eine Kaffeemühle?«

Dorothea nickte. »Die habe ich unter alten Sachen wiederentdeckt.« Um nichts in der Welt hätte sie zugegeben, dass es das Antiquitätengeschäft des alten Eicher gewesen war, in dem sie die silberne Kanne und die altmodische Mühle gefunden hatte.

»Haben Sie auch Kaffeebohnen?« Er klang hoffnungsvoll.

»Im Schrank über der Spüle.«

Dorothea erhob sich erst von der Couch, als Schmitt zwei Tassen auf den Tisch stellte. Stolz wies er auf die Motive von Botticelli und Van Gogh. »Die Geburt der Venus für Sie, die Sonnenblumen für mich.«

Dorothea setzte sich und sah ihn misstrauisch an. »Ich dachte, Sie interessieren sich nicht für Kunst.«

Er zwinkerte. »Man muss sich im Leben weiterbilden.« Dann wurde seine Miene ernst. »Ulrike Kieter ist zusammengebrochen. Ihr Anwalt riet ihr davon ab, aber auch bei dem offiziellen Verhör hat sie alles zugegeben. Rechtsgültig, vor Gericht verwendbar.«

Ein schwaches Gefühl von Triumph durchflutete Dorothea, während Schmitt weitersprach.

»Bis ins kleinste Detail. Sogar die Tatsache, dass sie einen Baseballschläger verwendet hat, um eine Verbindung zu Roman Kettners Neonazifreunden herzustellen.«

Dorothea nippte an ihrem Tee, überrascht darüber, dass Schmitt sogar an die Milch gedacht hatte. »Obwohl es riskant war, den Schläger zu transportieren.«

Schmitt nickte einige Male. »Sie kam früh zum vereinbarten Treffpunkt, brachte die Tatwaffe unter einem weiten Mantel mit und lehnte sie dann hinter einen Baum in den Schnee.

Nach dem Mord hat sie den Baseballschläger zweihundert Meter weiter von der schmalen Brücke in den Inn geworfen.« Er trank einen Schluck Kaffee und stellte die Tasse vorsichtig ab. »Ziemlich riskant. Aber der Plan funktionierte. Die Mordkommission hat sofort Erwin Steiner ins Visier genommen.«

»Woher bekam Ulrike Kieter so schnell einen Baseballschläger?«

»Aus dem *Sebastianum.* Jeden Sommer gibt es am Gymnasium ein traditionelles Baseballspiel mit einer katholischen Partnerschule. Sie fand den Schläger in einem Lager von kaputten Sportgeräten, von dem ihr die Schüler erzählt haben.«

Dorothea schloss kurz die Augen. Die Kammer, in der sie mit Barbie gesprochen hatte. »Warum hatte Elena Goldschmied keine Abwehrverletzungen?«

»Ulrike Kieter lenkte Elena Goldschmied geschickt an die Brüstung und fragte die Siebzehnjährige heuchlerisch, ob sie Schwangerschaftsbeschwerden habe. Während Elena ausführte, dass ihre Brust schmerzte und ihr morgens oft übel war, gab die Schulärztin plötzlich vor, im Erdgeschoss ein Geräusch zu hören, beugte sich über das Geländer, wartete, bis die Schülerin neugierig ebenfalls in die Aula hinunterblickte, stellte sich blitzschnell hinter sie, erfasste die Beine des zarten Mädchens, hob sie an, bewegte gleichzeitig den Rumpf nach vorn und stieß sie über die Brüstung.«

Dorothea wagte es nicht, die Frage zu stellen, die in ihr brannte, doch Schmitt schien ihre Gedanken zu erraten.

»Michael Kieter hat eine Verwarnung bekommen, aber ich denke, der Direktor des *Sebastianums* will die Sache so gut wie möglich vertuschen. Ihr ehemaliger Deutschlehrer behält also seinen Job.« Er musterte Dorothea, aber sie schwieg. Schließlich setzte Schmitt seinen Bericht fort: »Elenas Mutter hat einen Nervenzusammenbruch erlitten, als man ihr berichtete, dass Ulrike Kieter ihre Tochter umgebracht hat.«

»Hat Walter Goldschmied seiner Ehefrau erzählt, dass Roman sein Sohn war?«

»Ich glaube nicht.« Schmitt schüttelte den Kopf. »Wie konnte Katharina Goldschmied die Ähnlichkeit nicht sehen?«

Dorothea hatte sich bereits dieselbe Frage gestellt. »Menschen sind sehr gut darin, sich selbst zu belügen.« Sie seufzte und dachte an Daniela Kettner. »Ich bin noch einmal zu Romans Mutter gegangen.« Die winzige Wohnung, der kleine Tobias, die schwangere Frau tauchten vor ihr auf, und das Gefühl der Ohnmacht überrollte sie. »Um ihr zu sagen, dass Walter Goldschmied sie kostenlos als Anwalt vertritt, falls sie sich jemals durchringt, eine Scheidung anzustreben.« Sie blickte in ihre leere Tasse. »Was sagen die Kollegen von der Sitte?«

»Keine Chance. Die Missbrauchsfälle, die Gottfried Weiß verschwiegen hat, sind verjährt. Und selbst damals wäre es schwierig gewesen, ihn als Mitwisser strafrechtlich zu verfolgen.« Schmitt seufzte. »*Wegschauen* hat zwar in Tirol lange Tradition, reicht aber leider nicht als Tatbestand.«

Dorothea ahnte die Antwort, dennoch konnte sie nicht anders, als die Frage zu stellen: »Hochwürden bleibt also Direktor des Gymnasiums?«

Schmitt nickte.

»Und Professor Hinkel wird weiter Schüler quälen?«

Wieder nickte der Chefinspektor, dann breitete sich ein Grinsen über sein Gesicht aus. »Aber ich habe einem Freund bei der Tiroler Tageszeitung einen kleinen Tipp gegeben. Er wird das Innenleben des katholischen Gymnasiums und die Vergangenheit des Direktors in einem Artikel genauer beleuchten.« Er lächelte, dann musterte er Dorothea. »Und Fuhrmann? Was hat Ihr Chef gesagt?«

Dorothea schnaubte. »Er hat natürlich meine Kündigung zurückgezogen, aber seine Begeisterung hielt sich in Grenzen.« Dorothea imitierte Fuhrmanns Stimme: »Ich muss zugeben, Dorothea, du hattest einen guten Riecher. Aber trotzdem. Über Menschenführung musst du noch viel lernen.«

Plötzlich verschwand Schmitts Lächeln, und er senkte den Blick. »Die Stelle bei der Abteilung Leib und Leben wurde inzwischen nachbesetzt.«

»Ich weiß.« Dorothea versuchte, sich ihre Enttäuschung nicht anmerken zu lassen. »Fuhrmann hat es mir mitgeteilt.« Sie dachte an sein selbstgefälliges Rattengesicht, hörte seine Worte: *Ich würde dir ja nun gern ein Empfehlungsschreiben geben, aber leider ist der Zug schon abgefahren.*

»Nächstes Jahr geht Haller in Pension, dann wird wieder eine Stelle frei. Glauben Sie mir, Frau Inspektorin, wir werden noch einige Mordfälle gemeinsam lösen.« Schmitts Ton klang zuversichtlich, aber Dorothea spürte, wie sich ein Knoten in ihrem Magen bildete. Schmitt erhob sich, hielt inne. »Quid pro quo. Woher wussten Sie es?«

Dorothea war klar, wovon Schmitt sprach. »Quid pro quo?« Sie stand auf und musste plötzlich lachen.

»Man muss nicht unbedingt Archäologie studiert haben, um ein paar Brocken Latein zu können«, sagte er.

Dorothea sah den verletzten Blick in seinen Augen. »Es war nur eine Ahnung. Wir fanden Elena Goldschmieds Tasche im zweiten Stock, später bestätigte der Bericht, dass sie tatsächlich von dort gestürzt war. Aber wenn eine Schülerin auf diese Weise Selbstmord begehen wollte, würde sie vom dritten Säulengang springen.« Sie hielt kurz inne. »Ulrike Kieter musste sich mit dem Mädchen am geheimen Ort des Liebespaars, vor dem Geschichtskabinett im zweiten Stock, verabreden. Sie danach in das letzte, fast unbenutzte Geschoss der Schule zu lotsen, wäre vermutlich selbst Elena Goldschmied verdächtig erschienen.« Sie sah zu Schmitt auf. »Woher wussten *Sie* es?«

»Das Outfit der Schülerin. Sie trug ein aufreizendes Kleid. Ihre Nägel waren frisch lackiert, aber sie war in Eile gewesen, der Lack auf einem Finger leicht verschmiert. Sie war nicht für einen Suizid so zurechtgemacht, sondern für ein Date.« Er räusperte sich. »Aber das Lob geht an Sie. Denn es war der Ausdruck in Ihren Augen, der mich genauer hinsehen ließ.«

Schmitt blickte sie lange an, und wieder fielen Dorothea die goldenen Pünktchen in seinen Pupillen auf. Ihr Herz schlug so schnell, als ob sie meilenweit gelaufen wäre. Als er sich zu ihr beugte, sog sie den Duft seines Aftershaves ein. Schmitts Lippen streiften leicht ihre Wange, setzten ihren Verstand außer Gefecht.

»Es war mir eine Ehre, mit Ihnen zu arbeiten, Frau Inspektorin Keusch.«

Ihre Knie wurden weich, bebend blieb sie stehen und sah zu, wie er seinen Mantel anzog. »Konstantin.« Erst als er die Tür bereits geöffnet hatte, sprach sie die drei Silben endlich aus.

Langsam wandte er sich um. »Ja?«

Sie lächelte. »Für dich Dorothea.«

Mein herzlicher Dank

geht an

- meinen Ehemann Markus, der mich unendlich liebevoll bei der Arbeit an diesem Roman unterstützte,
- meine Eltern, meine gesamte Familie und meine Freunde, die an mich glaubten und mich zum Schreiben animierten,
- meinen Schreiblehrer Rainer Wekwerth und an Claudia Pietschmann, die mich beide äußerst viel lehrten, mich unglaublich motivierten und mir sehr ans Herz gewachsen sind,
- (meine Schwester) Monika Hupfauf und (meinen langjährigen Schulfreund) Stefan Huber, die als Anwälte geduldig meine juristischen Fragen beantworteten,
- Revierinspektorin Mag.a Dr. Frauke Obermoser-Zoller, die mir in witzigen Gesprächen Einblicke in den Polizeialltag gab,
- Mag.a pharm. Carina Schuler und Mag.a pharm. Martina Moßhammer, die für mich entgegenkommend pharmazeutische Sachverhalte klärten,
- A. Univ. Prof. Dr. med. Walter Rabl, der mir auf abschließende toxikologische und gerichtsmedizinische Fragen kordial, rasch und ausführlich Antwort gab,
- meine Agenten Michaela und Klaus Gröner, die mich überaus professionell berieten,
- das gesamte Team des Piper Verlags, besonders an meine Lektorinnen Eliane Wurzer und Julia Feldbaum, die ausgesprochen freundlich, bemerkenswert wohlwollend und vor allem unbeschreiblich kompetent mit mir an meinem Manuskript arbeiteten.